JANE AUSTEN

Razão e Sensibilidade

lindo, e, pelo fato de verem o lugar pela primeira vez com a vantagem do bom tempo, tiveram uma boa impressão dele, o que foi de grande importância para que recebesse a aprovação final.

A localização da casa era boa. Havia altas colinas imediatamente atrás dela e a uma distância pequena de cada lado, algumas das quais eram campinas abertas; outras eram cultivadas e arborizadas. O burgo de Barton ficava sobre uma dessas colinas e formava uma visão agradável quando visto das janelas do chalé. A perspectiva à frente era mais ampla; dominava a totalidade do vale e alcançava os campos além dele. As colinas que rodeavam o chalé limitavam o vale naquela direção; com outro nome e em outro curso, ele se estendia entre duas das mais íngremes dessas elevações.

Com o tamanho e a mobília da casa, a sra. Dashwood estava satisfeita no geral, pois, embora seu antigo estilo de vida tornasse indispensáveis algumas aquisições para ampliar [illegible] um prazer para ela; e tinha, no momento, dinheiro suficiente para suprir tudo que queria para aumentar a elegância dos aposentos. "Quanto à casa em si, não há dúvida", disse ela, "de que é pequena demais para a nossa família, mas nós estaremos toleravelmente confortáveis enquanto isso, já que é tarde demais no ano para fazer reformas. Talvez, na primavera, se eu tiver dinheiro suficiente, como tenho certeza de que terei, poderemos pensar em reformas. Estas duas salas são pequenas demais para as festas de nossos amigos, que pretendo ver frequentemente aqui; e tenho planos [illegible]

JANE AUSTEN

Razão e Sensibilidade

ROBERTO LEAL FERREIRA
Tradução e notas

MARTIN CLARET

Razão e Sensibilidade

Capítulo 7

Barton Park ficava a cerca de meia milha do chalé. As Dashwood haviam passado por perto em seu trajeto pelo vale, mas não podiam vê-lo do chalé, pois a visão era obstruída por uma colina. A casa era ampla e bela, e o estilo de vida dos Middleton equilibrava hospitalidade e elegância, a primeira era para satisfação de *Sir* John, a segunda, para a de sua esposa. Raramente passavam sem a presença de alguns amigos na casa, e recebiam mais gente de todos os tipos do que qualquer outra família das redondezas. Isso era necessário para a felicidade de ambos, visto que, apesar de terem temperamentos e comportamentos diferentes, pareciam-se muito um com o outro na total falta de talento e de gosto, o que muito limitava as suas atividades não relacionadas com a vida social. *Sir* John era um esportista; *Lady* Middleton, uma mãe. Ele caçava e atirava; ela fazia as vontades das crianças; e essas eram suas únicas atividades. *Lady* Middleton tinha a vantagem de poder mimar as crianças o ano inteiro, ao passo que as atividades independentes de *Sir* John existiam somente metade do tempo. [illegible] compromissos em casa e fora, [illegible] supriam todas as deficiências de natureza e educação [illegible]

[illegible]

Capítulo 1

A família Dashwood havia muito se estabelecera em Sussex. Suas terras eram vastas e sua residência ficava em Norland Park, no centro das propriedades, onde, durante muitas gerações, viveram de maneira tão respeitável, que conquistaram a boa opinião geral dos vizinhos. O falecido proprietário dessas terras era um solteirão que viveu até idade muito avançada, e durante muitos anos da sua vida teve a irmã como companheira constante e governanta. Entretanto, a morte dela, ocorrida dez anos antes da dele, provocou uma grande alteração no lar, pois, para preencher a perda, ele convidou e recebeu em casa a família do sobrinho, o sr. Henry Dashwood, herdeiro legal da propriedade de Norland e a pessoa a quem ele pretendia legá-la. Na companhia do sobrinho, da sobrinha e dos filhos, os dias do velho fidalgo passaram-se confortavelmente. Seu apego a todos eles aumentou. A constante atenção do sr. e da sra. Henry Dashwood a seus desejos, que não procedia meramente do interesse mas da bondade do coração, deu-lhe toda espécie de sólido conforto que sua idade lhe permitia receber; e a alegria das crianças acrescentou um novo prazer à sua existência.

Num primeiro casamento, o sr. Henry Dashwood teve um único filho; com a atual esposa, três filhas. O filho, rapaz sério e respeitável, contava com os amplos recursos da fortuna da mãe, que fora grande, e metade da qual ele recebeu ao chegar à maioridade. Também com seu próprio casamento, que ocorreu logo em seguida, ele aumentou sua riqueza. Para ele, portanto, a herança da propriedade de Norland não era tão importante como para suas irmãs, já que os recursos delas, independentemente do que lhes poderia caber pelo fato de o pai herdar essa propriedade, só podiam ser escassos. A mãe nada tinha, e o pai, apenas sete mil libras à disposição, visto que a metade restante da fortuna de sua primeira mulher também estava garantida para o filho e ele tinha apenas o usufruto vitalício dela.

O velho fidalgo morreu e foi lido o testamento, que, como quase todos, provocou tanto decepção quanto prazer. Não foi nem tão injusto nem tão ingrato a ponto de tirar a propriedade do sobrinho, contudo, deixou-a a ele em termos tais que destruiu metade do valor da herança. O sr. Dashwood quisera-a mais pela mulher e pelas filhas do que para si mesmo ou para o filho; mas para o filho e para o filho do filho, um menino de quatro anos, a herança estava de tal forma garantida que não lhe permitia proporcionar aos que lhe eram mais caros e mais necessitados um rendimento por algum eventual gravame sobre a propriedade ou pela venda de sua valiosa madeira. Tudo estava vinculado em proveito da criança, que, nas ocasionais visitas feitas com o pai e a mãe a Norland, conquistara o afeto do tio, já que tais atrações não são de modo algum raras com crianças de dois ou três anos de idade; uma articulação imperfeita, um sério desejo de ter sempre a vontade satisfeita, muitas brincadeiras marotas e uma boa dose de barulho acabaram por superar o valor de toda a atenção que, durante anos, ele recebera da sobrinha e das filhas dela. Não pretendia ser indelicado, porém, e, em sinal de afeto pelas três meninas, deixou mil libras para cada uma.

A decepção do sr. Dashwood foi, no começo, profunda; mas o seu temperamento era alegre e otimista, ele podia razoavelmente esperar viver muitos anos mais e, vivendo com economia, poupar uma soma considerável do produto de uma propriedade já grande e capaz de melhorias quase imediatas.

Todavia, a fortuna, que tanto demorara em chegar, foi sua apenas por doze meses. Não sobreviveu ao tio mais do que isso, e dez mil libras, incluídas as heranças do falecido, foi tudo o que sobrou para a viúva e as filhas.

O filho foi chamado tão logo se soube do risco de vida, e o sr. Dashwood lhe recomendou, com a ênfase e a urgência que a doença lhe fazia inspirar, a defesa dos interesses da madrasta e das irmãs.

O sr. John Dashwood não tinha os sentimentos fortes do resto da família; porém, ficou impressionado com uma recomendação de tal natureza em tal hora, e prometeu fazer tudo que estivesse ao seu alcance para ampará-las. Seu pai tranquilizou-se com a promessa, e o sr. John Dashwood teve, então, tempo suficiente para examinar o que poderia prudentemente fazer por elas.

Não era um rapaz de má índole, a menos que ser algo frio e egocêntrico signifique ter má índole, mas era, em geral, respeitado, pois se portava com propriedade no cumprimento dos deveres comuns. Se tivesse casado com uma mulher mais agradável, poderia ter-se tornado ainda mais respeitável do que era; poderia até ter-se tornado ele mesmo agradável, porque se casara muito jovem e muito apaixonado pela esposa. No entanto, a sra. John Dashwood era uma forte caricatura do marido: mais tacanha e egoísta.

Quando fez a promessa ao pai, ele pensara consigo mesmo em aumentar a riqueza das irmãs presenteando-as com mil libras cada uma. Naquele momento, sentiu-se à altura do gesto. A perspectiva de quatro mil libras por ano, além da renda atual, sem contar a metade restante da fortuna da mãe, enterneceu-lhe o coração e o fez sentir-se inclinado à generosidade. "Sim, daria a elas três mil libras: isso seria generoso e bonito, e bastaria para deixá-las em boa situação. Três mil libras! Poderia economizar quantia tão considerável sem grandes inconvenientes." Pensou nisso o dia inteiro e durante vários dias seguidos e não se arrependeu.

Mal acabou o funeral do sogro, a sra. John Dashwood, sem avisar a sogra de sua intenção, chegou com a criança e a criadagem. Ninguém poderia discutir seu direito de vir: a casa era do marido desde que o pai dele falecera, mas isso só agravava a indelicadeza da conduta, e, para uma mulher na situação da sra. Dashwood, não era preciso ter sentimentos especiais para julgar aquilo tudo muito desagradável; entretanto na sua cabeça havia um senso da honra tão aguçado, uma generosidade tão romântica, que qualquer ofensa daquele tipo, fosse quem fosse que a provocasse ou recebesse, era para ela motivo de uma aversão definitiva. A sra. John Dashwood nunca contara com o favor especial de ninguém da família do marido; e não tivera oportunidade, até o presente, de lhes demonstrar com que falta de consideração pelos outros podia agir quando a ocasião o exigisse.

A sra. Dashwood ressentiu-se tão agudamente daquele comportamento grosseiro e sentiu tal desprezo pela nora, que, à chegada desta, teria deixado a casa para sempre se as súplicas da filha mais velha não a tivessem levado primeiro a refletir sobre o acerto de deixar a casa; e depois seu terno amor pelas três filhas determinou-a a ficar e, pelo bem delas, evitar a ruptura com o irmão.

Elinor, a filha mais velha, cujo conselho foi tão eficiente, possuía uma força de entendimento e uma frieza de julgamento que a qualificavam, embora tivesse apenas dezenove anos, para ser a conselheira da mãe, e lhe permitiam com frequência opor-se, para proveito de todos, àquela impaciência de espírito da sra. Dashwood que em geral a levava a cometer imprudências. Tinha um excelente coração, um temperamento afetuoso e sentimentos fortes; mas sabia como governá-los. Isso era algo que a mãe ainda tinha de aprender e que uma de suas irmãs resolvera que jamais lhe seria ensinado.

As habilidades de Marianne eram, em muitos aspectos, bastante semelhantes às de Elinor. Era sensível e inteligente, mas intensa em tudo: suas angústias, suas alegrias não tinham limites. Era generosa, agradável, interessante: era tudo, menos prudente. A semelhança entre ela e a mãe era impressionantíssima.

Elinor via com preocupação a sensibilidade excessiva da irmã; já a sra. Dashwood a apreciava e alimentava. Encorajavam-se uma à outra na violência de suas ansiedades. A agonia e a aflição que no começo as subjugavam eram propositadamente renovadas, procuradas, recriadas sempre. Entregavam-se totalmente à angústia, procurando a maior infelicidade em cada reflexão que a pudesse proporcionar e decidiram-se a nunca aceitar nenhum tipo de consolação no futuro. Também Elinor estava muito angustiada; contudo ainda podia lutar, podia empenhar-se. Podia consultar o irmão, podia receber a cunhada em sua chegada e tratá-la com a devida atenção; podia lutar para fazer que a mãe também se esforçasse e encorajá-la a ter a mesma paciência.

Margaret, a outra irmã, era uma menina alegre e de bom caráter; no entanto, como já adquirira uma boa dose do romantismo de Marianne, sem ter muito da sua inteligência, aos treze anos ela não prometia chegar ao mesmo nível das irmãs num período mais avançado da vida.

Capítulo 2

A sra. John Dashwood agora se estabelecera como a senhora de Norland, e sua sogra e cunhadas foram rebaixadas à condição de visitantes. Enquanto tais, porém, eram tratadas por ela com serena polidez, e pelo marido com toda a gentileza que podia sentir por alguém que não fosse ele mesmo, nem a esposa nem o filho. Instou-as, com alguma seriedade, a considerarem Norland seu lar; e como nenhum plano pareceu à sra. Dashwood tão viável como ali permanecer até que pudesse estabelecer-se numa casa das vizinhanças, o convite foi aceito.

A permanência num lugar em que tudo lhes fazia lembrar a antiga felicidade era exatamente o que convinha à sua alma. Em tempos de alegria, nenhum temperamento podia ser mais alegre do que o dela, ou possuir em maior grau essa otimista expectativa de felicidade que é a própria felicidade. Mas no sofrimento ela era igualmente levada pela imaginação, e para tão além da consolação quanto no prazer estava além de toda moderação.

A sra. John Dashwood de modo algum aprovou o que o marido pretendia fazer pelas irmãs. Tirar três mil libras da fortuna de seu querido filhinho equivalia a empobrecê-lo pavorosamente. Pediu-lhe que reconsiderasse a decisão. Como justificaria perante a sua própria consciência o roubo de tão alta quantia de seu único filho? E que possível direito à sua generosidade quanto a tão alta soma teriam as srtas. Dashwood, que com ele tinham apenas parentesco de meias-irmãs, o que para ela não era parentesco nenhum? Era notório que não devia existir nenhum afeto entre os filhos de diferentes casamentos de um mesmo homem, e por que deveria ele arruinar-se a si mesmo e ao pobrezinho do Harry, entregando todo o seu dinheiro a suas meias-irmãs?

— Foi o último pedido que papai me fez — respondeu-lhe o marido —, que eu assistisse a viúva e as filhas dela.

— Tenho certeza de que ele não sabia o que estava falando; aposto dez contra um que ele estava mal da cabeça naquela hora. Se estivesse no seu juízo perfeito, não teria pensado em lhe pedir que se desfizesse de metade da fortuna do seu próprio filho.

— Ele não estipulou nenhuma soma em particular, minha cara Fanny; só me pediu, em termos gerais, que as ajudasse e tornasse a situação delas mais satisfatória do que estava ao seu alcance fazê-lo. Talvez houvesse sido igualmente acertado que ele tivesse entregando o problema inteiramente a mim. Ele não poderia imaginar que eu as deixasse de lado. No entanto, como me exigiu a promessa, eu não podia deixar de fazê-la; pelo menos foi o que pensei na hora. A promessa foi feita e deve ser cumprida. Algo deve ser feito por elas quando deixarem Norland e se estabelecerem num novo lar.

— Então, que se faça algo por elas; mas esse algo não precisa ser três mil libras. Veja — acrescentou ela — que quando o dinheiro vai embora nunca mais volta. Suas irmãs vão casar e adeus para sempre. Ah, se ele pudesse ser devolvido ao nosso pobre filhinho...

— Não há dúvida — disse-lhe muito gravemente o marido —, isso faria uma grande diferença. Dia virá, talvez, em que Harry lamente que tão alta soma tenha sido desperdiçada. Se ele tiver uma família numerosa, por exemplo, esse dinheiro seria um reforço muito conveniente.

— Sem dúvida.

— Talvez, então, seja melhor para todos que a soma seja reduzida pela metade. Quinhentas libras seriam para elas um aumento prodigioso das posses!

— Ah, maior que tudo no mundo! Que irmão faria metade disso pelas irmãs, mesmo que fossem *realmente* suas irmãs! E essas são só meias-irmãs! — Você tem uma alma verdadeiramente generosa!

— Não gostaria de fazer nada mesquinho — respondeu ele. — Em ocasiões como esta, é melhor fazer de mais que de menos. Ninguém, enfim, pode pensar que não fiz o bastante por elas; elas mesmas não poderiam esperar mais.

— Não é o caso de saber o que *elas* esperam — disse a dama —, mas não devemos preocupar-nos com as expectativas delas: a questão é o que você pode oferecer.

— Certamente, e acho que posso oferecer quinhentas libras para cada uma. Assim como as coisas estão, sem nenhuma ajuda minha, cada uma delas vai receber cerca de três mil libras quando a mãe falecer, uma quantia muito boa para qualquer jovem.

— Sem dúvida alguma; realmente, acho até que elas não querem ajuda nenhuma. Elas dividirão entre si dez mil libras. Se casarem, com certeza passarão bem, e, se não casarem, podem viver confortavelmente juntas com os juros de dez mil libras.

— Isso é verdade; não sei, afinal, se não seria mais aconselhável fazer algo pela sra. Dashwood enquanto está viva, em vez de fazer por elas — refiro-me a algo como uma pensão anual. Minhas irmãs sentiriam os bons efeitos disso tanto quanto ela. Cem libras por ano seriam o bastante para deixá-las numa situação perfeitamente satisfatória.

Sua mulher hesitou um pouco, porém, em dar seu consentimento a esse plano.

— Certamente — disse ela — é melhor do que desperdiçar mil e quinhentas libras de uma só vez. Entretanto, se a sra. Dashwood viver quinze anos, teremos sido passados para trás.

— Quinze anos, minha cara Fanny! A vida dela não vale metade dessa quantia.

— Com certeza, não; mas, se reparar, as pessoas sempre vivem uma eternidade quando lhes é paga uma pensão anual: e ela é muito robusta e saudável e mal passou dos quarenta. Uma pensão anual é coisa muito séria; ela volta e torna a voltar a cada ano e não há jeito de se livrar dela. Não sabe o que está fazendo. Já tive muita experiência com os problemas que uma pensão anual traz, visto que a minha mãe esteve às voltas com o pagamento de três delas a criadas aposentadas pelo testamento de meu pai, e é espantoso como achava tudo aquilo desagradável. Essas pensões tinham de ser pagas duas vezes por ano e então havia o problema de entregá-las a elas; daí disseram que uma delas morrera e depois ficamos sabendo que não era verdade. Minha mãe ficava doente com aquilo. Sua renda não lhe pertencia, ela dizia, com tais compromissos perpétuos incidindo sobre ela; e aquilo foi indelicado da parte do meu pai, pois, se não fosse por isso, o dinheiro estaria totalmente à disposição da minha mãe, sem nenhuma restrição. Aquilo me deu tal aversão a pensões anuais, que estou certa de que nada neste mundo me faria ficar atada ao pagamento de uma dessas anuidades.

— É, sem dúvida, desagradável — respondeu o sr. Dashwood — ter um desses desfalques anuais na renda. Como a sua mãe disse com muita propriedade, assim a nossa riqueza *não* nos pertence. Ser obrigado ao pagamento regular de uma soma dessas, em datas fixas, não é de modo algum desejável: isso acaba com a independência da pessoa.

— Não há dúvida; e afinal nem ficarão agradecidas a você. Elas se julgam seguras, você não faz mais que o esperado e isso não gera nenhuma gratidão. Se eu fosse você, tudo o que eu fizesse seria inteiramente por minha própria decisão. Não me comprometeria a lhes dar nenhuma quantia anual. Alguns anos poderá ser muito inconveniente deixar de lado cem ou mesmo cinquenta libras de nossas próprias despesas.

— Creio que está certa, meu amor, é melhor que não haja nenhuma anuidade no caso; o que eu lhes der ocasionalmente será de muito maior proveito do que uma quantia anual, porque, se se sentissem seguras de ter uma renda maior, isso só faria que seu estilo de vida se tornasse mais perdulário, e com isso não ficariam um tostão mais ricas no fim do ano. Essa certamente é a melhor solução. Um presente de cinquenta libras, aqui e ali, evitará que elas se angustiem com o dinheiro e será o suficiente para cumprir a promessa que fiz ao meu pai.

— Com toda certeza. Para ser sincera, estou intimamente convencida de que o seu pai não tinha nenhuma intenção de que você desse a elas dinheiro algum. Tenho certeza de que a ajuda que ele tinha em mente era só a que se poderia razoavelmente esperar de você; por exemplo, como procurar uma casinha cômoda para elas, ajudá-las na mudança e enviar-lhes produtos de caça e pesca, quando chegar a estação. Apostaria minha vida que ele não tinha em vista nada mais do que isso; de fato, seria muito estranho e irracional se assim não fosse. Imagine só, meu caro sr. Dashwood, quão excessivamente cômoda pode ser a vida de sua madrasta e de suas irmãs com os juros de sete mil libras, além das mil libras que pertencem a cada uma das meninas, o que vai dar cinquenta libras por ano para cada uma, e, é claro, elas vão tirar o pagamento que farão à mãe pelo alojamento. No total, elas terão quinhentas libras por ano para si, e que diabos podem quatro mulheres querer mais do que isso? Vão gastar tão pouco! As despesas da casa serão zero. Não terão carruagem nem cavalos e dificilmente criados; não receberão convidados e poderão não ter despesas de nenhum tipo! Pense só como estarão bem! Quinhentas libras por ano! Não posso nem imaginar como vão gastar metade disso; e isso de lhes dar mais dinheiro é uma ideia completamente absurda. É mais provável que elas acabem dando algo para *você*.

— Palavra de honra — disse o sr. Dashwood —, acho que está completamente certa. O pedido de meu pai certamente só podia significar o que você disse. Entendo-o claramente agora, e vou cumprir estritamente o meu compromisso com atos de auxílio e cortesia como os que descreveu. Quanto à mudança da minha mãe para outra casa, vou ajudá-la a se acomodar do melhor modo possível. Será aceitável, então, dar alguma mobília de presente.

— Certamente — replicou a sra. John Dashwood. — Porém, não podemos nos esquecer de *uma coisa*. Quando seus pais se mudaram para Norland, embora os móveis de Stanhill tenham sido vendidos, toda a porcelana, a prataria e a roupa de cama e mesa foram preservadas e agora ficaram com a sua mãe. A casa dela, portanto, estará quase completamente equipada assim que ela se mudar.

— Essa é uma observação importante, sem dúvida! No entanto, um pouco dessa prataria seria um reforço agradabilíssimo à que temos aqui.

— Sim, e o conjunto de porcelana para café é duas vezes mais bonito do que o desta casa. Bonito demais, na minha opinião, para qualquer lugar onde *elas* possam morar. Mas as coisas são assim. O seu pai só pensou *nelas*. E eu lhe digo que você não deve a ele nenhuma gratidão especial nem deve preocupar-se com os desejos dele, pois sabemos muito bem que se ele pudesse teria deixado quase tudo no mundo para *elas*.

Esse argumento foi definitivo. Deu às suas intenções toda a firmeza que lhes faltara até então; e ele por fim decidiu que seria absolutamente desnecessário, senão muito indecoroso, fazer mais pela viúva e pelas filhas do seu pai do que aqueles gestos de boa vizinhança sugeridos pela esposa.

Capítulo 3

A sra. Dashwood permaneceu muitos meses em Norland, não por alguma relutância em mudar-se quando a visão de cada lugar bem conhecido cessou de lhe causar a violenta comoção que provocara durante algum tempo; quando seu ânimo começou a se recuperar e sua mente se viu capaz de aplicar-se a algo mais do que a aumentar sua aflição por recordações melancólicas, ela se tornou impaciente para ir embora e infatigável em sua busca de uma residência adequada nas vizinhanças de Norland, porque era impossível mudar-se para longe daquele lugar tão querido. Contudo, não teve notícia de nenhum lugar que satisfizesse às suas noções de conforto e comodidade e, ao mesmo tempo, à prudência da filha mais velha, cujo juízo mais robusto rejeitou várias casas aprovadas pela mãe, por serem grandes demais para a renda de que dispunham.

A sra. Dashwood fora informada pelo marido da promessa solene feita pelo filho em seu favor, que apaziguara suas últimas reflexões na terra. Não duvidava dessa garantia mais do que ele próprio duvidara, e a julgou com satisfação pela proteção que dava às filhas, embora, no que lhe dizia respeito, estivesse convencida de que uma quantia muito menor do que sete mil libras lhe permitiria viver na abundância. Alegrou-se também com o irmão delas, pelo bom coração que demonstrou ter, e se acusou de ter sido injusta com ele ao acreditar que fosse incapaz de qualquer generosidade. Seu comportamento delicado com ela e com as irmãs convenceram-na de que se preocupava com o bem-estar delas, e, durante um bom tempo, confiou firmemente na generosidade de suas intenções.

O desprezo que sentira pela nora logo de saída, quando se conheceram, aumentou muito com o maior conhecimento do seu caráter que a residência por seis meses com a família proporcionou; e talvez, malgrado qualquer consideração de polidez ou de afeto maternal por parte da sra. Dashwood, as duas senhoras teriam considerado impossível uma convivência tão prolongada, se não houvesse ocorrido uma circunstância particular que deu maior aceitabilidade, de acordo com as opiniões da sra. Dashwood, à permanência das filhas em Norland.

Essa circunstância foi um crescente afeto entre sua filha mais velha e o irmão da sra. John Dashwood, um rapaz cavalheiro e simpático que lhes fora apresentado logo depois que sua irmã se estabeleceu em Norland e que desde então ali passara a maior parte do tempo.

Algumas mães teriam incentivado aquela relação por interesse, já que Edward Ferrars era o filho primogênito de um homem que morrera riquíssimo; e algumas a teriam reprimido por prudência, pois, com exceção de uma quantia insignificante, toda a sua fortuna dependia do testamento da mãe. Entretanto, a sra. Dashwood não era influenciada por nenhuma dessas considerações. Para ela bastava que ele parecesse amável, que amasse a filha e que Elinor correspondesse ao afeto dele. Era contra todas as suas ideias que a diferença de riqueza devesse separar todos os casais que fossem atraídos pela semelhança de temperamento; e era para ela algo impossível que o mérito de Elinor não fosse reconhecido por todos que a conhecessem.

Edward Ferrars não se recomendava à sua boa opinião por nenhuma graça especial na aparência ou no trato. Não era bonito e suas maneiras exigiam certa intimidade para se tornarem agradáveis. Era inseguro demais para fazer justiça a si mesmo; apesar disso, quando superava a timidez natural, seu comportamento dava todas as indicações de um coração sincero e afetuoso. Era inteligente, e sua educação dera-lhe um sólido esteio. Ainda assim não tinha as habilidades nem o temperamento que correspondessem aos desejos da mãe e da irmã, que ansiavam por vê-lo distinguir-se como... nem elas sabiam o quê. Queriam que ele fizesse boa figura no mundo, de um modo ou de outro. Sua mãe desejava fazer que se interessasse por política, fazê-lo entrar no Parlamento ou vê-lo ligado a um figurão do momento. A sra. John Dashwood queria o mesmo; mas, nesse ínterim, até que uma dessas bênçãos superiores fosse alcançada, teria apaziguado sua ambição vê-lo conduzir uma caleche. Edward, porém, não tinha queda para figurões ou caleches. Todos os seus desejos giravam em torno do conforto doméstico e da tranquilidade da vida privada. Por sorte, tinha um irmão mais moço e mais promissor.

Edward já passara várias semanas na casa até conquistar a atenção da sra. Dashwood; ela estava tão aflita na época, que pouca atenção dava aos objetos ao seu redor. Viu apenas que ele era calado e discreto, e gostou dele por isso. Não perturbava a desolação de sua alma com conversas intempestivas. Foi pela primeira vez solicitada a observá-lo melhor e aprová-lo mais por uma reflexão que Elinor calhou de fazer um dia a respeito da diferença entre ele e a irmã. Era um contraste que o recomendava enfaticamente à mãe.

— Isso já é o bastante — falou ela —; dizer que ele não é como a Fanny já é o bastante. Isso implica todas as qualidades agradáveis. Eu já o amo.

— Acho que a senhora vai gostar dele — disse Elinor — quando souber mais a seu respeito.

— Gostar dele! — respondeu a mãe com um sorriso. — Não tenho sentimentos de aprovação inferiores ao amor.

— A senhora pode estimá-lo.

— Ainda não sei o que significa separar a estima do amor.

A sra. Dashwood passou a se esforçar para conhecê-lo melhor. As suas maneiras eram afetuosas e logo venceram a reserva do rapaz. Rapidamente compreendeu todos os seus méritos; o fato de ter-se persuadido do interesse dele por Elinor talvez tenha aguçado a sua perspicácia. Ela, no entanto, teve certeza do seu valor, e até aquele jeito calmo, que se opunha a todas as suas ideias de como devia ser o trato de um rapaz, deixou de ser desinteressante, quando soube que o seu coração era ardente e seu temperamento, carinhoso.

Tão logo percebeu algum sintoma de amor em seu comportamento com Elinor, julgou que uma relação séria era coisa certa e que o casamento em breve seria realidade.

— Em alguns meses, minha querida Marianne — disse ela —, Elinor muito provavelmente se terá estabelecido para a vida toda. Vamos sentir saudades; ela, porém, será feliz.

— Ah, mamãe, que faremos sem ela?

— Meu amor, mal será uma separação. Vamos viver a umas poucas milhas uma da outra e nos veremos todos os dias de nossa vida. Você vai ganhar um irmão, um irmão de verdade, carinhoso. Tenho a melhor opinião do mundo sobre o coração de Edward. Mas você parece muito séria, Marianne; desaprova a escolha da sua irmã?

— Talvez — disse Marianne — eu possa considerá-la com certa surpresa. Edward é muito simpático e tenho muito carinho por ele. Mesmo assim... ele não é o tipo de rapaz... falta-lhe alguma coisa... a sua aparência não impressiona; não tem nenhuma das qualidades que eu esperaria do homem que pudesse receber seriamente o afeto da minha irmã. Seus olhos carecem de todo aquele espírito, daquele fogo que anuncia ao mesmo tempo a virtude e a inteligência. Além disso, receio, mamãe, que ele não tenha um verdadeiro bom gosto. A música parece atraí-lo pouco e, embora admire muito os desenhos de Elinor, não é aquela admiração de quem entende o seu valor. É evidente que, apesar de sua frequente atenção a ela enquanto desenha, na verdade ele nada sabe sobre o assunto. Admira como um apaixonado, não como *connoisseur*. Para me satisfazer, essas características têm de vir juntas. Eu não poderia ser feliz com um homem cujo gosto não coincidisse em tudo com o meu. Ele tem de entrar em todos os meus sentimentos; os mesmos livros, a mesma música devem encantar-nos. Ah, mamãe, como era desanimado e insípido o jeito de Edward ao ler para nós a noite passada! Senti muito por minha irmã. Ela, porém, suportou aquilo com tanta compostura, que mal parecia notá-lo. Eu mal conseguia permanecer sentada. Ouvir aquelas belas linhas, que sempre quase me enlouquecem, pronunciadas com aquela calma impassível, com aquela indiferença medonha!

— Ele certamente teria feito justiça a uma prosa simples e elegante. Foi o que pensei na hora; você *devia* ter-lhe dado Cowper.

— Não, mamãe, nem Cowper é capaz de animá-lo! Porém, devemos respeitar a diferença de gostos. Elinor não tem os meus sentimentos e, portanto, pode passar por cima disso e ser feliz com ele. Mas teria partido o *meu* coração, se eu o amasse, vê-lo ler com tão pouca sensibilidade. Mamãe, quanto mais conheço o mundo, mais me convenço de que jamais encontrarei o homem que eu possa realmente amar. Sou tão exigente! Ele precisa ter todas as virtudes do Edward, e a sua pessoa e maneiras devem adornar essas qualidades com todos os encantos possíveis.

— Lembre-se, meu amor, você não tem nem dezessete anos. Ainda é muito cedo na vida para desesperar da felicidade. Por que teria menos sorte do que a sua mãe? Só numa circunstância, querida Marianne, espero que o seu destino seja diferente do dela!

Capítulo 4

— Que pena, Elinor — disse Marianne —, que Edward não tenha gosto pelo desenho.

— Não tenha gosto pelo desenho! — replicou Elinor —, por que acha isso? Ele não desenha, é verdade, mas tem muito prazer em ver outras pessoas desenharem, e eu lhe garanto que não lhe falta certo bom gosto natural, embora não tenha tido oportunidade de desenvolvê-lo. Se tivesse estudado, acho que desenharia muito bem. Ele tem tão pouca confiança em seu próprio julgamento em matérias como essa, que jamais quer dar sua opinião sobre nenhum desenho, contudo tem um bom gosto correto e simples que em geral o orienta perfeitamente bem.

Marianne tinha medo de ofendê-la e não tocou mais no assunto; entretanto, o tipo de aprovação que, segundo Elinor, lhe provocava ver outras pessoas desenharem estava muito longe do prazer arrebatador que, em sua opinião, era a única coisa a merecer o nome de bom gosto. Mesmo assim, se bem que rindo por dentro do equívoco, ela aprovou a irmã pela cega predileção por Edward que o provocara.

— Espero, Marianne — prosseguiu Elinor —, que não ache que ele não tem bom gosto. Na verdade, creio poder dizer que não pode ser assim, pois o seu comportamento com ele é perfeitamente cordial, e se fosse *aquela* a sua opinião, tenho certeza de que jamais seria gentil com ele.

Marianne não sabia o que dizer. Não queria de modo algum magoar a irmã e, no entanto, era-lhe impossível dizer alguma coisa em que não acreditasse. Por fim, respondeu:

— Não se ofenda, Elinor, se a minha estima por ele não for de todo igual à ideia que você faz dos seus méritos. Não tive tantas oportunidades de avaliar minuciosamente as menores inclinações da sua alma, as suas preferências e gostos, como você; mas tenho a mais alta consideração sobre a sua bondade e o seu bom-senso. Penso dele tudo o que é valioso e simpático.

— Estou certa — respondeu Elinor, com um sorriso — de que seus mais caros amigos não ficariam insatisfeitos com um elogio desses. Não vejo como poderia expressar-se em termos mais calorosos.

Marianne ficou feliz por ter contentado a irmã com tanta facilidade.

— De seu bom-senso e de sua bondade — continuou Elinor — acho que ninguém que tenha tido com ele uma conversa franca pode duvidar. A excelência da sua inteligência e dos seus princípios só pode ser ofuscada pela timidez que muitas vezes o faz permanecer calado. Você o conhece o bastante para fazer justiça ao seu grande valor. Porém, sobre as suas menores inclinações, como as chama, algumas circunstâncias especiais mantiveram você mais desconhecedora do que eu. Ele e eu muitas vezes passamos um bom tempo juntos, enquanto você se dedica completamente a mamãe, guiada pelos mais afetuosos princípios. Vi muitas coisas nele, estudei seus sentimentos e ouvi a sua opinião sobre assuntos de literatura e interesses: em resumo, ouso dizer que a mente dele é bem informada; o seu gosto pelos livros, excessivamente grande; sua imaginação, viva; sua observação, justa e correta; e seu gosto, delicado e puro. Seus talentos, em todos os aspectos, ganham com a familiaridade tanto quanto suas maneiras e pessoa. À primeira vista, seu trato certamente não impressiona, e sua pessoa dificilmente pode ser considerada bonita, até se perceber a expressão dos seus olhos, excepcionalmente bondosa, e a doçura geral de suas feições. Agora eu o conheço tão bem que o acho realmente bonito, ou pelo menos quase. O que me diz, Marianne?

— Logo, logo vou achá-lo bonito, Elinor, se é que já não o acho. Quando me diz que o ama como a um irmão, não verei maior imperfeição em seu rosto do que no coração.

Elinor assustou-se com essa declaração, e lamentou o ardor que atraiu ao falar sobre ele. Sentiu que Edward ocupava uma alta posição em sua estima. Achava que o afeto era recíproco, mas exigia maior certeza sobre isso para que a certeza de Marianne sobre a atração entre os dois lhe agradasse. Ela sabia que naquilo que Marianne e a mãe conjeturavam por um momento, no instante seguinte elas acreditavam, já que com elas desejar era esperar e esperar era ter a expectativa. Tentou explicar à irmã a real situação.

— Não tento negar — disse ela — que o tenho em altíssima consideração... que o estimo muito, que gosto dele.

Marianne, então, explodiu indignada:

— Estimo-o! Gosto dele! Insensível Elinor! Ah, pior que insensível! Envergonhada de não o ser. Use essas palavras de novo e eu sairei da sala imediatamente.

Elinor não pôde conter o riso.

— Peço desculpas — disse ela — e pode ter certeza de que não quis ofendê-la ao falar tão serenamente dos meus próprios sentimentos. Você pode crer que são mais fortes do que mencionei; pode crer, em suma, que eles são tais como os méritos dele e a suspeita... a esperança de seu afeto por mim podem assegurar, sem imprudência ou loucura. Porém, não creia mais do que isso. Não tenho nenhuma certeza do seu afeto por mim. Há momentos em que parece duvidosa a força desse sentimento; e, até os seus sentimentos se tornarem completamente conhecidos, não é de admirar o meu desejo de evitar qualquer encorajamento à minha própria queda por ele, crendo ou chamando-a de mais do que é. No fundo do coração, sinto pouca... ou quase nenhuma dúvida do interesse dele por mim. Mas há outros pontos a considerar, além da sua inclinação. Ele está longe de ser independente. Não sabemos o que a mãe dele é na realidade; contudo, da menção ocasional por parte da Fanny de seu comportamento e de suas opiniões, nunca estivemos inclinadas a considerá-la simpática; e, ou estou muito enganada, ou o próprio Edward não está consciente de que deve haver muitas dificuldades em seu caminho, se quiser casar-se com uma mulher que não tem nem uma grande fortuna nem uma alta posição na sociedade.

Marianne ficou pasmada ao descobrir o quanto a imaginação da sua mãe e a dela própria as havia desviado da verdade.

— E não está realmente noiva dele! — disse ela. — Não obstante, isso logo vai acontecer. Esse adiamento vai proporcionar duas vantagens. Eu não vou perdê-la tão cedo e Edward terá mais oportunidades de desenvolver um gosto natural pela sua atividade favorita, o que deve ser tão indispensavelmente necessário para a sua futura felicidade. Ah, se ele fosse estimulado pelo seu gênio a aprender a desenhar, que delícia seria!

Elinor dera sua verdadeira opinião à irmã. Não podia encarar sua queda por Edward de uma perspectiva tão favorável quanto Marianne acreditava que fosse. Havia nele, às vezes, uma falta de ânimo que, se não denotava indiferença, indicava algo quase tão pouco promissor. Uma dúvida sobre o afeto dela por ele, se é que a tivesse, provocaria nele apenas inquietação. Provavelmente não provocaria a depressão que com frequência o atingia. Uma causa mais razoável poderia ser a situação de dependência que o impedia de fruir de seu afeto. Ela sabia que o comportamento da mãe dele não lhe permitia uma situação financeira satisfatória no presente nem lhe dava nenhuma garantia de que pudesse formar um lar, sem atender estritamente às ideias dela sobre a sua futura alta condição. Sabendo disso, era impossível para Elinor sentir-se à vontade ao falar sobre o assunto. Estava longe de confiar no bom êxito dessa sua preferência por Edward, que sua mãe e sua irmã ainda consideravam certo. Não, quanto mais os dois ficavam juntos, mais duvidosa parecia a natureza dos sentimentos dele; e às vezes, durante alguns minutos dolorosos, ela acreditava que tudo não passava de amizade.

Mas, fossem quais fossem os limites desse sentimento, ele era suficiente, quando visto pela irmã dele, para inquietá-la e ao mesmo tempo (o que era ainda mais comum) torná-la grosseira. Ela aproveitou, então, a primeira oportunidade para afrontar a madrasta, falando-lhe com tanta expressividade das grandes expectativas do irmão, da decisão da sra. Ferrars de que ambos os filhos deveriam fazer bons casamentos e do perigo que corria qualquer mocinha que tentasse *seduzi-lo*, que a sra. Dashwood não pôde fingir não compreender nem tentar aparentar calma. Deu-lhe uma resposta que externava todo o seu desdém e de imediato deixou a sala, decidida que, fossem quais fossem os inconvenientes ou as despesas de uma mudança súbita, sua querida Elinor não devia expor-se por mais uma semana a tais insinuações.

Nesse estado de espírito, foi-lhe entregue uma carta pelo correio, contendo uma proposta que chegava na hora certa. Era a oferta de uma casinha, em ótimas condições de pagamento, pertencente a um parente seu, um cavalheiro de posses e de boa condição social em Devonshire. A carta era do próprio cavalheiro e estava escrita no autêntico espírito de um acordo amigável. Ele soubera que ela precisava de uma residência e, embora a casa que agora lhe oferecia não passasse de um chalé, garantia-lhe que seria feito tudo que ela julgasse necessário, se o lugar lhe agradasse. Depois de lhe descrever os pormenores da casa e do jardim, instou-a seriamente a virem ela e as filhas a Barton Park, lugar de sua própria residência, de onde poderiam julgar por si mesmas se o Chalé Barton, pois ambas as casas ficavam na mesma paróquia, poderia, com algumas reformas, tornar-se cômodo para elas. Parecia realmente desejoso de abrigá-la, e toda a carta fora escrita num estilo tão simpático que não poderia deixar de agradar à prima, sobretudo num momento em que ela estava sofrendo pelo comportamento frio e hostil de seus parentes mais próximos. Não precisou de muito tempo para deliberar ou pensar. Sua decisão já estava tomada ao terminar a carta. A localização de Barton, num condado tão distante de Sussex como Devonshire, o que, algumas horas antes, teria sido uma objeção suficiente para superar qualquer possível vantagem do lugar, era agora o seu principal atrativo. Deixar as vizinhanças de Norland não era mais um mal, era um objeto de desejo, era uma bênção, em comparação com a desgraça de continuar a ser hóspede da nora; e mudar-se para sempre desse lugar tão querido seria menos doloroso do que o habitar ou visitar enquanto uma mulher como aquela fosse a sua proprietária. Escreveu de imediato a *Sir* John Middleton uma carta agradecendo sua gentileza e aceitando a proposta, e logo se apressou em mostrar as duas cartas às filhas, uma vez que precisava ter a aprovação delas antes de enviar a resposta.

Elinor sempre achara que seria mais prudente para elas estabelecerem-se a alguma distância de Norland do que permanecerem nas proximidades de seus presentes relacionamentos. Sobre esse ponto, portanto, não seria ela a se opor à intenção da mãe de se mudar para Devonshire. A casa, também, tal como a descrevera *Sir* John, era de dimensões tão modestas e o aluguel era tão excepcionalmente módico, que não lhe dava ocasião para objeções sobre esse ponto; portanto, embora não fosse um plano que oferecesse muitos encantos à imaginação e fosse uma mudança para mais longe de Norland do que desejava, não tentou dissuadir a mãe de enviar uma carta de aceitação.

Capítulo 5

Tão logo foi postada a carta, a sra. Dashwood deu-se o prazer de anunciar à nora e ao sr. John Dashwood que já providenciara uma casa, e não mais os incomodaria assim que tudo estivesse pronto para habitá-la. Ouviram-na com surpresa. A sra. John Dashwood não falou nada, no entanto, o marido educadamente lhe disse esperar que não se mudariam para longe de Norland. Ela teve a grande satisfação de responder que estavam de partida para Devonshire. Edward voltou-se abruptamente para ela ao ouvir aquilo e, com um tom de voz surpreso e preocupado, para ela bastante previsível, replicou:

— Devonshire! Estão mesmo indo para lá? É tão longe daqui! E para que lugar de lá?

Ela lhe explicou a localização, quatro milhas ao norte de Exeter.

— Não passa de um chalé — prosseguiu ela —, mas espero poder receber nele muitos dos meus amigos. É possível acrescentar um ou dois quartos com facilidade e, se os meus amigos não tiverem problemas para viajar até tão longe para me ver, eu certamente também não terei nenhum em acomodá-los.

Concluiu ela com um gentilíssimo convite ao sr. e à sra. John Dashwood para uma visita a Barton, e a Edward, convidou-o com afeto ainda maior. Embora a última conversa com a nora a tivesse feito decidir-se a não permanecer em Norland por mais tempo do que o inevitável, ela não provocara na sra. Dashwood o mínimo efeito no que se referia ao ponto que fora especialmente visado. Separar Edward de Elinor estava tão longe de ser o seu objetivo quanto sempre estivera, e ela quis mostrar à sra. John Dashwood, com o enfático convite ao irmão, como desdenhara completamente a sua desaprovação pelo relacionamento entre os dois.

O sr. John Dashwood disse e redisse à mãe como lamentava infinitamente o fato de ela ter alugado uma casa a tal distância de Norland que lhe impedia qualquer ajuda no transporte das mobílias. Sentiu-se então escrupulosamente contrariado, pois a própria aplicação a que limitara o cumprimento da promessa feita ao pai se via impossibilitada por aquele acordo. A mobília foi toda transportada por via fluvial. Compunha-se principalmente de roupa de cama e mesa, prataria, porcelanas e livros, mais um belíssimo pianoforte de Marianne. A sra. John Dashwood assistiu desolada à partida dos pacotes: não conseguia deixar de achar intolerável que, com um rendimento tão insignificante em comparação com o dela própria, a sogra ainda pudesse ter tão belas mobílias.

A sra. Dashwood alugou a casa por doze meses; já estava mobiliada e a posse podia ser imediata. Não houve dificuldade de nenhuma das duas partes para chegarem a um acordo, e ela apenas aguardou que a mudança partisse de Norland e a definição de sua futura criadagem para partir para o oeste, e isso logo foi feito, já que era rapidíssima em fazer tudo que fosse do seu interesse. Os cavalos que o marido lhe deixara foram vendidos logo após a morte dele, e aparecendo então uma oportunidade de vender a carruagem, ela concordou em desfazer-se *dela* a conselho da ajuizadíssima filha mais velha. Para comodidade das filhas, se ela tivesse consultado apenas seus próprios desejos, tê-la-ia conservado; mas prevaleceu o discernimento de Elinor. A sabedoria dela também limitara o número de criados a três: duas criadas e um criado, que rapidamente escolheram entre a criadagem que as servia em Norland.

O criado e uma das criadas foram mandados de imediato a Devonshire para prepararem a casa para a chegada da patroa, visto que, como *Lady* Middleton era completamente desconhecida da sra. Dashwood, preferiu ir diretamente ao chalé a ser hóspede em Barton Park, e confiou tão irrestritamente na descrição que *Sir* John fizera da casa, que não teve curiosidade de examiná-la por si mesma antes de tomar posse dela. A pressa de ir embora de Norland não pôde diminuir, graças à evidente satisfação da nora à perspectiva da sua mudança, uma satisfação que só ligeiramente tentou esconder com um frio convite para que adiasse a partida. Aquela era a hora em que a promessa do filho adotivo ao pai podia ser cumprida com maior propriedade. Desde que ele deixara de cumpri-la ao chegar à casa, a saída delas de seu lar podia ser considerada a melhor ocasião para o seu cumprimento. Entretanto, a sra. Dashwood logo abandonou qualquer esperança com relação a isso e se convenceu, pelo tom geral das palavras dele, de que seu auxílio não iria além de mantê-las por seis meses em Norland. Ele falava com tanta frequência das crescentes despesas da casa e das perpétuas e incalculáveis exigências feitas ao seu bolso, a que um homem de certa posição na sociedade está exposto, que antes parecia estar necessitado de mais dinheiro do que disposto a gastar o que tinha.

Pouquíssimas semanas depois da chegada da primeira carta de *Sir* John Middleton a Norland, tudo já estava tão arrumado em sua futura residência que a sra. Dashwood e as filhas puderam dar início à viagem.

Muitas foram as lágrimas derramadas por elas nas últimas despedidas a um lugar tão querido. "Querida, querida Norland!", disse Marianne, enquanto caminhava sozinha diante da casa, na última noite de sua permanência lá, "quando deixarei de ter saudade de você!... quando aprenderei a ter um lar em outro lugar!... Ah, casa feliz, se pudesse saber como eu sofro ao ver você agora deste lugar, de onde talvez nunca mais possa vê-la!...

E vocês, árvores tão amigas!... Mas continuarão as mesmas... Nenhuma folha vai cair por causa da nossa mudança, nenhum galho se imobilizará, ainda que não possamos mais observá-las!... Não. Continuarão as mesmas, inconscientes do prazer ou do sofrimento que provocam e insensíveis a qualquer mudança naqueles que caminham sob a sua sombra!... Mas quem vai ficar para apreciá-las?".

Capítulo 6

A primeira parte da viagem transcorreu num clima melancólico demais para não ser tediosa e desagradável. Mas, ao se aproximarem do seu término, o interesse delas pela aparência da região em que iriam habitar superou a tristeza, e a vista que tiveram do Vale de Barton ao entrarem nele tornou-as alegres. Era um lugar ameno e fértil, com muitas árvores e rico em pastagens. Depois de serpentearem por ele durante mais de uma milha, chegaram à casa. Um jardinzinho verde na frente era a totalidade de seus domínios, e um portãozinho simples permitiu-lhes a entrada.

Como casa, o Chalé Barton, apesar de pequeno, era confortável e compacto, todavia como chalé deixava a desejar, pois a construção era regular, o teto era de telhas e as venezianas das janelas não estavam pintadas de verde, nem as paredes eram cobertas de madressilvas. Um corredor estreito levava diretamente através da casa até o jardim da parte de trás. Em cada lado da entrada ficava uma sala de estar de cerca de dezesseis pés quadrados e depois as dependências de serviço e as escadas. Quatro quartos e dois sótãos compunham o resto da casa. Não era muito velha e estava em bom estado. Comparada a Norland, era sem dúvida pobre e pequena, contudo, as lágrimas provocadas pelas lembranças enquanto entravam na casa logo se enxugaram. Ficaram contentes com a alegria dos criados à sua chegada, e cada uma decidiu mostrar-se contente para animar as outras. Era o comecinho de setembro. O dia estava lindo, e, pelo fato de verem o lugar pela primeira vez com a vantagem do bom tempo, tiveram uma boa impressão dele, o que foi de grande importância para que recebesse a aprovação final.

A localização da casa era boa. Havia altas colinas imediatamente atrás dela e a uma distância pequena de cada lado, algumas das quais eram chapadas abertas, outras eram cultivadas e arborizadas. O burgo de Barton ficava sobre uma dessas colinas e formava uma visão agradável quando visto das janelas do chalé. A perspectiva à frente era mais ampla: dominava a totalidade do vale e alcançava os campos além dele. As colinas que rodeavam o chalé limitavam o vale naquela direção; com outro nome e com outro curso, ele se estendia entre duas das mais íngremes dessas elevações.

Com o tamanho e a mobília da casa, a sra. Dashwood estava satisfeita no geral, porque, embora seu antigo estilo de vida tornasse indispensáveis alguns acréscimos à casa, ampliar e reformar eram um prazer para ela, e naquele momento dispunha de dinheiro suficiente para obter tudo que queria para aumentar a elegância dos cômodos. "Quanto à casa em si, não há dúvida", disse ela, "de que é pequena demais para a nossa família, porém estaremos toleravelmente bem por enquanto, pois o ano já vai avançado demais para fazer reformas. Talvez na primavera, se tiver dinheiro suficiente, como tenho certeza de que terei, poderemos pensar em reformas. Estas duas salas são pequenas demais para as festas de nossos amigos, já que pretendo vê-los muitas vezes reunidos aqui, e tenho planos de incluir o corredor numa delas, talvez com parte da outra, e assim deixar o resto da outra como entrada. Isso, com uma nova sala de visitas que pode ser facilmente adicionada e mais um quarto de dormir e um sótão, farão dele um chalezinho muito aconchegante. Eu preferiria que as escadas fossem mais bonitas. Mas não se pode esperar tudo, apesar de achar que não seria difícil alargá-las. Vou ver como estará a minha situação financeira na primavera e faremos nossos planos de reforma de acordo com ela".

Enquanto isso, até que todas essas melhorias pudessem ser feitas com as economias sobre uma renda de quinhentas libras anuais por uma mulher que nunca economizara nada na vida, elas foram sábias o bastante para se contentarem com a casa tal como estava, e cada uma delas tratou de resolver seus problemas particulares e de, arrumando livros e outros objetos à sua volta, fazer para si mesmas um lar. O pianoforte de Marianne foi desembalado e corretamente instalado, e os desenhos de Elinor foram afixados às paredes da sala de estar.

No dia seguinte, enquanto se ocupavam com essas coisas, foram interrompidas logo depois do café da manhã pela chegada do seu senhorio, que veio dar-lhes as boas-vindas a Barton e oferecer-lhes qualquer coisa de sua casa e jardim que lhes faltasse no momento. *Sir* John Middleton era um homem bem-apessoado, de cerca de quarenta anos. Tinha-as visitado anteriormente em Stanhill, mas há tempo demais para que suas jovens primas pudessem lembrar-se dele. Era muito bem-humorado e suas maneiras eram tão simpáticas quanto o estilo da carta. A chegada delas pareceu proporcionar-lhe uma real satisfação, e o conforto delas ser objeto de real preocupação para ele. Falou bastante de seu profundo desejo de que elas vivessem nos melhores termos com a sua família, e instou-as tão cordialmente a jantarem em Barton Park todos os dias até que estivessem bem acomodadas em casa, que, embora suas súplicas fossem levadas a um ponto de insistência além da polidez, elas não podiam ofendê-lo com uma recusa. Sua gentileza não se limitava às palavras, visto que, uma hora depois de sair, uma grande cesta cheia de hortaliças e frutas chegou de Barton Park, seguida antes do fim do dia por outra com carne de caça. Além disso, ele insistiu em levar-lhes e trazer-lhes a correspondência e em ter a satisfação de lhes enviar o jornal todos os dias.

Lady Middleton enviara-lhes por intermédio dele um bilhete muito gentil, que lhes comunicava sua intenção de aguardar a visita da sra. Dashwood para assim que não fosse inconveniente para ela; e como o bilhete foi respondido por um convite igualmente polido, Sua Senhoria lhes foi apresentada no dia seguinte.

Elas estavam, é claro, muito ansiosas por verem uma pessoa de quem boa parte de seu conforto em Barton dependeria, e a elegância de sua aparência foi favorável aos desejos delas. *Lady* Middleton não tinha mais de vinte e seis ou vinte e sete anos, o rosto era lindo, sua figura, alta e imponente, seu modo de falar, gracioso. Suas maneiras tinham toda a elegância que o marido desejava. Estas, porém, teriam sido ainda melhores se ela compartilhasse a franqueza e o calor do marido; e sua visita foi longa o bastante para diminuir um pouco a admiração inicial, mostrando que, se bem que perfeitamente educada, era reservada, fria e nada tinha a dizer por si mesma, além das mais triviais perguntas e observações.

Conversa, porém, era o que não faltava, pois *Sir* John era muito falante e *Lady* Middleton tomara a sábia precaução de trazer consigo seu filho mais velho, um lindo menininho de seis anos, com o que sempre havia um assunto a que as senhoras podiam recorrer em casos de emergência, uma vez que tinham de lhe perguntar o nome e a idade, admirar sua beleza e fazer-lhe perguntas a que a mãe respondia por ele enquanto ele se pendurava a ela e mantinha a cabeça baixa, para grande surpresa de Sua Senhoria, que ficou intrigada com o fato de ele ser tão tímido em sociedade quanto era levado em casa. Em toda visita formal deveria haver uma criança, para dar assunto às conversas. No presente caso, levou mais de dez minutos para se determinar se o menino era mais parecido com o pai ou com a mãe, e em que particular se parecia com cada um deles, porque naturalmente cada um tinha uma opinião diferente e se admirava com a dos outros.

Logo apareceu uma nova oportunidade para as Dashwood conversarem sobre as demais crianças, visto que *Sir* John não deixou a casa sem antes obter delas a promessa de jantarem em Barton Park na noite seguinte.

Capítulo 7

Barton Park ficava a cerca de meia milha do chalé. As Dashwood haviam passado por perto em seu trajeto pelo vale, mas não podiam vê-lo do chalé, pois a visão era obstruída por uma colina. A casa era ampla e bela, e o estilo de vida dos Middleton equilibrava hospitalidade e elegância. A primeira era para satisfação de *Sir* John, a segunda, para a de sua esposa. Raramente passavam sem a presença de alguns amigos na casa, e recebiam mais gente de todos os tipos do que qualquer outra família das redondezas. Isso era necessário para a felicidade de ambos, visto que, apesar de terem temperamentos e comportamentos diferentes, pareciam-se muito um com o outro na total falta de talento e de gosto, o que muito limitava as suas atividades não relacionadas com a vida social. *Sir* John era um esportista; *Lady* Middleton, uma mãe. Ele caçava e atirava, e ela fazia as vontades das crianças, e essas eram suas únicas atividades. *Lady* Middleton tinha a vantagem de poder mimar as crianças o ano inteiro, ao passo que as atividades independentes de *Sir* John existiam só metade do tempo. Compromissos ininterruptos em casa e fora, porém, supriam todas as deficiências de natureza e educação, fortaleciam o bom humor de *Sir* John e punham em prática a boa educação da esposa.

Lady Middleton cuidava pessoalmente da elegância da mesa e de todos os arranjos domésticos, e seu maior prazer em todas as festas vinha desse tipo de vaidade. Mas a satisfação de *Sir* John em sociedade era muito mais real: ele adorava reunir ao seu redor mais jovens do que caberiam em sua casa, e, quanto mais barulhentos eles fossem, maior era o seu prazer. Ele era uma bênção para toda a parte juvenil da vizinhança, porque no verão dava sempre festas em que se servia ao ar livre presunto frio e frango, e no inverno seus bailes particulares eram numerosos o bastante para qualquer jovem senhorita que já tivesse deixado para trás o insaciável apetite dos quinze anos.

A chegada de uma nova família era sempre motivo de alegria para ele, e de todos os pontos de vista estava encantado com os habitantes aos quais oferecera seu chalé de Barton. As srtas. Dashwood eram jovens, bonitas e naturais. Isso era o bastante para garantir a sua boa opinião, já que ser natural era tudo o que uma moça bonita podia querer para tornar sua alma tão cativante quanto sua pessoa. A amabilidade de seu caráter fê-lo ficar feliz por hospedar pessoas cuja situação poderia ser considerada infeliz, em comparação com a do passado. Ao demonstrar gentileza pelas primas, portanto, ele sentiu a verdadeira satisfação de um bom coração, e, ao estabelecer uma família composta só de mulheres no chalé, teve toda a satisfação de um esportista, pois um esportista, embora aprecie apenas aqueles do seu sexo que sejam igualmente esportistas, raramente deseja incentivar seu gosto admitindo-os numa residência em seu próprio solar.

A sra. Dashwood e suas filhas foram recebidas à porta da casa por *Sir* John, que lhes deu as boas-vindas a Barton Park com natural sinceridade e, enquanto as acompanhava até a sala de visitas, repetiu às jovens a preocupação que o mesmo tema lhe causara no dia anterior, qual seja, não ter conseguido chamar nenhum jovem elegante para apresentar a elas. Elas veriam, disse ele, apenas um cavalheiro, além dele mesmo; um amigo particular que estava hospedado no parque, mas não era nem muito jovem nem muito alegre. Esperava que todas elas lhe perdoassem a modéstia da festa e lhes garantiu que isso não se repetiria. Visitara diversas famílias aquela manhã, na esperança de aumentar o número de convidados, entretanto, aquela seria uma noite de luar e todos já estavam cheios de compromissos. Por sorte, a mãe de *Lady* Middleton chegara a Barton havia uma hora, e, como era uma mulher muito alegre e agradável, ele esperava que as jovens não achassem tudo aquilo tão aborrecido como imaginavam. As jovens, assim como sua mãe, estavam perfeitamente satisfeitas por terem só dois estranhos na festa, e não queriam mais.

A sra. Jennings, mãe de *Lady* Middleton, era uma mulher bem-humorada, alegre, gorda e idosa, que falava muito, parecia muito feliz e um tanto vulgar. Ria muito, contava muitas anedotas e, antes do fim do jantar, já havia dito muitas coisas divertidas sobre amantes e maridos; disse esperar que elas não tivessem deixado o coração para trás, em Sussex, e fingiu vê-las corar, tenham elas corado ou não. Marianne ficou contrariada com aquilo por causa da irmã e cravou os olhos em Elinor para ver como suportava aqueles ataques, com uma seriedade que perturbou muito mais a Elinor do que as brincadeiras triviais da sra. Jennings.

O coronel Brandon, o amigo de *Sir* John, por semelhança de maneiras parecia tão pouco adequado a ser seu amigo quanto *Lady* Middleton a ser sua esposa, ou a sra. Jennings a ser a mãe de *Lady* Middleton. Era calado e sério. Sua aparência, porém, não era desagradável, apesar de ser, na opinião de Marianne e Margaret, um solteirão completo, por estar do lado errado dos trinta e cinco anos; ainda que seu rosto não fosse bonito, a sua expressão era inteligente e o seu trato, especialmente cavalheiresco.

Nada havia em nenhum dos convivas que os pudesse recomendar como companhia para as Dashwood, contudo, a fria insipidez de *Lady* Middleton era tão especialmente repulsiva, que em comparação a gravidade do coronel Brandon e até a turbulenta alegria de *Sir* John e de sua sogra se tornavam interessantes. *Lady* Middleton só pareceu animar-se com a entrada de seus quatro ruidosos filhos depois do jantar, que a puxaram de um lado para o outro, rasgaram sua roupa e puseram um ponto-final em todo tipo de conversa, exceto as relacionadas a eles.

Ao cair da tarde, quando se descobriu que Marianne tinha talentos musicais, convidaram-na a tocar. O instrumento estava aberto, todos se prepararam para grandes arroubos musicais, e Marianne, que cantava muito bem, a pedidos começou a cantar a primeira das canções que *Lady* Middleton trouxera consigo para a família ao casar e cuja partitura talvez estivesse na mesma posição sobre o piano desde então, pois Sua Senhoria celebrara aquele acontecimento abrindo mão da música, se bem que, segundo a mãe, ela tocasse muitíssimo bem e, segundo ela mesma, gostasse muito de fazê-lo.

O desempenho de Marianne foi muito aplaudido. *Sir* John manifestava sonoramente sua admiração ao fim de cada canção e era igualmente sonoro em suas conversas com os outros enquanto ela cantava. *Lady* Middleton o repreendeu várias vezes, já que não entendia como a atenção de alguém pudesse ser distraída da música por um instante que fosse, e pediu a Marianne que cantasse uma determinada canção que ela acabara de cantar. Só o coronel Brandon, entre todos os convivas, a ouvia sem se extasiar. Fez-lhe apenas a gentileza de prestar atenção, e naquela ocasião ela sentiu respeito por ele, o que os outros, com toda razão, haviam perdido, por absoluta falta de gosto. Seu amor pela música, embora não se elevasse ao prazer extático, o único que poderia afinar-se com o dela, era considerável em comparação com a horrível insensibilidade dos outros, e ela era razoável o bastante para admitir que um homem de trinta e cinco anos podia muito bem ter sobrevivido a toda agudeza de sentimentos e a todo fino poder de deleitar-se. Estava perfeitamente disposta a fazer toda espécie de concessão à idade avançada do coronel exigida pela compaixão.

Capítulo 8

A sra. Jennings era uma viúva que recebera uma rica herança. Tinha só duas filhas, e viveu o bastante para ver ambas respeitavelmente casadas. Assim, não tinha agora mais nada para fazer, a não ser conseguir casamento para todo o resto do mundo. Era dedicadamente ativa na promoção desse objetivo, até onde sua capacidade podia ir, e não perdia nenhuma oportunidade de projetar casamentos entre todos os jovens de seu conhecimento. Era impressionantemente rápida em descobrir inclinações e gozara da vantagem de provocar o rubor e a vaidade de muitas jovens com suas insinuações a respeito do poder delas sobre determinado rapaz; e esse tipo de discernimento permitiu-lhe logo após a sua chegada a Barton anunciar em caráter definitivo que o coronel Brandon estava completamente apaixonado por Marianne Dashwood. Ela até suspeitara disso na primeira noite em que estiveram juntos, por ter ele escutado com tanta atenção enquanto ela cantava para eles; e quando a visita foi retribuída pelos Middleton num jantar no chalé, a suspeita foi confirmada pelo fato de o coronel tê-la escutado de novo. Só podia ser isso. Estava plenamente convencida. Seria um casal perfeito, pois ele era rico e ela era bonita. A sra. Jennings estava ansiosa por ver o coronel Brandon bem casado, desde que a sua relação com *Sir* John o trouxe ao seu conhecimento, e sempre estava à caça de um bom marido para cada moça bonita.

A vantagem imediata que ela ganhava com aquilo não era de modo algum insignificante, porque lhe proporcionava um sem-número de anedotas contra os dois. Em Barton Park ria do coronel; no chalé, de Marianne. Para o primeiro, sua troça era provavelmente, visto que atingia só a ele, completamente indiferente; mas, para a segunda, de início foi incompreensível e, quando Marianne compreendeu o objetivo dela, não sabia se devia rir daquele absurdo ou reprovar a sua impertinência, uma vez que considerava aquilo uma reflexão insensível sobre a idade avançada do coronel e de sua desesperada condição de velho solteirão.

A sra. Dashwood, que não conseguia julgar um homem cinco anos mais jovem do que ela tão enormemente velho como ele aparecia à imaginação da filha, arriscou-se a defender a sra. Jennings da suspeita de querer ridicularizar a idade dele.

— Mas pelo menos, mamãe, a senhora não pode negar o absurdo da acusação, mesmo que não a considere mal-intencionada. O coronel Brandon é, sem dúvida, mais jovem que a sra. Jennings, mas tem idade para ser *meu* pai; e, se alguma vez já foi animado o bastante para se apaixonar, deve ter sobrevivido a toda sensação desse tipo. É ridículo demais! Quando é que um homem se vê livre de gracejos como esse, se nem a idade nem a doença o protegem?

— Doença! — disse Elinor. — Considera o coronel Brandon um homem doente? Posso entender que a idade dele pareça muito maior para você do que para mamãe, contudo, não pode iludir-se quanto ao fato de ele ter o uso de seus membros!

— Não o ouviu queixando-se de reumatismo? E essa não é a doença mais comum da velhice?

— Minha queridíssima filha — disse a mãe, rindo —, nesse ritmo você deve estar em contínuo terror quanto ao *meu* declínio e achar um milagre que a minha vida se tenha prolongado até a avançada idade de quarenta anos!

— Mamãe, a senhora está sendo injusta comigo. Sei muito bem que o coronel Brandon ainda não é velho o bastante para tornar seus amigos apreen-sivos de perdê-lo no curso natural das coisas. Pode viver ainda mais vinte anos. Entretanto, trinta e cinco anos já não têm nada a ver com casamento!

— Talvez — disse Elinor — seja melhor dizer que trinta e cinco e dezessete não têm nada a ver com um casamento de um com o outro. Mas se por acaso houvesse uma mulher de vinte e sete anos, solteira, não acho que os trinta e cinco anos do coronel Brandon constituiriam obstáculo para que casasse com *ela*.

— Uma mulher de vinte e sete anos — disse Marianne, após uma pausa — não pode mais esperar sentir ou inspirar amor, e se sua casa não for confortável ou se suas posses forem modestas, acho que deva oferecer os serviços de enfermeira, em troca de sustento e da segurança de uma esposa. Casar com uma mulher assim, portanto, nada teria de inadequado. Seria um pacto de conveniência, e a sociedade ficaria satisfeita. A meu ver, não seria absolutamente um casamento, não seria nada. Para mim, seria só uma troca comercial, em que cada um pretende lucrar à custa do outro.

— Seria impossível, eu sei — replicou Elinor —, convencer você de que uma mulher de vinte e sete anos possa sentir por um homem de trinta e cinco algo bastante próximo do amor, para torná-lo uma companhia agradável para ela. Mas discordo de você condenar o coronel Brandon e sua esposa a um confinamento perpétuo num quarto de doentes, só porque ontem (um dia muito frio e úmido) ele se queixou de uma leve dor reumática num dos ombros.

— Mas ele falou de camisetas de flanela — disse Marianne — e, para mim, camisetas de flanela estão sempre ligadas a dores, cãibras, reumatismos e todos os tipos de achaques que possam atingir os velhos e os fracos.

— Se ele estivesse com uma febre violenta, não o teria desprezado tanto. Confesse, Marianne, não há alguma coisa interessante para você no rosto ardente, nos olhos vazios e no pulso rápido de uma febre?

Logo depois disso, quando Elinor deixou a sala, Marianne disse:

— Mamãe, tenho algo a dizer a respeito de doenças, que não posso esconder da senhora. Tenho certeza de que Edward Ferrars não está bem. Já estamos aqui há quase quinze dias e ele ainda não chegou. Só uma grave indisposição poderia provocar esse atraso extraordinário. Que mais pode detê-lo em Norland?

— Achava que ele viria logo? — disse a sra. Dashwood. — Eu, não. Ao contrário, se senti alguma ansiedade sobre esse assunto, foi ao lembrar que às vezes ele mostrava certa falta de prazer e de presteza ao aceitar o meu convite, quando lhe falava em vir a Barton. Elinor já está esperando-o?

— Nunca toquei no assunto com ela, mas é claro que deve estar.

— Acho que está enganada, porque ao falar com ela ontem sobre a compra de uma nova grade para o quarto de hóspedes, ela observou que não havia pressa, pois provavelmente o quarto não seria usado por algum tempo.

— Que estranho! Qual pode ser o significado disso? Mas todo o comportamento de um com o outro tem sido inexplicável! Como foram frias e comedidas as despedidas! Como foi lânguida a conversa entre eles na última noite em que ficaram juntos! No adeus de Edward não houve diferença entre Elinor e mim: foram as despedidas de um afetuoso irmão de ambas. Duas vezes eu os deixei juntos de propósito, na última manhã, e nas duas vezes ele inexplicavelmente me seguiu para fora da sala. E Elinor, ao deixar Norland e Edward, não chorou como eu. Ainda agora, o seu autocontrole é o mesmo. Quando será que ela fica desalentada ou melancólica? Quando tenta evitar companhia ou parece agitada e insatisfeita quando não está só?

Capítulo 9

As Dashwood estavam já estabelecidas em Barton com aceitável conforto. A casa e o jardim, com tudo que os circundava, haviam-se tornado familiares, e as ocupações cotidianas que haviam dado a Norland metade dos seus encantos foram retomadas com uma alegria muito maior que Norland fora capaz de proporcionar desde o falecimento do seu pai. *Sir* John Middleton, que as visitara diariamente nos primeiros quinze dias e não estava acostumado a ver muita ocupação em casa, não podia esconder seu espanto por encontrá-las sempre ativas.

As visitas que recebiam, salvo as de Barton Park, não eram muitas, porque, apesar dos pedidos insistentes de *Sir* John para que frequentassem mais a vizinhança, e das reiteradas afirmações de que sua carruagem estava sempre à disposição, a independência de espírito da sra. Dashwood superava o desejo de companhia para as filhas, e ela estava decidida a recusar-se a visitar qualquer família além da distância de uma caminhada. Poucas havia que coubessem nessa categoria e nem todas eram acessíveis. Cerca de uma milha e meia do chalé, ao longo do tortuoso vale do Allenham, que tinha origem no vale de Barton, como foi mencionado, as meninas, numa de suas primeiras caminhadas, descobriram uma velha mansão de aspecto respeitável que, por lhes lembrar um pouco Norland, interessara à imaginação delas e as fizera querer conhecê-la melhor. Entretanto, ficaram sabendo, ao perguntarem, que a sua proprietária, uma velha senhora de muito bom caráter, infelizmente estava demasiado enferma para se relacionar com a sociedade e nunca saía de casa.

Toda a região ao redor delas estava cheia de lindos passeios. As altas colinas que as convidavam em quase todas as janelas do chalé a buscarem o refinado desfrute do ar de seus cumes eram uma alternativa feliz, quando a poeira dos vales abaixo deles aprisionava suas maiores belezas. E foi para uma dessas colinas que, numa manhã memorável, Marianne e Margaret dirigiram seus passos, atraídas pela parte de sol que se mostrava num céu chuvoso, e incapazes de tolerar por mais tempo o confinamento que a chuva contínua dos dois dias anteriores impusera. O tempo não era tentador o bastante para afastar as duas outras do lápis e do livro, apesar da declaração de Marianne de que faria bom tempo até a noite e que todas as nuvens ameaçadoras se retirariam das colinas; e as duas meninas partiram juntas.

Subiram alegremente as colinas, contentes com sua própria perspicácia a cada traço de céu azul e, quando sentiram no rosto as excitantes lufadas de um forte vento sudoeste, tiveram pena dos receios que impediram sua mãe e Elinor de compartilhar aquelas sensações tão deliciosas.

— Haverá felicidade no mundo — disse Marianne — maior do que esta? Margaret, vamos passear por aqui por pelo menos duas horas.

Margaret concordou e elas seguiram caminho contra o vento, resistindo a ele com risadas prazerosas por cerca de vinte minutos, quando de repente as nuvens se reuniram sobre suas cabeças e uma forte chuva atingiu em cheio suas faces. Contrariadas e surpresas, foram obrigadas, ainda que contra a vontade, a dar meia-volta, visto que não havia nenhum abrigo mais próximo que sua própria casa. Restou, porém, um consolo para elas, ao qual as necessidades do momento davam mais do que a conveniência usual: correr a toda a velocidade pelo lado escarpado da colina que levava direto ao portão do jardim.

Começaram a correr. Primeiro, Marianne saiu em vantagem, porém, um passo em falso a levou bruscamente ao chão, e Margaret, não podendo parar para ajudá-la, continuou correndo sem querer e chegou ao pé da colina em segurança.

Um cavalheiro que portava uma arma, com dois *pointers* de caça a brincar ao seu redor, estava passando no topo da colina, a poucas jardas de Marianne, quando ocorreu o acidente. Ele baixou a arma e correu para ajudá-la. Ela se erguera do chão, mas torcera o pé ao cair e mal conseguia ficar de pé. O cavalheiro ofereceu seus serviços e, percebendo que sua modéstia declinava o que a situação tornava necessário, pegou-a nos braços sem mais tardar e carregou-a colina abaixo. Atravessando então o jardim, cujo portão Margaret deixara aberto, carregou-a diretamente para dentro da casa, onde esta acabara de chegar, e não a largou até que a fez sentar-se numa cadeira da sala de estar.

Elinor e a mãe ergueram-se assustadas à entrada deles e, enquanto os olhos das duas se fixaram nele com evidente espanto e uma secreta admiração que também tinha origem na aparência dele, ele se desculpou pela intrusão, citando a sua causa de maneira tão sincera e graciosa que a sua pessoa, que era extraordinariamente bela, ganhou encantos adicionais por sua voz e sua expressão. Ainda que fosse velho, feio e vulgar, teria contado com a gratidão e a gentileza da sra. Dashwood pelo ato de atenção com sua filha, contudo, a influência da juventude, da beleza e da elegância deu um interesse à ação que tocou os sentimentos dela.

Ela lhe agradeceu repetidas vezes e, com o jeito doce que sempre a acompanhava, convidou-o a se sentar. No entanto, ele declinou, porque estava sujo e molhado. A sra. Dashwood, então, rogou-lhe que lhe dissesse a quem estava agradecida. Seu nome, respondeu ele, era Willoughby, e seu atual lar ficava em Allenham, de onde esperava que ela lhe permitisse ter a honra de visitá-la no dia seguinte, para ter notícias da srta. Dashwood. A honra foi prontamente concedida e ele então partiu, para tornar-se ainda mais interessante, no meio de uma pesada chuva.

Sua beleza masculina e sua graça extraordinária tornaram-se de imediato motivo de admiração geral, e o riso que sua galanteria provocou à custa de Marianne recebeu um estímulo particular dos seus atrativos exteriores. A própria Marianne vira menos de sua pessoa do que as demais, pois a confusão que enrubesceu seu rosto quando ele a erguera lhe roubou o poder de olhar para ele depois que entraram em casa. Não obstante, vira o suficiente para juntar-se à admiração das outras, e com uma energia que sempre dava beleza ao seu louvor. A pessoa e o jeito dele eram iguais aos que a sua fantasia sempre atribuíra ao herói de uma história favorita, e, ao carregá-la para casa com tão poucas formalidades prévias, mostrou uma presteza de pensamento que garantiu à sua ação um apreço especial da parte dela. Todas as circunstâncias que o envolviam eram interessantes. O nome era bom, sua residência era no seu burgo favorito e ela logo descobriu que, de todos os trajes masculinos, o casaco de caçador era o mais atraente. Sua imaginação disparara, suas reflexões eram deliciosas, e a dor do tornozelo torcido foi deixada de lado.

Sir John veio visitá-las tão logo o próximo intervalo de bom tempo daquela manhã lhe permitiu sair de casa, e, ao contarem a ele o acidente de Marianne, perguntaram-lhe insistentemente se conhecia algum cavalheiro de nome Willoughby em Allenham.

— Willoughby! — exclamou *Sir* John. — O quê? *Ele* está na região? Eis uma boa notícia. Amanhã vou a cavalo até sua casa convidá-lo para jantar na quinta-feira.

— Conhece-o, então — disse a sra. Dashwood.

— Se o conheço! Claro que sim. Pudera, ele vem para cá todos os anos.

— E que tipo de jovem é ele?

— O melhor sujeito que se pode ser, garanto. Um ótimo tiro, e não há cavaleiro mais ousado que ele na Inglaterra.

— E isso é tudo o que o senhor pode dizer sobre ele? — exclamou Marianne, indignada. — Como ele é quando o conhecemos mais intimamente? Quais são suas ocupações, seus talentos, seu gênio?

Sir John ficou um tanto confuso.

— Palavra de honra — disse ele —, não sei muito sobre ele, no que se refere a essas coisas. Entretanto ele é um sujeito agradável e bem-humorado, e tem a melhor cadelinha *pointer* preta que já vi. Ela estava lá com ele hoje?

Marianne, porém, não pôde satisfazê-lo mais quanto à cor da *pointer* do sr. Willoughby do que ele pôde descrever os matizes da sua alma.

— Mas quem é ele? — disse Elinor. — De onde é? Tem uma casa em Allenham?

Sobre isso, *Sir* John pôde dar informações mais precisas e disse que o sr. Willoughby não tinha nenhuma propriedade na região; residia ali apenas quando estava de visita à velha senhora em Allenham Court, de quem era parente, cujas propriedades deveria herdar; e acrescentou:

— Sim, sim, posso dizer que ele bem merece ser conquistado, sra. Dashwood. Além disso, tem uma linda pequena propriedade em Somersetshire e, em seu lugar, eu não abriria mão dele para minha filha mais jovem, apesar de todo esse trambolhão colina abaixo. A srta. Marianne não deve esperar ter todos os homens para si. Brandon ficará com ciúmes, se ela não tomar cuidado.

— Não creio — disse a sra. Dashwood, com um sorriso bem-humorado — que o sr. Willoughby fique incomodado com as tentativas de nenhuma de *minhas* filhas para o que o senhor chama *conquistá-lo*. Não é uma atividade para a qual tenham sido educadas. Os homens estão perfeitamente seguros conosco, até mesmo quando são assim tão ricos. Fico feliz, no entanto, ao ouvi-lo dizer que ele é um jovem respeitável, cuja frequentação não será inadmissível.

— Acho que ele é o melhor sujeito que se possa ser — repetiu *Sir* John. — Lembro-me de que no Natal passado, num bailinho no parque, ele dançou das oito às quatro, sem parar para sentar nenhuma vez.

— Ele fez isso? — exclamou Marianne com os olhos brilhantes. — E com elegância, com alma?

— Sim; e estava de pé de novo às oito, pronto para cavalgar.

— É disso que eu gosto, é assim que um rapaz deve ser. Sejam quais forem suas ocupações, sua entrega ao que faz não deve ter limites, nem deixar que tenha o senso do cansaço.

— Ai, ai, estou vendo tudo — disse *Sir* John —, estou vendo tudo. Vai dar em cima dele agora e nunca mais vai pensar no pobre Brandon.

— Essa é uma expressão, *Sir* John — disse Marianne, energicamente —, que eu particularmente detesto. Odeio todos os lugares-comuns com um subentendido picante; e "dar em cima de um homem" ou "fazer uma conquista" são os mais abomináveis de todos. Tendem à grosseria e à vulgaridade, e se a criação de tais expressões pôde alguma vez ser considerada inteligente, o tempo há muito destruiu toda essa engenhosidade.

Sir John não entendeu muito bem aquela admoestação, mas deu uma boa gargalhada, como se tivesse entendido, e então respondeu:

— Ai, tenho certeza de que fará muitas conquistas, de um jeito ou de outro. Coitado do Brandon! Ele já está totalmente apaixonado e vale a pena dar em cima dele, posso dizer, apesar de todo esse trambolhão e dessa torção de tornozelo.

Capítulo 10

No dia seguinte, o protetor de Marianne — como Margaret, com mais elegância do que precisão, intitulou Willoughby — visitou o chalé de manhã cedo, para fazer suas investigações pessoais. Foi recebido pela sra. Dashwood com mais do que polidez, com uma gentileza que a descrição que *Sir* John fizera dele e a sua própria gratidão exigiam. E tudo o que se passou durante a visita tendeu a certificar-lhe a sensatez, a elegância, o afeto mútuo e o conforto doméstico da família à qual o acidente o apresentara. Os encantos pessoais delas, porém, não exigiram uma segunda entrevista para convencê-lo.

A srta. Dashwood tinha tez delicada, feições regulares e uma aparência notavelmente bonita. Marianne era ainda mais bonita. Sua silhueta, embora não tão correta quanto a da irmã, tendo a vantagem da altura impressionava mais, e o seu rosto era tão encantador que, quando lhe dirigiam o elogio batido de chamá-la uma bela menina, a verdade era menos violentamente ultrajada do que sói acontecer. Sua pele era muito morena, mas com a sua transparência tornava-se extraordinariamente brilhante. Suas feições eram belas. O sorriso era doce e atraente, e nos olhos, que eram muito escuros, havia uma vida, um espírito, uma vivacidade que não se podiam ver sem prazer. No começo, ocultou de Willoughby a expressividade deles, pelo embaraço criado pela recordação de sua ajuda. Todavia, quando aquilo passou, quando recuperou o controle dos nervos, quando viu que à perfeita educação do cavalheiro ele unia franqueza e vivacidade e, acima de tudo, quando o ouviu declarar que era apaixonado por música e dança, ela lhe lançou um tal olhar de aprovação que garantiu para si mesma a maior parte da sua conversação pelo resto da visita.

Bastou mencionar a sua diversão predileta para levá-la a falar. Ela não conseguia permanecer calada quando esses assuntos eram mencionados, e não era nem tímida nem reservada quando se tratava de discuti-los. Rapidamente descobriram que o prazer da dança e da música era recíproco e que isso era causado por uma conformidade geral de julgamento em tudo o que se referia a ambos. Incentivados por isso a um exame mais aprofundado de suas opiniões, ela passou a lhe fazer perguntas sobre livros; seus autores favoritos foram mencionados e explicados com prazer tão arrebatador, que qualquer jovem de vinte e cinco anos seria sem dúvida insensível se não se convertesse imediatamente à excelência de tais obras, ainda que antes as desdenhasse. Seus gostos eram impressionantemente parecidos. Os mesmos livros, os mesmos trechos eram idolatrados por ambos... ou pelo menos, se se revelou alguma diferença, se se levantou alguma objeção, elas só duraram até que a força dos argumentos e o brilho dos olhos dela se mostrassem. Ele concordou com todas as decisões dela, compartilhou todo o seu entusiasmo e, muito antes de terminar a visita, conversavam com a familiaridade de velhos conhecidos.

— Bem, Marianne — disse Elinor assim que ele saiu —, para *uma só* manhã acho que foi muito bem. Já averiguou a opinião do sr. Willoughby sobre quase todos os assuntos importantes. Já sabe o que ele acha de Cowper e Scott, tem certeza de que ele aprecia como deveria as belezas de seus textos, e já recebeu todas as garantias de que ele não admira Pope mais do que deve. No entanto, como o seu relacionamento poderá durar muito com essa extraordinária rapidez no trato de todos os assuntos de conversação? Logo terá esgotado todos os seus temas prediletos. Mais um encontro bastará para que ele explique seus sentimentos sobre a beleza pinturesca e segundos casamentos, e então já não terá nada para perguntar.

— Elinor — exclamou Marianne —, isso é justo? Será que as minhas ideias são tão poucas? Contudo, entendo o que quer dizer. Fiquei muito à vontade, fui alegre e franca demais. Pequei contra toda noção corriqueira de decoro; fui aberta e sincera quando devia ter sido reservada, obtusa, estúpida e falsa. Se tivesse falado só do tempo e da condição das estradas e só tivesse aberto a boca uma vez a cada dez minutos, não teria merecido essa censura.

— Meu amor — disse a mãe —, não deve ofender-se com Elinor; era só brincadeira. Eu mesma ralharia com ela, se ela fosse capaz de querer estorvar o prazer da sua conversa com o nosso novo amigo.

Marianne logo se acalmou com isso.

Willoughby, por seu lado, deu todas as mostras de seu prazer em conhecê-las, como provava seu evidente desejo de aprofundá-lo. Passou a visitá-las todos os dias. Ter notícias de Marianne foi no começo o seu pretexto, mas o encorajamento da sua recepção, que crescia em delicadeza a cada dia, tornou desnecessária essa desculpa antes que cessasse de ser possível, com a perfeita recuperação de Marianne. Ela ficou presa em casa durante alguns dias, porém nunca uma prisão foi menos maçante. Willoughby era um jovem de muita capacidade, imaginação rápida, ânimo vivaz e maneiras abertas e carinhosas; exatamente o que era preciso para conquistar o coração de Marianne, pois a tudo isso ele unia não só uma aparência cativante, mas também um fervor natural da alma, que agora despertara e crescera pelo exemplo dela e que o recomendava à sua afeição mais do que tudo.

Sua companhia tornou-se aos poucos a maior alegria dela. Liam, falavam, cantavam juntos; seus talentos musicais eram consideráveis, e ele lia com toda a sensibilidade e o espírito de que Edward infelizmente carecia.

Na opinião da sra. Dashwood, ele era tão impecável quanto na de Marianne, e Elinor nada viu que o desabonasse, senão uma propensão, pela qual ele muito se assemelhava à irmã e a esta particularmente agradava, a dizer tudo o que pensava em cada oportunidade, sem cuidar das pessoas ou das circunstâncias. Ao formar e dar rapidamente sua opinião sobre as outras pessoas, sacrificando a polidez geral ao gozo da atenção integral ao que o coração lhe ditava, e ao desdenhar com demasiada facilidade as formalidades da correção em sociedade, ele exibia uma falta de prudência que Elinor não podia aprovar, apesar de tudo o que ele e Marianne pudessem dizer em seu favor.

Marianne começava agora a perceber que o desespero que tomara conta dela, aos dezesseis anos e meio, de jamais encontrar um homem que pudesse satisfazer suas ideias de perfeição havia sido temeráril e injustificável. Willoughby era tudo o que — naquela hora infeliz e em qualquer época mais brilhante — a sua fantasia imaginara ser capaz de atraí-la, e o comportamento dele mostrava que os desejos dele eram, a esse respeito, tão ardentes quanto eram grandes as suas capacidades.

Sua mãe também, em cuja mente não surgira nenhuma ideia especulativa acerca do casamento entre os dois, por sua perspectiva de riqueza foi levada antes do fim de uma semana a esperar e ter expectativas a respeito disso, e a felicitar-se secretamente por ter ganhado dois genros como Edward e Willoughby.

A queda do coronel Brandon por Marianne, que logo fora descoberta pelos amigos, agora pela primeira vez se tornou perceptível a Elinor, quando deixava de ser observada por eles. A atenção e a finura deles passaram a se concentrar em seu rival mais afortunado, e a troça de que o outro fora objeto antes que surgisse a paixão cessou quando seus sentimentos começaram realmente a merecer o ridículo, que com justiça se vincula à sensibilidade. Elinor foi obrigada, ainda que contra a vontade, a acreditar que os sentimentos que a sra. Jennings, para sua própria diversão, atribuíra ao coronel eram agora realmente provocados pela irmã e que, embora uma semelhança geral de temperamento entre as partes pudesse favorecer o afeto do sr. Willoughby, uma oposição de caráter igualmente violenta não era empecilho aos sentimentos do coronel Brandon. Ela percebeu isso com preocupação, pois o que poderia um homem sisudo, de trinta e cinco anos, contra um de vinte e cinco, cheio de vida? E como nem sequer podia querer que ele fosse bem-sucedido, desejou ardentemente que se tornasse indiferente. Gostava dele, apesar da gravidade e da reserva, e o considerava digno de interesse. Suas maneiras, se bem que sérias, eram meigas, e sua reserva parecia mais o resultado de certa opressão da alma do que de um temperamento melancólico. *Sir* John fez algumas indiretas sobre mágoas e decepções passadas, o que justificava sua opinião de que se tratava de um homem infeliz, e o considerava com respeito e compaixão.

Talvez sentisse mais compaixão e estima por ele porque era desdenhado por Willoughby e Marianne, que, prevenidos contra ele por não ser nem cheio de vida nem jovem, pareciam decididos a menosprezar seus méritos.

— Brandon é o tipo de homem — disse Willoughby um dia, quando estavam conversando sobre ele — de que todos falam bem e no qual ninguém presta atenção, que todos têm prazer em ver e com quem ninguém se lembra de conversar.

— É exatamente isso que acho dele! — exclamou Marianne.

— Não se gabem disso, porém — comentou Elinor —, porque é uma injustiça da parte dos dois. Toda a família de Barton Park o estima muito, e eu mesma nunca o vejo sem que faça todo o possível para conversar com ele.

— Que esteja do lado dele — replicou Willoughby — é com certeza algo que conta em favor dele, mas, quanto à estima dos outros, trata-se de uma censura em si mesma. Quem se sujeitaria à indignidade de ser aprovado por mulheres como *Lady* Middleton e a sra. Jennings, algo que provocaria a indiferença de todos os outros?

— Mas talvez o desapreço de pessoas como o senhor e Marianne equilibre o apreço de *Lady* Middleton e de sua mãe. Se o elogio delas é censura, a censura de vocês pode ser elogio, já que a falta de discernimento delas não é maior do que os preconceitos e as injustiças de vocês.

— Em defesa do seu *protégé* a senhorita pode até ser insolente.

— Meu *protégé*, como o chama, é um homem sensível, e os sentimentos sempre terão seus atrativos para mim. Sim, Marianne, mesmo num homem entre os trinta e os quarenta. Ele viu muita coisa no mundo, esteve no estrangeiro, leu e tem uma mente pensante. Achei-o capaz de dar-me muitas informações sobre diversos assuntos e sempre respondeu às minhas perguntas com a presteza da boa educação e da boa natureza.

— Isso quer dizer — exclamou Marianne, com desdém — que ele lhe disse que nas Índias Orientais o clima é quente e os mosquitos são terríveis.

— Ele me *diria* isso, não tenho dúvida, se eu lhe tivesse perguntado sobre esse assunto, mas acontece que se trata de pontos sobre os quais já me informara anteriormente.

— Talvez — disse Willoughby — suas observações se tenham estendido à existência de nababos, *mohurs*[1] de ouro e palanquins.

— Posso garantir que as observações *dele* foram muito além da sua franqueza. Mas por que antipatiza com ele?

— Não antipatizo com ele. Considero-o, pelo contrário, um homem muito respeitável, muito estimado por todos, em quem ninguém repara; que tem mais dinheiro do que consegue gastar, mais tempo do que sabe empregar, e dois novos capotes por ano.

---

[1] Moeda de ouro da Índia.

— Acrescente-se a isso — exclamou Marianne — que não tem nem gênio nem gosto nem espírito. Que sua inteligência não tem brilho, seus sentimentos não têm ardor e sua voz não tem expressão.

— Decidem sobre as imperfeições dele de um modo tão geral — replicou Elinor — e se baseiam tanto em suas imaginações para isso, que os elogios que posso fazer a ele parecem, em comparação, frios e sem graça. Só posso dizer que ele é um homem sensível, bem-educado, bem informado, de maneiras gentis e, acho, de coração delicado.

— Srta. Dashwood — exclamou Willoughby —, está sendo pouco gentil comigo. Está tentando desarmar-me com a razão e convencer-me contra a minha vontade. Mas não vai conseguir. Pode achar-me tão teimoso quanto a senhorita pode ser astuciosa. Tenho três razões indiscutíveis para não gostar do coronel Brandon: ele me ameaçou com chuva quando eu queria que fizesse bom tempo; achou defeitos na suspensão da minha carruagem e não consigo convencê-lo a comprar a minha égua marrom. Se, porém, lhe servir de consolo que eu lhe diga acreditar que o caráter dele é irrepreensível em outros aspectos, estou pronto para confessá-lo. E, em troca de um reconhecimento que não deixa de ser doloroso para mim, a senhorita não pode negar-me o privilégio de antipatizar mais do que nunca com ele.

Capítulo 11

A sra. Dashwood ou suas filhas mal podiam imaginar, quando chegaram a Devonshire, que logo depois de se apresentarem surgiriam tantos compromissos para ocupar seu tempo, ou que receberiam tantos convites e tantas visitas, que pouco tempo lhes sobrava para as ocupações sérias. No entanto, foi isso que aconteceu. Quando Marianne sarou, foram postos em execução os planos de diversão, em casa e fora, que *Sir* John vinha arquitetando. Tiveram início os bailes particulares em Barton Park, e foram dadas festas à beira d'água com a frequência permitida por um outubro chuvoso. Em cada uma dessas reuniões Willoughby estava presente, e a descontração e a familiaridade que naturalmente reinavam nessas festas foram calculadas exatamente para dar maior intimidade ao seu relacionamento com as Dashwood, para lhe dar oportunidade de testemunhar as excelências de Marianne, de assinalar a sua entusiasmada admiração por ela e de receber, no comportamento dela com ele, a mais clara certeza do seu afeto.

Elinor não podia surpreender-se com o apego de um ao outro. Só preferiria que ele fosse demonstrado menos abertamente, e uma ou duas vezes se arriscou a sugerir a Marianne que tivesse mais autocontrole. Entretanto, Marianne odiava toda dissimulação quando nenhuma desgraça real pudesse advir da franqueza, e visar à moderação de sentimentos que não sejam em si mesmos pouco louváveis parecia-lhe não só um esforço desnecessário, mas uma vergonhosa sujeição da razão a noções vulgares e absurdas. Willoughby era do mesmo parecer, e o comportamento deles era o tempo inteiro uma ilustração das suas opiniões.

Quando ele estava presente, ela não tinha olhos para mais ninguém. Tudo que ele fazia estava certo. Tudo que dizia era inteligente. Se as noites em Barton Park terminavam com carteado, ele trapaceava a si mesmo e a todos os demais convivas para lhe dar uma boa mão. Se a diversão da noite era a dança, eles dançavam um com o outro metade do tempo, e quando eram obrigados a se separar em algumas danças, tratavam de permanecer juntos e pouco falavam com os outros. É claro que tal conduta fez que rissem enormemente deles, ainda assim o ridículo não os envergonhava e pouco parecia irritá-los.

A sra. Dashwood simpatizava com todos os sentimentos deles com tamanha ternura, que lhe tirava toda vontade de controlar aquela excessiva exibição de afeto. Para ela, aquilo era apenas a consequência natural de um forte sentimento numa alma jovem e ardente.

Aquela foi a época da felicidade para Marianne. Seu coração entregou-se a Willoughby, e o profundo apego a Norland, que ela trouxera consigo de Sussex, tinha maior probabilidade de afrouxar-se do que julgaria possível antes, pelos encantos que a companhia dele lhe proporcionava no seu lar atual.

A felicidade de Elinor não era tão grande. Seu coração não estava tão à vontade nem era tão pura a sua satisfação com as diversões de que participavam. Elas não lhe deram um companheiro que estivesse à altura do que ela deixara para trás, nem que pudesse ensiná-la a pensar em Norland com menos saudades. Nem *Lady* Middleton nem a sra. Jennings podiam oferecer-lhe a conversação de que sentia falta, embora a última fosse uma tagarela incorrigível e desde o começo a tratasse com tal simpatia, que a maior parte do que dizia era dirigida a ela. Já repetira a sua história três ou quatro vezes para Elinor, e se a memória de Elinor estivesse à altura dos meios de que a sra. Jennings se valia para aumentá-la, poderia ter conhecido desde o começo de seu relacionamento todos os detalhes da última doença do sr. Jennings e do que ele disse à esposa alguns minutos antes de morrer. *Lady* Middleton só era mais agradável que a mãe por ser mais silenciosa. Elinor não precisava de muita perspicácia para ver que a sua reserva era mera tranquilidade de maneiras, com a qual a sensatez nada tinha a ver. Com o marido e com sua mãe ela era a mesma que com elas, e, portanto, não era de se procurar nem desejar a intimidade com ela. Nada tinha a dizer um dia que não tivesse dito no dia anterior. Sua insipidez era invariável, porque até seu humor era sempre o mesmo, e embora não se opusesse às festas promovidas pelo marido, contanto que tudo fosse arranjado com classe e que seus dois filhos mais velhos a acompanhassem, ela nunca pareceu alegrar-se mais com elas do que se permanecesse sentada em casa, e a sua presença acrescentava tão pouco ao prazer dos outros por alguma participação nas conversas, que às vezes só se davam conta da sua presença entre eles por sua preocupação com as traquinagens dos filhos.

Só no coronel Brandon, de todas as suas novas relações, Elinor encontrou uma pessoa que pudesse de algum modo fazer-se respeitar por sua capacidade, provocar o interesse pela amizade ou proporcionar prazer como companheiro. Willoughby estava fora de questão. Tinha por ele admiração e consideração, e até uma consideração fraterna, mas ele era um namorado; suas atenções iam todas para Marianne, e um homem muito menos agradável poderia ter sido, no total, mais aprazível que ele. O coronel Brandon, infelizmente para ele mesmo, não tinha tal incentivo para pensar só em Marianne, e encontrava nas conversas com Elinor o maior consolo pela indiferença da irmã.

A compaixão que Elinor sentia por ele aumentou, pois tinha razões para suspeitar que a miséria do amor não correspondido já era conhecida por ele. Essa suspeita foi provocada por algumas palavras que acidentalmente lhe escaparam uma noite em Barton Park, quando estavam sentados juntos, por mútuo consentimento, enquanto os outros dançavam. Seus olhos estavam fitos em Marianne e, após um silêncio de alguns minutos, ele disse, com um sorriso fingido:

— Sei que a sua irmã não aprova os segundos amores.

— Não — replicou Elinor —, as opiniões dela são todas românticas.

— Ou antes, como eu creio, ela considera impossível que eles existam.

— Creio que essa seja a opinião dela. Como pode ela ter essas ideias, sem refletir no caráter de seu próprio pai, que teve duas esposas, eu não sei. Mais alguns anos, porém, bastarão para fundamentar suas opiniões numa base razoá-vel de senso comum e observação, e então talvez elas se tornem mais fáceis de definir e justificar do que hoje, para qualquer pessoa exceto ela mesma.

— Provavelmente, é isso que vai acontecer — respondeu ele. — No entanto, há algo tão amável nos preconceitos de uma mente jovem, que lamentamos que eles venham a dar lugar a opiniões mais gerais.

— Não posso concordar com o coronel nesse ponto — disse Elinor. — Sentimentos como os de Marianne têm seus inconvenientes, que nem todos os encantos do entusiasmo e da ignorância do mundo podem redimir. Os sistemas dela têm todos eles a infeliz tendência de ignorar completamente a decência, e creio que uma melhor compreensão do mundo é o que de melhor pode acontecer a ela.

Depois de uma breve pausa, ele retomou a conversação, dizendo:

— Sua irmã não faz distinções em suas objeções contra uma segunda união? Ou elas são igualmente criminosas em todos os casos? Devem aqueles que foram decepcionados em sua primeira escolha, quer pela inconstância do objeto de seu amor, quer pela perversidade das circunstâncias, ser igualmente indiferentes durante o resto da vida?

— Dou-lhe minha palavra de honra, não conheço em pormenor os princípios dela. Só sei que ainda não a ouvi admitir que algum tipo de segunda união seja perdoável.

— Isso — disse ele — não pode durar, mas uma mudança, uma mudança total de sentimentos... Não, não, não desejo isso, porque, quando os refinamentos românticos de uma alma jovem são obrigados a ceder, muitas vezes são sucedidos por opiniões que são ao mesmo tempo comuns e perigosas demais! Falo por experiência. Certa vez conheci uma dama com um temperamento e uma cabeça muito parecidos com os de sua irmã, que pensava e julgava igual a ela, entretanto, por uma mudança forçada... de uma série de circunstâncias infelizes...

Aqui ele parou de repente; parecia achar que tinha falado demais e, pelo semblante, deu origem a conjeturas que, não fosse por isso, talvez nunca ocorressem a Elinor. Aquela dama talvez tivesse passado despercebida se ele não tivesse convencido a srta. Dashwood de que o que a preocupava não devia escapar de seus lábios. Mas, do modo como as coisas se passaram, bastou um ligeiro esforço de imaginação para relacionar a emoção dele com a terna lembrança de um amor passado. Elinor não foi mais adiante. Porém, Marianne, em seu lugar, não se teria contentado com tão pouco. A história inteira logo se teria formado sob a sua ativa imaginação, e tudo assumiria a mais melancólica das ordens, a ordem do amor infeliz.

Capítulo 12

Na manhã seguinte, enquanto Elinor e Marianne caminhavam juntas, a segunda contou algo à irmã que, apesar de tudo que já sabia da imprudência e da irreflexão de Marianne, a surpreendeu por sua extravagante demonstração das duas coisas. Marianne disse-lhe, com o maior prazer, que Willoughby lhe dera um cavalo que ele mesmo criara em sua propriedade de Somersetshire e que fora exatamente calculado para carregar uma mulher. Sem considerar que não fazia parte dos planos da mãe manter nenhum cavalo, que, se ela tivesse de alterar sua decisão em favor do seu presente, teria de comprar outro cavalo para o criado e manter um cavalariço para montá-lo e, afinal, construir um estábulo para os receber, ela aceitara o presente sem hesitar e falou em êxtase sobre isso com as irmãs.

— Ele pretende mandar de imediato seu cavalariço para Somersetshire — acrescentou ela —, e quando ele chegar, cavalgaremos todos os dias. Você vai compartilhar o uso do cavalo comigo. Imagine só, minha querida Elinor, o prazer de um galope por essas colinas!

Não estava nem um pouco disposta a acordar desse sonho de felicidade para compreender todas as tristes verdades que o caso apresentava, e durante algum tempo se recusou a se submeter a elas. Quanto ao criado adicional, a despesa seria mínima; tinha certeza de que mamãe nunca se oporia a isso e qualquer cavalo serviria para ele, que sempre poderia pegar um em Barton Park. Quanto ao estábulo, o mais simples barracão serviria. Elinor, então, arriscou-se a duvidar da conveniência de receber tal presente de um homem que se conhecia tão pouco, ou pelo menos havia tão pouco tempo. Isso foi demais.

— Está enganada, Elinor — disse ela enfaticamente —, ao supor que eu conheço muito pouco sobre Willoughby. Não o conheço há muito tempo, é verdade, mas o conheço melhor que qualquer outra criatura do mundo, com exceção de você e da mamãe. Não é o tempo nem a oportunidade que determinam a intimidade, é só a disposição. Sete anos seriam insuficientes para algumas pessoas se conhecerem, e sete dias são mais que suficientes para outras. Eu seria mais culpada de inconveniência se aceitasse um cavalo do meu irmão do que de Willoughby. De John conheço muito pouco, apesar de termos convivido durante anos, mas sobre Willoughby meu juízo se formou há muito tempo.

Elinor considerou prudente não mais tocar no assunto. Conhecia o temperamento da irmã. A oposição num assunto tão delicado só a faria apegar-se ainda mais à sua opinião. No entanto, com um apelo ao seu afeto pela mãe, apresentando-lhe os inconvenientes que aquela mãe indulgente poderia ter se (como provavelmente seria o caso) consentisse nesse aumento dos gastos, Marianne rapidamente se rendeu e prometeu não tentar a mãe com tal gentileza imprudente, mencionando a oferta, e dizer a Willoughby da próxima vez que o visse que teria de recusá-la.

Ela foi fiel à palavra dada, e quando Willoughby visitou o chalé, naquele mesmo dia, Elinor ouviu-a exprimir-lhe a sua decepção em voz baixa, por ser forçada a não aceitar o presente. Ao mesmo tempo expôs as razões dessa alteração, que eram tais que tornavam qualquer insistência impossível. A preocupação dele, porém, era muito visível, e depois de exprimi-la com veemência, acrescentou também em voz baixa: "Marianne, o cavalo ainda é seu, embora não o possa montar agora. Vou conservá-lo comigo só até que você possa reivindicá-lo. Quando você deixar Barton para se estabelecer num lar mais estável, Queen Mab receberá você".

Tudo aquilo chegou aos ouvidos da srta. Dashwood, e em cada uma das palavras da sentença, na maneira de pronunciá-las e no fato de ele se dirigir à irmã só pelo primeiro nome, ela imediatamente viu uma intimidade tão decidida, uma intenção tão direta, que assinalava um perfeito acordo entre os dois. A partir daquele momento, não teve dúvida de que estavam noivos, e tal crença não lhe provocou nenhuma surpresa, senão a de que personalidades tão francas deixassem que ela ou qualquer um dos seus amigos descobrissem aquilo por acaso.

Margaret contou-lhe algo no dia seguinte, que lançou sobre o caso ainda mais luz. Willoughby passara a noite anterior com elas, e Margaret, tendo sido deixada durante algum tempo na sala de estar só com ele e Marianne, tivera oportunidade de fazer algumas observações que, com a expressão mais séria, comunicou à irmã mais velha, na próxima vez que ficou a sós com ela.

— Ah, Elinor! — exclamou ela — tenho um grande segredo para lhe contar sobre Marianne. Tenho certeza de que logo ela vai casar-se com o sr. Willoughby.

— Vem dizendo-me isso — respondeu Elinor — quase todos os dias desde que eles se encontraram pela primeira vez na colina de High-Church, e ainda não se passara uma semana desde que se conheceram; aliás, quando me disse ter certeza de que ela estava usando um retrato dele no relicário na sua corrente ao redor do pescoço, ficou claro depois que era só uma miniatura do nosso tio-avô.

— Mas agora é uma coisa completamente diferente. Tenho certeza de que vão casar-se logo, porque ele tem um cacho do cabelo dela.

— Cuidado, Margaret. Talvez seja só um cacho do cabelo de alguma tia-avó *dele*.

— Mas, Elinor, é da Marianne mesmo. Tenho quase certeza de que é, pois eu o vi cortá-lo. A noite passada, depois do chá, quando você e a mamãe saíram da sala, eles ficaram suspirando e falando juntos muito rápido e ele parecia estar pedindo algo a ela, e então pegou a tesoura dela e cortou um longo cacho de cabelos, que estavam soltos pelas costas; ele os beijou e os embrulhou num pedaço de papel branco e os guardou na carteira.

Por esses pormenores, ditos com tanta convicção, Elinor não pôde deixar de acreditar nela; nem estava propensa a isso, pois as circunstâncias estavam em perfeito acordo com o que ela própria ouvira e vira.

A sagacidade de Margaret nem sempre se mostrava à irmã de modo tão satisfatório. Quando a sra. Jennings a abordou uma noite, em Barton Park, para que lhe desse o nome do jovem que era o predileto de Elinor, o que fora durante muito tempo objeto de grande curiosidade para ela, Margaret respondeu olhando para a irmã e dizendo: "Não devo contar, não é, Elinor?".

Isso, é claro, fez que todos rissem, e Elinor tentou rir também, mas o esforço era doloroso. Estava convencida de que Margaret pensara numa pessoa que não conseguiria tolerar com compostura que fosse transformada pela sra. Jennings numa constante anedota.

Marianne sentiu muito por ela, com toda sinceridade, porém, mais prejudicou do que ajudou à causa, corando muito e dizendo muito zangada para Margaret:

— Não se esqueça de que, seja qual for o seu palpite, não tem o direito de repeti-lo.

— Nunca tive nenhum palpite sobre isso — respondeu Margaret —, você mesma me contou.

Isso aumentou a risadaria geral, e Margaret foi pressionada a dizer algo mais.

— Ah, por favor, srta. Margaret, conte-nos tudo sobre isso — disse a sra. Jennings. — Qual é o nome do cavalheiro?

— Não devo falar, senhora. Mas sei muito bem quem é. E sei onde ele está, também.

— Sim, sim, podemos adivinhar onde ele está; em sua própria casa, em Norland, com certeza. Tenho certeza de que ele é o vigário da paróquia.

— Não, *isso* ele não é. Ele não tem nenhuma profissão.

— Margaret — disse Marianne com muita irritação — sabe que tudo isso é invenção sua, e que essa pessoa não existe.

— Então ele morreu faz pouco tempo, Marianne, pois tenho certeza de que esse homem existiu e que o seu nome começa com F.

Elinor sentiu-se muito grata a *Lady* Middleton por observar, naquele momento, "que chovia a cântaros", embora acreditasse que a interrupção fosse motivada menos por qualquer atenção por ela, do que por Sua Senhoria detestar os assuntos deselegantes e jocosos que deliciavam seu marido e sua mãe. A ideia, porém, introduzida por ela foi imediatamente retomada pelo coronel Brandon, que sempre se preocupava com os sentimentos dos outros, e os dois falaram muito sobre a chuva. Willoughby abriu o pianoforte e pediu a Marianne que viesse tocar, e assim, entre várias tentativas por parte de diferentes pessoas de mudar de assunto, ele foi esquecido. Entretanto, não foi tão fácil para Elinor recuperar-se da agitação por ele provocada.

Naquela tarde se organizou para o dia seguinte um passeio a um agradabilíssimo lugar a cerca de doze milhas de Barton, de propriedade do cunhado do coronel Brandon, sem o qual o lugar não poderia ser visitado, pois o proprietário, que estava no estrangeiro, deixara ordens estritas a esse respeito. Disseram que o lugar era belíssimo, e *Sir* John, que era particularmente entusiasta em seu elogio, poderia ser considerado um juiz razoável, porque organizara visitas ao lugar pelo menos duas vezes por verão nos últimos dez anos. Havia no lugar uma notável quantidade de água, e velejar constituiria boa parte das diversões da manhã; seriam preparados lanches frios, seriam usadas só carruagens abertas e tudo seria organizado no estilo de sempre para uma completa excursão de prazer.

Para uns poucos do grupo, aquela pareceu uma ideia arriscada, considerando-se a época do ano e a chuva de todos os últimos quinze dias, e a sra. Dashwood, que já estava resfriada, foi convencida por Elinor a ficar em casa.

Capítulo 13

A planejada excursão a Whitwell acabou sendo muito diferente do que Elinor esperara. Estava preparada para molhar-se, cansar-se e assustar-se, contudo o evento foi ainda mais infeliz, já que não foram a lugar nenhum.

Às dez horas o grupo inteiro se reuniu em Barton Park, onde deviam tomar o café da manhã. A manhã estava bastante favorável, embora tivesse chovido a noite inteira, pois as nuvens estavam dispersando-se pelo céu e o Sol aparecia com frequência. Estavam todos animados e de bom humor, ansiosos por se divertirem e decididos a se sujeitarem aos maiores inconvenientes e contratempos para consegui-lo.

Durante o café, trouxeram a correspondência. Entre outras cartas, havia uma para o coronel Brandon; ele a pegou, olhou o sobrescrito, empalideceu e imediatamente deixou a sala.

— Qual é o problema com o Brandon? — disse *Sir* John.

Ninguém sabia dizer.

— Espero que não tenha recebido más notícias — disse *Lady* Middleton. — Deve ter sido algo extraordinário para fazer que o coronel Brandon saísse da mesa do café assim tão bruscamente.

Em cinco minutos ele estava de volta.

— Espero que não tenham sido más notícias, coronel — disse a sra. Jennings, assim que ele entrou na sala.

— De modo algum, minha senhora, obrigado.

— Era de Avignon? Espero que não dizia que a sua irmã piorou.

— Não, senhora. Veio de Londres e é apenas uma carta comercial.

— Mas como tanto o perturbou, se não passava de uma carta comercial? Ora, ora, isso não pode ser, coronel; conte-nos a verdade.

— Cara senhora — disse *Lady* Middleton —, pense mais antes de falar.

— Será que diz que a sua prima Fanny casou? — disse a sra. Jennings, sem prestar atenção na repreensão da filha.

— Não, realmente não.

— Bem, eu sei quem a enviou, coronel. E espero que ela esteja bem.

— A quem se refere, minha senhora? — disse ele, corando um pouco.

— Ah, sabe a quem me refiro.

— Lamento muitíssimo, minha senhora — disse ele, dirigindo-se a *Lady* Middleton —, ter recebido esta carta hoje, pois trata de negócios que exigem a minha imediata presença em Londres.

— Londres! — exclamou a sra. Jennings. — O que pode ter para fazer na cidade nesta época do ano?

— Meu pesar já é grande — prosseguiu ele — por ser obrigado a deixar tão agradável reunião, contudo, é ainda maior porque receio que a minha presença seja necessária para se obter acesso a Whitwell.

Aquele foi um duro golpe para todos!

— Mas se escrever um bilhete para o caseiro, sr. Brandon — disse Marianne, impaciente —, não seria suficiente?

Ele sacudiu negativamente a cabeça.

— Nós temos de ir — disse *Sir* John. — Não vamos adiar quando já estamos tão próximos. Você simplesmente não pode ir a Londres até amanhã, Brandon, isto é tudo.

— Quisera que tudo pudesse ser resolvido assim tão facilmente. Mas não está em meu poder atrasar a minha viagem por um dia sequer!

— Se nos disser de que se trata — disse a sra. Jennings —, veremos se ela pode ou não ser adiada.

— Não se atrasaria nem seis horas — disse Willoughby —, se postergar a viagem até a nossa volta.

— Não posso perder nem sequer *uma* hora.

Elinor, então, ouviu Willoughby dizer a Marianne, em voz baixa: "Há pessoas que não toleram uma excursão de prazer. Brandon é uma delas. Até acho que ele estava receoso de pegar um resfriado e inventou esse truque para escapar. Aposto cinquenta guinéus que ele mesmo escreveu a carta".

— Não tenho dúvida nenhuma — replicou Marianne.

— Não há maneira de persuadi-lo a mudar de ideia, Brandon, sei disso faz tempo — disse *Sir* John — desde que tomou uma decisão. Mas espero que reconsidere, desta vez. Veja, aqui estão as duas srtas. Carey, que vieram de Newton, as três srtas. Dashwood, que subiram do chalé, e o sr. Willoughby, que se levantou duas horas mais cedo do que de costume só para ir a Whitwell.

O coronel Brandon mais uma vez repetiu que sentia muito por ser a causa do desapontamento do grupo, mas ao mesmo tempo declarou que aquilo era inevitável.

— Bem, então quando estará de volta?

— Espero vê-lo em Barton — acrescentou Sua Senhoria — assim que puder convenientemente deixar Londres. E teremos de adiar a visita a Whitwell até a sua volta.

— A senhora é muito gentil. No entanto, é tão incerto quando poderei voltar, que não ouso prometer nada.

— Ah, ele deve e vai voltar! — exclamou *Sir* John. — Se não estiver aqui no fim da semana, vou atrás dele.

— Faça isso, *Sir* John — disse a sra. Jennings — e então talvez possa descobrir do que se trata.

— Não quero me meter nos problemas de outro homem. Suponho que seja algo de que ele se envergonhe.

Anunciaram que os cavalos do coronel Brandon estavam prontos.

— Não vai à cidade a cavalo, vai? — acrescentou *Sir* John.

— Não. Só até Honiton. Ali vou tomar a carruagem dos correios.

— Bem, já que se decidiu a partir, desejo-lhe boa viagem. Mas devia reconsiderar.

— Garanto-lhe que isso não está em meu poder.

Despediu-se, então, de todo o grupo.

— Haverá alguma possibilidade de vê-la e a suas irmãs em Londres este inverno, srta. Dashwood?

— Receio que nenhuma.

— Devo, então, despedir-me da senhorita por mais tempo do que gostaria de fazê-lo.

Para Marianne, ele simplesmente inclinou a cabeça, sem nada dizer.

— Vamos, coronel — disse a sra. Jennings —, antes de partir, diga-nos o que o obriga a ir.

Ele lhe desejou um bom dia e, acompanhado de *Sir* John, deixou a sala.

Os protestos e as queixas, que a polidez contivera até então, agora explodiram em toda parte e todos concordaram que foi muito insultante serem assim decepcionados.

— Posso adivinhar que negócio era — disse a sra. Jennings, exultante.

— É mesmo? — disseram quase todos.

— Sim. Tenho certeza de que é algo com a srta. Williams.

— E quem é a srta. Williams? — perguntou Marianne.

— Quê?! Não sabe quem é a srta. Williams? Tenho certeza de que já ouviu falar dela. É uma conhecida do coronel, minha querida, uma conhecida muito íntima. Não diremos quão íntima, temendo chocar as mocinhas.

Então, abaixando a voz um pouco, disse a Elinor:

— É a sua filha natural.

— É mesmo?

— Ah, sim! E é a cara dele! Tenho certeza de que o coronel deixará para ela toda a sua fortuna.

Quando *Sir* John voltou, ele se uniu veementemente à lamentação geral por um caso tão infeliz, mas concluiu observando que, como estavam todos ali reunidos, deviam fazer alguma coisa para se divertir. Depois de algumas consultas, ficou combinado que, embora só Whitwell pudesse trazer felicidade, poderiam obter uma razoável tranquilidade de espírito passeando pela região. Mandaram preparar as carruagens: a de Willoughby foi a primeira, e Marianne nunca pareceu mais feliz do que quando nela entrou. Ele a conduziu pelo parque em alta velocidade e logo foram perdidos de vista e nada mais foi visto deles até que voltassem, o que só aconteceu depois do retorno de todos os demais. Ambos pareciam deliciados com o passeio, mas só disseram, em linhas gerais, que permaneceram nas estradas, enquanto os outros subiram as colinas.

Ficou combinado que haveria um baile ao fim da tarde e que todos deveriam estar extremamente alegres durante toda a jornada. Mais algumas das Carey vieram jantar e tiveram o prazer de serem quase vinte à mesa, o que *Sir* John viu com grande contentamento. Willoughby ocupou seu lugar habitual, entre as duas srtas. Dashwood mais velhas. A sra. Jennings sentou-se à direita de Elinor, e mal se haviam sentado quando ela se inclinou por trás dela e de Willoughby e disse a Marianne, em voz alta o bastante para que ambos ouvissem:

— Descobri-os apesar de todos os seus truques. Eu sei onde passaram toda a manhã.

Marianne enrubesceu e replicou rapidamente:

— Onde, por gentileza?

— A senhora não sabe — disse Willoughby — que saímos em minha carruagem?

— Sim, sim, sr. Sem-Vergonha, sei disso muito bem e estava decidida a descobrir *onde* haviam estado. Espero que tenha gostado da casa dele, srta. Marianne. Ela é bem grande, eu sei, e quando eu vier vê-la espero que a tenha redecorado, pois estava muito necessitada disso quando estive lá, seis anos atrás.

Marianne voltou-se muito confusa. A sra. Jennings deu uma gargalhada, e Elinor descobriu que, tendo-se decidido a saber onde eles haviam estado, mandara sua criada perguntar ao cavalariço do sr. Willoughby, e assim fora informada de que haviam ido a Allenham e que lá passaram um tempo considerável, passeando pelo jardim e visitando toda a casa.

Elinor mal conseguia acreditar que aquilo fosse verdade, uma vez que parecia muito improvável que Willoughby propusesse, ou Marianne consentisse, entrar na casa enquanto nela estava a sra. Smith, a quem Marianne não havia sido apresentada.

Assim que saíram da sala de jantar, Elinor fez a ela algumas perguntas sobre o caso, e foi grande a sua surpresa quando descobriu que todos os pormenores citados pela sra. Jennings eram perfeitamente verídicos. Marianne ficou muito zangada com ela por duvidar daquilo.

— Por que imaginaria, Elinor, que não fomos lá ou que não vimos a casa? Não era isso que você mesma muitas vezes quis fazer?

— Era, Marianne, porém eu não iria enquanto a sra. Smith estivesse lá e sem nenhuma companhia além do sr. Willoughby.

— Mas o sr. Willoughby é a única pessoa que pode ter o direito de mostrar aquela casa, e como foi até lá em carruagem aberta era impossível levar qualquer outra companhia. Nunca passei uma manhã mais deliciosa em toda a minha vida!

— Receio — replicou Elinor — que a delícia de uma ação nem sempre demonstra a sua conveniência.

— Ao contrário, nada pode ser uma prova maior disso, Elinor, pois, se o que fiz fosse realmente inconveniente, eu teria percebido na hora, já que sempre sabemos quando estamos agindo errado, e com tal convicção eu não teria sentido nenhum prazer.

— Mas, minha querida Marianne, como isso já a expôs a observações muito impertinentes, será que nem agora começou a duvidar da conveniência da sua conduta?

— Se as observações impertinentes da sra. Jennings forem prova da inconveniência de um comportamento, todos nós somos culpados em todos os momentos de nossa vida. Não dou mais valor à sua censura do que ao seu elogio. Não sinto que tenha cometido nada de errado ao passear pela propriedade da sra. Smith ou ao ver a sua casa. Um dia elas serão do sr. Willoughby e...

— Se um dia elas forem suas, Marianne, isso não justificará o que fez.

Ela corou a essa sugestão, que era, porém, visivelmente gratificante para ela, e, depois de um intervalo de dez minutos de profunda reflexão, procurou a irmã de novo e disse com grande bom humor:

— Talvez, Elinor, *tenha sido* irreflexão da minha parte ir a Allenham, mas o sr. Willoughby queria muito mostrar-me o lugar, e é uma casa encantadora, garanto a você. Há uma sala de estar lindíssima no andar de cima, de tamanho confortável para o uso constante, e com mobílias modernas ficaria deliciosa. Fica num ângulo da casa e tem janelas dos dois lados. De um deles, depois de um gramado para jogos, atrás da casa, se vê um belo bosque suspenso, e do outro se tem uma vista da igreja e do burgo e, para além dele, dessas magníficas colinas que tantas vezes admiramos. Não a vi do seu melhor ângulo, pois nada pode ser mais lastimável do que a mobília, mas se fosse redecorada — algumas centenas de libras seriam suficientes, segundo Willoughby — seria uma das mais agradáveis salas de verão da Inglaterra.

Se Elinor a houvesse escutado sem que os outros a interrompessem, ela lhe teria descrito cada aposento da casa com igual prazer.

Capítulo 14

O súbito término da visita do coronel Brandon a Barton Park, com sua obstinação em não revelar a causa, ocupou a mente e aguçou a imaginação da sra. Jennings durante dois ou três dias. Era grande a sua imaginação, como deve ser o caso de todos aqueles que demonstram grande interesse pelas ações de todos os conhecidos. Ela se punha a imaginar, com poucas interrupções, qual poderia ser a razão daquilo; tinha certeza de que deviam ser más notícias, e considerou cada tipo de revés que lhe pudesse ter acontecido, com a firme determinação de nada deixar escapar.

— Algo muito triste deve ter acontecido, tenho certeza — disse ela. — Era visível em seu rosto. Coitado! Receio que sua situação financeira seja má. A propriedade de Delaford nunca rendeu mais de duas mil libras por ano, e seu irmão deixou tudo muito comprometido. Acho que ele foi chamado por problemas de dinheiro, pois o que mais poderia ser? Acho que foi isso. Eu daria tudo para saber a verdade sobre esse caso. Talvez esteja ligado à srta. Williams e, aliás, tenho certeza de que está, uma vez que ele pareceu tão constrangido quando a mencionei! Talvez ela esteja doente em Londres. Não há nada no mundo mais provável, já que tenho notícias de que ela sempre anda um pouco adoentada. Aposto que é algo com a srta. Williams. Não é muito provável que ele tenha tido problemas financeiros *agora*, visto que é um homem muito prudente e decerto já deve ter liquidado as dívidas com a propriedade. Fico pensando o que pode ser! Talvez sua irmã esteja pior em Avignon e o tenha chamado. Sua partida com tanta pressa parece indicar isso. Bem, desejo de coração que ele resolva todos os problemas e ainda, de quebra, consiga uma boa esposa.

Assim divagava e assim falava a sra. Jennings. Sua opinião variava com cada nova ideia, e tudo parecia igualmente provável. Elinor, embora se sentisse realmente interessada no bem-estar do coronel Brandon, não podia intrigar-se tanto com a súbita partida dele quanto a sra. Jennings o desejava, pois além de as circunstâncias não justificarem, na sua opinião, tão persistentes inquirições ou variadas especulações, sua perplexidade tinha outra direção. Ela era alimentada pelo extraordinário silêncio de sua irmã e de Willoughby sobre o assunto, que deviam saber ser de especial interesse a todos. Prolongando-se o silêncio, a cada dia ele parecia mais estranho e mais incompatível com o temperamento de ambos. Elinor não conseguia imaginar por que eles não reconheciam abertamente para a mãe e para ela mesma o que o comportamento constante de um com o outro havia se tornado.

Podia facilmente entender que talvez não pudessem casar-se de imediato, pois, embora Willoughby fosse independente, não havia razão para acreditar que fosse rico. Sua propriedade fora cotada por *Sir* John em cerca de seiscentas ou setecentas libras por ano, mas ele tinha um nível de vida que essa renda dificilmente podia cobrir, e muitas vezes ele se queixara da pobreza. Ela, porém, não sabia como explicar esse estranho tipo de segredo mantido pelos dois em relação ao noivado, do qual, na verdade, não conseguiam esconder absolutamente nada; e era tão completamente contraditório com suas opiniões e práticas em geral, que às vezes ela duvidava se estavam realmente noivos, e essa dúvida bastava para impedi-la de fazer qualquer pergunta a Marianne.

Nada podia exprimir melhor para todos o afeto de um pelo outro que o comportamento de Willoughby. Para Marianne, ele tinha toda aquela ternura típica do coração de quem ama, e para o resto da família dispensava a atenção afetuosa de um filho ou de um irmão. Parecia considerar e amar o chalé como se fosse o seu lar; passava muito mais horas lá do que em Allenham, e se nenhum compromisso geral os reunisse em Barton Park, o exercício que ocupava as suas manhãs quase sempre terminava lá, onde passava o resto do dia sozinho ao lado de Marianne e com seu *pointer* favorito aos pés dela.

Uma tarde em especial, cerca de uma semana depois que o coronel Brandon partiu, seu coração parecia mais que de costume aberto a todo sentimento de apego aos objetos ao seu redor, e quando aconteceu de a sra. Dashwood mencionar seus planos de fazer reformas no chalé durante a primavera, ele se opôs veementemente a qualquer alteração num lugar que seu amor designara como perfeito.

— Como! — exclamou ele. — Melhorar este querido chalé! Não. Com isso eu jamais vou concordar. Não se deve adicionar uma pedra às suas paredes, nem uma polegada ao seu tamanho, se for pelos meus sentimentos.

— Não se preocupe — disse a srta. Dashwood —, não faremos nada desse tipo, pois mamãe jamais terá dinheiro suficiente para tanto.

— Estou muito contente com isso — gritou ele. — Tomara que ela sempre seja pobre, se não puder aplicar melhor o dinheiro.

— Obrigada, Willoughby. Mas pode ter certeza de que eu não sacrificaria um só dos seus sentimentos de apego local, ou de qualquer pessoa que eu ame, por todas as melhorias do mundo. Confie em mim, seja qual for a soma não aplicada que possa sobrar quando fizer as contas na primavera, eu preferiria deixá-la inaplicada a usá-la de um modo tão doloroso para você. Mas gosta tanto deste lugar a ponto de não ver nenhum defeito nele?

— Gosto — disse ele. — Para mim ele é impecável. Não, mais que isso, eu o considero a única forma de casa em que a felicidade pode ser alcançada e, se eu fosse rico o bastante, mandaria imediatamente demolir Combe e reconstruí-lo com o plano exato deste chalé.

— Com escadas estreitas e escuras e uma cozinha enfumaçada, suponho — disse Elinor.

— Isso mesmo — exclamou ele no mesmo tom entusiasmado — com todas as coisas que lhe pertencem; nas comodidades e nas incomodidades não se deve poder perceber nenhuma mudança. Então, e somente então, sob um teto como este, eu talvez pudesse ser tão feliz em Combe como tenho sido em Barton.

— É um orgulho para mim — replicou Elinor — que até mesmo na falta de melhores aposentos e de uma escada mais larga, você venha a achar no futuro a sua própria casa tão impecável como hoje considera esta.

— Há certamente circunstâncias — disse Willoughby — que poderiam torná-la ainda mais querida, mas este lugar sempre terá um direito ao meu afeto que nenhum outro poderia compartilhar.

A sra. Dashwood olhou com prazer para Marianne, cujos belos olhos estavam cravados tão expressivamente em Willoughby, que mostravam claramente como o entendia bem.

— Quantas vezes desejei — acrescentou ele —, quando estava em Allenham um ano atrás, que o chalé de Barton fosse habitado! Eu nunca o via sem admirar sua localização e sem me entristecer porque ninguém morava nele. Não previa, então, que a primeira notícia que ouviria da sra. Smith, a vez seguinte em que viria à região, seria que o chalé de Barton estava ocupado, e eu senti uma satisfação e um interesse imediatos pelo caso, que só uma espécie de presciência da felicidade que com ele experimentaria pode explicar. Só podia ser assim, não é, Marianne? — falando a ela em voz mais baixa. Então, retomando seu primeiro tom de voz, disse: — E mesmo assim a senhora estragaria esta casa, sra. Dashwood? A senhora lhe roubaria sua simplicidade com melhorias imaginárias! E esta querida sala de estar, em que começou o nosso relacionamento e onde passamos juntos tantas horas felizes desde então, a senhora a rebaixaria à condição de uma entrada comum, e todos ficariam impacientes para passar pela sala que até hoje contém em si mais real comodidade e conforto do que qualquer outro recinto do mundo, mesmo com as mais belas dimensões, poderia proporcionar.

A sra. Dashwood mais uma vez lhe garantiu que não se fariam alterações desse tipo.

— A senhora é uma boa mulher — replicou ele, animado. — A sua promessa deixa-me contente. Estenda-a um pouco mais e me faça feliz. Diga-me que não só a sua casa permanecerá a mesma, mas que sempre encontrarei a senhora e sua família tão inalteradas quanto a sua residência, e que sempre me tratará com a mesma gentileza que fez que tudo que lhe pertença seja tão querido para mim.

A promessa foi prontamente feita e o comportamento de Willoughby durante toda a noite demonstrou ao mesmo tempo seu afeto e sua felicidade.

— Vamos tê-lo amanhã para jantar? — perguntou a sra. Dashwood, quando ele estava indo embora. — Não lhe peço que venha de manhã, porque temos de ir até Barton Park para visitar *Lady* Middleton.

Ele prometeu estar com elas às quatro horas.

Capítulo 15

A visita da sra. Dashwood a *Lady* Middleton deu-se no dia seguinte e duas de suas filhas a acompanharam, mas Marianne dispensou-se de participar do grupo, pretextando estar ocupada, e sua mãe, que concluiu que, na noite anterior, Willoughby lhe prometera uma visita durante a ausência delas, estava perfeitamente satisfeita com o fato de ela permanecer em casa.

De volta de Barton Park, deram com a carruagem de Willoughby e seu criado à espera no chalé, e a sra. Dashwood teve certeza de que a sua conjetura fora correta. Até então, tudo ia como havia previsto, mas ao entrar na casa viu o que nenhuma previsão a fizera esperar. Haviam acabado de entrar no corredor quando Marianne saiu às pressas da sala de estar, aparentando extrema aflição, com o lenço nos olhos, e sem notá-las subiu correndo a escada. Surpresas e assustadas, elas entraram diretamente na sala que ela acabara de deixar, onde só encontraram Willoughby, que estava inclinado sobre o consolo da lareira, de costas para elas. Ele se voltou à chegada delas, e sua expressão mostrava que ele compartilhava fortemente a comoção que tomara conta de Marianne.

— Há algum problema com ela? — gritou a sra. Dashwood ao entrar. — Está doente?

— Espero que não — replicou ele, tentando parecer alegre, e com um sorriso forçado logo acrescentou: — Sou eu que devo ficar doente, pois estou sofrendo agora uma pesada decepção!

— Decepção?

— Sim, pois não posso manter meu compromisso. A sra. Smith exerceu esta manhã o privilégio dos ricos sobre um pobre sobrinho dependente, enviando-me a negócios para Londres. Acabo de receber minhas credenciais e de me despedir de Allenham e vim agora despedir-me.

— Para Londres! E está de partida esta manhã?

— Quase neste exato momento.

— Isso é uma desgraça. Mas a sra. Smith deve ser obedecida. E os negócios dela não vão afastá-lo de nós por muito tempo, espero.

Ele corou ao responder:

— A senhora é muito gentil, mas não tenho planos de voltar em breve a Devonshire. Minhas visitas à sra. Smith nunca se repetem no espaço de um ano.

— E será que a sra. Smith é sua única amiga? Allenham é, por acaso, a única casa nas vizinhanças à qual você é bem-vindo? Que vergonha, Willoughby! Não pode esperar por um convite para vir aqui?

Ele corou ainda mais, e, com os olhos fitos no chão, limitou-se a dizer:

— A senhora é muito boa.

A sra. Dashwood olhou surpresa para Elinor. Elinor sentia o mesmo espanto. Por alguns momentos todos ficaram calados. A sra. Dashwood foi a primeira a falar.

— Só tenho de acrescentar, meu querido Willoughby, que será sempre bem-vindo ao chalé de Barton, pois não vou insistir que volte para cá de imediato, já que só você pode julgar até que ponto isso pode ser agradável à sra. Smith, e sobre este ponto não estou mais disposta a questionar o seu discernimento do que a duvidar dos seus desejos.

— A natureza de meus compromissos agora — replicou Willoughby, confuso — não é motivo de orgulho para mim...

Ele parou. A sra. Dashwood estava surpresa demais para falar, e outra pausa se fez. Ela foi quebrada por Willoughby, que disse com um sorriso fingido:

— É loucura perder meu tempo assim. Não vou atormentar-me mais permanecendo entre amigas cuja companhia me é impossível desfrutar no momento.

Despediu-se, então, rapidamente delas e deixou a sala. Elas o viram entrar na carruagem e num minuto o perderam de vista.

A sra. Dashwood estava magoada demais para falar, e de imediato deixou a sala de estar para lidar sozinha com a preocupação e o susto que aquela súbita partida ocasionara.

O constrangimento de Elinor foi pelo menos igual ao da mãe. Pensava no que acabara de se passar, com angústia e desconfiança. O comportamento de Willoughby ao despedir-se delas, seu embaraço e afetação de alegria e, acima de tudo, sua relutância em aceitar o convite da mãe, uma hesitação tão contrária ao caráter de um homem apaixonado, tão contrária a ele mesmo, muito a perturbaram. Por um momento chegou a pensar que nunca houvera da parte dele nenhum plano para um compromisso sério; no momento seguinte, que alguma briga infeliz ocorrera entre ele e a irmã; o desespero em que Marianne deixara a sala era tal que uma briga séria poderia ser a explicação mais razoável, embora, quando considerava o amor de Marianne por ele, tal briga lhe parecesse quase impossível.

Mas, fossem quais fossem os pormenores da separação, a aflição de sua irmã era indubitável, e ela pensou com a mais terna compaixão sobre essa violenta dor que Marianne muito provavelmente não estava apenas experimentando como um modo de aliviar-se, mas alimentando e incentivando como um dever.

Em cerca de meia hora a sua mãe voltou, e embora os olhos estivessem vermelhos, sua expressão não era triste.

— Nosso caro Willoughby está agora a algumas milhas de Barton, Elinor — disse ela, enquanto se sentava para trabalhar —, e com que peso no coração não viaja ele?!

— Tudo é muito estranho. Partir assim tão de repente! Parece uma decisão repentina. E a noite passada ele estava conosco tão feliz, tão animado, tão carinhoso! E agora, só com dez minutos de aviso... Também foi embora sem intenção de voltar!... Algo mais do que ele nos confiou deve ter acontecido. Ele não falava, não se comportava como ele mesmo. A *senhora* deve ter visto a diferença, tanto quanto eu. Que pode ser aquilo? Será que brigaram? Por que outra razão ele mostraria relutância em aceitar o seu convite?

— Não era vontade o que lhe faltava, Elinor! *Isso* eu podia ver claramente. Não estava em seu poder aceitá-lo. Garanto-lhe que refleti sobre tudo aquilo de novo, e posso explicar perfeitamente cada uma das coisas que no começo pareceram estranhas para mim, assim como para você.

— Pode mesmo?

— Sim. Consegui explicá-lo a mim mesma da maneira mais satisfatória. Mas sei que a *você*, Elinor, que sempre adora duvidar de tudo, minha explicação não pode satisfazer; mas não conseguirá tirar de *mim* a confiança que tenho nela. Estou convencida de que a sra. Smith suspeita do interesse dele por Marianne, desaprova-o (talvez porque tenha outros planos para ele), e por isso está impaciente para vê-lo longe daqui. Estou certa também de que o negócio pelo qual ela o afastou daqui foi um pretexto inventado por ela com esse fim. Acho que foi isso que aconteceu. Além do mais, ele está ciente de que ela é *muito* contrária a essa união, e por isso não ousa confessar agora a ela seu noivado com Marianne e se sente obrigado, por sua situação de dependência, a participar dos planos dela e ausentar-se de Devonshire por uns tempos. Sei que me dirá que isso pode ter acontecido ou *não*, mas não darei ouvidos a nenhuma objeção capciosa, a menos que me mostre outra maneira tão satisfatória quanto esta de entender o caso. E então, Elinor, o que tem a me dizer?

— Nada, a senhora antecipou a minha resposta.

— Então me diria que isso pode ter acontecido ou não. Ah, Elinor, como são incompreensíveis os seus sentimentos! Prefere acreditar no mal a crer no bem. Prefere ver a desgraça de Marianne e a culpa do pobre Willoughby a admitir uma desculpa para ele. Está decidida a achar que ele é culpado, porque se despediu de nós com menos carinho do que de costume. E não pode fazer nenhuma concessão à distração e ao espírito deprimido por decepções recentes? Não podemos aceitar probabilidades, simplesmente porque não são certezas? Nada se deve conceder ao homem que tivemos todos os motivos para amar e do qual não tivemos nenhuma razão no mundo para pensar mal? E nenhuma concessão à possibilidade de motivos irrepreensíveis em si mesmos, mas inevitavelmente secretos no momento? E, afinal, que suspeitas tem contra ele?

— Nem eu mesma sei. Mas a suspeita de algo desagradável é a consequência inevitável de uma alteração como a que vimos nele. Há muita verdade, porém, no que a senhora disse a respeito das concessões que devemos fazer-lhe, e quero ser imparcial com todos em meu julgamento. Willoughby sem dúvida pode ter razões suficientes para o seu comportamento, e espero que as tenha. Mas seria mais próprio de Willoughby reconhecê-las de uma vez. O sigilo pode ser recomendável, mas estou intrigada com o fato de ele o praticar.

— Não o culpe, porém, por fazer coisas que não condizem com seu caráter, quando isso é necessário. Mas admite mesmo que o que disse em sua defesa é justo? Fico feliz com isso, e ele sai absolvido.

— Não inteiramente. Pode ser correto esconder o noivado (se é que eles *estão* noivos) da sra. Smith, e se for o caso, deve ser muito conveniente para Willoughby ficar pouco em Devonshire no momento. Mas isso não é desculpa para escondê-lo de nós.

— Esconder de nós! Minha filha querida, acusa Willoughby e Marianne de esconderem coisas? Isso é muito estranho, quando seus olhos os têm todos os dias acusado de imprudência.

— Não quero provas do amor deles — disse Elinor —, e sim do noivado entre os dois.

— Estou perfeitamente satisfeita com ambos.

— No entanto, nenhuma sílaba foi dita à senhora sobre esse assunto, por nenhum deles.

— Não quis sílabas onde ações falaram com tanta clareza. Será que o comportamento dele com Marianne e todos nós, pelo menos nos últimos quinze dias, não deixou claro que a amava e a considerava como a sua futura esposa, e que sentia por nós o carinho do mais estreito relacionamento? Não nos entendemos perfeitamente uns com os outros? Meu consentimento não era pedido todos os dias, por seus olhares, suas maneiras, seu respeito atencioso e afetuoso? Querida Elinor, é possível duvidar do noivado? Como pôde ocorrer-lhe tal pensamento? Como supor que Willoughby, convencido como deve estar do amor de sua irmã, a deixasse, e talvez por meses, sem lhe falar do seu afeto, que eles se separassem sem uma troca recíproca de confidências?

— Confesso — replicou Elinor — que todas as circunstâncias, salvo *uma*, estão a favor do noivado, mas essa circunstância *única* é o total silêncio dos dois a esse respeito, e para mim ela é mais importante que todas as outras.

— Como isso é estranho! Deve pensar muitíssimo mal de Willoughby, se, depois de tudo que se passou abertamente entre eles, ainda consegue duvidar da natureza dos laços que os unem. Será que durante todo esse tempo ele desempenhou um papel em seu comportamento com sua irmã? Acha mesmo que, para ele, ela seja indiferente?

— Não, não posso achar isso. Ele deve amá-la e a ama, tenho certeza.

— Mas com um tipo esquisito de ternura, se consegue deixá-la com tamanha indiferença, tal desdém pelo futuro, como você lhe atribui.

— A senhora deve lembrar, querida mamãe, que jamais considerei encerrado o assunto. Tive as minhas dúvidas, confesso; mas são mais fracas do que eram, e talvez logo desapareçam. Se descobrir que eles estão trocando correspondência, todos os meus receios acabarão.

— Uma enorme concessão, realmente! Se os visse no altar, acharia que eles iriam casar. Menina ingrata! Mas eu não exijo tal prova. Em minha opinião, nada se passou que justificasse a dúvida; não houve nenhum segredo: tudo foi sempre aberto e franco. Não pode ter dúvida sobre os desejos da sua irmã. Deve, portanto, suspeitar de Willoughby. Mas por quê? Não é ele um homem honrado e de sentimentos? Houve alguma incoerência da parte dele que seja motivo de alarme? Será que ele pode ser mentiroso?

— Espero que não, não creio — exclamou Elinor. — Adoro Willoughby, sinceramente, e a suspeita sobre a sua integridade não pode ser mais dolorosa para a senhora do que para mim. Foi involuntária, e não vou cultivá-la. Confesso que fiquei alarmada com a mudança nas maneiras dele esta manhã. Ele não falou como costuma e não retribuiu a sua gentileza com nenhuma cordialidade. Mas tudo isso pode ser explicado por uma situação como a que a senhora supôs. Ele acabara de se separar da minha irmã, vira-a afastar-se na maior aflição e sentiu-se obrigado, temendo ofender a sra. Smith, a resistir à tentação de voltar para cá em breve. No entanto, estava ciente de que, ao recusar o seu convite, dizendo que ficaria longe por algum tempo, pareceria agir de maneira mesquinha e suspeita com a nossa família, e isso pode muito bem tê-lo constrangido e perturbado. Nesse caso, uma admissão clara e franca das suas dificuldades teria sido mais honrosa, creio eu, bem como mais coerente com seu caráter geral. Contudo não farei objeções contra o comportamento de ninguém sobre bases tão mesquinhas como uma diferença de julgamento ou um desvio do que eu possa julgar correto e coerente.

— Tem razão no que diz. Willoughby certamente não merece que suspeitemos dele. Embora nós não o conheçamos há muito tempo, ele não é um estranho nesta parte do mundo, e quem alguma vez já falou algo contra ele? Se estivesse em condições de agir com independência e casar imediatamente, poderia parecer estranho que ele nos deixasse sem logo me informar de tudo, mas não é esse o caso. Trata-se de um noivado que, em alguns aspectos, não teve um início dos mais felizes, pois o casamento pode acontecer num prazo muito incerto, e mesmo o sigilo, até onde sabemos, talvez seja aconselhável no momento.

Foram interrompidas pela entrada de Margaret, e Elinor teve então a oportunidade de refletir sobre as conjeturas da mãe, de reconhecer a probabilidade de muitas delas e de ter esperanças na justiça de todas.

Não viram Marianne até a hora do jantar, quando ela entrou na sala e ocupou seu lugar à mesa, sem dizer palavra. Seus olhos estavam vermelhos e inchados, e parecia que mesmo naquele momento tivesse dificuldade para conter as lágrimas. Evitou os olhares de todas elas, não conseguiu nem comer nem falar e, depois de algum tempo, quando sua mãe lhe apertou silenciosamente a mão com compaixão, sua frágil compostura não resistiu, começou a chorar copiosamente e deixou a sala.

Essa violenta depressão persistiu durante toda a noite. Estava sem nenhuma força, pois não tinha nenhum desejo de autocontrole. A menor referência a algo ligado a Willoughby imediatamente a derrubava e, embora a família estivesse muitíssimo atenta ao seu bem-estar, era impossível para elas, ao falar, evitar todos os assuntos que seus sentimentos relacionavam a ele.

Capítulo 16

Marianne jamais se perdoaria caso fosse capaz de dormir na primeira noite após se separar de Willoughby. Teria vergonha de olhar no rosto a família na manhã seguinte, se não tivesse levantado da cama precisando de mais repouso do que quando se deitara. Mas os sentimentos que transformavam a calma em desgraça não a deixavam correr nenhum perigo de passar tal vergonha. Não dormiu a noite toda e chorou a maior parte dela. Levantou-se com dor de cabeça, sem conseguir falar e sem nenhum apetite, causando preocupação a cada momento à mãe e às irmãs e proibindo qualquer tentativa de consolo da parte delas. Sua sensibilidade era muito forte!

Ao acabar o café da manhã, saiu sozinha e perambulou pelas cercanias do burgo de Allenham, saboreando as recordações das passadas alegrias e chorando pelo presente durante a maior parte da manhã.

A tarde passou-se em igual entrega aos sentimentos. Tocou de novo cada uma das canções que costumava tocar para Willoughby, cada ária em que a voz deles tantas vezes se uniram e sentou-se na frente do instrumento contemplando cada linha de música que ele escrevera para ela, até que seu coração ficou tão pesado que não podia receber mais nenhuma tristeza, e essa dose de sofrimento alimentava-a todos os dias. Passava horas inteiras ao pianoforte, cantando e chorando alternadamente. Muitas vezes sua voz era totalmente embargada pelas lágrimas. Também nos livros, como na música, cortejava a desgraça que o contraste entre o passado e o presente certamente provocava. Não lia nada, a não ser o que costumavam ler juntos.

Tal violência na aflição sem dúvida não podia ser suportada para sempre. Em poucos dias se transformou numa melancolia mais calma, porém essas atividades que ela praticava todos os dias, os passeios solitários e as meditações silenciosas, ainda produziam ocasionais efusões de dor tão profundas quanto antes.

Não chegou nenhuma carta de Willoughby, nem Marianne parecia aguardá-las. Sua mãe ficou surpresa, e Elinor voltou a se preocupar. Mas a sra. Dashwood conseguia achar explicações sempre que quisesse, as quais pelo menos satisfaziam a ela.

— Lembre-se, Elinor — disse ela —, quantas vezes *Sir* John pega ele mesmo as nossas cartas no correio e as leva para lá. Já concordamos que o sigilo talvez seja necessário e devemos reconhecer que não poderia ser conservado se a correspondência entre eles tivesse de passar pelas mãos de *Sir* John.

Elinor não podia negar que era verdade, e tentou ver naquilo um motivo suficiente para o silêncio dele. Mas havia um método tão direto, tão simples e, na sua opinião, tão fácil de saber a situação real do caso e de acabar instantaneamente com todo o mistério, que ela não pôde deixar de sugeri-lo à mãe.

— Por que a senhora não pergunta a Marianne de uma vez — disse ela — se ela está ou não noiva de Willoughby? Vindo da senhora, que é a mãe dela, e uma mãe tão carinhosa e indulgente, a pergunta não pode ofender. Seria o resultado natural de seu amor por ela. Ela costumava ser completamente franca, principalmente com a senhora.

— Não faria essa pergunta nem por toda a riqueza do mundo. Supondo que seja possível que eles não estejam noivos, que dor uma tal pergunta não provocaria! De qualquer ponto de vista, seria o máximo da mesquinhez. Jamais mereceria a sua confiança de novo, depois de forçá-la a confessar o que no momento deve ser desconhecido de todos. Conheço o coração de Marianne, sei que ela me ama muito e que não serei a última a que o caso será esclarecido, quando as circunstâncias tornarem a revelação exequível. Não tentaria forçar a confissão de ninguém, muito menos de uma filha, pois o senso do dever impediria a negação que seus desejos ordenassem.

Elinor achou exagerada aquela generosidade, levando-se em conta a pouca idade da irmã, e insistiu com a mãe mais uma vez, porém em vão. O senso comum, a atenção comum, a prudência comum, tudo tinha sucumbido na romântica delicadeza da sra. Dashwood.

Passaram-se muitos dias antes que o nome de Willoughby fosse mencionado diante de Marianne por alguém da família. *Sir* John e a sra. Jennings, de fato, não foram tão gentis, suas zombarias acentuaram a dor de muitas horas dolorosas. Mas uma tarde a sra. Dashwood, tomando ao acaso um exemplar de Shakespeare, exclamou:

— Nunca terminamos *Hamlet*, Marianne; nosso querido Willoughby se foi antes que pudéssemos acabá-lo. Vou deixá-lo de lado, para que quando ele volte... Mas podem passar-se meses, talvez, antes que isso aconteça.

— Meses! — gritou Marianne, com grande surpresa. — Não, nem sequer muitas semanas.

A sra. Dashwood lamentou ter dito aquilo, mas Elinor ficou satisfeita, pois provocou uma réplica de Marianne que expressava muita confiança em Willoughby e conhecimento das suas intenções.

Certa manhã, cerca de uma semana depois que ele deixara a região, Marianne foi convencida a juntar-se às irmãs no seu costumeiro passeio, em vez de perambular sozinha. Até então ela evitara rigorosamente toda companhia em suas caminhadas. Se as irmãs pretendiam caminhar pelas colinas, ela se dirigia diretamente para as trilhas; se elas mencionassem o vale, ela corria para as colinas e nunca podia ser encontrada quando as outras partiam. Mas com o tempo foi vencida pelos esforços de Elinor, que desaprovava profundamente aquele isolamento contínuo. Elas caminharam pela estrada através do vale, a maior parte do tempo em silêncio, pois a mente de Marianne não podia ser controlada, e Elinor, satisfeita por ter ganhado um ponto, não se arriscava a querer mais. Para além da entrada do vale onde o campo, embora ainda rico, era menos selvagem e mais aberto, um longo trecho da estrada que elas haviam percorrido ao virem a Barton pela primeira vez estendia-se em frente a elas, e ao chegarem àquele ponto pararam para olhar ao redor e examinar a perspectiva formada pela distância de sua vista do chalé, de um ponto que nunca haviam alcançado antes em nenhuma das caminhadas.

Entre os detalhes à vista, logo descobriram um ser animado. Era um homem a cavalo, que cavalgava na direção delas. Em poucos minutos podiam distinguir que se tratava de um cavalheiro, e um momento depois Marianne exclamou extasiada:

— É ele. É, com certeza. Eu sei que é! — e se apressava a ir em sua direção, quando Elinor exclamou:

— Na verdade, Marianne, acho que está enganada. Não é Willoughby. Não é alto como ele e não tem o jeito dele.

— Tem sim, tem sim — gritou Marianne. — Tenho certeza de que tem. O jeito dele, o sobretudo, o cavalo. Sabia que ele viria logo.

Ela caminhava excitada enquanto falava, e Elinor, para proteger Marianne de suas próprias idiossincrasias, pois tinha quase certeza de que não era Willoughby, apertou o passo e a alcançou. Logo chegaram a trinta jardas do cavalheiro. Marianne olhou de novo; seu coração disparou dentro dela e, dando abruptamente meia-volta, começou a correr, quando a voz de ambas as suas irmãs a detiveram. Uma terceira voz, quase tão conhecida quanto a de Willoughby, juntou-se a elas para pedir que parasse, e ela se voltou com surpresa para ver e dar as boas-vindas a Edward Ferrars.

Ele era a única pessoa no mundo que podia ser perdoada por não ser Willoughby, a única que podia ganhar um sorriso dela; ela, porém, enxugou as lágrimas para sorrir para *ele*, e com a alegria da irmã se esqueceu da sua própria decepção.

Ele apeou e, entregando o cavalo ao criado, caminhou de volta a Barton com elas, aonde se dirigia com o propósito de visitá-las.

Todas as três mulheres lhe deram as boas-vindas com muita cordialidade, mas em especial Marianne, que demonstrou mais animação ao recebê-lo do que a própria Elinor. Para Marianne, de fato, o encontro entre Edward e a irmã não passava da continuação daquela inexplicável frieza que muitas vezes observara em Norland em seu comportamento recíproco. Da parte de Edward, mais particularmente, havia uma ausência de tudo que um homem apaixonado deve parecer e dizer numa ocasião como aquela. Ele estava confuso, parecia pouco sensível ao prazer de vê-las, não parecia nem entusiasmado nem alegre, falou pouco além do que foi extraído pelas perguntas e não distinguiu Elinor com nenhum sinal de afeto. Marianne via e ouvia com surpresa cada vez maior. Quase começou a sentir antipatia por Edward, e acabou, como todo sentimento devia acabar dentro dela, dirigindo seus pensamentos de volta para Willoughby, cujas maneiras formavam um contraste suficientemente marcante com as daquele que ela elegera como irmão.

Depois de um breve silêncio que se seguiu à primeira surpresa e às perguntas iniciais do encontro, Marianne perguntou a Edward se vinha diretamente de Londres. Não, ele estivera em Devonshire por quinze dias.

— Quinze dias! — repetiu ela, surpresa com o fato de ter ele estado no mesmo condado com Elinor sem tê-la procurado antes.

Ele pareceu um tanto constrangido ao acrescentar que estivera com amigos perto de Plymouth.

— Esteve em Sussex ultimamente? — perguntou Elinor.

— Estive em Norland cerca de um mês atrás.

— E como está a nossa querida, querida Norland? — perguntou Marianne.

— A querida, querida Norland — disse Elinor — provavelmente está exatamente como sempre está nesta época do ano. Os bosques e as trilhas cobertos de uma grossa camada de folhas mortas.

— Ah — exclamou Marianne —, com que sensação de êxtase eu as via cair! Como me deliciava, ao caminhar, vê-las cair ao meu redor como uma chuva impelida pelo vento! Que sentimentos elas, mais a estação e o ar me inspiraram! Agora não há mais ninguém para contemplá-las. São vistas só como um estorvo, apressadamente varrido e afastado o máximo possível da visão.

— Nem todos — disse Elinor — têm a sua paixão por folhas mortas.

— Não, meus sentimentos raramente são compartilhados ou compreendidos. Mas às vezes o são — ao dizer isso, ela perdeu-se num devaneio por alguns momentos, mas, caindo em si de novo: — Agora, Edward — disse ela, chamando sua atenção para a perspectiva — aqui está o vale de Barton. Olhe para ele e fique indiferente, se puder. Olhe aquelas colinas! Já viu alguma vez coisa parecida? À esquerda fica Barton Park, entre aqueles bosques e aquelas plantações. É possível ver o fundo da casa. E ali, atrás da colina mais distante, que se ergue com tal grandiosidade, fica o nosso chalé.

— É um belo lugar — replicou ele —, mas essas partes baixas devem ficar sujas no inverno.

— Como consegue pensar em sujeira, com vitas como essas à sua frente?

— Porque — replicou ele, sorrindo — entre as demais vistas à minha frente, vejo uma trilha muito suja.

"Que estranho!", disse Marianne com seus botões enquanto caminhava.

— É agradável a vizinhança aqui? Os Middleton são simpáticos?

— Não, de modo algum — respondeu Marianne —, não poderíamos estar em pior situação.

— Marianne — exclamou a irmã —, como pode dizer uma coisa dessas? Como pode ser tão injusta? Eles são uma família muito respeitável, sr. Ferrars, e sempre se comportaram conosco da maneira mais gentil. Já se esqueceu, Marianne, de quantos dias felizes deve a eles?

— Não — respondeu Marianne, em voz baixa —, nem quantos momentos dolorosos.

Elinor não escutou suas palavras e, dirigindo a atenção para o visitante, tratou de estabelecer algo como uma conversa com ele, falando-lhe de sua residência atual, suas conveniências, etc., conseguindo com isso tirar à força algumas perguntas e observações ocasionais. A frieza e a reserva dele a magoaram muito; estava aborrecida e um pouco irritada, mas, decidida a pautar seu comportamento com ele no passado e não no presente, evitou qualquer aparência de ressentimento ou desagrado e o tratou como devia ser tratado por seus laços de parentesco.

Capítulo 17

A sra. Dashwood ficou surpresa só por um momento ao vê-lo, já que sua vinda a Barton era, na sua opinião, a coisa mais natural do mundo. Sua alegria e sua expressão de afeto superaram em muito seu espanto. Ele recebeu as mais gentis boas-vindas da parte dela, e nem a timidez, nem a frieza nem a reserva resistiram a tal recepção. Começaram a abandoná-lo antes de entrar em casa e foram totalmente superadas pelas maneiras cativantes da sra. Dashwood. De fato, nenhum homem podia apaixonar-se por uma das filhas sem estender a paixão também a ela, e Elinor logo teve a satisfação de vê-lo mais à vontade. Seu afeto por todas pareceu reanimar-se, e ficou visível o seu interesse pelo bem-estar delas. Não estava animado, porém; elogiou a casa, admirou a perspectiva, foi atencioso e gentil, mas mesmo assim não estava animado. Toda a família o percebeu, e a sra. Dashwood, atribuindo aquilo à falta de generosidade da mãe dele, sentou-se à mesa indignada contra todos os pais egoístas.

— Quais são os planos da sra. Ferrars para você atualmente, Edward? — disse ela, quando o jantar acabou e eles se reuniram ao redor da lareira. — Você ainda tem de ser um grande orador, mesmo contra a vontade?

— Não. Espero que minha mãe esteja agora convencida de que não tenho nem talento nem inclinação pela vida pública!

— Mas como obterá a fama? Pois famoso você deve ser para satisfazer à família, e, sem inclinação para altos gastos, sem interesse por desconhecidos, sem profissão e sem um futuro assegurado, pode ser difícil alcançá-la.

— Não vou tentar obtê-la. Não desejo distinguir-me e tenho todos os motivos para esperar que nunca venha a sê-lo. Graças a Deus! Não posso ser obrigado a ter gênio e eloquência.

— Não tem ambição, sei muito bem disso. Todos os seus desejos são comedidos.

— Tão comedidos como os do resto do mundo, acho. Desejo, como todo o mundo, ser muito feliz, entretanto, como todo o mundo, tem de ser do meu jeito. O prestígio não me fará feliz.

— O contrário é que seria estranho! — exclamou Marianne. — Que têm a ver riqueza ou prestígio com felicidade?

— O prestígio, pouco — disse Elinor —, mas a riqueza tem muito a ver com a felicidade.

— Elinor, que vergonha! — disse Marianne — o dinheiro só pode trazer felicidade onde não haja mais nada que a traga. Além da abastança, ele não pode proporcionar uma satisfação real, no que se refere à nossa interioridade.

— Talvez — disse Elinor, sorrindo — possamos chegar a um acordo. A *sua* abastança e a *minha* riqueza são muito parecidas, e sem elas, sendo o mundo como é, nós duas devemos convir que faltará todo tipo de conforto exterior. Suas ideias são só mais nobres do que as minhas. Vamos, o que chama de abastança?

— Cerca de mil e oitocentas ou duas mil libras por ano, não mais do que *isso*.

Elinor riu.

— *Duas mil* libras por ano! A minha riqueza é *mil*! Eu sabia como isso acabaria.

— No entanto duas mil libras é uma renda bastante modesta — disse Marianne. — Uma família não pode manter-se bem com um rendimento menor. Estou certa de não ser extravagante nas minhas exigências. Uma criadagem decente, uma carruagem, talvez duas, e animais de caça não podem ser mantidos com menos.

Elinor sorriu de novo ao ouvir a irmã descrevendo com tanta precisão as futuras despesas em Combe Magna.

— Animais de caça! — repetiu Edward. — Mas por que você haveria de ter animais de caça? Nem todo o mundo caça.

Marianne corou ao responder:

— Mas a maioria das pessoas caça.

— Gostaria tanto — disse Margaret, iniciando um novo tema — que alguém desse uma grande fortuna a cada uma de nós!

— Ah, se isso acontecesse! — exclamou Marianne, com os olhos brilhantes de animação e o rosto radiante pelo prazer daquela felicidade imaginária.

— Acho que somos unânimes nesse desejo — disse Elinor —, apesar de a riqueza sozinha não bastar.

— Ah, querida! — exclamou Margaret — como eu seria feliz! Fico imaginando o que faria com ela!

Marianne parecia não ter dúvida sobre aquilo.

— Eu teria dificuldade em gastar uma grande fortuna — disse a sra. Dashwood —, se as minhas filhas ficassem ricas sem a minha ajuda.

— Começaria a reforma da casa — observou Elinor —, e logo as suas dificuldades desapareceriam.

— Que magníficas encomendas de compras viajariam desta família para Londres — disse Edward — se isso acontecesse! Que dia feliz para livreiros, vendedores de partituras e lojas de gravuras! A senhorita faria uma encomenda geral para que lhe fosse enviada cada nova gravura de qualidade; e quanto a Marianne, conheço a grandeza da sua alma, não haveria música bastante em Londres para satisfazê-la. E livros! Thomson, Cowper, Scott, ela compraria todos eles de novo e de novo; compraria todos os exemplares, para evitar que caíssem em mãos indignas, e teria todos os livros que ensinassem como admirar uma velha árvore retorcida. Não é verdade, Marianne? Perdoe-me se estou sendo insolente, mas queria mostrar-lhe que não esqueci nossas velhas discussões.

— Adoro lembrar o passado, Edward! Seja ele melancólico ou alegre, adoro recordá-lo, e nunca me ofenderá falando-me dos velhos tempos. Tem toda a razão em imaginar como o meu dinheiro seria gasto — parte dele, pelo menos. Meu dinheiro a mais seria com certeza empregado em aumentar a minha coleção de partituras e de livros.

— E o grosso de sua fortuna seria aplicado em pensões anuais para os seus autores ou seus herdeiros.

— Não, Edward, eu teria um emprego diferente para ele.

— Talvez, então, o desse como prêmio à pessoa que escrevesse a melhor defesa de sua máxima favorita, a de que ninguém pode apaixonar-se mais de uma vez na vida. Presumo que a sua opinião a respeito não mudou. Estou certo?

— Sem dúvida nenhuma. Na minha idade, as opiniões são bastante firmes. Não é provável que eu veja ou ouça algo que as modifique.

— Pode ver que Marianne continua constante como sempre — disse Elinor —, ela não mudou nada.

— Só está um pouco mais séria que antes.

— Não, Edward — disse Marianne —, não tem de que me censurar. Você mesmo não é muito alegre.

— Como pode achar isso! — replicou ele, com um suspiro. — A alegria nunca fez parte do *meu* caráter.

— Tampouco do de Marianne — disse Elinor —, eu dificilmente diria que é uma menina alegre. É muito impaciente, muito intensa em tudo que faz. Às vezes fala muito e com muita animação, mas raramente é alegre mesmo.

— Acho que está certa — replicou ele —, no entanto eu sempre a considerei uma menina alegre.

— Com frequência me vejo cometendo esse tipo de erro — disse Elinor —, em total equívoco quanto ao caráter de alguém, num ou noutro ponto, fantasiando que as pessoas são muito mais alegres ou sisudas ou inteligentes ou obtusas do que realmente são. E teria dificuldade em dizer por que e como essa ilusão começou. Às vezes somos guiados pelo que dizemos de nós mesmos e com muita frequência pelo que outras pessoas dizem de nós, sem que paremos para refletir e julgar.

— Mas achava que fosse certo, Elinor — disse Marianne —, ser guiado completamente pela opinião de outras pessoas. Achei que nossos julgamentos nos fossem dados só para sermos subservientes aos de nossos próximos. Esta sempre foi a sua opinião, tenho certeza.

— Não, Marianne, nunca. Minhas opiniões nunca visaram à sujeição da inteligência. Tudo que sempre tentei influenciar foi o comportamento. Não deve confundir as minhas intenções. Sou culpada, confesso, de muitas vezes ter desejado que você tratasse os nossos conhecidos em geral com maior atenção. Mas quando foi que a aconselhei a adotar os sentimentos deles ou conformar-se com as ideias deles em assuntos sérios?

— Não conseguiu fazer sua irmã entrar em seu plano de civilidade? — disse Edward a Elinor. — Não houve nenhum avanço?

— Muito pelo contrário — replicou Elinor, olhando expressivamente para Marianne.

— Estou completamente do seu lado nessa questão — tornou ele — em pensamento, porém receio que na prática esteja muito mais do lado da sua irmã. Não quero ofender, mas sou tão doidamente tímido que muitas vezes pareço desdenhoso, quando apenas me retraio por minha natural falta de jeito. Não raro penso que fui criado por natureza para apreciar as companhias de baixa condição, pois fico tão pouco à vontade entre estranhos de alta extração!

— Marianne não tem nenhuma timidez que possa desculpá-la da sua inatenção com os outros — disse Elinor.

— Ela é muito consciente de seu próprio valor para sentir uma falsa vergonha — replicou Edward. — A timidez é apenas o efeito de um senso de inferioridade, de um modo ou de outro. Se pudesse convencer-me de que as minhas maneiras são desinibidas e graciosas, não seria tímido.

— Mas ainda seria reservado — disse Marianne —, e isso é pior ainda.

Edward fitou os olhos nelas:

— Reservado! Eu sou reservado, Marianne?

— Sim, muito.

— Não entendo você — replicou ele, corando. — Reservado! Como, de que maneira? O que deveria ter-lhe dito? O que supõe a meu respeito?

Elinor pareceu surpresa com aquela reação, mas, tentando tirar a seriedade do assunto, disse a ele:

— Não conhece a minha irmã o bastante para entender o que ela quer dizer? Não sabe que ela chama de reservado a todos que não falam e não admiram o que ela admira tão depressa nem com tanta intensidade quanto ela?

Edward não respondeu. Voltou completamente à sua gravidade e ponderação habituais, e permaneceu calado e melancólico por algum tempo.

Capítulo 18

Elinor viu com grande consternação o desânimo do amigo. Sua visita proporcionou a ela apenas uma satisfação parcial, ao passo que a alegria dele com o encontro se revelou muito imperfeita. Era evidente que ele era infeliz. Ela esperava que fosse igualmente evidente que ele ainda tinha por ela o mesmo afeto que, no passado, não duvidara inspirar-lhe, mas agora a persistência desse amor parecia muito duvidosa, e a reserva das suas maneiras com ela contradizia num momento o que um olhar mais expressivo sugerira no momento anterior.

Ele se juntou a ela e Marianne na sala de café, na manhã seguinte, antes que os outros descessem, e Marianne, que sempre estava impaciente para promover ao máximo a felicidade deles, logo os deixou sozinhos. No entanto, antes de chegar à metade da escada ouviu a porta da sala se abrir e, voltando-se, ficou pasmada ao ver o próprio Edward sair.

— Vou ao burgo ver meus cavalos — disse ele —, uma vez que ainda não está pronta para o café da manhã. Logo estarei de volta.

* * *

Edward voltou para casa muito admirado com os arredores. Em sua caminhada até o burgo, vira diversas partes do vale de um ângulo favorável, e o próprio burgo, em situação muito mais elevada do que o chalé, proporcionava uma vista panorâmica que muito lhe agradara. Aquele era um assunto que prendeu a atenção de Marianne, e ela estava começando a lhe descrever sua própria admiração por aquelas cenas e a questioná-lo mais minuciosamente sobre o que mais o impressionara, quando Edward a interrompeu, dizendo:

— Não faça muitas perguntas, Marianne. Lembre-se de que não tenho conhecimentos de pintura e vou ofendê-la com a minha ignorância e falta de gosto, se descer aos pormenores. Vou chamar as colinas de *altas*, quando devia dizer *escarpadas*; as superfícies, de *estranhas* e *singulares*, quando devia dizer *amorfas* e *ásperas*; e as coisas distantes, de *indistinguíveis*, quando devia dizer *apenas indistintas através de uma delicada atmosfera enevoada*. Devia contentar-se com a admiração que posso honestamente sentir. Para mim, esta é uma ótima região: as colinas são altas, os bosques parecem repletos de excelente madeira e o vale parece agradável e aconchegante, com ricas campinas e diversas bonitas casas de fazenda espalhadas aqui e ali. Ela corresponde exatamente à minha ideia de uma ótima região, pois une beleza e utilidade, e tenho certeza de que é também pitoresca, pois você a admira. Posso facilmente acreditar que esteja repleta de rochedos e promontórios, de pântanos cinzentos e matagais, porém esses eu não consigo entender. Nada sei sobre o pitoresco.

— Receio que seja verdade — disse Marianne —, mas por que se gaba disso?

— Suspeito — disse Elinor — que, para evitar um tipo de afetação, Edward caia aqui em outro. Pois ele acredita que muita gente finja ter mais admiração pelas belezas da natureza do que na verdade sente, e, por ter repulsa a essas pretensões, afeta uma indiferença maior e um menor discernimento ao vê-las do que verdadeiramente sente. Ele tem gostos refinados e quer ter uma afetação que seja só sua.

— É verdade — disse Marianne — que a admiração da paisagem virou um mero jargão. Todos fingem sentir e tentam descrever com o gosto e a elegância daquele que foi o primeiro a definir o que é a beleza pitoresca. Detesto qualquer tipo de jargão e às vezes guardo os meus sentimentos para mim, pois não consigo encontrar uma linguagem para descrevê-los, senão no que há de mais gasto e surrado para ter qualquer sentido ou significado.

— Estou convencido — disse Edward — de que realmente sente toda a delícia de uma bela perspectiva, como diz sentir. Mas em troca sua irmã deve permitir-me sentir apenas o que digo. Gosto de uma bela vista, mas não com base em princípios pitorescos. Não gosto de árvores tortas, retorcidas, ressecadas. Admiro-as muito mais quando são altas, robustas e florescentes. Não gosto de chalés em ruínas. Não admiro urtigas ou cardos ou urzes. Sinto mais prazer com uma casa de fazenda aconchegante do que com campanários, e prefiro um bando de aldeãos ordeiros e felizes aos mais magníficos *banditi* do mundo.

Marianne olhou pasmada para Edward e sentiu pena da irmã. Elinor só ria.

O assunto morreu por aí, e Marianne permaneceu calada e pensativa, até que um novo objeto de repente atraiu sua atenção. Ela estava sentada ao lado de Edward e, ao pegar a taça de chá servida pela sra. Dashwood, a mão dele passou tão perto dela que deixou bem à mostra um anel num dos dedos, com uns cabelos trançados no centro.

— Nunca o vi usar um anel antes, Edward — exclamou ela. — É o cabelo da Fanny? Lembro-me de vê-la prometendo uns cachos a você. Mas achava que os cabelos dela eram mais escuros.

Marianne falou inconsideradamente o que de fato sentia, mas quando viu o quanto afligira Edward, sua irritação com sua própria irreflexão não foi menor do que a dele. Ele corou profundamente e, lançando um rápido olhar a Elinor, replicou:

— Sim, é o cabelo da minha irmã. A iluminação sempre o faz ganhar um tom diferente, você sabe.

O olhar de Elinor cruzou com o dele e também pareceu perturbar-se. Percebeu de imediato que o cabelo era dela própria, com a mesma convicção que Marianne; a única diferença em suas conclusões era que aquilo que Marianne considerava um presente da irmã, Elinor sabia que devia ter sido obtido por alguma artimanha ou roubo que desconhecia. Não estava, porém, com humor para considerar aquilo uma afronta e, enquanto fingia não ter notado o que se passara, mudando imediatamente de assunto, decidiu consigo mesma aproveitar daí para a frente todas as oportunidades de ver os cabelos e se convencer, para além de qualquer dúvida, de que eles tinham exatamente a mesma cor dos seus.

O constrangimento de Edward durou algum tempo, e acabou levando-o a um estado de distração ainda mais acentuado. Permaneceu especialmente sério a manhã inteira. Marianne censurou-se severamente pelo que dissera, mas seu próprio perdão poderia ter sido ainda mais rápido, se tivesse sabido quão pouco sua irmã se ofendera com aquilo.

Antes do meio-dia, receberam a visita de *Sir* John e da sra. Jennings, que, tendo sabido da chegada de um cavalheiro ao chalé, veio investigar o hóspede. Com a assistência da sogra, *Sir* John não demorou em descobrir que o nome de Ferrars começava com F, e isso preparava uma mina de futuras zombarias contra a dedicada Elinor, que nada, a não ser a novidade de sua apresentação a Edward, poderia impedi-los de começar a explorar imediatamente. Contudo, no momento, só por alguns olhares muito significativos ela ficou ciente de como fora longe a perspicácia deles, baseada nas instruções de Margaret.

Sir John nunca veio à casa das Dashwood sem convidá-las ou para jantar em Barton Park no dia seguinte ou para tomar chá com eles na mesma tarde. Na presente ocasião, para maior diversão do hóspede, para a qual ele se sentiu obrigado a contribuir, quis fazer ambos os convites.

— *Tem* de tomar chá conosco esta noite — disse ele —, pois vamos estar muito sós. E amanhã deve absolutamente jantar conosco, pois seremos um grupo grande.

A sra. Jennings reforçou aquela necessidade.

— E quem sabe talvez possa haver dança — disse ela. — E isso lhe será uma tentação, srta. Marianne.

— Dança! — exclamou Marianne. — Impossível! Quem vai dançar?

— Quem?! Vocês, as Carey e com certeza as Whitaker. Como?! Achava que ninguém podia dançar porque certa pessoa que não deve ter o nome revelado foi embora?

— Gostaria de coração — exclamou *Sir* John — que Willoughby estivesse de novo entre nós.

Isso, e o fato de Marianne corar, provocou novas suspeitas em Edward.

— E quem é Willoughby? — disse ele, em voz baixa, à srta. Dashwood, ao lado da qual estava sentado.

Ela lhe deu uma resposta curta. A expressão de Marianne era mais comunicativa. Edward viu o bastante para compreender não só o que os outros diziam, como também algumas expressões de Marianne que o haviam confundido antes. E quando os visitantes partiram, ele de imediato se aproximou dela e disse num sussurro:

— Tenho um palpite. Posso dizer-lhe qual é?

— O que quer dizer?

— Posso dizer qual é?

— Claro.

— Pois bem, acho que o sr. Willoughby caça.

Marianne ficou surpresa e confusa, mas não conseguiu deixar de sorrir ante a malícia calma de suas maneiras, e, após um momento de silêncio, disse:

— Ah, Edward! Como pode fazer isso? Mas a hora vai chegar, não perco a esperança... Tenho certeza de que vai gostar dele.

— Não duvido disso — replicou ele, um tanto espantado com a intensidade e a veemência dela, pois, se não houvesse imaginado que aquilo fosse uma pilhéria para a diversão de todos os conhecidos, baseada apenas em alguma coisinha ou num nada entre o sr. Willoughby e ela, não teria ousado mencioná-lo.

Capítulo 19

Edward permaneceu no chalé por uma semana. A sra. Dashwood insistiu muito para que ele ficasse por mais tempo, mas, como se tivesse queda apenas para a mortificação, parecia decidido a partir quando a sua alegria com os amigos estava no auge. Seu humor nos últimos dois ou três dias, embora ainda muito irregular, melhorara bastante — seu apreço pela casa e seus arredores foi crescendo a cada dia, nunca falava em ir embora sem um suspiro, declarou que não tinha nenhum compromisso no momento e até não sabia para onde ir, mas mesmo assim tinha de partir. Nunca uma semana passou tão rápido; ele mal podia acreditar que ela chegara ao fim. Disse-o muitas vezes, disse outras coisas também, que mostravam o feitio de seus sentimentos e contradiziam suas ações. Norland não lhe dava prazer; detestava permanecer em Londres, mas, ou para Norland ou para Londres, ele tinha de partir. Apreciava a gentileza delas mais do que qualquer coisa, e sua maior alegria era ficar com elas. Mesmo assim, tinha de partir, tinha de deixá-las ao término da semana, apesar dos desejos de ambas as partes, e sem nenhuma obrigação quanto ao tempo.

Elinor atribuiu à mãe dele tudo que havia de incrível na sua maneira de agir; e era bom que ele tivesse uma mãe cujo caráter fosse, para ela, tão imperfeitamente conhecido, já que podia servir de desculpa para tudo que havia de estranho no filho. Decepcionada e irritada como estava, porém, e às vezes descontente com o comportamento duvidoso dele com ela, estava propensa em geral a considerar as ações dele com todas as sinceras concessões e as qualificações generosas que lhe haviam sido arrancadas de modo muito mais trabalhoso, no que se referia a Willoughby, por sua mãe. Sua falta de ânimo, de abertura e de coerência era o mais das vezes atribuída à falta de independência e ao conhecimento dos planos e desígnios da sra. Ferrars. A brevidade da visita, a firmeza do seu propósito de deixá-las tinham origem na mesma inclinação reprimida, na mesma inevitável necessidade de contemporizar com a mãe. O velho e constante conflito do dever contra a vontade, pais contra filhos, era a causa de tudo. Ela gostaria de saber quando esses problemas acabariam, quando essa oposição cederia, quando a sra. Ferrars mudaria de ideia e daria ao filho a liberdade de ser feliz. Mas desses vãos desejos ela era forçada a voltar, para seu conforto, à renovação da sua confiança no afeto de Edward, à recordação de cada sinal de carinho no olhar ou nas palavras que tivesse escapado dele enquanto estava em Barton e, acima de tudo, à lisonjeira prova de amor que ele usava o tempo todo no dedo.

— Acho, Edward — disse a sra. Dashwood na última manhã, durante o café —, que seria um homem mais feliz se tivesse uma profissão com que empregar seu tempo e dar interesse a seus planos e ações. Isso pode provocar alguns inconvenientes para os seus amigos, de fato: você não poderia dedicar-lhes tanto tempo. Mas (com um sorriso) seria materialmente beneficiado em pelo menos um particular: saberia aonde ir quando os deixasse.

— Garanto à senhora — respondeu ele — que há muito venho pensando nisso, como a senhora agora. Foi, é e provavelmente sempre será uma grande desgraça para mim não ter tido nenhuma ocupação obrigatória, nenhuma profissão que me desse emprego ou me garantisse algo parecido com a independência. Mas infelizmente meu próprio refinamento, e o de meus amigos, fez de mim o que sou, um ser desocupado e inútil. Nunca pudemos concordar na escolha da profissão. Sempre preferi a igreja, e ainda a prefiro. Contudo isso não era suficientemente elegante para a minha família, que preferia o exército. Aquilo era elegante demais para mim. Concediam que o direito podia ser uma carreira decente; muitos jovens que têm gabinetes no Templo tiveram uma recepção muito boa nos mais altos círculos e passeiam pela cidade em carruagens muito vistosas. Mas não tenho inclinação para o direito, mesmo nesse estudo menos abstruso que a minha família aprovava. Quanto à marinha, tinha a seu favor a moda, mas eu já havia passado da idade quando se começou a discutir essa possibilidade. E, finalmente, como não havia necessidade de ter nenhuma profissão, pois eu poderia ser tão vistoso e dispendioso com ou sem uma capa vermelha nas costas, decretou-se afinal que o ócio seria mais vantajoso e honroso, e um rapaz de dezoito anos não é, em geral, tão fervorosamente inclinado ao trabalho para resistir às solicitações dos amigos para não fazer nada. Entrei, então, em Oxford e desde então tenho estado completamente ocioso.

— E suponho que a consequência disso será — disse a sra. Dashwood —, uma vez que o ócio não aproveitou à sua própria felicidade, que os seus filhos serão educados em tantas atividades, empregos, profissões e negócios quanto os de Columella.[1]

— Serão educados — disse ele, em tom sério — para serem tão diferentes de mim quanto possível. Em sentimentos, em atos, em condição, em tudo.

— Ora, ora, isso é só um desabafo devido ao desânimo, Edward. Está de humor melancólico e imagina que todos os que são diferentes de você devem ser felizes. Mas lembre-se de que a dor de se separar dos amigos é sentida por todos, às

---

[1] Personagem de um romance de Richard Graves, *Columella, or the Distressed Anchoret* (1779), que, depois de levar a vida na farra, encaminha os filhos para diversas profissões.

vezes, seja qual for a educação ou a condição social. Conheça a sua própria felicidade. Só precisa de paciência — ou dê-lhe um nome mais fascinante e chame-a de esperança. Sua mãe lhe concederá, no seu devido tempo, essa independência pela qual você tanto anseia; é o dever dela e há de ser também a felicidade dela impedir que a sua juventude se desperdice na insatisfação. O que não podem fazer alguns meses?

— Acho — tornou Edward — que serão precisos muitos meses para que alguma coisa de bom aconteça comigo.

Esse estado de espírito melancólico, embora não pudesse ser comunicado à sra. Dashwood, provocou em todas elas uma dor a mais na despedida, que logo ocorreu, e deixou uma impressão desagradável sobretudo nos sentimentos de Elinor, que exigiu algum esforço e tempo para ser superada. Ela, porém, estava decidida a superar aquilo, e para evitar parecer que sofresse mais do que o que toda a família sofreu com a partida dele, não se valeu do método tão judiciosamente empregado por Marianne, numa ocasião semelhante, para aumentar e fixar a dor, buscando o silêncio, a solidão e a desocupação. Seus meios eram tão diferentes quanto seus objetivos, e igualmente aptos a alcançá-los.

Elinor sentou-se à escrivaninha assim que ele saiu de casa, e entregou-se ao trabalho o dia inteiro, não buscou nem evitou a menção do nome dele, pareceu ter quase o mesmo interesse de sempre nos problemas gerais da família, e se, com aquela conduta, não diminuiu seu sofrimento, pelo menos evitou que ele aumentasse desnecessariamente, e poupou a mãe e as irmãs de muitas preocupações por sua causa.

Esse tipo de comportamento, o exato oposto do seu próprio, não parecia mais meritório para Marianne do que o seu próprio lhe parecia falho. Resolveu com muita facilidade o problema do autocontrole: com sentimentos fortes, era impossível; com sentimentos fracos, não tinha méritos. Que os sentimentos da sua irmã *fossem* fracos, ela não ousava negar, embora corasse em reconhecê-lo; e da força dos seus próprios ela deu uma prova impressionante, continuando a amar e a respeitar tal irmã, apesar dessa desagradável certeza.

Sem se afastar da família ou deixar a casa em busca de solidão, ou passar a noite em claro entregue à meditação, Elinor achou que cada dia lhe proporcionava lazer suficiente para pensar em Edward e no comportamento dele, em cada uma das possíveis variedades que os seus diferentes estados de espírito em diferentes momentos podiam produzir: com ternura, piedade, aprovação, reprovação e dúvida. Havia muitíssimos momentos em que, se não pela ausência da mãe e das irmãs, pelo menos em razão da natureza de suas ocupações, era impossível a conversação entre elas, e se produziam todos os efeitos da solidão. Sua mente ficava inevitavelmente à solta, seus pensamentos não podiam prender-se a nada, e o passado e o futuro, num assunto tão interessante, apresentavam-se a ela, forçavam sua atenção e absorviam memória, a reflexão e a imaginação.

De um devaneio desse tipo, sentada à escrivaninha, ela foi despertada certa manhã, pouco depois da partida de Edward, pela chegada de visitas. Estava absolutamente só. O fechamento da portinhola, na entrada do jardim em frente à casa, atraiu os seus olhos para a janela e ela viu um grupo numeroso caminhando em direção à porta. Entre eles estavam *Sir* John, *Lady* Middleton e a sra. Jennings, mas havia duas outras pessoas, um cavalheiro e uma dama, completamente desconhecidos para ela. Estava sentada junto à janela, e assim que *Sir* John a percebeu afastou-se do resto do grupo para a cerimônia de bater à porta e, caminhando pelo gramado, obrigou-a a abrir a janela para falar com ele, embora o espaço entre a porta e a janela fosse tão exíguo que mal era possível falar numa delas sem ser ouvido na outra.

— Bem — disse ele —, trouxemos-lhe alguns estranhos. Que acha deles?

— Psiu! Eles vão escutar.

— Não se preocupe se ouvirem. São só os Palmer. Charlotte é linda, vou dizer-lhe. Pode vê-la se olhar para lá.

Como Elinor tinha certeza de vê-la em poucos minutos, sem tomar essa liberdade, recusou delicadamente.

— Onde está Marianne? Ela fugiu porque viemos? Vejo que o pianoforte está aberto.

— Saiu para caminhar, creio.

A sra. Jennings agora se juntava a eles, pois não tinha paciência o bastante para esperar abrirem a porta antes de contar a *sua* história. Chegou gritando em direção à janela:

— Como vai, minha querida? Como vai a sra. Dashwood? E onde estão as suas irmãs? Como! Sozinha! Ficará contente com um pouco de companhia. Trouxe meu outro filho e filha para vê-las. Imagine só que chegaram tão de repente! Pensei escutar uma carruagem ontem à noite, enquanto tomávamos chá, mas nunca me passou pela cabeça que pudessem ser eles. Só pensei que podia ser o coronel Brandon de volta. Então eu disse a *Sir* John: Acho que estou ouvindo uma carruagem. Talvez seja o coronel Brandon que esteja de volta.

Elinor foi obrigada a afastar-se dela no meio da história, para receber o resto do grupo. *Lady* Middleton apresentou os dois desconhecidos. A sra. Dashwood e Margaret desceram as escadas ao mesmo tempo, e todos se sentaram para olhar uns aos outros. Enquanto a sra. Jennings continuou a sua história ao mesmo tempo caminhava pelo corredor até a sala, acompanhada por *Sir* John.

A sra. Palmer era vários anos mais moça que *Lady* Middleton, e completamente diferente, em todos os aspectos. Era baixa e gorducha, tinha um rosto muito bonito e nele a melhor expressão possível de bom humor. Suas maneiras não eram de modo algum tão elegantes quanto as da irmã, mas eram muito mais simpáticas. Chegou sorrindo, sorriu durante toda a visita, exceto quando riu, e sorriu quando foi embora. O marido era um jovem de aspecto sério, de vinte e cinco ou vinte e seis anos, com um ar de maior elegância e sensatez que a esposa, mas com menos disposição para agradar ou ser agradado. Entrou na sala com um ar de autossuficiência, inclinou-se ligeiramente para as damas, sem dizer palavra e, depois de rapidamente examinar a elas e ao recinto, pegou um jornal sobre a mesa e ficou lendo durante toda a visita.

A sra. Palmer, ao contrário, que recebera da natureza o dom de ser sempre gentil e alegre, mal se havia sentado e já prorrompia em exclamações de admiração pela sala e tudo que nela havia.

— Ah, que sala deliciosa! Nunca vi nada tão encantador! Veja só, mamãe, como ficou melhor desde a última vez que aqui estive! Sempre achei este um lugar tão doce, minha senhora (voltando-se para a sra. Dashwood), mas a fez ficar tão encantadora! Veja só, irmã, como tudo é delicioso! Como gostaria de ter uma casa assim! O senhor não, sr. Palmer?

O sr. Palmer não lhe respondeu, nem sequer ergueu os olhos do jornal.

— O sr. Palmer não me ouve — disse ela, rindo —, ele nunca me escuta. É tão ridículo!

Era uma ideia nova para a sra. Dashwood. Ela não estava acostumada a achar graça na inatenção de ninguém, e olhou surpresa para os dois.

A sra. Jennings, nesse meio-tempo, continuava a falar o mais alto que podia, e deu sequência à narrativa da sua surpresa, na noite anterior, ao ver os amigos, sem parar até que tivesse contado tudo. A sra. Palmer riu entusiasticamente à lembrança do seu espanto, e todos concordaram, duas ou três vezes, que fora uma surpresa muito agradável.

— Podem imaginar como ficamos todos contentes ao vê-los — acrescentou a sra. Jennings, inclinando-se para a frente na direção de Elinor e falando em voz baixa como se não quisesse ser ouvida por mais ninguém, embora estivessem sentadas em lados opostos da sala —, mas não posso deixar de desejar que eles não tivessem viajado tão rápido, nem feito uma viagem tão longa, pois deram uma volta até Londres por causa de negócios. Sabe (balançando a cabeça significativamente e apontando a irmã), era errado na situação dela. Eu queria que ela ficasse em casa e descansasse pela manhã, mas quis vir conosco; ela queria tanto vê-las!

A sra. Palmer riu, e disse que aquilo não lhe faria nenhum mal.

— Ela espera dar à luz em fevereiro — prosseguiu a sra. Jennings.

Lady Middleton não aguentou mais aquela conversa e então tratou de perguntar ao sr. Palmer se havia alguma notícia importante no jornal.

— Não, nenhuma — respondeu ele, e continuou lendo.

— Aí vem a Marianne — exclamou *Sir* John. — Agora, Palmer, você vai ver uma menina monstruosamente linda.

Ele imediatamente foi para o corredor, abriu a porta da frente e a acompanhou para dentro de casa. A sra. Jennings perguntou a ela, assim que apareceu, se não estivera em Allenham; e a sra. Palmer deu tal gargalhada ante aquela pergunta, que mostrou que a compreendera. O sr. Palmer olhou para ela ao entrar na sala, examinou-a durante alguns minutos e voltou ao jornal. Os olhos da sra. Palmer foram então atraídos pelos desenhos pendurados pela sala. Levantou-se para examiná-los.

— Ah, querida, como são belos! Que delícia! Venha ver, mamãe, que lindos! Afirmo que são encantadores, gostaria de olhar para eles para sempre — e então, sentando-se novamente, logo esqueceu que aqueles quadros estavam na sala.

Quando *Lady* Middleton se ergueu para ir embora, o sr. Palmer também se levantou, largou o jornal, esticou-se e olhou para todas ao seu redor.

— Meu amor, caiu no sono? — disse a esposa, rindo.

Ele não respondeu e se limitou a observar, depois de examinar de novo a sala, que tinha um pé-direito muito baixo e o teto estava torto. Inclinou-se, então, e partiu com os demais.

Sir John insistira muito com todas elas para que fossem passar o dia seguinte em Barton Park. A sra. Dashwood, que não achava adequado jantar com eles mais frequentemente do que eles jantavam no chalé, recusou absolutamente o convite que lhe era feito; as filhas podiam fazer o que quisessem. Elas, porém, não tiveram curiosidade de ver como o sr. e a sra. Palmer comiam seu jantar e não tinham nenhuma esperança de outro tipo de diversão com eles. Tentaram então, igualmente, uma desculpa para não ir: o tempo estava instável e provavelmente não iria melhorar. Entretanto, as desculpas não satisfizeram a *Sir* John: a carruagem passaria para pegá-las e elas teriam de ir. *Lady* Middleton também, embora não insistisse com a mãe, insistiu com as filhas. A sra. Jennings e a sra. Palmer juntaram-se aos pedidos, todos pareciam igualmente ansiosos por evitar uma reunião somente com a família, e as moças foram obrigadas a ceder.

— Por que tinham de nos convidar? — disse Marianne, assim que eles se foram. — Dizem que o aluguel do chalé é muito baixo, mas pagamos por ele um alto preço se tivermos de jantar em Barton Park toda vez que alguém estiver ou com eles ou conosco.

— Eles não querem ser menos educados e gentis conosco agora — disse Elinor —, com esses frequentes convites, do que com os que recebemos deles poucas semanas atrás. A alteração não está neles, se as suas festas se tornaram tediosas e aborrecidas. Temos de procurar o que mudou em outro lugar.

Capítulo 20

No dia seguinte, enquanto as srtas. Dashwood entravam na sala de visitas de Barton Park por uma porta, a sra. Palmer chegou correndo pela outra, parecendo tão bem-humorada e alegre quanto antes. Pegou-as muito calorosamente pelas mãos e exprimiu seu grande prazer em revê-las.

— Estou tão contente em vê-las! — disse ela, sentando-se entre Elinor e Marianne. — O dia está tão feio que pensei que talvez não viessem, o que seria péssimo, pois vamos partir amanhã. Temos de ir, já que os Weston vêm nos visitar na próxima semana, como sabem. Foi uma decisão bem repentina esta nossa vinda, e eu nada sabia a respeito até a carruagem chegar à porta e o sr. Palmer perguntar-me se viria com ele a Barton. Ele é tão engraçado! Nunca me conta nada! Sinto muito por não podermos ficar por mais tempo, mas espero que possamos nos encontrar logo, em Londres.

As duas irmãs foram obrigadas a pôr um ponto-final naquelas expectativas.

— Não vão a Londres! — exclamou a sra. Palmer, rindo. — Ficarei muito decepcionada se não forem. Eu posso conseguir-lhes a melhor casa do mundo, vizinha à nossa, na Hanover Square. Têm de vir, de verdade. Tenho certeza de que ficarei muito feliz em lhes fazer companhia a qualquer hora, até o parto, se a sra. Dashwood não gostar de ir a lugares públicos.

Elas lhe agradeceram, mas foram obrigadas a resistir a todas as suas investidas.

— Ah, meu amor — exclamou a sra. Palmer para o marido, que acabava de entrar na sala —, tem de me ajudar a convencer as srtas. Dashwood a irem a Londres neste inverno.

O seu amor não respondeu e, depois de inclinar-se ligeiramente ante as senhoritas, começou a se queixar do tempo.

— Que medonho é tudo isso! — disse ele. — Um tempo desses torna tudo e todos repugnantes. O aborrecimento instala-se tanto dentro quanto fora de casa, quando chove. Faz que detestemos todos os nossos conhecidos. Por que diabos *Sir* John não tem um bilhar em casa? Como são poucos os que sabem que comodidade é um bilhar! *Sir* John é tão estúpido quanto o tempo.

O resto do grupo logo se uniu a eles.

— Receio, srta. Marianne — disse *Sir* John —, que hoje não tenha podido fazer seu passeio habitual a Allenham.

Marianne parecia muito séria e não disse nada.

— Ah, não seja tão dissimulada conosco — disse a sra. Palmer —, todos estamos a par do que aconteceu, eu lhe garanto. E admiro muito o seu gosto, pois o acho extremamente bonito. Não vivemos muito longe dele no campo, como sabe. Menos de dez milhas, acho.

— Trinta seria mais exato — disse o marido.

— Ah, a diferença não é grande. Nunca estive na casa dele, mas dizem que é um lugar lindo.

— Nunca vi lugar mais horroroso na vida — disse o sr. Palmer.

Marianne permaneceu totalmente calada, embora sua expressão traísse seu interesse pelo que diziam.

— É assim tão feio? — prosseguiu a sra. Palmer. — Então acho que deve ser algum outro lugar que é tão lindo.

Quando se sentaram à mesa, *Sir* John observou com tristeza que eram ao todo apenas oito pessoas.

— Minha querida — disse ela à esposa —, é desolador que sejamos tão poucos. Por que não convidou os Gilbert para virem hoje?

— Não lhe disse, *Sir* John, quando me falou sobre isso antes, que não era possível? A última vez foram eles que jantaram aqui.

— O senhor e eu, *Sir* John — disse a sra. Jennings —, não devemos ter tanta cerimônia.

— Então seria muito mal-educada — exclamou o sr. Palmer.

— Meu amor, você contradiz a todos — disse a sua esposa com sua risada habitual. — Não sabe que está sendo muito grosseiro?

— Não sabia que contradizia a ninguém chamando sua mãe de mal-educada.

— Ah, pode maltratar-me quanto quiser — disse a bondosa velha senhora —, tirou Charlotte das minhas costas e não pode devolvê-la. Por isso desconta em mim.

Charlotte soltou uma gargalhada ao pensar que o marido não podia livrar-se dela e disse, exultante, que não importava o quão irascível ele era com ela, pois tinham de viver juntos. Era impossível ter melhor coração ou estar mais decidida a ser feliz do que a sra. Palmer. A indiferença, a insolência e o descontentamento propositais do marido não a magoavam, e, quando ralhava com ela ou a maltratava, ela parecia divertir-se muito.

— O sr. Palmer é tão engraçado! — disse ela, num sussurro, para Elinor. — Está sempre de mau humor.

Elinor não estava propensa, depois de observá-lo um pouco, a acreditar que ele fosse autêntica e genuinamente tão mesquinho ou desaforado como queria parecer. Seu temperamento podia estar um pouco amargurado por descobrir, como muitos outros do seu sexo, que, por alguma inclinação inexplicável pela beleza, era o marido de uma mulher muito tola, mas sabia que esse tipo de erro era comum demais para perturbar um homem inteligente durante muito tempo. Era antes certo desejo de distinção, achava ela, que produzia o tratamento insolente que ele dava a todos, e o desdém por tudo que estivesse à sua frente. Era o desejo de se mostrar superior aos outros. O intuito era comum demais para dar motivo à reflexão, porém os meios, por bem-sucedidos que fossem, para estabelecer a sua superioridade na falta de educação, provavelmente não deviam torná-lo atraente para ninguém, com exceção da esposa.

— Ah, minha cara srta. Dashwood — disse a sra. Palmer logo em seguida —, tenho de pedir um grande favor à senhorita e à sua irmã. Será que poderiam vir passar um tempo em Cleveland este Natal? Por favor, aceite, e venham enquanto os Weston estiverem conosco. Não pode imaginar como eu ficaria feliz! Será delicioso! — Meu amor — dirigindo-se ao marido —, não adoraria que as srtas. Dashwood viessem a Cleveland?

— Certamente — respondeu ele, com um sorriso sarcástico. — Vim a Devonshire exatamente para isso.

— Muito bem — disse a sua esposa —, como vê, o sr. Palmer as espera, então não podem recusar.

Ambas, pronta e decididamente, declinaram do convite.

— Mas devem e virão. Tenho certeza de que vão gostar muito de tudo. Os Weston estarão conosco, e será muito divertido. Não podem imaginar que lindo lugar é Cleveland, e estamos tão animados agora, pois o sr. Palmer está sempre percorrendo a região por causa da disputa eleitoral e vem tanta gente para jantar como nunca vi, é absolutamente encantador! Mas, pobre companheiro, tudo aquilo é muito cansativo para ele, pois é obrigado a agradar a todos.

Elinor mal conseguiu manter-se séria quando concordou sobre a dificuldade de tal empresa.

— Como será encantador — disse Charlotte — quando ele estiver no Parlamento, não é? Como vou rir! Será tão ridículo ver todas as cartas endereçadas a ele com um M.P.![1] Mas sabe que ele diz que nunca enviará as minhas cartas com

[1] Membro do Parlamento.

as franquias que terá no Parlamento? Diz que não quer. Não é, sr. Palmer?

O sr. Palmer fingiu que não ouviu.

— Ele não suporta escrever — prosseguiu ela —, diz que é repulsivo.

— Não — disse ele —, jamais disse algo tão irracional. Não me impinja todos os atentados que comete contra a língua.

— Veja só como ele é engraçado! É sempre assim com ele! Às vezes não fala comigo metade do dia e então vem com algo muito engraçado sobre uma coisa qualquer.

Elinor ficou muito surpresa quando, ao voltarem à sala de visitas, ela lhe perguntou se não gostava muito do sr. Palmer.

— Claro — disse Elinor —, ele parece muito agradável.

— Bem, estou contente em saber disso. Achei que gostava dele, ele é tão simpático. E o sr. Palmer gosta muito da senhorita e de suas irmãs, eu lhe garanto, e não pode imaginar como ele vai ficar decepcionado se não vierem a Cleveland. Não consigo imaginar por que recusariam o convite.

Elinor foi mais uma vez obrigada a declinar do convite e, mudando de assunto, pôs um ponto-final na insistência dela. Achou provável que, por viverem no mesmo condado, a sra. Palmer podia dar uma explicação mais detalhada do caráter geral de Willoughby do que se podia depreender do conhecimento parcial que os Middletons tinham dele, e ela estava ansiosa por receber de alguém uma confirmação dos seus méritos que pudesse acabar com a possibilidade de temer por Marianne. Ela começou perguntando se viam muito o sr. Willoughby em Cleveland e se o conheciam intimamente.

— Sim, querida, conheço-o muitíssimo bem — respondeu a sra. Palmer. — Não que tenha falado alguma vez com ele, mas sempre o vi na cidade. Por uma ou outra razão, nunca aconteceu de eu estar em Barton enquanto ele estava em Allenham. Mamãe o viu aqui uma vez, antes, porém eu estava com meu tio em Weymouth. Posso, no entanto, dizer que o teria visto muito em Somersetshire, se não calhasse, desgraçadamente, de nunca termos estado ali juntos. Acho que ele fica muito pouco em Combe, mas, se ficasse mais por lá, não creio que o sr. Palmer fosse visitá-lo, pois ele está na oposição, sabe, e além disso fica bem fora de mão. Sei muito bem por que me faz essas perguntas sobre ele. Sua irmã vai casar com ele. Estou enormemente contente com isso, já que vou tê-la como vizinha!

— Dou-lhe minha palavra — tornou Elinor — que sabe muito mais a esse respeito do que eu, se tiver alguma razão para esperar que esse casamento aconteça.

— Não negue, sabe que é o que todos dizem. Garanto-lhe que ouvi falar disso na minha viagem a Londres.

— Minha cara sra. Palmer!

— Palavra de honra que ouvi. Encontrei-me com o coronel Brandon segunda-feira de manhã, na Bond Street, pouco antes de deixarmos a cidade, e ele pessoalmente me falou sobre isso.

— É uma grande surpresa para mim. O coronel Brandon falou-lhe sobre isso! Certamente deve estar enganada. Dar uma informação dessas a alguém que não estaria interessada nela, mesmo se fosse verdade, não é algo que eu espere do coronel Brandon.

— Mas eu lhe garanto que sim, que foi como lhe contei, e vou dizer-lhe como aconteceu. Quando o encontramos, ele deu meia-volta e começou a caminhar conosco. Conversamos, então, sobre o meu cunhado e a minha irmã, e de uma coisa e de outra, e eu disse a ele: Então, coronel, ouvi dizerem que chegou uma nova família ao chalé de Barton, e mamãe me escreveu que elas são muito bonitas e uma delas vai casar com o sr. Willoughby, de Combe Magna. É verdade? Naturalmente deve saber, pois esteve em Devonshire muito recentemente.

— E o que disse o coronel?

— Ah, não disse muita coisa, no entanto pareceu que ele sabia que era verdade; então a partir daquele momento tive aquilo como certo. Posso dizer que será delicioso! Quando vai ser a cerimônia?

— O sr. Brandon estava bem, como espero?

— Ah, sim, muito bem. E cheio de elogios à senhorita. Ele nada mais fez do que dizer coisas boas a seu respeito.

— Fico lisonjeada com o apreço dele. Parece ser um excelente homem, e eu o acho extraordinariamente simpático.

— Eu também. É um homem tão encantador, que é uma pena ser tão sério e sisudo. Mamãe diz que *ele* também estava apaixonado por sua irmã. Garanto-lhe que seria um grande cumprimento, já que ele raramente se apaixona por alguém.

— O sr. Willoughby é muito conhecido na sua região de Somersetshire? — perguntou Elinor.

— Ah, sim, muitíssimo bem. Isto é, não creio que muita gente o conheça, pois Combe Magna fica tão longe! Mas todos o acham simpaticíssimo, isso eu garanto. Ninguém é mais apreciado do que o sr. Willoughby onde quer que ele vá, e isso pode dizer à sua irmã. Ela teve uma sorte monstruosa em conquistá-lo, palavra de honra. E ele teve uma sorte muito maior por conquistá-la, porque ela é tão linda e simpática, que nada pode ser bom demais para ela. Mas não acho de modo nenhum que ela seja mais bonita que a senhorita, garanto. Acho que ambas são lindíssimas, e o mesmo acha o sr. Palmer, tenho certeza, embora ontem à noite não tenhamos conseguido que ele o admitisse.

As informações da sra. Palmer a respeito de Willoughby não eram muito substanciais, entretanto, qualquer testemunho em seu favor, mesmo que pequeno, era-lhe agradável.

— Estou tão contente por finalmente nos termos conhecido — prosseguiu Charlotte. — E agora espero que sejamos sempre grandes amigas. Não pode imaginar como queria vê-la! É tão maravilhoso que more no chalé! Nada se compara a isso, tenho certeza! Estou tão contente em saber que a sua irmã vai ter um bom casamento! Espero que vá sempre a Combe Magna. É um lugar delicioso, em todos os aspectos.

— Conhece o coronel Brandon há tempo, não é?

— Sim, há muito tempo, desde que a minha irmã casou. Ele era um amigo particular de *Sir* John. Creio — acrescentou em voz baixa — que ele teria ficado muito contente em me conquistar, se pudesse. *Sir* John e *Lady* Middleton queriam muito que isso acontecesse. Contudo, mamãe não achou que ele fosse bom para mim, caso contrário *Sir* John teria mencionado isso a ele e teríamos casado imediatamente.

— O coronel Brandon não sabia do pedido de casamento de *Sir* John à sua mãe antes que ele fosse feito? Ele nunca lhe confessou seu amor?

— Ah, não! Mas se mamãe não tivesse sido contra, garanto que ele teria adorado. Na época, ele não me vira mais que duas vezes, e foi antes de eu sair da escola. No entanto, estou muito mais feliz assim como estou. O sr. Palmer é o meu tipo de homem.

Capítulo 21

Os Palmer voltaram a Cleveland no dia seguinte, e as duas famílias de Barton tiveram de se entreter uma com a outra. Porém, isso não durou muito. Elinor mal pudera tirar da cabeça os últimos visitantes, mal deixara de se assombrar com o fato de Charlotte ser tão feliz sem motivos e de o sr. Palmer agir de maneira tão grosseira, tendo boas qualidades, e com a estranha incompatibilidade que muitas vezes existia entre marido e mulher. Já o ativo zelo de *Sir* John e da sra. Jennings pela causa da sociedade lhe oferecia alguns novos conhecidos para ver e observar.

Numa excursão matinal a Exeter, encontraram duas jovens que a sra. Jennings teve a satisfação de descobrir serem suas parentas, e isso bastou para que *Sir* John as convidasse pessoalmente a visitarem Barton Park, assim que terminasse o compromisso que tinham em Exeter. Os compromissos em Exeter foram imediatamente cancelados ante tal convite, e *Lady* Middleton levou um grande susto na volta de *Sir* John, ao ouvir que muito em breve receberia a visita de duas moças que nunca vira na vida e de cuja elegância e tolerável nobreza, até, não tinha prova alguma, pois as garantias apresentadas pelo marido e pela mãe a esse respeito haviam sido nulas. O fato de serem parentas também piorava ainda mais as coisas, e foram infrutíferas as tentativas da sra. Jennings de consolá-la, dizendo que não devia preocupar-se se eram muito elegantes, pois eram primas e deviam tolerar-se umas às outras. Porém, como era impossível evitar que elas viessem, *Lady* Middleton resignou-se com a ideia, com toda a filosofia de uma mulher bem-educada, contentando-se em repreender gentilmente o marido sobre o assunto cinco ou seis vezes por dia.

As jovens chegaram; sua aparência não era de modo algum vulgar ou deselegante. Os trajes eram muito vistosos, as maneiras, muito distintas; ficaram encantadas com a casa e deslumbradas com a mobília, e eram tão loucas por crianças, que conquistaram a simpatia de *Lady* Middleton já na primeira hora que passaram em Barton Park. Afirmou que eram de fato moças muito simpáticas, o que para Sua Senhoria equivalia à admiração entusiástica. A confiança de *Sir* John em seu próprio julgamento cresceu com esse elogio caloroso, e ele partiu diretamente para o chalé, a fim de comunicar às srtas. Dashwood a chegada das srtas. Steele, e garantir-lhes que se tratava das mais adoráveis moças do mundo. Num tal elogio, porém, não havia muito que aprender; Elinor sabia muito bem que as mais adoráveis moças do mundo podiam ser encontradas em qualquer parte da Inglaterra, sob todas as variações possíveis na forma, no rosto, no temperamento e na inteligência. *Sir* John queria que toda a família fosse de imediato a Barton Park para ver suas hóspedes. Que homem benevolente e filantrópico! Para ele, era difícil até deixar de compartilhar suas novas primas!

— Venham já — disse ele —, por favor, venham... precisam vir.... têm de vir... garanto que virão... nem podem imaginar como vão gostar delas. Lucy é infinitamente bonita, tão bem-humorada e simpática! As crianças todas já não largam dela, como se fosse uma velha conhecida. E as duas estão loucas para as conhecer, pois ouviram em Exeter que são as mais lindas criaturas do mundo, e eu lhes disse que era verdade, e mais ainda. Ficarão encantadas com elas, tenho certeza. Elas encheram a carruagem com brinquedos para as crianças. Como podem ser tão más para não virem? Elas são suas primas, sabem, de certa maneira. As senhoritas são minhas primas, elas são primas da minha mulher, logo as senhoritas devem ser parentas.

Entretanto, *Sir* John não as convenceu. Só conseguiu obter uma promessa de visita a Barton Park em dois ou três dias, e então o deixaram, pasmado com a indiferença delas, voltar para casa e de novo elogiar os atrativos perante as srtas. Steele, como já elogiara os das srtas. Steele perante elas.

Quando ocorreu a prometida visita a Barton Park e a consequente apresentação de Elinor e Marianne àquelas jovens, as duas não viram nada de admirável na aparência da mais velha, que tinha quase trinta anos e um rosto muito comum e era pouco inteligente, mas na outra, que não tinha mais de vinte e dois ou vinte e três anos, reconheceram uma beleza considerável. Suas feições eram lindas e ela possuía um olhar agudo e vivo, e um jeito inteligente que, embora não lhe proporcionasse elegância ou graça, dava distinção à sua pessoa. Os modos das irmãs Steele eram particularmente finos, e logo Elinor admitiu que tinham certo bom-senso, ao ver com que constante e judiciosa atenção estavam conquistando a simpatia de *Lady* Middleton. Estavam sempre deslumbradas com os filhos dela, elogiando-lhes a beleza, atraindo-lhes a atenção e fazendo-lhes as vontades; e o tempo que lhes sobrava das importunas exigências de tal polidez era gasto admirando tudo que Sua Senhoria fizesse, se é que fazia alguma coisa, ou tirando moldes de alguma roupa nova, que Sua Senhoria vestira no dia anterior e as fizera entrar em contínuo êxtase. Felizmente para quem bajula uma mãe coruja pela exploração desses pontos fracos, embora ela seja, na busca de elogios para os filhos, o mais ávido dos seres humanos, também é o mais crédulo; suas necessidades são exorbitantes, mas acreditará em qualquer coisa, e o afeto e a tolerância enormes das srtas. Steele com seus filhos eram, portanto, vistos por *Lady* Middleton sem a menor surpresa ou desconfiança. Viu com maternal complacência todas as impertinências e travessuras a que as primas se sujeitavam. Viu seus cintos serem soltos, seus cabelos serem puxados perto das orelhas, suas bolsas reviradas e suas facas e tesouras roubadas, e não teve nenhuma dúvida de que aquilo era uma delícia recíproca. Sua única surpresa foi ver Elinor e Marianne sentadas tão tranquilamente, sem exigirem participar do que estava acontecendo.

— John está tão animado hoje! — disse ela, vendo-o pegar o lenço de bolso da srta. Steele e jogá-lo pela janela. — Não para de fazer travessuras.

E logo em seguida, ao ver seu segundo filho beliscar violentamente um dos dedos da mesma moça, observou enternecida:

— Como William é brincalhão!

— E aqui está Annamaria, o meu docinho — acrescentou ela, acariciando ternamente uma menininha de três anos, que não fizera nenhum barulho nos últimos dois minutos. — E ela é sempre tão meiga e quietinha... Nunca existiu uma coisinha tão boazinha!

Mas infelizmente, ao abraçá-la, um grampo do penteado de Sua Senhoria, tendo arranhado levemente o pescoço da criança, provocou naquele padrão de gentileza berros tão violentos que dificilmente poderiam ser superados por uma criatura reconhecidamente barulhenta. A consternação da mãe foi infinita, mas não conseguiu superar o abalo das srtas. Steele, e, numa emergência tão crítica, as três fizeram tudo o que o afeto podia sugerir para aliviar a agonia da pequena sofredora. Foi colocada no colo da mãe, coberta de beijos, sua ferida foi banhada em água de lavanda por uma das srtas. Steele, que ficou de joelhos para tratar dela, enquanto a outra recheava a boca da menininha de confeitos de ameixa. Com tal prêmio pelas lágrimas, a menina era esperta demais para cessar de chorar. Continuou gritando e soluçando bem alto, deu pontapés nos dois irmãos que tentaram tocar nela, e todos aqueles cuidados unidos não deram resultado até que, lembrando por sorte *Lady* Middleton que numa cena de aflição semelhante na semana anterior fora aplicada com sucesso uma geleia de damasco numa têmpora arranhada, o mesmo remédio foi prontamente proposto para aquele infeliz arranhão, e, ao ouvir aquilo, um breve intervalo entre os gritos da mocinha deu motivos de esperança que não podiam ser desprezados. Foi, assim, carregada para fora da sala nos braços da mãe, em busca do remédio, e como os dois meninos decidiram ir atrás, embora a mãe os mandasse ficar, as quatro jovens foram deixadas num silêncio que a sala não conhecera desde muitas horas.

— Pobrezinha! — disse a srta. Steele, assim que eles saíram. — Poderia ter sido um acidente muito grave.

— Não sei como — exclamou Marianne —, a menos que ocorresse em circunstâncias completamente diferentes. Mas essa é a maneira habitual de se exagerar o susto, quando na realidade não há nada de assustador.

— Que mulher encantadora é *Lady* Middleton! — disse Lucy Steele.

Marianne permaneceu calada. Era impossível para ela dizer o que não sentia, por mais trivial que fosse a ocasião, e portanto sempre cabia a Elinor a tarefa de contar mentiras quando a educação o exigisse. Ela fez o possível quando a isso foi convidada, falando de *Lady* Middleton com mais entusiasmo do que sentia, ainda que muito menos do que a srta. Lucy.

— E *Sir* John também — exclamou a irmã mais velha —; que homem encantador ele é!

Também nesse caso o elogio da srta. Dashwood, por ser apenas simples e justo, não teve nenhum brilho. Limitou-se a observar que ela era muito bem-humorada e afável.

— E que familiazinha adorável eles têm! Nunca vi crianças tão maravilhosas em minha vida. Posso dizer que já estou louca por elas! Sempre fui furiosamente apaixonada por crianças.

— Não é de surpreender — disse Elinor, sorrindo — depois do que vi esta manhã.

— Tenho a impressão — disse Lucy — de que os pequenos Middleton são um pouco mimados demais; talvez possam até ser, mas isso é tão natural em *Lady* Middleton e, quanto a mim, adoro ver crianças cheias de vida e entusiasmo. Não suporto crianças paradas e quietas.

— Confesso — replicou Elinor — que, enquanto estou em Barton Park, nunca penso com ódio nas crianças paradas e quietas.

Um breve silêncio seguiu-se a essas palavras, o qual foi quebrado pela srta. Steele, que parecia muito disposta a conversar e disse um tanto bruscamente:

— E o que acha de Devonshire, srta. Dashwood? Creio que ficaram muito tristes por deixarem Sussex.

Com certa surpresa pela familiaridade da pergunta, ou pelo menos com a maneira como foi dita, Elinor respondeu que sim.

— Norland é um lugar lindo, não é? — acrescentou a srta. Steele.

— Ouvimos dizer que *Sir* John o admira demais — disse Lucy, que pareceu achar ser necessário desculpar-se pela liberdade tomada pela irmã.

— Acho que *devem* admirar Norland — tornou Elinor — todos os que viram alguma vez o lugar, embora não seja de supor que todos possam apreciar suas belezas como deveriam.

— E havia muitos bonitões por lá? Acredito que não haja tantos nesta parte do mundo. Quanto a mim, acho que eles nunca são demais.

— Mas por que acharia — disse Lucy, parecendo envergonhada da irmã — que haja menos bonitões em Devonshire do que em Sussex?

— Não, minha querida, tenho certeza de que não quero dizer que não existam. Tenho certeza de que há muitos bonitões em Exeter, mas, entenda, como poderia saber sobre os de Norland? Eu só tinha medo de que as srtas. Dashwood pudessem achar Barton aborrecido, se não houvesse tantos como costumava haver lá. Mas talvez, mocinhas, não se preocupem muitos com os bonitões, e levem a vida indiferentemente, com ou sem eles. Eu, por meu lado, considero-os muito agradáveis, desde que se vistam com elegância e se comportem com gentileza. Mas não suporto vê-los maltrapilhos e grosseiros. Em Exeter há o sr. Rose, um rapaz elegantíssimo, um bonitão e tanto, empregado do sr. Simpson, sabe, e se o encontrarem de manhã, não podem nem olhar para ele. Acho que o seu irmão devia ser um bonitão daqueles, srta. Dashwood, antes de se casar, já que era tão rico!

— Eu lhe garanto — replicou Elinor — que não tenho resposta para essa pergunta, pois não compreendo muito bem o sentido da palavra. Mas posso dizer que se ele foi um bonitão antes de casar, ainda o é, pois não mudou nem um pouco.

— Ah, querida! Nunca se pensa num homem casado como um bonitão. Eles têm mais o que fazer.

— Meu Deus, Anne — exclamou a irmã —, você só sabe falar de bonitões! A srta. Dashwood vai achar que só pensa nisso.

E então, para mudar de assunto, começou a elogiar a casa e a mobília.

Essa amostra das srtas. Steele foi suficiente. As vulgares liberdades tomadas e a insensatez da mais velha não a recomendavam, e como Elinor não se deixava deslumbrar pela beleza ou pelo jeito esperto da mais jovem e percebera muito bem sua falta de real elegância e espontaneidade, deixou a casa sem nenhuma vontade de conhecê-las melhor.

O mesmo não aconteceu com as srtas. Steele. Vieram de Exeter cheias de admiração por *Sir* John Middleton, sua família e todos os parentes, e uma não mesquinha proporção era agora dedicada às suas belas primas, que declararam ser as moças mais lindas, elegantes, perfeitas e simpáticas que conheciam, e com as quais estavam especialmente desejosas de estreitar relações. E, assim, Elinor logo descobriu que esse estreitamento de relações era seu destino inevitável, pois, como *Sir* John estava inteiramente do lado das srtas. Steele, o partido deles seria forte demais para sofrer oposição, e elas teriam de se sujeitar àquele tipo de intimidade que consiste em ficar sentados juntos por uma ou duas horas na mesma sala quase todos os dias. *Sir* John não podia fazer nada além disso, entretanto não sabia que faltava algo mais. Para ele, estar juntos era serem íntimos, e, enquanto seus contínuos planos para que se reunissem deram certo, não teve dúvida de que elas se haviam tornado amigas.

Para tratar-lhe com justiça, ele fez tudo o que estava em seu poder para promover uma relação sincera entre elas, contando às srtas. Steele tudo que sabia ou imaginava da situação de suas primas quanto aos mais delicados pormenores. E Elinor não as vira mais de duas vezes, quando a mais velha delas lhe expressou sua alegria por sua irmã ter tido a sorte de conquistar um bonitão elegantíssimo depois que veio a Barton.

— Vai ser ótimo ela se casar tão moça, com certeza — disse ela —, e ouvi dizer que ele é um bonitão daqueles, lindíssimo. Eu espero que você também tenha logo a mesma sorte. Mas talvez já tenha um namorado por aí.

Elinor não podia imaginar que *Sir* John fosse mais discreto em proclamar suas suspeitas sobre o seu amor por Edward do que o fora em relação a Marianne. De fato, das duas a sua era a anedota favorita, por ser mais nova e mais conjetural; e, desde a visita de Edward, eles nunca jantaram juntos sem que ele brindasse à saúde das pessoas mais queridas por ela, com tantos subentendidos e tantos meneios de cabeça e piscadelas que atraíam a atenção geral. A letra F também fora invariavelmente mencionada e produzira tantas anedotas, que havia tempos seu caráter de letra mais picante do alfabeto se impusera a Elinor.

As srtas. Steele, como Elinor esperava, passaram a conhecer todas aquelas anedotas, que despertaram na mais velha das duas a curiosidade sobre o nome do cavalheiro a que faziam alusão, curiosidade esta que, embora muitas vezes expressa em termos impertinentes, estava de pleno acordo com a sua bisbilhotice sobre os casos da família. Mas *Sir* John não brincou por muito tempo com a curiosidade que ele adorava despertar, pois sentia um prazer pelo menos tão grande em revelar o nome quanto a srta. Steele em ouvi-lo.

— O nome dele é Ferrars — disse ele, num sussurro muito audível —, mas por favor não conte a ninguém, pois é um grande segredo.

— Ferrars! — repetiu a srta. Steele. — O sr. Ferrars é o felizardo, não é? Como! O irmão da sua cunhada, srta. Dashwood? Um rapaz simpaticíssimo, com certeza! Conheço-o muito bem.

— Como pode dizer isso, Anne? — exclamou Lucy, que geralmente corrigia todas as afirmações da irmã. — Embora o tenhamos visto uma ou duas vezes na casa do nosso tio, é exagero dizer que o conhece muito bem.

Elinor ouviu tudo aquilo com atenção e surpresa. "E quem era esse tio? Onde morava? Como se conheceram?" Queria muito prosseguir no assunto, embora não quisesse ela mesma participar dele. Todavia, nada mais foi dito a respeito, e pela primeira vez na vida achou que faltava à sra. Jennings tanto a curiosidade por fofocas quanto a disposição para passá-las adiante. A maneira como a srta. Steele falara de Edward fez aumentar sua curiosidade, pois a chocou por ser um tanto maldosa, e sugeria a suspeita de que ela sabia, ou imaginava saber, algo negativo sobre ele. Entretanto, a sua curiosidade foi infrutífera, pois a srta. Steele não mais prestou atenção no nome do sr. Ferrars quando se fazia alusão a ele ou mesmo quando era abertamente citado por *Sir* John.

Capítulo 22

Marianne, que nunca tivera muita tolerância com coisas como impertinência, vulgaridade, falta de talento ou mesmo diferença de gosto em relação a ela mesma, estava na época especialmente pouco propensa, pelo estado de espírito, a se dar com as srtas. Steele ou a incentivar suas tentativas de aproximação, e à invariável frieza de seu comportamento com elas, que inibia qualquer intimidade da parte delas, Elinor atribuía sobretudo aquela preferência por ela mesma, que logo se tornou evidente nas maneiras de ambas, principalmente de Lucy, que não perdia nenhuma oportunidade de conversar com ela ou de tentar melhorar seu relacionamento com uma simples e franca comunicação de sentimentos.

Lucy era naturalmente perspicaz, suas observações eram muitas vezes precisas e divertidas e, como companheira por meia hora, Elinor frequentemente a achava agradável. Mas suas potencialidades não receberam ajuda da educação. Era ignorante e analfabeta, e sua carência de qualquer sofisticação intelectual, sua falta de informação sobre os mais corriqueiros particulares não podiam passar despercebidos da srta. Dashwood, apesar de seu constante empenho em se mostrar sob uma boa luz. Elinor viu — e teve pena dela por isso — a negligência de capacidades que a educação poderia ter tornado respeitável; mas viu também, com olhos muito menos condescendentes, a total falta de delicadeza, de retidão e de integridade espiritual que as suas atenções, suas assiduidades, suas adulações haviam mostrado em Barton Park. E não podia sentir uma satisfação duradoura na companhia de uma pessoa que unia a insinceridade à ignorância, cuja falta de instrução impedia de participar da conversa em igualdade de condições e cuja conduta com os outros tirava todo valor de qualquer demonstração de atenção e deferência com ela.

— Sei que vai achar estranha a minha pergunta — disse-lhe Lucy um dia, enquanto caminhavam juntas de Barton Park até o chalé —, mas, por favor, conhece pessoalmente a mãe de sua cunhada, a sra. Ferrars?

Elinor *realmente* achou a pergunta estranhíssima, e sua expressão deixou isso claro, enquanto respondia que jamais vira a sra. Ferrars.

— É mesmo? — tornou Lucy. — É uma surpresa para mim, pois pensei que devia tê-la visto em Norland, às vezes. Então não poderia dizer-me que tipo de mulher ela é?

— Não — respondeu Elinor, cautelosa em dar sua real opinião sobre a mãe de Edward e não muito desejosa de satisfazer ao que parecia ser uma curiosidade impertinente. — Nada sei sobre ela.

— Tenho certeza de que me acha muito estranha, por fazer assim perguntas sobre ela — disse Lucy, encarando atentamente Elinor enquanto falava —; no entanto, talvez haja razões... gostaria de poder atrever-me... Mas espero que me faça a justiça de acreditar que não é minha intenção ser impertinente.

Elinor deu-lhe uma resposta bem-educada e continuaram caminhando alguns minutos, em silêncio. Ele foi quebrado por Lucy, que retomou o assunto, dizendo com alguma hesitação:

— Não suporto que ache que sou impertinentemente curiosa. Tenho certeza de que daria qualquer coisa neste mundo para que a senhorita, cuja opinião me é tão valiosa, não pense isso de mim. E tenho certeza de que não teria nenhum medo de confiar na senhorita. Realmente, ficaria muito contente em ter um conselho seu sobre como me portar numa situação tão difícil quanto esta em que me encontro. Não é o caso, porém, de perturbá-la. Lamento que não conheça a sra. Ferrars.

— Lamento não conhecê-la — disse Elinor, atônita —, se pode ser de alguma utilidade para a *senhorita* saber a minha opinião a respeito dela. Mas na verdade nunca soube que tivesse alguma ligação com aquela família e, portanto, estou um pouco surpresa, confesso, com esse questionamento tão sério sobre o caráter dela.

— Sei que está surpresa, e devo dizer que isso não me espanta. Mas se eu ousasse contar-lhe tudo, não ficaria muito surpresa. A sra. Ferrars certamente não é nada para mim hoje... mas a hora *pode* chegar... quando chegará é algo que dependerá dela... em que talvez estejamos ligadas muito intimamente.

Baixou os olhos ao dizer isso, agradavelmente envergonhada, dando apenas uma olhadela de esguelha para a companheira, para observar o efeito que o que dissera exercera sobre ela.

— Deus do céu! — exclamou Elinor — o que quer dizer com isso? Conhece o sr. Robert Ferrars? Isso é possível? — E não se sentiu muito contente com a ideia de ter uma tal cunhada.

— Não — replicou Lucy —, não o sr. *Robert* Ferrars, nunca o vi na vida, mas — fitando os olhos de Elinor — o seu irmão mais velho.

Que sentiu Elinor naquele momento? Espanto, que teria sido tão doloroso quanto forte, se não fosse acompanhado por uma imediata descrença naquela asserção. Voltou-se para Lucy em silencioso pasmo, incapaz de adivinhar a razão ou o objetivo daquela afirmação, e embora sua expressão variasse permaneceu firme na incredulidade e não sentiu perigo de um ataque histérico ou de uma síncope.

— Pode muito bem estar surpresa — prosseguiu Lucy —, pois com certeza não podia ter nenhuma ideia disso, já que tenho certeza de que ele nunca deu a menor pista a esse respeito à senhorita ou a qualquer pessoa da sua família; porque isso sempre foi um grande segredo, e tenho certeza de que foi fielmente guardado por mim até este momento. Ninguém da minha família o conhece, a não ser Anne, e eu nunca contaria nada à senhorita se não tivesse sentido a maior confiança do mundo em sua reserva; e realmente achei que o meu comportamento ao fazer muitas perguntas sobre a sra. Ferrars devia parecer tão estranho, que devia ser explicado. Não acho que o sr. Ferrars possa ficar contrariado ao saber que confiei na senhorita, pois sei que ele tem toda a sua família na mais alta conta, e a considera e as outras srtas. Dashwood como se fossem irmãs — ela fez uma pausa.

Elinor permaneceu calada por um momento. Seu espanto com o que ouviu foi primeiro grande demais para ser expresso em palavras, contudo, esforçando-se aos poucos por falar, e falar com cautela, disse, de um modo calmo, que escondia razoavelmente a sua surpresa e preocupação:

— Posso saber se o seu compromisso é de longa data?

— Estamos noivos há quatro anos.

— Quatro anos!

— Sim.

Elinor, embora muito abalada, ainda não se sentiu capaz de acreditar naquilo.

— Não sabia — disse ela — que nem sequer se conheciam até outro dia.

— Conhecemo-nos, porém, há muitos anos. Ele esteve aos cuidados do meu tio, a senhorita sabe, por um bom tempo.

— Seu tio?!

— Sim, o sr. Pratt. Nunca ouviu falar do sr. Pratt?

— Acho que sim — respondeu Elinor, fazendo um esforço que se tornava mais intenso com o aumento da emoção.

— Ficou quatro anos com o meu tio, que mora em Longstaple, perto de Plymouth. Foi lá que nos conhecemos, pois a minha irmã e eu estávamos sempre com meu tio, e foi lá que ficamos noivos, embora só um ano depois que ele deixara de ser pupilo; mas depois disso ele ainda estava quase sempre conosco. Eu não estava muito propensa a aceitar aquilo, como pode imaginar, sem o conhecimento e a aprovação da mãe dele. Contudo, eu era jovem demais e gostava demais dele, para ser tão prudente como devia ter sido. Embora não o conheça tão bem quanto eu, srta. Dashwood, deve tê-lo visto o bastante para saber que ele é bem capaz de fazer uma mulher apaixonar-se sinceramente por ele.

— Certamente — respondeu Elinor, sem saber o que dizia. Mas depois de um momento de reflexão, acrescentou, com revigorada confiança na honra e no amor de Edward e na falsidade da companheira: — Noiva do sr. Edward Ferrars! Confesso estar tão surpresa com o que me contou, que, realmente, peço desculpas. Mas certamente deve estar havendo algum equívoco de pessoa ou nome. Não podemos estar falando do mesmo sr. Ferrars.

— Não podemos estar falando de ninguém mais — exclamou Lucy, sorrindo. — O sr. Edward Ferrars, o primogênito da sra. Ferrars, de Park Street, e irmão da sua cunhada, a sra. John Dashwood, é a pessoa a que me refiro. Há de convir que eu provavelmente não me engane sobre o nome do homem de que depende toda a minha felicidade.

— É estranho — tornou Elinor, na mais dolorosa perplexidade — que eu nunca o tenha ouvido mencionar o seu nome.

— Não. Considerando a nossa situação, não era estranho. Nossa primeira preocupação era manter o caso em segredo. Nada sabia a meu respeito ou a respeito da minha família, portanto, não podia haver *oportunidade* de nem sequer lhe mencionar o meu nome. E, como ele era especialmente temeroso de que sua irmã suspeitasse de alguma coisa, esse era um motivo suficiente para não mencioná-lo.

Ela ficou calada. A confiança de Elinor desapareceu, mas seu autocontrole não desapareceu com ela.

— Estão noivos há quatro anos — disse ela com voz firme.

— Sim, e só Deus sabe quanto tempo mais teremos de esperar. Coitado do Edward! Isso o deixa de coração partido — então, tirando do bolso uma pequena miniatura, acrescentou: — Para não haver possibilidade de erro, tenha a bondade de olhar o rosto dele. Certamente não lhe faz justiça, mas acho que não pode iludir-se sobre a pessoa que foi retratada. Trago-o comigo nestes três últimos anos.

Colocou-o entre as mãos de Elinor enquanto falava e, quando esta viu a pintura, fossem quais fossem as dúvidas que o receio de uma decisão muito apressada ou o desejo de detectar uma falsidade pudessem prolongar em sua mente, não podia ter nenhuma de que se tratava do rosto de Edward. Ela o devolveu quase instantaneamente, reconhecendo a semelhança.

— Nunca pude — prosseguiu Lucy — dar-lhe o meu retrato em troca, o que muito me contraria, pois ele sempre quis tanto ter um retrato meu! Mas estou decidida a resolver o problema o mais rápido possível.

— Está absolutamente certa — tornou Elinor calmamente.

Caminharam, então, alguns passos em silêncio. Lucy falou primeiro.

— Tenho certeza — disse ela —, não tenho nenhuma dúvida de que manterá fielmente o segredo, pois deve saber como é importante para nós que a notícia não chegue à mãe dele, visto que estou certa de que ela jamais aprovaria o nosso noivado. Não sou rica e imagino que ela seja uma mulher excessivamente orgulhosa.

— Certamente não pedi as suas confidências — disse Elinor —, no entanto, não me faz mais do que justiça ao imaginar que sou confiável. Seu segredo está seguro comigo, mas me perdoe se demonstro certa surpresa ante uma comunicação tão desnecessária. Deve pelo menos ter sentido que o fato de eu conhecê-lo não o torna mais seguro.

Quando disse isso, olhou séria para Lucy na esperança de descobrir alguma coisa em sua expressão, talvez a falsidade da maior parte do que dissera, contudo, Lucy permaneceu impassível.

— Temia que pensasse que estou tomando grandes liberdades com a senhorita — disse ela — ao lhe contar tudo isso. Certamente não a conheço há muito tempo, pelo menos pessoalmente, mas conheço faz tempo a senhorita e toda a sua família por descrição, e, logo que a vi, senti como se fosse uma velha conhecida. Além disso, no presente caso, realmente pensei que lhe devia explicações depois de lhe fazer tantas perguntas particulares sobre a mãe de Edward. Sou tão infeliz que nem tenho ninguém para pedir conselhos. Anne é a única pessoa que sabe do caso, entretanto, não tem nenhum juízo. Na verdade, ela me prejudica muito mais do que ajuda, porque estou sempre com medo de que me traia. Ela não sabe ficar de boca fechada, como deve ter percebido, e garanto-lhe que outro dia fiquei mais do que apavorada de que ela contasse tudo quando o nome de Edward foi citado por *Sir* John. Não imagina as coisas por que tenho passado com tudo isso. Fico admirada de ainda estar viva depois do que sofri por Edward estes últimos quatro anos. Tanta dúvida e incerteza, e vê-lo tão raramente... raramente podemos nos ver mais do que duas vezes por ano. Não sei como o meu coração ainda resiste.

Aqui ela tirou o lenço, mas Elinor não sentiu muita pena dela.

— Às vezes — prosseguiu Lucy, depois de enxugar as lágrimas — fico pensando se não seria melhor para nós dois cortarmos relações completamente — ao dizer isso, ela olhou diretamente para a sua companheira. — No entanto, outras vezes não tenho força bastante para isso. Não suporto a ideia de fazê-lo tão infeliz, como sei que a mera menção de uma tal coisa o faria. E também por mim mesma... gosto tanto dele... não acho que conseguiria fazê-lo. Que me aconselharia a fazer num caso como este, srta. Dashwood? O que faria?

— Perdão — respondeu Elinor, abalada com a pergunta — mas não posso dar-lhe nenhum conselho nessas circunstâncias. Deve guiar-se por seu próprio julgamento.

— Certamente — prosseguiu Lucy, depois de alguns minutos de silêncio de ambas — a mãe dele terá de lhe dar meios de subsistência, mais cedo ou mais tarde, contudo, o pobre Edward fica tão abatido com isso! Não achou que ele parecia terrivelmente deprimido quando esteve em Barton? Encontrava-se tão desolado quando nos deixou em Longstaple para visitá-las, que temia que o achassem muito doente.

— Ele vinha da casa do seu tio, quando nos veio visitar?

— Ah, sim. Passara quinze dias conosco. Achava que ele tivesse vindo diretamente de Londres?

— Não — respondeu Elinor, cada vez mais sensível a cada nova circunstância a favor da veracidade de Lucy. — Lembro-me de que ele nos disse que passara quinze dias com amigos perto de Plymouth — lembrava-se também de sua própria surpresa no momento, por ele nada mais dizer a respeito daqueles amigos, por seu total silêncio até de seus nomes.

— Não o achou muito deprimido? — repetiu Lucy.

— Achamos, de fato, principalmente logo que chegou.

— Pedi a ele que se empenhasse, temendo que pudessem descobrir qual era o problema; entretanto, ficou tão arrasado por não poder passar mais de quinze dias conosco e por me ver tão acabrunhada. Coitado! Receio que esteja acontecendo o mesmo com ele agora, pois suas cartas são tão tristes. Tive notícias dele assim que saí de Exeter — e, tirando do bolso uma carta e mostrando despreocupadamente o envelope a Elinor, disse: — Sei que conhece a letra dele, uma letra encantadora, mas esta não foi tão bem escrita como de costume. Sei que estava cansado, porque acabara de preencher toda uma folha, de ponta a ponta, para mim.

Elinor viu que *era* a letra dele e não pôde ter mais nenhuma dúvida. O retrato, ela se permitira acreditar que pudesse ter sido obtido por acaso; poderia não ser um presente de Edward. Contudo, uma correspondência por carta entre eles só poderia acontecer sob um compromisso positivo, não podia ser autorizada por mais nada. Por alguns momentos, quase se deu por vencida. Seu coração disparou, e ela mal conseguiu manter-se em pé; mas era absolutamente necessário não desistir, e lutou com tanta decisão contra a prostração, que logo obteve um sucesso completo, pelo menos naquele momento.

— Escrevermos um para o outro — disse Lucy, tornando a guardar a carta no bolso —, é o único consolo que temos para o fato de estarmos separados há tanto tempo. Sim, o retrato também é um consolo, mas o pobre Edward nem *isso* tem. Diz ele que se pelo menos tivesse o meu retrato, seria fácil suportar. Dei-lhe um cacho do meu cabelo num anel a última vez que esteve em Longstaple, e aquilo lhe serviu um pouco de consolo, segundo ele, mas não é a mesma coisa que um retrato. Talvez tenha notado o anel quando o viu?

— Reparei, sim — disse Elinor, com uma firmeza de voz sob a qual se escondia uma emoção e uma angústia piores do que tudo o que sentira antes. Estava magoada, abalada, confusa.

Felizmente para ela, haviam chegado ao chalé e a conversa não pôde continuar. Após conversarem com elas por alguns minutos, as srtas. Steele voltaram para Barton Park, e Elinor se viu livre para pensar e deprimir-se.

[Aqui, na primeira e na segunda edições, termina o volume I.]

Capítulo 23

Por menor que fosse a confiança geral de Elinor na veracidade de Lucy, era-lhe impossível, pensando seriamente, suspeitar dela no presente caso, onde nenhuma tentação poderia ser responsável pela insensatez de inventar uma falsidade dessa espécie. Elinor não podia, não ousava mais duvidar do que Lucy afirmara, apoiada como ela estava de todos os lados por tantas probabilidades e provas e só contraditada por seus próprios desejos. A oportunidade que tiveram de se conhecer na casa do sr. Pratt servia de fundamento para o resto, ao mesmo tempo indiscutível e alarmante; e a visita de Edward nas proximidades de Plymouth, seu estado de espírito melancólico, sua insatisfação com as suas perspectivas, seu comportamento indeciso com ela, o íntimo conhecimento que as srtas. Steele tinham sobre Norland e suas relações de família, que muitas vezes a surpreendera, o retrato, a carta, o anel formavam juntos um tal corpo de provas capaz de vencer qualquer medo de condená-lo injustamente, e estabelecia como um fato, que nenhum afeto poderia ocultar, a desconsideração para com ela. Seu ressentimento por aquele comportamento, sua indignação por ter sido enganada por ele, por um breve tempo fizeram que só sentisse autopiedade, mas logo surgiram outras ideias, outras considerações. Será que Edward a enganara propositalmente? Fingira um afeto por ela que não sentia? Era o seu noivado com Lucy um compromisso de amor? Não. Fosse o que fosse no passado, ela não podia acreditar que assim o fosse agora. O amor dele era todo seu. Não podia estar enganada sobre isso. Sua mãe, as irmãs, Fanny, todas concordavam com o seu afeto por ela em Norland. Não era uma ilusão da sua vaidade. Ele certamente a amava. Que alívio para o coração essa convicção! E que tentação de perdoar! Ele errara, e errara muito, ao permanecer em Norland depois que sentiu pela primeira vez que a influência dela sobre ele era maior do que deveria. Nisso, ele não tinha defesa. Mas se ele a ferira, ferira muito mais a si mesmo; se o caso dela era deplorável, o dele era desesperado. A imprudência dele tornara-a infeliz por algum tempo, mas parecia ter tirado dele toda possibilidade de algum dia superar aquilo. No seu devido tempo, ela poderia recuperar a tranquilidade, mas ele, o que poderia esperar? Poderia ser algum dia razoavelmente feliz com Lucy Steele? Poderia ele, se o amor por ela estivesse fora de questão, com toda a sua integridade, delicadeza e inteligência bem informada, ficar satisfeito com uma mulher como Lucy, analfabeta, afetada e egocêntrica?

A paixão juvenil dos dezenove anos naturalmente pode tê-lo cegado a tudo que não fosse a sua beleza e o seu bom caráter, mas os quatro anos seguintes — anos que, se passados racionalmente, proporcionam uma grande ampliação do entendimento — devem ter aberto seus olhos para os defeitos de educação, enquanto o mesmo espaço de tempo, gasto por ela em companhia inferior e ocupações mais frívolas, talvez tenha roubado a ela aquela simplicidade que dera antes um caráter interessante à sua beleza.

Se, quando supunha que Edward procurava casar com ela, os problemas dele com a mãe pareciam grandes, quão maiores deveriam provavelmente ser agora, quando o objeto do compromisso era, sem dúvida, inferior em relações e, provavelmente, também em riqueza, a ela! Esses problemas, de fato, com um coração tão distante de Lucy, talvez não exercessem pressão contra a sua paciência, mas a melancolia era o estado normal da pessoa para a qual a expectativa da oposição e da crueldade da família podiam ser vistas como um alívio!

Enquanto essas ideias lhe ocorriam numa dolorosa sucessão, ela chorou por ele, mais do que por ela mesma. Amparada pela convicção de que nada fizera para merecer a sua presente desgraça, e consolada pela crença de que Edward nada fizera para perder a sua estima, ela achou que podia mesmo agora, sob a primeira aflição do rude golpe, controlar-se o bastante para evitar qualquer suspeita da verdade por parte da mãe e das irmãs. E era capaz de responder tão bem às suas próprias expectativas, que, quando se juntou a elas para jantar, só duas horas depois de ter sofrido pela primeira vez o fim das suas mais caras esperanças, ninguém adivinharia pela aparência das irmãs que Elinor estivesse chorando em segredo por obstáculos que deviam separá-la para sempre do objeto do seu amor, e que Marianne estivesse interiormente relembrando sem parar as perfeições de um homem de cujo coração se sentia senhora absoluta, e que esperava ver em cada carruagem que passava perto da casa.

A necessidade de esconder da mãe e de Marianne o que lhe fora confiado em segredo, embora lhe exigisse um esforço contínuo, não agravava a angústia de Elinor. Ao contrário, era um alívio para ela ser poupada da comunicação do que provocaria nelas tal aflição e também de ouvi-las condenarem Edward, o que provavelmente decorreria do excesso de amor que tinham por ela, mas era mais do que ela se sentia em condições de suportar.

Sabia que não podia receber ajuda do conselho ou das conversas com elas, pois a ternura e a aflição delas aumentariam a sua própria angústia, enquanto seu autocontrole não receberia encorajamentos nem do exemplo nem dos elogios delas. Ela era mais forte sozinha, e o seu bom-senso amparava-a tão bem, a sua firmeza era tão inabalável, a sua aparência alegre, tão invariável quanto possível em meio a aflições tão recentes e tão amargas.

Por muito que tenha sofrido com sua primeira conversa com Lucy sobre o assunto, logo sentiu um desejo premente de renová-la, e isso por mais de uma razão. Queria ouvir mais uma vez muitos pormenores do noivado deles e entender com maior clareza o que Lucy realmente sentia por Edward, se havia alguma sinceridade em sua declaração de terno amor por ele. Mas queria em especial convencer Lucy, pela presteza em tocar no assunto de novo e pela calma em conversar sobre ele, que só estava interessada naquilo por amizade, algo que temia que a sua involuntária agitação na conversa da manhã tivesse tornado pelo menos duvidoso. Que Lucy estivesse inclinada a ter ciúmes dela parecia muito provável: era certo que Edward sempre lhe falara sobre ela em termos do mais alto apreço, não somente pela afirmação de Lucy, como também por ter-se arriscado a confiar a Elinor, depois de se conhecerem por tão pouco tempo, um segredo tão reconhecida e evidentemente importante. Até mesmo os comentários irônicos de *Sir* John devem ter pesado um pouco. Mas, enquanto Elinor permanecia interiormente tão segura de ser de fato amada por Edward, não foi necessário outro cálculo de probabilidades para parecer natural que Lucy devesse sentir ciúmes; prova disso era a sua própria confidência. Que outra razão para revelar o caso poderia haver, a não ser para que Elinor fosse informada dos direitos superiores de Lucy em relação a Edward e soubesse que devia evitá-lo no futuro? Ela não teve muita dificuldade para entender aquela parte das intenções da rival e, embora estivesse firmemente decidida a agir por seu lado como mandavam todos os princípios de honra e honestidade, para combater seu próprio afeto por Edward e vê-lo o mínimo possível, não podia negar a si mesma o consolo de tentar convencer Lucy de que seu coração estava intacto. E, como já não podia ouvir nada mais doloroso sobre o assunto do que o que já lhe fora contado, confiou em sua capacidade de suportar com compostura a repetição dos detalhes.

Mas não pôde conseguir imediatamente uma oportunidade de fazer isso, embora Lucy estivesse tão propensa quanto ela a aproveitar-se do que ocorrera, pois nem sempre o tempo estava bom o bastante para permitir que as duas se unissem num passeio em que pudessem facilmente afastar-se das outras, e embora se vissem pelo menos uma tarde sim e outra não em Barton Park ou no chalé, principalmente no primeiro, não se podia supor que se encontrassem para conversar. Tal ideia jamais ocorreria a *Sir* John ou a *Lady* Middleton, portanto, dispunham de muito pouco tempo livre até para um simples bate-papo, e nenhum para uma conversa reservada. Reuniam-se para comer, beber e rir juntas, jogar baralho ou *consequences*[1] ou qualquer outro jogo que fosse suficientemente barulhento.

Um ou dois encontros desse tipo já haviam ocorrido, sem dar a Elinor nenhuma possibilidade de travar uma conversa a sós com Lucy, quando certa manhã *Sir* John visitou o chalé, para implorar, em nome da caridade, que todas fossem jantar com *Lady* Middleton aquele dia, pois ele era obrigado a ir ao clube, em Exeter, e, se elas não pudessem ir, ela ficaria sem nenhuma companhia, com exceção da mãe e das duas srtas. Steele. Elinor, que previu uma boa ocasião para o que tinha em vista numa reunião como aquela, em que ficariam mais à vontade entre elas sob a tranquila e polida direção de *Lady* Middleton do que quando o marido as reunia para alguma atividade ruidosa, de imediato aceitou o convite. Margaret, com a permissão da mãe, também aceitou, e Marianne, apesar de sempre pouco inclinada a ir àquelas reuniões, foi convencida pela mãe, que não podia tolerar que ela se fechasse a qualquer tipo de diversão, a também ir.

As jovens foram, e *Lady* Middleton felizmente foi preservada da assustadora solidão que a ameaçara. A insipidez da reunião foi exatamente como Elinor esperara. Não produziu nenhuma

---

[1] Antigo jogo de salão inglês.

novidade em termos de pensamento ou de expressão, e nada podia ser menos interessante do que as conversas na sala de jantar e na de visitas: nesta última, as crianças as acompanharam e, enquanto estiveram ali, ela teve absoluta certeza da impossibilidade de atrair a atenção de Lucy para a sua tentativa. Deixaram a sala só quando foram retirados os apetrechos de chá. Foi trazida a mesa de carteado e Elinor começou a pensar com seus botões como podia ter esperado achar uma oportunidade para conversar em Barton Park. Todas se ergueram em preparação para uma partida de baralho.

— Estou contente — disse *Lady* Middleton a Lucy — em saber que não vai terminar a cesta da pobrezinha da Annamaria esta noite, pois tenho certeza de que deve fazer mal para os seus olhos trabalhar com filigranas à luz de vela. Amanhã saberemos como compensar o nosso amorzinho pela decepção, e então acho que ela não se importará muito.

A alusão foi suficiente, Lucy lembrou-se imediatamente e replicou:

— Na verdade, a senhora está muito enganada, *Lady* Middleton. Estava apenas esperando saber se a senhora podia fazer a reunião sem a minha presença ou eu já estaria entregue aos trabalhos de filigrana. Por nada neste mundo eu decepcionaria o anjinho, e se a senhora quer que eu vá à mesa de jogos agora, estou decidida a terminar a cesta depois da ceia.

— É muito gentil, espero que isso não lhe provoque dor nos olhos... poderia tocar a campainha para que lhe tragam as velas? Minha pobre menininha ficaria muito desapontada, eu sei, se a cesta não estivesse pronta amanhã, pois, embora eu lhe tenha dito que com certeza não estaria, certamente ela espera que esteja terminada.

Lucy arrastou pessoalmente a sua mesa de trabalho para perto de si e tornou a sentar-se, com uma alegria e uma animação que pareciam mostrar que não havia maior prazer do que o de fazer cestas filigranadas para uma criança mimada.

Lady Middleton propôs uma partida de *Casino* aos outros. Ninguém fez reclamação alguma, a não ser Marianne, que, com sua habitual desatenção às formas de civilidade comum, exclamou:

— Sua Senhoria há de ter a bondade de desculpar-me, pois sabe que detesto jogar baralho. Vou até o pianoforte; não toco nada nele desde que foi afinado. — E sem mais cerimônias, virou-se e caminhou na direção do instrumento.

Lady Middleton parecia dar graças a Deus por não ter *ela mesma* jamais falado de maneira tão grosseira.

— Marianne não consegue ficar longe daquele instrumento, minha senhora — disse Elinor, tentando pôr panos quentes sobre a ofensa —, e isso não me espanta, pois esse é o pianoforte mais afinado que já ouvi.

As cinco restantes deviam agora tirar suas cartas.

— Talvez — prosseguiu Elinor —, se acontecer de eu sair do jogo, eu possa ser útil à srta. Lucy Steele, enrolando os papéis para ela; e ainda há tanto a fazer na cesta, que acho que seria impossível para ela, trabalhando sozinha, concluir o trabalho esta noite. Eu gostaria demais de fazer esse trabalho, se ela me permitir participar dele.

— Vou ficar muito agradecida pela ajuda — exclamou Lucy —, pois acho que ainda resta a fazer mais do que esperava, e seria chocante decepcionar a querida Annamaria, afinal.

— Ah, seria horrível, mesmo — disse a srta. Steele. — Como eu amo aquela queridinha!

— É muito gentil — disse *Lady* Middleton a Elinor —; então gosta mesmo do trabalho, talvez também queira só entrar no jogo na próxima mão. Ou prefere fazê-lo agora?

Elinor alegremente escolheu a primeira das propostas e então, com um pouco daquela diplomacia que Marianne jamais se dignou a pôr em prática, atingiu o seu objetivo e ao mesmo tempo agradou a *Lady* Middleton. Lucy abriu espaço para ela com pronta atenção, e as duas boas rivais sentaram-se, assim, lado a lado à mesma mesa e, na maior harmonia, se concentraram no mesmo trabalho. O pianoforte em que Marianne, envolvida com a música e com seus próprios pensamentos, já se esquecera de que havia mais alguém na sala além dela mesma, estava por sorte tão perto delas que a srta. Dashwood julgou que já poderia com segurança, protegida pelo som, abordar o interessante assunto, sem nenhum risco de ser ouvida na mesa de carteado.

Capítulo 24

Em tom firme mas cauteloso, Elinor começou assim:

— Eu não mereceria a confiança com que me honrou, se não sentisse nenhum desejo de que continuasse, nem mais curiosidade sobre o assunto. Não vou, portanto, pedir desculpas por trazê-lo de novo à baila.

— Obrigada — exclamou Lucy com entusiasmo — por quebrar o gelo. Com isso tranquilizou o meu coração, pois eu temia que, de um modo ou de outro, a tivesse ofendido com o que lhe disse na segunda-feira.

— Ofender-me! Como pôde supor tal coisa? Acredite em mim — e Elinor disse isso com a mais profunda sinceridade —, nada poderia estar mais longe da minha intenção do que lhe passar semelhante ideia. Poderia ter algum motivo para confiar em mim que não fosse honroso e lisonjeiro para mim?

— E mesmo assim eu lhe garanto — tornou Lucy, com seus olhos perspicazes cheios de intenção — que me pareceu haver uma frieza e um descontentamento em sua maneira que me constrangeram bastante. Senti que com certeza estava zangada comigo, e desde então não me perdoo por ter tomado tais liberdades e incomodá-la com os meus problemas. Mas estou muito contente em saber que foi tudo imaginação minha e que na verdade não me culpa. Se soubesse que consolo foi para mim poder desabafar sobre tudo aquilo em que penso a cada momento da minha vida, a sua compaixão a faria passar por cima de tudo o mais, tenho certeza.

— Realmente, não é difícil acreditar que tenha sido um grande alívio confessar a mim a sua situação, e esteja certa de que jamais terá motivos de se arrepender. O seu caso é muito triste. Parecem-me cheios de problemas e vão precisar de todo o seu afeto mútuo para se protegerem. Acho que o sr. Ferrars depende completamente da mãe.

— De próprio, ele tem apenas duas mil libras. Seria loucura casar contando só com isso, embora, de minha parte, eu possa sem problemas abrir mão de qualquer perspectiva de ter mais. Sempre estive acostumada com uma renda muito pequena, e por ele enfrentaria qualquer pobreza. Mas eu o amo demais para ser o instrumento egoísta que lhe roube, talvez, tudo que a sua mãe lhe poderia dar se fizesse um casamento do agrado dela. Temos de esperar, talvez por muitos anos. Com qualquer outro homem do mundo esta seria uma perspectiva alarmante, mas sei que nada me pode tirar o afeto e a fidelidade de Edward.

— Essa convicção deve ser tudo para a senhorita, e ele, sem dúvida, encontra apoio na mesma confiança na senhorita. Se a força do apego entre ambos tivesse diminuído, como acontece com muita gente, e, em muitas circunstâncias, naturalmente também ocorreria num noivado de quatro anos, a sua situação seria mesmo digna de pena.

Aqui, Lucy ergueu os olhos, mas Elinor tratou de evitar qualquer expressão que pudesse dar às suas palavras um ar suspeito.

— O amor de Edward por mim — exclamou Lucy — já foi posto à prova muitas vezes, por nossa longa, muito longa ausência desde que ficamos noivos, e ele resistiu à prova tão bem, que seria imperdoável que eu duvidasse dele agora. Posso dizer com segurança que ele nunca me deu motivo de alarme sobre esse ponto, desde o começo.

Elinor não sabia se sorria ou suspirava ao ouvir aquilo.

Lucy prosseguiu:

— Eu também sou um pouco ciumenta por natureza, e por nossas diferentes situações na vida, por ele ocupar uma posição muito superior no mundo do que eu e por nossa contínua separação, eu tinha uma tal queda para a suspeita, que teria descoberto a verdade imediatamente, se tivesse havido a menor alteração no comportamento dele comigo desde que nos conhecemos, ou qualquer desânimo que eu não conseguisse explicar, ou se ele tivesse falado mais de uma mulher do que das outras, ou parecesse em qualquer aspecto menos feliz em Longstaple do que costumava ser. Não quero dizer com isso que eu seja particularmente observadora ou perspicaz em geral, mas neste caso tenho certeza de que não poderia estar enganada.

"Tudo isso", pensou Elinor "é muito bonito, mas não pode enganar nenhuma de nós".

— Mas quais — disse ela depois de um curto silêncio — são os seus planos? Ou será que é só o de aguardar a morte da sra. Ferrars, o que é algo melancólico, chocante e extremo? Será que o filho dela está resolvido a submeter-se a isso e ao tédio dos muitos anos de incerteza em que pode envolver a senhorita, em vez de correr o risco de desagradar a ela por algum tempo, confessando a verdade?

— Se pudéssemos ter certeza de que seria só por algum tempo! Mas a sra. Ferrars é uma mulher teimosa e orgulhosa, e, em seu primeiro acesso de raiva ao ouvir a verdade, muito provavelmente passaria tudo para o Robert, e essa ideia, pelo bem de Edward, espanta toda a minha inclinação por medidas apressadas.

— E pelo seu próprio bem também, ou estaria levando o desinteresse para além do razoável.

Lucy olhou de novo para Elinor e ficou calada.

— Conhece o sr. Robert Ferrars? — perguntou Elinor.

— Não, nunca o vi. Mas imagino que seja muito diferente do irmão: tolo e um grande fanfarrão.

— Grande fanfarrão! — repetiu a srta. Steele, que ouvira aquelas palavras por uma brusca pausa na música de Marianne. — Ah, elas estão falando dos seus bonitões preferidos, aposto.

— Não, mana — exclamou Lucy —, está enganada, nossos bonitões favoritos *não* são grandes fanfarrões.

— Quanto a isso, posso garantir que o da srta. Dashwood não o é — disse a sra. Jennings, rindo às gargalhadas — pois é um dos jovens mais modestos e lindos que já vi. Mas quanto a Lucy, ela é uma criaturinha tão matreira que é impossível descobrir de quem *ela* gosta.

— Ah — exclamou a srta. Steele, lançando um olhar expressivo ao seu redor —, posso dizer que o bonitão da Lucy é tão modesto e lindo quanto o da srta. Dashwood.

Elinor corou, contra a própria vontade. Lucy mordeu o lábio e olhou zangada para a irmã. Fez-se um silêncio mútuo por algum tempo. Lucy foi quem deu um ponto-final a ele, dizendo em tom de voz mais baixo, embora Marianne lhe desse a poderosa proteção de um grandioso concerto:

— Vou contar-lhe, sinceramente, um plano que me ocorreu há pouco para lidar com o problema; de fato, sou obrigada a lhe contar o segredo, pois é parte interessada. Tenho certeza de que conhece Edward o bastante para saber que ele preferiria a igreja a qualquer outra profissão. Pois bem, o meu plano é que ele se ordene assim que possível, e então, por meio da sua intercessão, que, tenho certeza, não há de negar, por amizade por ele e também, assim o espero, por certa consideração para comigo, seu irmão poderia ser convencido a dar a ele o benefício de Norland, o qual sei que é muito bom, e não é provável que o titular viva por muito tempo. Isso seria suficiente para casarmos e entregarmos tudo o mais nas mãos do tempo e da fortuna.

— Ficaria muito contente — tornou Elinor — em poder dar mostras de minha estima e amizade pelo sr. Ferrars. Mas não percebe que a minha intercessão no caso seria completamente desnecessária? Ele é irmão da sra. John Dashwood: isso já seria uma recomendação suficiente para o marido dela.

— Mas a sra. John Dashwood não aprovaria que ele se ordenasse.

— Nesse caso, suspeito que a minha intercessão seria de muito pouco proveito.

Permaneceram de novo caladas por muitos minutos. Por fim, Lucy exclamou com um suspiro profundo:

— Creio que o melhor jeito de pôr um ponto-final no caso de uma vez seria romper o noivado. Estamos cercados de problemas por todos os lados, e, embora fôssemos infelizes por algum tempo, talvez no fim fôssemos mais felizes. Mas não poderia dar-me a sua opinião, srta. Dashwood?

— Não — respondeu Elinor, com um sorriso que ocultava todos os seus sentimentos tumultuosos —, sobre esse assunto certamente não. Sabe muito bem que a minha opinião não teria nenhum peso para a senhorita, a menos que fosse a favor dos seus desejos.

— Sem dúvida, está enganada — replicou Lucy, com grande solenidade —; não conheço ninguém cujo julgamento eu tanto preze quanto o seu, e realmente creio que se me dissesse "eu o aconselho a romper mesmo o noivado com Edward Ferrars, assim ambos serão mais felizes", eu de imediato acataria o conselho.

Elinor corou com a insinceridade da futura esposa de Edward e replicou:

— Esse cumprimento me apavoraria e me afugentaria de dar qualquer opinião sobre o assunto, se eu tivesse alguma. Coloca a minha influência alto demais. O poder de separar duas pessoas tão ternamente unidas é excessivo para uma pessoa neutra.

— É justamente porque é uma pessoa neutra — disse Lucy, com certa mágoa, e dando uma ênfase especial às palavras — que o seu julgamento pode ter tanta importância para mim.

Se houvesse alguma suspeita de que seus sentimentos a inclinassem para um ou outro lado, a sua opinião de pouco valeria.

Elinor achou melhor não responder, para que aquilo não levasse as duas a falar com liberdade e franqueza cada vez maiores. E até estava decidida a nunca mais tocar no assunto. Outro silêncio de muitos minutos de duração seguiu-se àquelas palavras, e mais uma vez foi Lucy quem o rompeu.

— Irá à cidade este inverno, srta. Dashwood? — disse ela com toda a sua costumeira amabilidade.

— Certamente, não.

— Lamento — tornou a outra, enquanto seus olhos brilhavam com a informação —, eu teria tanto prazer em encontrá-la por lá! Mas aposto que acabará indo, de qualquer jeito. Com certeza, seu irmão e sua cunhada vão pedir-lhe que os visite.

— Não estaria em meu poder aceitar esse convite, se eles o fizessem.

— Que pena! Eu realmente achava que a encontraria por lá. Anne e eu iremos no fim de janeiro visitar alguns parentes que nos vêm convidando há muitos anos! Mas só vou para ver Edward. Ele estará lá em fevereiro. Se não fosse por isso, Londres não teria nenhum encanto para mim e eu não teria nenhum ânimo.

Elinor logo foi chamada à mesa de carteado com o fim da primeira partida, e a conversa confidencial das duas moças chegou, portanto, ao fim, ao que ambas se resignaram sem nenhuma relutância, pois nada fora dito por qualquer uma das duas que fizesse que elas antipatizassem menos do que antes uma com a outra. E Elinor sentou-se à mesa de carteado com a melancólica convicção de que Edward não só não amava a pessoa que viria a ser sua esposa, como também não tinha sequer uma possibilidade de ser razoavelmente feliz no casamento, coisa que o sincero amor que ela lhe dedicava poderia proporcionar, pois só o interesse próprio pode levar uma mulher a fazer que um homem mantenha um compromisso, mesmo tendo plena consciência de que ele já esteja cansado da relação.

A partir de então, nunca mais Elinor tentou retomar o assunto, e, quando Lucy o mencionava, que raramente perdia uma possibilidade de abordá-lo e fazia absoluta questão de informar à confidente de sua alegria toda vez que recebia uma carta de Edward, era tratado pela primeira com calma e cautela e encerrado tão logo a boa educação o permitisse, pois sentiu que aquelas conversas eram uma concessão que Lucy não merecia e que era perigosa para ela própria.

A visita das srtas. Steele a Barton Park prolongou-se muito mais do que o primeiro convite implicava. Seu prestígio aumentou, não podiam deixar de estar presentes, *Sir* John não podia nem ouvir que elas fossem embora, e, apesar de seus numerosos compromissos em Exeter, marcados havia tempo, e da absoluta necessidade de voltar para cumpri-los imediatamente, que se fazia sentir a cada fim de semana, foram convencidas a permanecer por cerca de dois meses em Barton Park e a ajudar na celebração correta daquelas festividades que exigem uma dose mais do que normal de bailes particulares e de grandes jantares para proclamarem a sua importância.

Capítulo 25

Embora a sra. Jennings tivesse o hábito de passar boa parte do ano na casa dos filhos e de amigos, não deixava de ter residência própria. Desde a morte do marido, negociante de sucesso numa parte menos elegante de Londres, residira durante o inverno numa casa de uma das ruas próximas da Portman Square. Com a aproximação de janeiro, ela começou a concentrar os pensamentos nessa casa, e um dia, de repente e de maneira completamente inesperada para elas, pediu às duas mais velhas das srtas. Dashwood que a acompanhassem até lá. Elinor, sem observar a mudança de expressão da irmã e o seu jeito alegre que não indicava indiferença pelo plano, de imediato recusou o convite em nome das duas, de modo agradecido mas definitivo, pensando estar falando em nome dos desejos de ambas. A razão alegada foi a firme decisão de não abandonarem a mãe nessa época do ano. A sra. Jennings recebeu a recusa com certa surpresa, e imediatamente repetiu o convite.

— Meu Deus! Tenho certeza de que a sua mãe pode muito bem passar sem as senhoritas, e eu lhes peço *sim* que me deem o prazer da sua companhia, pois é o que pede o meu coração. Não imaginem que sua ida possa causar algum inconveniente para mim, porque não vou de modo algum mudar o meu roteiro pelas senhoritas. Só terei de enviar Betty pelo coche, e espero que *isso* eu possa fazer. Nós três poderemos ir muito bem na minha *chaise* e quando estivermos na cidade, se não quiserem ir a todos os lugares comigo, muito bem, sempre poderão ir com uma das minhas filhas. Tenho certeza de que sua mãe não se oporá, já que tive uma tal sorte em tirar das costas os meus próprios filhos, que ela vai achar que sou a pessoa mais adequada para me encarregar das senhoritas; e se eu não conseguir casar bem pelo menos uma das senhoritas antes de nos despedirmos, não será por culpa minha. Vou recomendá-las a todos os jovens cavalheiros, podem ter certeza disso.

— Acredito — disse *Sir* John — que a srta. Marianne não se oporá a esse plano, se a irmã não o aceitar. Não é certo que ela deva abrir mão de um prazer porque a srta. Dashwood assim o queira. Aconselho, portanto, às duas que partam para Londres, quando estiverem cansadas de Barton, sem dizerem nada à srta. Dashwood.

— Não — exclamou a sra. Jennings —, tenho certeza de que ficarei contentíssima com a companhia da srta. Marianne, com ou sem a srta. Dashwood, só que quanto mais gente, melhor, e achei que seria melhor para elas irem juntas, pois, se se cansarem de mim, poderão conversar uma com a outra e rir das minhas maneiras antiquadas nas minhas costas. Mas uma ou outra, senão as duas, eu tenho de ter. Que Deus me abençoe! Como acham que posso viver por aí sozinha, eu que até este inverno me acostumei a ter Charlotte sempre comigo? Venha, srta. Marianne, vamos fechar negócio, e, se depois a srta. Dashwood mudar de ideia, melhor ainda.

— Muito obrigada, minha senhora, eu lhe agradeço de coração — disse Marianne, com entusiasmo. — Seu convite garante a minha eterna gratidão, e ele me daria tal felicidade, sim, quase a maior felicidade de que sou capaz, se pudesse aceitá-lo. Mas a minha mãe, minha queridíssima mãe... Sinto que o que Elinor disse é justo, e se for para torná-la menos feliz, sentir-se menos à vontade com a nossa ausência... Ah, não, nada me faria deixá-la! Isso não pode nem deve ser motivo para brigas.

A sra. Jennings tornou a afirmar a sua certeza de que a sra. Dashwood poderia dispensá-las sem nenhum problema, e Elinor, que agora entendia a irmã e via a que indiferença com relação a tudo o mais ela era levada por sua impaciência em estar de novo com Willoughby, não mais se opôs ao plano, e simplesmente o submeteu à decisão da mãe, de quem, porém, não esperava receber apoio em sua tentativa de obstar uma visita que não podia aprovar para Marianne e que, no que se referia a ela própria, tinha razões particulares de evitar. Fosse o que fosse que Marianne desejava, sua mãe estaria pronta a incentivar; não podia esperar induzir a irmã a se comportar com cautela num caso em relação ao qual jamais conseguira inspirar-lhe desconfiança, e não ousava explicar o motivo de sua própria aversão a ir a Londres. Que Marianne, difícil como era, plenamente consciente das maneiras da sra. Jennings e invariavelmente aborrecida com elas, passasse por alto todos os inconvenientes desse tipo, desdenhasse tudo que devia ser mais desagradável à sua sensibilidade irritadiça, na busca de um só objetivo, era uma prova tão forte e tão completa da importância desse objetivo para ela, que Elinor, apesar de tudo que ocorrera, ficou surpresa.

Ao ser informada do convite, a sra. Dashwood, convencida de que a excursão proporcionaria muita diversão para ambas as filhas, e percebendo por toda a carinhosa atenção dispensada a ela o quanto o coração de Marianne estava envolvido no caso, não quis nem ouvir falar que elas pudessem recusar o convite por causa *dela*; insistiu que as duas o aceitassem imediatamente e então começou a prever, com a alegria de sempre, uma série de vantagens que a separação proporcionaria a todas.

— Adorei o plano — exclamou ela —, é exatamente o que eu queria. Margaret e eu vamos ganhar tanto com ele quanto vocês. Quando vocês e os Middleton tiverem partido, ficaremos tão tranquilas e felizes juntas com os nossos livros e a nossa música! Quando voltarem, verão quantos progressos

Margaret terá feito! Tenho planos de fazer umas reforminhas nos seus quartos, que agora poderão ser postos em prática sem inconvenientes para ninguém. Não há dúvida de que devem ir a Londres. Acho que todas as moças de certa condição de vida devem conhecer os costumes e as diversões da cidade. Estarão sob os cuidados de uma mulher maternalmente bondosa, de cujo carinho por vocês não posso ter nenhuma dúvida. E, com toda a certeza, encontrarão seu irmão e, sejam quais forem os defeitos dele ou de sua mulher, quando me lembro de quem ele é filho, não posso suportar que estejam tão distantes uns dos outros.

— Embora com sua costumeira preocupação com a nossa felicidade — disse Elinor — a senhora tenha evitado todo empecilho ao presente esquema, ainda há uma objeção que, na minha opinião, não pode ser vencida com facilidade.

A calma de Marianne desapareceu.

— E o que — disse a sra. Dashwood — é que a minha querida e prudente Elinor vai sugerir? Que formidável obstáculo vai ela apresentar agora? Fale-me um pouco sobre ele.

— Minha objeção é a seguinte: embora tenha o coração da sra. Jennings em alta conta, ela não é uma mulher cuja companhia possa proporcionar-nos prazer ou cuja proteção nos faça ganhar prestígio na sociedade.

— Isso é verdade — replicou a mãe —, mas raramente estarão sozinhas com ela, longe de outras pessoas, e quase sempre sairão com *Lady* Middleton.

— Se Elinor não vai porque não gosta da sra. Jennings — disse Marianne —, pelo menos não deve impedir que eu aceite o convite. Não tenho esses escrúpulos e tenho certeza de que posso suportar com facilidade qualquer problema desse tipo.

Elinor não pôde deixar de sorrir ante essa ostentação de indiferença às maneiras de uma pessoa com a qual ela sempre tivera dificuldade de persuadir Marianne de se comportar com tolerável polidez, e tomou interiormente a decisão de que, se a irmã insistisse em ir, também iria, pois não achava bom que Marianne fosse abandonada à orientação apenas de seu próprio julgamento ou que a sra. Jennings fosse deixada à mercê de Marianne como único apoio nas horas domésticas. Tomou essa decisão com grande facilidade, pois se lembrou de que Edward Ferrars, segundo Lucy, não devia chegar a Londres antes de fevereiro e que a essa altura a sua visita, sem nenhuma volta antecipada que fosse pouco razoável, já teria acabado.

— Quero que vocês *duas* vão — disse a sra. Dashwood —; essas objeções são absurdas. Gostarão muito de Londres e sobretudo de estar juntas. Se Elinor pudesse dignar-se a antever a satisfação, preveria que pode obtê-la de vários modos em Londres: uma delas talvez seja melhorar seu relacionamento com a família da cunhada.

Elinor muitas vezes desejara uma oportunidade de tentar diminuir a confiança da mãe nos laços entre Edward e ela mesma, para que o choque fosse menor quando toda a verdade fosse revelada, e agora, diante desse ataque, embora quase sem esperança de êxito, tratou de dar início à execução do seu plano, dizendo com a maior calma possível:

— Gosto muito de Edward Ferrars e sempre ficarei feliz em vê-lo, mas, quanto ao resto da família, é completamente indiferente para mim se virei a conhecer ou não.

A sra. Dashwood sorriu e não disse nada. Marianne ergueu os olhos espantada, e Elinor calculou que também ela achara melhor permanecer calada.

Conversaram ainda mais um pouco e ficou enfim decidido que o convite seria aceito em sua totalidade. A sra. Jennings recebeu a informação com muita alegria e muitas promessas de gentileza e afeto. E aquilo não causava prazer apenas a ela. *Sir* John estava mais do que contente, pois, para um homem cuja maior preocupação era o pavor de estar sozinho, a soma de mais duas ao número de habitantes de Londres era algo de importância. Até mesmo *Lady* Middleton se deu ao trabalho de ficar contente, o que era algo não muito próprio de sua natureza. Quanto às srtas. Steele, sobretudo Lucy, nunca sentiram tanta alegria na vida quanto a que aquela notícia lhes provocou.

Elinor submeteu-se ao arranjo que contrariava a sua vontade com menos relutância do que esperara sentir. Quanto a ela, era-lhe agora indiferente ir ou não a Londres, e quando viu que a mãe gostara tanto do plano e que a irmã demonstrara seu contentamento pela expressão, pela voz, pelas maneiras e recuperara completamente a animação de sempre e se mostrara mais alegre do que de costume, não pôde permanecer descontente e não se permitiu mostrar-se desconfiada do resultado de tudo aquilo.

A alegria de Marianne estava um patamar acima da felicidade, tão grandes eram sua agitação e a impaciência com a partida. Sua pouca vontade de deixar a mãe era a única coisa que a moderava e lhe devolvia a calma. No momento de partir, sua dor com isso foi enorme. A tristeza da mãe não foi menor, e Elinor foi a única das três que pareceu não considerar que a separação duraria eternamente.

A partida deu-se na primeira semana de janeiro. Os Middleton deviam seguir viagem cerca de uma semana depois. As srtas. Steele deram continuidade à sua estada em Barton Park e só saíram dali com o resto da família.

Capítulo 26

Elinor não podia ver-se na carruagem com a sra. Jennings e iniciar uma viagem a Londres sob a proteção e como convidada dela, sem refletir sobre a sua própria situação, como a conhecia havia pouco tempo, como eram diferentes em idade e temperamento e quantas haviam sido alguns dias atrás as suas objeções contra o que estava fazendo! Mas todas aquelas objeções foram, com aquele alegre ímpeto da juventude que Marianne e sua mãe compartilhavam, superadas e deixadas de lado; e Elinor, apesar de algumas eventuais dúvidas sobre a fidelidade de Willoughby, não podia observar o entusiasmo da alegre expectativa que preenchia a alma inteira e brilhava nos olhos de Marianne, sem sentir como era comparativamente vazia a sua própria perspectiva, quão triste seu próprio estado de alma, e com que alegria viveria uma ansiedade igual à da situação de Marianne para ter em vista o mesmo objetivo e a mesma possibilidade de esperança. Em breve, em brevíssimo tempo, porém, se decidiria quais eram as intenções de Willoughby; muito provavelmente ele já estava em Londres. A impaciência de Marianne para partir demonstrava a sua confiança em encontrá-lo lá; e Elinor estava decidida não só a obter qualquer nova luz a respeito do caráter dele que a sua própria observação ou as informações de outros pudessem dar-lhe, mas também a observar o comportamento dele diante da irmã com muita atenção, para poder dizer quem era ele e o que queria, já nos primeiros encontros. Se o resultado da sua observação fosse negativo, estava decidida a abrir os olhos da irmã; se fosse positivo, seu empenho teria uma natureza diferente — teria, então, de se livrar de toda comparação egoísta e evitar todo desapontamento que pudesse diminuir a sua satisfação com a felicidade de Marianne.

Estavam havia três dias viajando e o comportamento de Marianne durante o trajeto era uma boa amostra do que se poderia esperar no futuro da sua deferência e da sua amabilidade com a sra. Jennings. Permaneceu sentada em silêncio durante quase todo o tempo, imersa em suas próprias meditações e falando muito pouco, salvo quando a visão de algo de pitoresca beleza tirava dela uma exclamação de prazer dirigida exclusivamente à irmã. Para amenizar esse comportamento, portanto, Elinor cumpriu de imediato o dever de civilidade que assumira e comportou-se com a maior atenção com a sra. Jennings, conversou, deu risadas com ela e a ouviu sempre que pôde. A sra. Jennings, por seu lado, tratou a ambas com toda a gentileza possível, mostrou-se sempre solícita quanto ao conforto e ao bem-estar delas, e só se aborreceu por não poder escolher as refeições delas nas estalagens nem extrair uma confissão sobre se preferiam salmão ou bacalhau, frango cozido ou costeleta de vitela. Chegaram a Londres às três horas do terceiro dia, felizes por se verem livres da prisão da carruagem e prontas para desfrutar de todo o luxo de uma boa lareira.

A casa era magnífica e maravilhosamente decorada, e as duas mocinhas ocuparam imediatamente um apartamento muito confortável. Havia sido antes o quarto de Charlotte, e sobre o consolo da lareira ainda estava pendurada uma paisagem de seda colorida de sua autoria, provando que ela passara sete anos numa grande escola da cidade, com alguns resultados.

Como o jantar não seria servido em menos de duas horas após a chegada, Elinor resolveu empregar esse tempo escrevendo para a mãe, e sentou-se com esse objetivo. Poucos minutos depois, Marianne fez o mesmo.

— Estou escrevendo para mamãe, Marianne — disse Elinor —, não pode adiar sua carta por um ou dois dias?

— *Não* vou escrever para a mamãe — tornou Marianne, rapidamente, como se quisesse evitar mais perguntas.

Elinor não disse mais nada. Logo lhe ocorreu que devia estar escrevendo para Willoughby, e a conclusão que se seguiu de imediato foi que, por mais misteriosamente que quisessem conduzir o caso, eles deviam estar noivos. Essa convicção, embora não inteiramente satisfatória, causou-lhe prazer, e continuou escrevendo a sua carta com maior alegria. Marianne acabou de escrever em pouquíssimos minutos; pelo tamanho, não podia ser mais do que um bilhete; foi então dobrado, selado e endereçado com muita rapidez. Elinor julgou ter distinguido um grande W no sobrescrito, e assim que terminou, Marianne, tocando a sineta, pediu ao lacaio que respondera ao chamado que levasse a carta ao correio de dois *pence* para ela. Isso resolveu o problema de uma vez.

Seu humor ainda estava excelente, mas havia nele uma oscilação que o impediu de agradar inteiramente à irmã, e aquela agitação aumentou com o passar da tarde. Ela mal conseguiu jantar, e, quando em seguida voltaram à sala de visitas, parecia escutar ansiosamente o som de cada carruagem.

Foi com grande satisfação que Elinor viu que a sra. Jennings, estando muito ocupada em seu quarto, pouco pôde perceber do que se passava. Foi trazido o aparelho de chá, e já Marianne havia sido desapontada mais de uma vez por pancadas em portas das casas vizinhas, quando de repente se ouviu uma batida sonora, que não podia ter ocorrido em nenhum outra casa. Elinor teve a certeza de que anunciavam a chegada do sr. Willoughby, e Marianne, levantando-se de um salto, correu para a porta. Tudo estava silencioso; aquilo não durou muitos segundos: ela abriu a porta, avançou alguns passos na direção das escadas e, depois de pôr-se à escuta por meio minuto, voltou à sala com toda a agitação que a convicção de tê-lo ouvido naturalmente provocaria. No êxtase dos sentimentos, naquele momento, não pôde deixar de exclamar: "Ah, Elinor, é o Willoughby, tenho certeza!", e já parecia pronta para lançar-se em seus braços quando apareceu o coronel Brandon.

Aquele foi um choque grande demais para ser suportado com calma, e ela imediatamente deixou a sala. Elinor também estava desapontada, mas ao mesmo tempo sua estima pelo coronel Brandon garantiu a ele as boas-vindas da parte dela. Aborreceu-a particularmente que um homem tão apaixonado pela irmã pudesse perceber que ela não sentira senão decepção ao vê-lo. Imediatamente se deu conta de que aquilo não passara despercebido para ele, e que observara Marianne, enquanto ela deixava a sala, com tal espanto e preocupação que mal se lembrou de dar a Elinor os cumprimentos que a boa educação exigia.

— Sua irmã está doente? — perguntou ele.

Elinor respondeu com alguma aflição que sim, e então falou de dores de cabeça, desânimo e excessos de fadiga, e de tudo o mais a que pudesse decentemente atribuir o comportamento da irmã.

Ele a ouviu com a maior atenção, mas, parecendo tranquilizar-se, nada mais disse sobre o assunto e começou de imediato a falar do prazer que sentia em vê-las em Londres, fazendo as costumeiras perguntas sobre a viagem e os amigos que deixaram em Barton.

Dessa maneira calma, com muito pouco interesse de ambos os lados, continuaram conversando, ambos desanimados e com a cabeça em outro lugar. Elinor queria muito perguntar se Willoughby estava na cidade, mas temia magoá-lo fazendo perguntas sobre o rival. Até que finalmente, para dizer alguma coisa, perguntou-lhe se ele estivera em Londres desde que se viram pela última vez.

— Sim — respondeu ele —, com algum constrangimento —, quase sempre desde então; estive uma ou duas vezes em Delaford, por alguns dias, mas nunca pude retornar a Barton.

Isso, mais a maneira como foi dito, de pronto lhe trouxe de volta à memória todas as circunstâncias da partida dele, com o constrangimento e as suspeitas que provocaram na sra. Jennings, e ela temia que sua pergunta sugerisse muito mais curiosidade sobre o assunto do que jamais sentira.

Pouco depois, chegou a sra. Jennings.

— Ah, coronel — disse ela, com sua ruidosa alegria de sempre —, estou infinitamente feliz por vê-lo! Desculpe, não pude vir antes... Perdão, mas tive de cuidar um pouco das coisas daqui e resolver alguns pequenos problemas. Faz tempo que não venho para cá e sabe que sempre temos um monte de coisinhas para fazer quando nos ausentamos por algum tempo, e depois tive de acertar as coisas de Cartwright... Meu Deus, estive ocupada como uma abelha desde o jantar! Mas por favor, coronel, como descobriu que eu estaria na cidade hoje?

— Tive o prazer de ouvi-lo na casa do sr. Palmer, onde jantei.

— Ah, é mesmo? Bem, e como vão todos na casa deles? Como vai Charlotte? Aposto que deve estar de bom tamanho, a esta altura.

— A sra. Palmer estava muito bem, e me encarregou de lhe dizer que a senhora certamente vai vê-la amanhã.

— Ah, com certeza, é o que eu achava. Muito bem, coronel, trouxe-lhe duas mocinhas comigo, como pode ver... isto é, só está vendo uma delas agora, mas há outra em algum lugar. Sua amiga, a srta. Marianne, também veio, e não há de lamentar com a notícia. Não sei o que o senhor e o sr. Willoughby vão resolver a respeito dela. Ah, é tão bom ser jovem e bonita! Muito bem! Eu também já fui jovem, mas nunca fui muito bonita... azar meu. Mas tive um marido muito bom, e não sei se a maior beleza pode fazer mais do que isso. Ah, coitado! Já morreu há mais de oito anos. Mas, coronel, onde esteve desde que foi embora? E como vão os negócios? Vamos, vamos, nada de segredos entre amigos.

Ele respondeu com sua gentileza de sempre a todas as perguntas, entretanto, sem que ela ficasse satisfeita com nenhuma resposta. Elinor, então, começou a preparar o chá, e Marianne foi obrigada a aparecer de novo.

Depois que ela entrou, o coronel Brandon tornou-se mais pensativo e calado do que antes, e a sra. Jennings não conseguiu convencê-lo a permanecer por mais tempo. Nenhum outro visitante apareceu aquela noite, e todas concordaram em ir para a cama mais cedo.

Marianne acordou a manhã seguinte com humor renovado e com um ar alegre. Parecia ter esquecido o desapontamento da noite passada na expectativa do que aconteceria naquele dia. Haviam acabado de tomar café quando a caleche da sra. Palmer estacionou à porta, e em poucos minutos ela entrou rindo na sala, tão contente em vê-las todas, que era difícil dizer se estava mais satisfeita por reencontrar a mãe ou as srtas. Dashwood. Estava tão surpresa por terem vindo a Londres, embora fosse o que esperara o tempo todo; tão zangada por terem aceitado o convite da mãe, depois de terem recusado o seu, mas ao mesmo tempo jamais as teria perdoado se não tivessem vindo!

— O sr. Palmer ficará tão contente em vê-las — disse ela. — Que acham que ele disse quando soube que viriam com mamãe? Esqueci agora, mas foi uma coisa tão engraçada!

Depois de uma ou duas horas passadas no que a mãe chamava de bate-papo agradável ou, em outras palavras, em todo tipo de pergunta acerca de todos os conhecidos, da parte da sra. Jennings, e em risadas sem motivo da parte da sra. Palmer, esta propôs que todas a acompanhassem a algumas lojas aonde deveria ir pela manhã, com o que a sra. Jennings e Elinor prontamente concordaram, pois também tinham algumas compras a fazer. Marianne, embora tivesse inicialmente recusado o convite, logo foi convencida a ir também.

Era evidente que, aonde quer que fossem, ela se mantinha sempre alerta. Sobretudo na Bond Street, onde ficava a maioria das lojas que queriam visitar, os olhos dela seguiam em constante espreita. Em toda loja em que entravam, sua mente estava distante de todas as coisas à sua frente, de tudo que interessava e ocupava as outras. Inquieta e insatisfeita em toda parte, sua irmã não conseguia obter uma opinião sobre nenhum artigo à venda, e embora ele pudesse interessar a ambas, não tinha prazer em nada; estava apenas impaciente de voltar para casa, e só com dificuldade podia conter a irritação com o tédio que lhe causava a sra. Palmer, cujos olhos eram atraídos por todas as coisas bonitas, caras ou novas, e, ávida para comprar tudo, não conseguia fixar-se em nada e passava o tempo todo deslumbrada e indecisa.

Era já o fim da manhã quando voltaram para casa. Assim que entraram, Marianne voou impaciente escada acima, e, quando Elinor a seguiu, viu-a voltando da mesa com expressão amargurada, que mostrava que Willoughby não estivera ali.

— Não deixaram nenhuma carta para mim enquanto estive fora? — perguntou ela ao lacaio que entrava com os embrulhos. A resposta foi negativa. — Tem certeza — replicou ela —, tem certeza de que nenhum criado, nenhum porteiro deixou alguma carta ou bilhete?

O homem respondeu que não.

— Que estranho! — disse ela, em voz baixa e decepcionada, enquanto se afastava em direção à janela.

"Realmente, que estranho!", repetiu Elinor com seus botões, observando a irmã com apreensão. "Se ela não soubesse que ele está na cidade, não lhe teria escrito, como o fez, mas teria escrito para Combe Magna. E se ele está na cidade, é estranho não ter nem vindo nem escrito! Ah, minha querida mãe, a senhora deve estar errada ao permitir que um noivado entre uma filha tão jovem e um homem de que se sabe tão pouco seja feito de maneira tão duvidosa e misteriosa! Estou impaciente para me informar, mas como será recebida a *minha* intromissão?"

Depois de refletir um pouco, ela decidiu que, se as coisas continuassem por muitos dias ainda tão ruins quanto estavam agora, exporia enfaticamente à mãe a necessidade de se fazer uma investigação séria sobre o assunto.

A sra. Palmer e duas senhoras mais velhas, dos círculos mais íntimos da sra. Jennings, que ela encontrara e convidara de manhã, jantaram com elas. A primeira as deixou logo depois do chá, por causa de alguns compromissos vespertinos, e Elinor foi obrigada a ajudar a compor uma mesa de uíste com as outras. Não se podia contar com Marianne nessas ocasiões, pois jamais aprenderia o jogo, mas embora seu tempo estivesse livre, a tarde não proporcionou mais prazer a ela do que a Elinor, visto que passou todo o tempo com toda a ansiedade da expectativa e a dor da decepção. Às vezes, tentava ler por alguns minutos, mas, logo deixava o livro de lado e voltava à ocupação mais interessante de andar para um lado e para outro pela sala, parando por um momento quando chegava à janela, na esperança de ouvir as tão esperadas batidas na porta.

Capítulo 27

— Se o tempo bom se prolongar muito mais — disse a sra. Jennings, ao se encontrarem na manhã seguinte para o café —, *Sir* John não vai querer deixar Barton a semana que vem. É triste para um desportista perder um dia de prazer. Coitados! Sempre tenho pena deles quando isso acontece, pois parecem levar aquilo tudo tão a sério!

— É verdade — exclamou Marianne, numa voz alegre e indo até a janela enquanto falava, para examinar o dia. — Não pensei nisso. Esse tempo vai manter muitos desportistas no campo.

Foi uma feliz lembrança, que a fez recuperar toda a animação.

— São dias lindos para *eles*, é claro — prosseguiu ela, ao sentar-se à mesa para o café com uma expressão alegre. — Como devem gostar disso! Mas — (com um leve repique de ansiedade) — não se pode esperar que dure para sempre. Nesta época do ano, e depois de tanta chuva, certamente só teremos um pouco mais de bom tempo. Logo vão começar as geadas, provavelmente muito fortes. Talvez mais um dia ou dois, esse bom tempo dificilmente vai durar além disso... pode até ser que gele esta noite!

— De qualquer forma — disse Elinor, na tentativa de impedir que a sra. Jennings lesse os pensamentos da irmã com tanta clareza quanto ela —, aposto que teremos *Sir* John e *Lady* Middleton na cidade no fim da próxima semana.

— Ah, minha querida, garanto-lhe que sim. Mary sempre dá um jeito.

"E agora", calculou silenciosamente Elinor, "ela vai escrever para Combe pelo correio de hoje".

Mas, se *fez* isso, a carta foi escrita e remetida tão secretamente que escapou de toda a atenção que a irmã dedicou a certificar-se do fato. Fosse qual fosse a verdade e por mais longe que Elinor estivesse de estar plenamente contente com aquilo, ao ver Marianne novamente animada, não podia ficar muito descontente. E Marianne estava animada, feliz em meio a todo aquele bom tempo e ainda mais feliz na expectativa de uma geada.

A maior parte da manhã foi gasta deixando cartões nas casas das conhecidas da sra. Jennings, para informá-las de que estavam na cidade. Marianne esteve o tempo todo ocupada em observar a direção do vento, prestando atenção nas variações do céu e imaginando uma alteração no ar.

— Não acha que está fazendo mais frio do que de manhã, Elinor? Acho que a diferença é bem clara. Não consigo manter as mãos aquecidas nem no meu regalo. Ontem não foi assim, acho. As nuvens parecem estar dissipando-se também, o sol logo vai sair e teremos uma tarde limpa.

Elinor oscilava entre divertida e consternada, mas Marianne perseverou e viu a cada noite, no brilho do fogo, e a cada manhã, no aspecto da atmosfera, os sintomas certeiros da chegada das geadas.

As srtas. Dashwood não tinham mais motivo para estar insatisfeitas com o estilo de vida e o círculo de amizades da sra. Jennings do que com o seu comportamento diante delas, invariavelmente gentil. Tudo nos arranjos domésticos era feito com as disposições mais generosas e, com exceção de algumas velhas amizades da cidade, com as quais, para infelicidade de *Lady* Middleton, ela nunca cortara relações, não visitava ninguém que pudesse perturbar os sentimentos de suas jovens companheiras. Feliz por se ver, quanto a isso, em melhor situação do que esperara, Elinor estava muito disposta a transigir com a falta de diversão nas reuniões noturnas, as quais, tanto em casa quanto fora, limitando-se apenas ao carteado, pouco tinham que a atraísse.

O coronel Brandon, convidado perpétuo à casa, estava com elas quase todos os dias. Vinha para ver Marianne e conversar com Elinor, que não raro se divertia mais conversando com ele do que em qualquer outra ocupação diária, mas ao mesmo tempo via com muita preocupação seu prolongado interesse pela irmã. Temia que esse interesse estivesse acentuando-se. Desolava-a ver a intensidade do olhar que dirigia a Marianne, e o moral dele certamente estava pior do que em Barton.

Cerca de uma semana depois de chegarem, ficou claro que Willoughby também estava na cidade. Seu cartão achava-se sobre a mesa quando chegaram do passeio matinal.

— Graças a Deus — exclamou Marianne —, ele esteve aqui enquanto estávamos fora.

Elinor, feliz por saber que ele estava em Londres, agora se arriscou a dizer:

— Pode ter certeza de que amanhã ele virá de novo.

Contudo, Marianne mal pareceu ouvi-la, e, quando a sra. Jennings entrou, sumiu com o precioso cartão.

Esse caso, ao mesmo tempo que animou Elinor, trouxe de volta ao espírito da irmã toda a sua antiga agitação, e ainda mais. A partir daí, sua mente jamais esteve calma. A expectativa de vê-lo a cada hora do dia tornava-a incapaz de fazer qualquer coisa. Insistiu em ficar em casa, na manhã seguinte, quando as outras saíram.

Elinor não parou de pensar no que poderia estar acontecendo na Berkeley Street durante a sua ausência, mas uma rápida olhada na irmã ao voltarem foi o bastante para informá-la que Willoughby não fizera uma segunda visita. Apenas entregaram um bilhete, que foi colocado sobre a mesa.

— É para mim! — exclamou Marianne, avançando rapidamente.

— Não, senhora, é para a minha patroa.

Mas Marianne, não convencida, pegou-o imediatamente.

— É mesmo para a sra. Jennings. Que irritante!

— Está esperando uma carta, então? — disse Elinor, não conseguindo manter-se calada.

— Sim, um pouco... não muito.

Depois de uma breve pausa:

— Não confia em mim, Marianne?

— Não, Elinor, essa censura vinda de *você*... justo você, que não confia em ninguém!

— Eu! — tornou Elinor, um tanto confusa. — Oh, Marianne, não tenho nada a dizer.

— Nem eu — replicou Marianne com energia —, nossas situações são, portanto, parecidas. Nenhuma das duas tem nada a dizer. Você, porque não se comunica, e eu, porque não escondo nada.

Elinor, aborrecida com aquela acusação de ser demasiado reservada, que não se sentia capaz de ignorar, não soube como, naquelas circunstâncias, fazer que Marianne se abrisse.

A sra. Jennings logo apareceu e, tendo recebido o bilhete, leu-o em voz alta. Era de *Lady* Middleton, que anunciava a sua chegada à Conduit Street na noite anterior e solicitava a companhia da mãe e das primas na noite seguinte. Os negócios de *Sir* John e um violento resfriado de sua parte impediram que as visitassem na Berkeley Street. O convite foi aceito; mas quando a hora marcada se aproximou, como a boa educação exigia que ambas acompanhassem a sra. Jennings nessa visita, Elinor teve alguma dificuldade para convencer a irmã a ir, já que ainda nada recebera de Willoughby e, portanto, estava tão pouco disposta para a diversão fora de casa quanto pouco inclinada a correr o risco de que ele viesse de novo na sua ausência.

Elinor descobriu, ao cair da tarde, que a mudança de residência pouco alterara a disposição, pois mal se estabelecera na cidade e já *Sir* John conseguira reunir ao seu redor cerca de vinte jovens para diverti-los com um baile. *Lady* Middleton, porém, não aprovou aquilo. No campo se podia aceitar um baile improvisado, mas em Londres, onde a fama de elegância era mais importante e obtida com menos facilidade, era arriscado demais, para agradar a umas poucas mocinhas, que se soubesse que *Lady* Middleton dera um bailinho de oito ou nove pares, com dois violinos e um simples lanche de bufê.

O sr. e a sra. Palmer estavam presentes. Do primeiro, que não haviam visto desde que chegaram a Londres, porque ele tinha o cuidado de evitar parecer ter qualquer consideração pela sogra e, portanto, nunca chegava perto dela, não receberam nenhum sinal de reconhecimento ao entrarem. Ele pouco olhou para elas, sem parecer saber quem fossem, e simplesmente acenou com a cabeça para a sra. Jennings do outro lado da sala. Marianne fez uma rápida inspeção da sala quando entrou. Era o bastante — ele não estava lá — e se sentou, igualmente pouco disposta a dar ou comunicar prazer. Depois de estarem reunidos por cerca de uma hora, o sr. Palmer dirigiu-se até as srtas. Dashwood para exprimir a sua surpresa por vê-las na cidade, embora o coronel Brandon tenha sabido da chegada delas em sua casa e ele próprio tivesse dito algo muito engraçado ao ouvir que elas haviam chegado.

— Achei que vocês duas estivessem em Devonshire — disse ele.

— É mesmo? — disse Elinor.

— Quando vão voltar para lá?

— Não sei.

E assim se encerrou a conversa entre eles.

Nunca na vida Marianne tivera tão pouca vontade de dançar como naquela noite, e nunca se cansou tanto com o exercício. Ela se queixou disso ao voltarem para a Berkeley Street.

— Ai, ai — disse a sra. Jennings —, nós sabemos muito bem a razão disso tudo; se certa pessoa cujo nome não deve ser pronunciado estivesse lá, você não se teria cansado nem um pouquinho. E, para dizer a verdade, não foi muito bonito da parte dele não vir procurá-las quando foi convidado.

— Convidado! — exclamou Marianne.

— Foi o que a minha filha Middleton me disse, pois parece que *Sir* John o encontrou na rua esta manhã.

Marianne não disse mais nada, contudo, pareceu imensamente magoada. Impaciente, naquela situação, para fazer algo que pudesse consolar a irmã, Elinor resolveu escrever na manhã seguinte para a mãe, e esperou, despertando seus temores sobre a saúde de Marianne, que ela fizesse as investigações que haviam sido postergadas durante tanto tempo. Ficou ainda mais inclinada a isso na manhã seguinte, ao ver, durante o café, que Marianne estava novamente escrevendo para Willoughby, já que não podia imaginar que fosse para alguma outra pessoa.

Por volta do meio-dia, a sra. Jennings saiu sozinha para resolver alguns problemas e Elinor começou imediatamente a escrever a carta, enquanto Marianne, agitada demais para ocupar-se com alguma coisa, ansiosa demais para conversar, caminhava de uma janela para outra ou se sentava junto ao fogo, em melancólica meditação. Elinor foi muito diligente ao escrever para a mãe, relatando tudo que se passara, sua suspeita da infidelidade de Willoughby, e, apelando para o seu afeto e para o dever, instou-a a exigir de Marianne uma explicação de sua real situação com relação a ele.

Mal terminara a carta quando algumas pancadas na porta anunciaram uma visita e o coronel Brandon apareceu. Marianne, que o vira da janela e detestava qualquer tipo de companhia, deixou a sala antes que ele entrasse. Ele parecia ainda mais sério do que de costume, e embora exprimisse satisfação por encontrar a srta. Dashwood sozinha, como se tivesse algo para lhe falar em particular, sentou-se por algum tempo sem dizer palavra. Elinor, convencida de que ele tinha alguma comunicação a fazer relacionada à irmã, impacientemente aguardou que ele começasse. Não era a primeira vez que sentia aquela espécie de convicção, pois, já mais de uma vez, começando com a observação "sua irmã não parece bem hoje" ou "sua irmã parece desanimada", ele dava a impressão de estar a ponto ou de revelar ou de perguntar algo a respeito dela. Depois de uma pausa de vários minutos, o silêncio foi quebrado, quando ele lhe perguntou, com uma voz um pouco nervosa, quando iria dar-lhe os parabéns pela aquisição de um novo irmão. Elinor não estava preparada para essa pergunta e, não tendo nenhuma resposta pronta, foi obrigada a adotar o simples e comum expediente de perguntar o que ele queria dizer com aquilo. Ele tentou sorrir enquanto respondia:

— O noivado da sua irmã com o sr. Willoughby é de conhecimento geral.

— Não pode ser de conhecimento geral — tornou Elinor —, visto que a própria família nada sabe a respeito.

Ele pareceu surpreso e disse:

— Peço-lhe perdão, receio que a minha pergunta tenha sido impertinente, mas não achei que houvesse algum segredo envolvido no caso, já que eles se correspondem abertamente e todos falam sobre o casamento.

— Como é possível? Quem lhe falou sobre esse noivado?

— Muitas pessoas... algumas das quais a senhorita não conhece, de outras é bastante íntima, a sra. Jennings, a sra. Palmer e os Middleton. Mesmo assim não acreditei, porque, quando a mente não quer ser convencida, sempre encontra algo para inspirar-lhe dúvidas, se não tivesse, quando o criado me fez entrar hoje, visto acidentalmente uma carta na mão dele, endereçada ao sr. Willoughby com a letra de sua irmã. Vim informar-me, contudo, tive a certeza antes de poder fazer a pergunta. Está tudo finalmente acertado? É impossível que...? Mas não tenho direito e não tenho possibilidade de ser bem-sucedido. Perdão, srta. Dashwood. Creio estar muito errado em falar tanto, porém nem sei o que fazer, e tenho a maior confiança na sua prudência. Diga-me que tudo já está completamente resolvido, que qualquer tentativa... que, em suma, a dissimulação, se dissimular ainda for possível, é tudo o que me resta.

Essas palavras, que comunicavam a Elinor uma confissão direta do seu amor pela irmã, muito a perturbaram. Por um instante ela não conseguiu dizer nada, e, mesmo quando recuperou a lucidez, refletiu brevemente sobre a melhor resposta a dar. A situação real entre Willoughby e a irmã era tão desconhecida até para ela, que ao tentar explicá-la podia ser acusada de dizer demais ou pouco demais. Mesmo assim, por estar convencida de que o amor de Marianne por Willoughby não podia deixar nenhuma esperança de sucesso ao coronel Brandon, fosse qual fosse o destino daquele amor, e ao mesmo tempo querendo proteger sua conduta das acusações, ela julgou mais prudente e gentil, depois de refletir, dizer mais do que realmente sabia ou em que acreditava. Reconheceu, portanto, que, apesar de jamais ter sido informada pelos dois da situação em que se encontravam, não tinha dúvida de seu afeto recíproco e não estava surpresa de que se correspondessem.

Ele a ouviu com atenção silenciosa e, quando ela parou de falar, ergueu-se rapidamente, depois de dizer com voz emocionada:

— Para a sua irmã, desejo toda a felicidade imaginável; para Willoughby, que possa fazer por merecê-la — despediu-se e foi embora.

Essa conversa não provocou em Elinor sentimentos agradáveis, que ajudassem a aliviar a aflição que ela sentia por outros motivos; deixou-a, pelo contrário, com uma impressão melancólica da infelicidade do coronel Brandon, e não podia sequer desejar que esta desaparecesse, pela ansiedade que sentia para que se desse o fato que devia confirmá-la.

Capítulo 28

Nada aconteceu durante os três ou quatro dias seguintes que fizesse Elinor arrepender-se de ter escrito para a mãe, pois Willoughby nem veio nem escreveu. Elas haviam combinado, então, que acompanhariam *Lady* Middleton a uma festa, à qual a sra. Jennings não poderia comparecer em razão de uma indisposição da filha mais moça. Para essa festa, Marianne, completamente desanimada, descuidada quanto à aparência e demonstrando indiferença a ir ou a ficar, preparou-se sem dar nenhuma mostra de esperança ou expressão de prazer. Sentou-se junto à lareira da sala de visitas depois do chá, até o momento da chegada de *Lady* Middleton, sem levantar-se nenhuma vez ou alterar a expressão, perdida em seus próprios pensamentos e sem notar a presença da irmã. Quando finalmente lhes disseram que *Lady* Middleton estava à espera na porta, assustou-se como se tivesse esquecido que aguardavam alguém.

Chegaram a tempo no lugar de destino, e, assim que a fila de carruagens à sua frente permitiu, apearam, subiram as escadas, ouviram seus nomes anunciados em voz alta de um patamar a outro e entraram num salão esplendidamente iluminado, cheio de gente e insuportavelmente quente. Depois de pagarem seu tributo à polidez, fazendo uma reverência à dona da casa, puderam misturar-se à multidão e ganhar seu lote de calor e desconforto, ao qual sua chegada devia necessariamente contribuir. Depois de algum tempo falando pouco e fazendo ainda menos, *Lady* Middleton foi sentar-se a uma mesa de jogo, e como Marianne não estava com disposição para ficar dando voltas pelo salão, ela e Elinor tiveram a sorte de conseguir algumas cadeiras livres e se colocaram a pouca distância da mesa.

Pouco depois de ali se instalarem, Elinor percebeu Willoughby, de pé a poucas jardas dali, em animada conversa com uma jovem de aparência muito distinta. Seus olhares logo se cruzaram e ele imediatamente a cumprimentou, mas sem tentar falar com ela ou abordar Marianne, embora não pudesse ter deixado de vê-la, e continuou a conversa com a mesma mulher. Elinor involuntariamente se voltou para Marianne, para ver se ela percebera a cena. Naquele momento, ela o viu pela primeira vez, e, com a expressão subitamente iluminada pela alegria, ela teria de imediato corrido até ele se a irmã não a tivesse segurado.

— Deus do céu! — exclamou. — Ele está ali... ele está ali... Ah, por que não olha para mim? Por que não posso falar com ele?

— Por favor, por favor, controle-se — gritou Elinor — e não demonstre o que sente para todos os presentes. Talvez ele ainda não a tenha visto.

Isso, porém, era mais do que ela podia acreditar; controlar-se num momento como aquele estava fora do alcance de Marianne e além de sua vontade. Permaneceu sentada numa agonia de impaciência que alterava todos os seus traços.

Finalmente ele se voltou de novo e olhou para as duas. Ela se levantou de um salto e, pronunciando seu nome em tom apaixonado, estendeu-lhe a mão. Ele se aproximou e, dirigindo-se mais para Elinor do que para Marianne, como se quisesse evitar seu olhar e decidido a não observar a sua atitude, pediu de maneira apressada notícias da sra. Dashwood e perguntou quanto tempo fazia que estavam em Londres. Elinor perdeu toda presença de espírito diante de tal atitude e não conseguiu dizer palavra. Mas a irmã exprimiu imediatamente os seus sentimentos. Seu rosto inteiro enrubesceu e ela exclamou, com muita emoção na voz:

— Meu Deus, Willoughby! O que quer dizer isso? Recebeu as minhas cartas? Não vai apertar a minha mão?

Ele não pôde evitar dar-lhe a mão, porém o contato com ela parecia-lhe doloroso, e ele segurou a sua mão só por um momento. Durante todo aquele tempo, ele estava evidentemente lutando para manter a compostura. Elinor observou a sua expressão e viu que se tornava mais tranquila. Depois de uma breve pausa, ele falou com calma.

— Tive a honra de ir à Berkeley Street na terça-feira, e lamentei muito não ter tido a boa sorte de encontrar as senhoritas nem a sra. Jennings em casa. Meu cartão não se perdeu, espero.

— Não recebeu os meus bilhetes? — exclamou Marianne com a maior aflição. — Tenho certeza de que está havendo algum engano aqui... algum terrível engano. Qual pode ser o significado disso? Diga-me, Willoughby, pelo amor de Deus, qual é o problema?

Ele não respondeu. Sua expressão mudou e todo o seu constrangimento voltou. Mas como se, cruzando o seu olhar com o da jovem dama com quem estava conversando antes, sentisse a necessidade de uma ação imediata, ele se recuperou de novo e, depois de dizer: "Sim, tive o prazer de receber a informação da sua chegada a Londres, que tiveram a gentileza de me comunicar", voltou-se rapidamente com uma ligeira reverência e dirigiu-se para a sua amiga.

Marianne, agora terrivelmente pálida e incapaz de permanecer em pé, afundou-se na cadeira, e Elinor, esperando a cada momento vê-la desmaiar, tentava protegê-la da observação dos outros, enquanto a reanimava com água de lavanda.

— Vá até ele, Elinor — exclamou ela assim que conseguiu falar — e obrigue-o a vir até aqui. Diga-lhe que preciso vê-lo de novo... preciso falar com ele agora mesmo... Não vou sossegar... Não terei um momento de paz até que isso seja explicado... algum terrível mal-entendido ou outro... Ah, vá até ele agora.

— Como posso fazer isso? Não, minha caríssima Marianne, terá de esperar. Este não é o lugar para explicações. Espere só até amanhã.

Com dificuldade, porém, conseguiu impedi-la de ir ela mesma procurá-lo e foi impossível convencê-la a controlar a agitação e esperar, pelo menos, a volta do autocontrole, até que pudesse falar com ele com mais privacidade e mais efetividade, já que Marianne continuava incessantemente a exprimir em voz baixa a angústia que sentia, com exclamações de dor. Pouco depois, Elinor viu Willoughby deixar o salão, indo em direção às escadas, e, contando a Marianne que ele se fora, valeu-se da impossibilidade de tornar a falar com ele aquela noite como um argumento para acalmá-la. Imediatamente ela pediu à irmã que implorasse a *Lady* Middleton que as levasse para casa, pois estava arrasada demais para permanecer mais um minuto.

Se bem que estivesse no meio de uma partida, *Lady* Middleton, ao ser informada de que Marianne não passava bem, era delicada demais para se opor nem mesmo por um momento a seu desejo de ir embora e, entregando suas cartas a uma amiga, partiram tão logo puderam encontrar a carruagem. Mal se falou uma palavra durante a volta à Berkeley Street. Marianne estava numa agonia silenciosa, arrasada demais até para chorar, mas como a sra. Jennings por sorte ainda não chegara em casa, puderam ir diretamente para o quarto, onde um pouco de amoníaco a fez recuperar-se. Logo já estava despida e na cama e, como se mostrasse desejosa de estar sozinha, sua irmã a deixou, e, enquanto aguardava a volta da sra. Jennings, teve tempo suficiente para refletir sobre o passado.

Não tinha dúvida de que houvera algum tipo de compromisso entre Willoughby e Marianne, e era igualmente claro que Willoughby se cansara dele, visto que, ainda que Marianne pudesse agarrar-se a seus próprios desejos, *ela* não podia atribuir tal comportamento a nenhum engano ou mal-entendido de espécie alguma. Apenas uma completa mudança de sentimentos podia explicar aquilo. Sua indignação teria sido ainda mais forte se não tivesse testemunhado aquele constrangimento que parecia exprimir a consciência da sua própria má conduta, e a impediu de acreditar que ele fosse tão boçal a ponto de brincar com os sentimentos da irmã desde o começo, sem nenhum propósito que resistisse a algum exame. A ausência talvez tivesse diminuído seu afeto e a conveniência podia tê-lo decidido a superá-lo, mas que tal afeto antes tivesse existido era algo de que ela não podia duvidar.

Quanto a Marianne, na angústia que um encontro tão infeliz já lhe proporcionara e na dor ainda mais funda que provavelmente a aguardava no desenrolar do caso, Elionor não conseguia pensar nela sem ficar preocupada. A sua própria situação ganhava na comparação, pois enquanto ela pudesse *estimar* Edward tanto quanto antes, embora tivessem de se separar no futuro, sua mente sempre teria onde se apoiar. Entretanto, todas as circunstâncias que tornavam ainda mais amargo o mal provocado pareciam conspirar para conduzir a infelicidade de Marianne à separação final de Willoughby, a uma imediata e irreconciliável ruptura com ele.

Capítulo 29

Antes que a criada tivesse acendido a lareira no dia seguinte ou o sol tivesse ganhado algum poder sobre uma fria e sombria manhã de janeiro, Marianne, só meio vestida, estava ajoelhada contra um dos poiais da janela por causa do pouco de luz que ainda havia ali, e escrevia o mais rápido que um fluxo contínuo de lágrimas lhe permitia. Foi nessa situação que Elinor, despertada pela agitação e pelos soluços da irmã, a viu, e, depois de observá-la por alguns instantes com silenciosa aflição, disse, num tom da mais atenciosa gentileza:

— Marianne, posso fazer uma pergunta...?

— Não, Elinor — tornou ela —, não pergunte nada. Logo vai saber de tudo.

O calmo desespero com que aquilo foi dito não durou mais que o tempo que as palavras levaram para ser ditas, e foi de imediato seguido pelo retorno da mesma aflição excessiva. Passaram-se alguns minutos antes que ela pudesse prosseguir com a carta, e as frequentes explosões de dor que de quando em quando ainda a obrigavam a largar a pena eram prova suficiente da sua sensação de que aquela era a última vez que escrevia para Willoughby.

Elinor deu-lhe toda a atenção que podia, calma e discretamente, e teria tentado acalmá-la e tranquilizá-la ainda mais, se Marianne não lhe pedisse, com toda a impaciência da mais nervosa irritabilidade, que não falasse com ela por nada neste mundo. Nessas circunstâncias, era melhor para ambas não ficarem mais tempo juntas. A agitação da mente de Marianne não só a impediu de permanecer no quarto por um instante depois de ter-se vestido, como também, exigindo a um só tempo solidão e uma contínua mudança de lugar, fez que ela perambulasse pela casa até o café da manhã, evitando ver a todos.

No café, nem comeu nem tentou comer coisa alguma. A atenção de Elinor concentrou-se então não em instigá-la, nem em compadecer-se dela nem em parecer observá-la com preocupação, mas em tentar atrair todo o interesse da sra. Jennings para si mesma.

Como se tratava da refeição predileta da sra. Jennings, durava um tempo considerável, e estavam instalando-se, depois, ao redor da mesa de trabalho, quando foi entregue uma carta a Marianne, que ela impacientemente pegou das mãos do criado e, com uma palidez mortal no rosto, imediatamente saiu correndo da sala. Elinor, que com isso viu tão claramente como se tivesse lido o sobrescrito que a carta devia vir de Willoughby, sentiu de imediato tal peso no coração que quase não foi capaz de manter a cabeça erguida e sentou-se tremendo tanto, que teve medo de que fosse impossível que a sra. Jennings não o tivesse notado. A boa senhora, porém, só reparou que Marianne havia recebido uma carta de Willoughby, o que lhe pareceu muito divertido, e, reagindo conformemente, expressou, entre risos, seus votos de que a carta fosse do seu gosto. Quanto à aflição de Elinor, estava ocupada demais medindo o estame do tapete para ver alguma coisa. Assim que Marianne saiu, falou calmamente, dando continuidade ao que dizia:

— Palavra de honra, nunca vi uma moça tão desesperadamente apaixonada na minha vida! As *minhas* meninas não eram nada perto dela, e mesmo assim costumavam ser bem desmioladas. Mas a srta. Marianne é uma criatura completamente transtornada. Espero, no fundo do coração, que ele não a faça esperar por muito mais tempo, porque é muito aflitivo vê-la assim tão infeliz e desesperada. Por favor, quando será o casamento?

Elinor, embora não tivesse nenhuma disposição para falar naquele momento, sentiu-se obrigada a responder a um tal ataque e, assim, tentando sorrir, replicou:

— A senhora falou isso por acreditar realmente que a minha irmã esteja noiva do sr. Willoughby? Pensei que tivesse sido só uma anedota, porém uma pergunta tão séria parece implicar mais do que isso, e devo, portanto, pedir-lhe que não mais se iluda. Garanto-lhe que nada me surpreenderia tanto como saber que eles vão casar-se.

— Que vergonha, que vergonha, srta. Dashwood! Como pode falar assim? Então não sabemos todos que o casamento é certo, que ficaram loucamente apaixonados um pelo outro desde que se conheceram? Então eu não os vi juntos em Devonshire todos os dias e o dia inteiro? E será que não sei que a sua irmã veio a Londres comigo para comprar o vestido de casamento? Ora, vamos, assim não pode ser. Só porque é esperta, acha que ninguém mais tem cabeça, entretanto, não é assim, garanto-lhe, pois há tempo toda a cidade sabe disso. Falo com todos sobre isso, e a Charlotte também.

— Realmente — disse Elinor, muito séria —, a senhora está enganada. Na verdade, a senhora está cometendo uma grande indelicadeza ao espalhar o boato, e acabará por dar-se conta disso, apesar de não acreditar em mim agora.

A sra. Jennings tornou a rir, contudo, Elinor não teve ânimo para dizer mais nada e, querendo a todo custo saber o que Willoughby escrevera, correu para o quarto, onde, ao abrir a porta, viu Marianne estirada sobre a cama, quase sufocada pela dor, com uma carta na mão e duas ou três outras jogadas ao seu lado. Elinor aproximou-se sem nada dizer, e, sentando-se na cama, pegou sua mão, beijou-a carinhosamente várias vezes e então começou a chorar copiosamente, num acesso pouco menos violento que o de Marianne. Esta, ainda que incapaz de falar, pareceu sentir toda a ternura daqueles gestos e, depois de passarem algum tempo assim unidas no sofrimento, colocou todas as cartas nas mãos de Elinor. Então, cobrindo o rosto com o lenço, quase gritou em agonia. Elinor, que sabia que aquela dor, por mais chocante que fosse presenciá-la, tinha de seguir o seu curso, observou-a até que aquele excesso de sofrimento se tivesse consumido a si mesmo, e então, voltando-se impacientemente para a carta de Willoughby, leu o que segue:

Bond Street, janeiro.

Minha querida Madame,

Acabo de ter a honra de receber sua carta, pela qual peço que aceite os meus sinceros agradecimentos. Estou consternado por verificar que alguma coisa em meu comportamento de ontem à noite não tenha merecido sua aprovação e, embora não consiga descobrir como possa ter tido a infelicidade de ofendê-la, peço-lhe perdão pelo que lhe garanto foi completamente não intencional. Jamais me lembrarei de meu primeiro relacionamento com a sua família em Devonshire sem o mais grato prazer, e quero crer que ele não será rompido por algum engano ou má interpretação das minhas ações. Minha estima por toda a sua família é muito sincera, mas se tive a infelicidade de fazê-la acreditar que meus sentimentos eram maiores do que são ou do que quis exprimir, não me perdoarei por não ter sido mais comedido em minhas expressões de estima. Que eu alguma vez tenha ido além disso, há de convir que é impossível, ao compreender que meus sentimentos estão há tempo comprometidos com outra pessoa e, segundo creio, não se passarão muitas semanas até que se cumpra esse compromisso. É com profundo pesar que obedeço à sua ordem de lhe devolver as cartas com que me honrou e o cacho de cabelo com que tão gentilmente me presenteou.

Sou, querida madame,

Seu mais obediente e humilde servo,

John Willoughby

É de imaginar com que indignação uma tal carta foi lida pela srta. Dashwood. Embora estivesse consciente, antes de começar a lê-la, de que devia trazer a confissão da sua infidelidade e confirmar a separação definitiva, não sabia que se podia usar tal linguagem para anunciá-lo, nem imaginava que Willoughby fosse capaz de ficar tão longe de qualquer aparência de ter sentimentos distinguidos e delicados, tão longe do decoro comum de um cavalheiro para enviar uma carta tão descaradamente cruel; uma carta que, em vez de fazer o desejo de separação ser acompanhado de alguma expressão de arrependimento, não reconhecia nenhuma falta de palavra, negava todo afeto especial — uma carta de que cada linha era um insulto e que demonstrava que seu autor afundara na mais profunda vileza.

Ela se deteve por algum tempo, com espanto e indignação, e então leu e releu a carta várias vezes; mas a cada nova leitura aumentava sua aversão pelo homem, e seus sentimentos contra ele eram tão violentos, que não ousou permitir-se falar, para não magoar Marianne ainda mais dizendo que, ao romper o noivado, ele não a fizera perder algum bem possível, mas lhe permitira escapar do pior e mais irremediável de todos os males: estar unida para toda a vida com um homem sem princípios, o que era a mais real das libertações, uma grande bênção.

Em suas graves meditações sobre o teor da carta, sobre a depravação da mente que a ditara e, com certeza, sobre a mente muito diferente de uma pessoa muito diferente, que não tinha nenhum vínculo com o caso além do que seu coração lhe dava a cada novo acontecimento, Elinor esqueceu a imediata angústia da irmã, esqueceu que tinha três cartas no colo ainda por ler, e também esqueceu tão completamente por quanto tempo estava no quarto, que, quando ouviu que uma carruagem estacionava diante da porta, foi até a janela para ver quem poderia ser tão cedo e ficou espantadíssima ao perceber a carruagem da sra.

Jennings, que nunca era solicitada antes da uma. Decidida a não abandonar Marianne, embora não tivesse esperança de contribuir, no momento, para o seu consolo, correu para se dispensar de acompanhar a sra. Jennings, com a desculpa de que sua irmã estava indisposta. A sra. Jennings, com uma bem-humorada preocupação com o motivo da dispensa, aceitou-a prontamente e Elinor, depois de se despedir, voltou para onde estava Marianne, que encontrou tentando levantar-se da cama, e a alcançou justo a tempo de impedir que caísse no chão, desmaiada e atordoada pela prolongada falta de alimentação e repouso adequados, pois havia muitos dias não tinha nenhum apetite e havia muitas noites não dormia realmente. Agora, quando sua mente não mais se apoiava na febre da expectativa, a consequência de tudo aquilo se fazia sentir na cabeça que doía, no estômago debilitado e num desarranjo geral dos nervos. Um copo de vinho, que Elinor lhe serviu pessoalmente, fortaleceu-a um pouco, e ela foi enfim capaz de exprimir um pouco de sua gentileza, dizendo:

— Pobre Elinor! Como eu a faço infeliz!

— Meu único desejo — tornou a irmã — é que houvesse algo que eu *pudesse* fazer para reconfortá-la.

Isso, como todas as outras coisas também o seriam, era demais para Marianne, que só conseguiu exclamar, na angústia de seu coração:

— Ah, Elinor, sou realmente uma infeliz —, antes de se perder completamente em soluços.

Elinor não conseguiu mais assistir em silêncio àquela torrente desenfreada de dor.

— Controle-se, querida Marianne — exclamou ela —, se não quiser matar-se a si mesma e a todos que a amam. Pense na mamãe; pense na aflição dela enquanto *você* sofre. Pelo bem dela, tem de se controlar.

— Não consigo, não consigo — exclamou Marianne —; deixe-me, deixe-me, se a perturbo. Deixe-me, odeie-me, esqueça-me! Mas não me torture assim. Ah, como é fácil falar em controle para aqueles que não têm seus próprios motivos para sofrer! Feliz, feliz Elinor, você não tem ideia de como estou sofrendo.

— Você me chama de feliz, Marianne? Ah, se soubesse! E como pode acreditar que eu seja feliz, vendo-a tão desesperada!

— Desculpe, desculpe — enlaçando as mãos ao redor do pescoço da irmã —, eu sei que sofre por mim, sei que coração tem. Mas mesmo assim você é... deve ser feliz. Edward a ama... O que, ah, o que pode acabar com uma felicidade como essa?

— Muitas, muitas circunstâncias — disse Elinor, solenemente.

— Não, não, não — exclamou Marianne veementemente —, ele ama você, e só você. Você não *pode* estar triste.

— Não posso estar satisfeita ao vê-la nesse estado.

— E nunca me verá de outro jeito. A minha é uma desgraça que nada pode apagar.

— Não diga isso, Marianne. Você não tem nenhum consolo? Não tem amigos? Será que a sua perda não deixa margem para nenhum reconforto? Por mais que sofra agora, imagine só o que teria sofrido se só tivesse descoberto o caráter dele muito mais tarde, se o noivado se tivesse prolongado por meses e mais meses, como poderia ter acontecido, antes que ele resolvesse pôr um ponto-final no caso. Cada dia a mais na infeliz confiança, da sua parte, teria piorado ainda mais o desastre.

— Noivado! — exclamou Marianne. — Não houve noivado nenhum.

— Nenhum noivado!

— Não, ele não é tão boçal como você crê. Não quebrou nenhuma promessa feita a mim.

— Mas disse-lhe que a amava.

— Sim... não... absolutamente nunca. Estava sempre implícito, porém nunca foi expressamente declarado. Às vezes achava que tinha sido... mas nunca foi.

— Mesmo assim escreveu a ele?

— Sim... podia estar errada, depois de tudo que se passara?... Mas não consigo falar.

Elinor não disse mais nada e, voltando-se de novo para as três cartas que agora despertavam nela uma curiosidade muito mais forte do que antes, imediatamente passou a lê-las. A primeira, aquela que a irmã enviara a ele ao chegar a Londres, era a seguinte:

Berkeley Street, janeiro.

Como você ficará surpreso, Willoughby, ao receber esta carta! E acho que sentirá algo mais do que surpresa, quando souber que estou em Londres. Uma oportunidade de vir para cá, ainda que fosse com a sra. Jennings, era uma tentação à qual não pudemos resistir. Espero que receba este bilhete a tempo para vir esta noite, mas não vou confiar nisso. De qualquer forma, vou esperar por você amanhã. Por enquanto, *adieu*.

M. D.

O segundo bilhete, escrito na manhã seguinte ao baile na casa dos Middleton, fora assim redigido:

Não posso exprimir a minha decepção por estar ausente anteontem e ter perdido a sua visita, nem meu espanto por não ter recebido nenhuma resposta a um bilhete que lhe enviei há mais de uma semana. Tenho esperado ouvir notícias suas e ainda mais poder vê-lo, a cada hora do dia. Por favor venha visitar-me assim que possível, e explique a razão de eu o ter esperado em vão. Você devia ter vindo mais cedo da outra vez, pois em geral estamos fora à uma. A noite passada estivemos na casa de *Lady* Middleton, onde havia um baile.

Disseram-me que você fora convidado a ir à festa. Porém, será possível? Deve estar muito diferente desde que partiu, realmente, se podia ter estado conosco, mas não esteve. Contudo, não vou supor que fosse possível, e espero logo receber uma confirmação de sua parte de que estou certa.

M. D.

O teor do último bilhete era este:

> Que devo imaginar, Willoughby, do seu comportamento da noite passada? Mais uma vez, peço uma explicação. Estava pronta para encontrar você com o prazer que a nossa separação naturalmente provocara, com a familiaridade que a nossa intimidade em Barton me parecia justificar. Eu fui mesmo rejeitada! Passei uma noite horrenda tentando justificar um comportamento que, no mínimo, deve ser chamado insultante, contudo, embora ainda não tenha podido formar nenhuma desculpa razoável para o seu comportamento, estou perfeitamente pronta para ouvir as suas justificativas. Talvez tenha sido mal-informado ou propositalmente enganado sobre alguma coisa que me diga respeito, o que pode ter piorado a opinião que tem de mim. Diga-me o que é, explique as razões do que fez, e ficarei satisfeita, se puder deixá-lo satisfeito. Eu ficaria arrasada se tivesse de pensar mal de você, mas se tiver de fazer isso, se tiver de saber que você não é o que até agora pensei que fosse, que seu interesse por nós todas era insincero, que a sua conduta comigo tinha apenas a intenção de enganar, diga-me o mais rápido possível. Meus sentimentos estão agora num terrível estado de incerteza. Quero absolver você, porém a certeza, seja ela de que lado for, será melhor do que este meu sofrimento. Se os seus sentimentos não forem mais o que foram, devolva-me os bilhetes e o cacho de cabelos que está em seu poder.
>
> M. D.

Que essas cartas, tão cheias de carinho e confiança, pudessem ser respondidas daquele jeito, Elinor, por tudo o que sabia de Willoughby, mal podia acreditar. No entanto, sua condenação não a tornou cega sobre a inadequação de elas terem sido escritas. Lamentava em silêncio a imprudência que correra o risco de tais provas de ternura não solicitadas, não garantidas por nada que tivesse ocorrido e severissimamente condenadas pelos fatos, quando Marianne, percebendo que ela terminara de ler as cartas, observou-lhe que elas não continham nada além do que qualquer um escreveria na mesma situação.

— Eu me senti — acrescentou — como se tivesse um compromisso tão solene com ele, como se a aliança mais estritamente legal tivesse selado a nossa união.

— Eu acredito — disse Elinor —, mas infelizmente ele não sentiu a mesma coisa.

— Ele sentiu, *sim*, a mesma coisa, Elinor... por semanas e mais semanas ele sentiu. Eu sei que sentiu. Seja o que for que tenha causado essa transformação nele agora (e só mesmo as mais negras artes usadas contra mim podem ter feito isso), eu era tão amada por ele quanto uma alma pode querer. Esse cacho de cabelo, de que agora ele pode abrir mão com tanta facilidade, me foi pedido com a mais profunda súplica. Se tivesse visto a expressão dele, o seu jeito, sua voz àquela hora! Esqueceu-se da última noite em que estivemos juntos em Barton? E a manhã em que ele partiu também! Quando ele me disse que talvez se passassem muitas semanas antes de nos encontrarmos de novo... seu desespero... nunca vou esquecer seu desespero.

Por algum tempo ela não pôde dizer mais nada, mas quando passou a emoção acrescentou num tom mais firme:

— Elinor, fui cruelmente usada, porém não por Willoughby.

— Minha caríssima Marianne, quem pode ser, além dele? Por quem pode ele ter sido instigado?

— Pelo mundo inteiro, contudo não pelo coração. Eu prefiro acreditar que todas as pessoas que conheço se uniram para arruinar a minha reputação perante ele, a acreditar que a sua natureza seja capaz de tamanha crueldade. Essa mulher sobre a qual ele escreveu... seja ela quem for... ou qualquer pessoa, em suma, exceto vocezinha, mamãe e Edward, pode ter sido tão bárbara a ponto de me denegrir. Além de vocês três, existe no mundo uma criatura que eu não suspeitaria mais de tal maldade do que Willoughby, cujo coração tão bem conheço?

Elinor não queria discutir e se limitou a responder:

— Quem quer que tenha sido tão odiosamente cruel, vamos roubar-lhe seu maligno triunfo, querida mana, mostrando-lhe com quanta nobreza a consciência da própria inocência e boas intenções fortalece o seu espírito. É razoável e louvável o orgulho que resiste a essa malevolência.

— Não, não — exclamou Marianne —, uma desgraça como a minha não tem orgulho. Não me importa quem saiba que estou arrasada. O triunfo de me ver assim pode ser distribuído a todo o mundo. Elinor, Elinor, os que sofrem pouco podem ser tão orgulhosos e independentes quanto quiserem, podem resistir ao insulto ou devolver a humilhação... mas eu não posso. Tenho de sentir... tenho de estar arrasada... e sejam eles bem-vindos para apreciar a consciência disso...

— No entanto, pela mamãe e por mim...

— Faria mais do que por mim mesma. Contudo, parecer feliz quando estou tão infeliz... Ah, quem pode exigir isso?

Mais uma vez as duas ficaram em silêncio. Elinor estava ocupada em ir e vir, pensativa, da lareira para a janela e da janela para a lareira, sem saber que recebia calor de uma ou via objetos através da outra. Marianne, sentada ao pé da cama, com a cabeça apoiada contra um dos pilares, pegou de novo a carta de Willoughby e, depois de arrepiar-se com cada sentença, exclamou:

— Isso é demais! Ah, Willoughby, Willoughby, como pôde escrever isto! Cruel, cruel... nada pode desculpá-lo, Elinor, nada. Seja o que for que tenha ouvido de mim... não deveria ter suspendido o julgamento? Não deveria ter falado comigo sobre o problema, para que eu pudesse defender-me? "O cacho de cabelo (repetindo a frase da carta) com que tão gentilmente me presenteou"... Isso é imperdoável. Willoughby, onde estava o seu coração ao escrever estas palavras? Ah, barbaramente insolente!... Elinor, é possível justificar isso?

— Não, Marianne, não é possível.

— E mesmo assim essa mulher... quem sabe quais podem ter sido suas artes?... Por quanto tempo aquilo foi premeditado e maquinado por ela!... Quem é ela?... Quem pode ser?... A qual das suas conhecidas ele se referiu como uma jovem atraente?... Ah, nenhuma, nenhuma... comigo ele só falou de mim.

Seguiu-se uma nova pausa. Marianne estava muito agitada e concluiu assim:

— Elinor, tenho de voltar para casa. Preciso ir e consolar a mamãe. Não podemos partir amanhã?

— Amanhã, Marianne?!

— Sim, por que permaneceria aqui? Só vim para ver Willoughby... e agora quem se importa comigo? Quem se interessa por mim?

— Será impossível ir embora amanhã. Devemos à sra. Jennings muito mais do que consideração, e a mais comum consideração já impede uma partida apressada como essa.

— Bom, mais um ou dois dias, talvez, mas não posso ficar aqui por muito tempo, não posso ficar para aguentar as perguntas e observações de toda essa gente. Os Middleton e os Palmer... como posso suportar a compaixão deles? A compaixão de uma mulher como *Lady* Middleton! Ah, que diria *ele* sobre isso!

Elinor aconselhou-a a deitar-se de novo e por um momento ela obedeceu, mas nenhuma posição era cômoda para ela: numa dor sem trégua de corpo e de alma, ela passava de uma posição para outra, até que, tornando-se completamente histérica, sua irmã teve dificuldade para mantê-la na cama e por alguns momentos temeu ter de chamar ajuda. Algumas gotas de lavanda, porém, que ela enfim conseguiu convencê-la a tomar, deram resultado e daí até a volta da sra. Jennings ela permaneceu na cama, calada e imóvel.

Capítulo 30

Ao voltar, a sra. Jennings veio imediatamente ao quarto delas e, sem esperar resposta para seu pedido de licença, abriu a porta e entrou, com um aspecto de real preocupação.

— Como vai, minha querida? — disse ela com uma voz de grande compaixão por Marianne, que virou o rosto sem tentar responder.

— Como está ela, srta. Dashwood? Coitadinha! Parece muito mal. Não é de admirar. Ah, mas é tudo verdade. Ele logo, logo vai casar-se... um sujeito muito ordinário! Não tenho paciência com ele. A sra. Taylor me contou tudo meia hora atrás, e quem contou a ela foi uma amiga da própria srta. Grey, caso contrário eu nem teria acreditado, e quase desmaiei ao saber. Bem, disse eu, tudo o que posso dizer é que, se for verdade, ele tratou abominavelmente mal uma dama de meu conhecimento, e desejo com toda a minha alma que sua esposa lhe parta o coração. Vou continuar dizendo isso sempre, minha querida, pode ter certeza. Não sei onde vão parar os homens que se comportam assim, e se um dia eu o encontrar de novo vou passar-lhe uma descompostura tal como até hoje ele ainda não viu. Mas há um consolo, minha querida Srta. Marianne. Ele não é o único jovem do mundo que valha a pena... com esse seu rostinho bonito nunca lhe faltarão admiradores. Coitadinha! Não vou incomodá-las mais, pois é melhor que chore agora tudo o que tem para chorar e acabe com isso. Os Parry e os Sanderson felizmente virão hoje à noite, e isso vai distraí-la.

Ela, então, saiu na ponta dos pés, como se achasse que o sofrimento de sua jovem amiga pudesse piorar com o ruído dos passos.

Marianne, para surpresa da irmã, decidiu jantar com elas. Elinor até a aconselhou a não fazê-lo. "Não, iria descer, podia muito bem suportá-lo, e o alvoroço ao seu redor diminuiria." Elinor, feliz por vê-la governada por tal motivo durante algum tempo, embora acreditasse que seria quase impossível que ela pudesse sentar-se para jantar, não disse mais nada e, arrumando o vestido da irmã da melhor maneira que pôde enquanto Marianne ainda permanecia na cama, estava pronta para acompanhá-la até a sala de jantar assim que fossem chamadas.

Lá chegando, se bem que parecesse muito infeliz, comeu melhor e estava mais calma do que a irmã esperara. Se tivesse tentado falar ou se estivesse consciente de metade das bem--intencionadas mas desajeitadas atenções da sra. Jennings com ela, essa calma talvez não persistisse. Porém, nenhuma sílaba escapou de seus lábios e, absorta em seus pensamentos, permaneceu na ignorância do que se passava à sua frente.

Elinor, que estimava a delicadeza da sra. Jennings, mesmo que seus desabafos não raro fossem irritantes e às vezes quase ridículos, manifestou-lhe sua gratidão e retribuiu aquelas gentilezas que a irmã não podia fazer ou retribuir por si mesma. A sua boa amiga viu que Marianne estava infeliz e sentiu que devia fazer tudo que estivesse ao seu alcance para diminuir o sofrimento dela. Assim, tratou-a com toda a carinhosa indulgência de uma mãe com a filha favorita no último dia de férias. Marianne tinha de ficar no melhor lugar junto ao fogo, deveriam oferecer-lhe todas as guloseimas da casa e precisava divertir-se com todas as notícias do dia. Se na expressão triste da irmã não tivesse Elinor um freio a toda alegria, poderia ter-se divertido com as tentativas da sra. Jennings de curar uma decepção amorosa com uma variedade de doces e petiscos e um bom fogo. No entanto, assim que a consciência de tudo aquilo se imprimiu na mente de Marianne por força da contínua repetição, ela não conseguiu permanecer ali. Com uma viva exclamação de dor e um sinal para que a irmã não a seguisse, ergueu-se de um salto e saiu correndo da sala.

— Pobrezinha! — exclamou a sra. Jennings, tão logo ela saiu. — Como me entristece vê-la assim! E olhe que ela saiu sem terminar o vinho! E as cerejas secas também! Meu Deus, nada parece ser bom para ela! Garanto que se soubesse de alguma coisa de que ela fosse gostar, mandaria gente por toda a cidade para consegui-la. Para mim, a coisa mais estranha é que um homem trate tão mal uma moça tão bonita! Contudo, quando há muito dinheiro de um lado e quase nenhum do outro, meu Deus, eles não se preocupam mais com essas coisas!...

— Então a mulher... a srta. Grey, creio que foi assim que a senhora a chamou... é muito rica?

— Cinquenta mil libras, minha querida. Nunca a viu? Dizem que é uma mulher inteligente e elegante, porém não bonita. Lembro-me muito bem da tia dela, Biddy Henshawe. Casou com um homem muito rico. A família inteira é rica. Cinquenta mil libras! E em todos os aspectos, vão chegar em boa hora, porque dizem que ele está falido. Não é de admirar, correndo por aí com a carruagem e os cães de caça! Bem, não é por falar, mas quando um jovem, seja ele quem for, vem e namora uma moça bonita e promete casamento, não deve desonrar a palavra dada só porque ficou mais pobre e uma mulher mais rica está disposta a ficar com ele. Nesse caso, por que não vende os cavalos, aluga a casa, despede os criados e faz uma reforma geral na própria vida? Garanto-lhe, a srta. Marianne estaria disposta a esperar até que os problemas fossem resolvidos. Entretanto, não é assim que se faz hoje em dia; os jovens de hoje não abrem mão de nenhum prazer.

— A senhora sabe que tipo de moça é a srta. Grey? Dizem que é simpática?

— Nunca ouvi nada de mau sobre ela. Na verdade, ouvi falar dela pouquíssimas vezes, exceto que a sra. Taylor disse esta manhã que um dia a srta. Walker lhe insinuou que achava que o sr. e a sra. Ellison gostariam de ver casada a srta. Grey, já que ela e a sra. Ellison jamais concordavam.

— E quem são os Ellison?

— Os tutores dela, minha querida. Contudo, agora ela é maior e pode decidir sozinha. E fez uma bela escolha!... Agora — disse depois de uma breve pausa —, acho que a pobrezinha da sua irmã foi para o quarto para chorar sozinha. Não há nada que possamos trazer para consolá-la? Coitadinha, é muito cruel deixá-la sozinha. Bem, logo chegarão alguns amigos e isso vai distraí-la um pouco. O que podemos jogar? Sei que ela detesta uíste, mas não há nenhum jogo de que ela goste?

— Minha querida senhora, a sua gentileza é desnecessária. Garanto-lhe que Marianne não vai mais sair do quarto hoje. Se conseguir, vou convencê-la a ir cedo para a cama, pois tenho certeza de que ela quer descansar.

— Ah, creio que será o melhor para ela. Que mandem levar a ceia e depois vá dormir. Meu Deus, não é de admirar que ela parecesse tão mal e tão deprimida estas últimas semanas; pois acho que esse problema ficou suspenso sobre a sua cabeça o tempo todo. E então a carta que chegou hoje concluiu o trabalho! Coitadinha! Garanto que, se eu tivesse ideia disso tudo, não teria brincado com ela por nada neste mundo. Porém, sabe, como podia adivinhar uma coisa dessas? Tinha certeza de que nada mais era do que uma carta de amor comum, e a senhorita sabe que os jovens gostam que brinquem com eles sobre essas cartas. Meu Deus, como *Sir* John e a minha irmã vão ficar preocupados ao ouvir isso! Se estivesse com a cabeça no lugar, teria passado pela Conduit Street ao voltar e lhe teria contado tudo. Mas vou vê-los amanhã.

— Estou certa de que não será necessário que a senhora aconselhe a sra. Palmer e *Sir* John a nem sequer pronunciarem o nome do sr. Willoughby ou fazerem a menor alusão ao que se passou diante da minha irmã. A própria boa índole deles lhes fará ver a crueldade que seria demonstrar saber alguma coisa sobre o caso quando ela estiver presente. E quanto menos se tocar no assunto comigo, mais meus sentimentos serão poupados, como a senhora facilmente entenderá.

— Ah, meu Deus! Sim, entendo, com certeza. Deve ser terrível para a senhorita ouvir falar sobre o assunto, e, quanto à sua irmã, garanto-lhe que não lhe direi palavra sobre o caso por nada neste mundo. Viu que não falei nada durante todo o jantar. Nem irão falar nada *Sir* John nem as minhas filhas, uma vez que são ambas muito ponderadas e responsáveis, especialmente se eu lhes sugerir isso, coisa que certamente farei. Com relação a mim, acho que quanto menos se falar sobre essas coisas, melhor, e mais rapidamente elas desaparecem e são esquecidas. E desde quando falar resolve alguma coisa?

— Nesse caso, falar só pode prejudicar, talvez mais do que em muitos casos semelhantes, porque foi acompanhado de circunstâncias que, para o bem de todos os envolvidos, tornam inadequado que se transforme em motivo de comentário público. Devo fazer justiça *nisto* ao sr. Willoughby: ele não rompeu nenhum compromisso positivo com a minha irmã.

— Ora, minha cara! Não pretenda defendê-lo. Nenhum compromisso positivo, realmente! Depois de levá-la para ver toda a casa de Allenham, em especial os próprios quartos onde deveriam viver no futuro!

Elinor, para o bem da irmã, não quis aprofundar mais o assunto e esperava que pelo bem de Willoughby não fosse forçada a fazê-lo, pois, embora Marianne pudesse perder muito, ele podia ganhar muito pouco pela revelação de toda a verdade. Depois de um breve silêncio de ambas as partes, a sra. Jennings, com todo o seu natural bom humor, voltou ao ataque.

— Bem, minha querida, vento que sopra lá, sopra cá, pois quem vai lucrar com isso será o coronel Brandon. Finalmente ele vai conseguir conquistá-la; ah, isso vai. Ouça o que lhe digo, eles vão estar casados em meados do verão. Meu Deus! Como ele vai exultar com essa notícia! Espero que ele venha esta noite. Aposto tudo contra um que será um casamento melhor para a sua irmã. Dois mil por ano, sem dívidas nem descontos, com exceção, é claro, da sua filhinha natural. Ah, tinha-me esquecido dela; ela, porém, pode ser posta como aprendiz, sem muitas despesas, e então que importância terá? Delaford é um belo lugar, eu garanto, exatamente o que chamo de um belo lugar à moda antiga, cheio de confortos e conveniências, rodeado por um enorme jardim com as melhores árvores frutíferas da região. E uma amoreira num dos cantos! Meu Deus, como a Charlotte e eu nos empanturramos a única vez que estivemos lá! Tem também um pombal, uns deliciosos tanques de peixes e um canalzinho lindo; enfim, tudo que se possa desejar. Além disso, fica perto da igreja e a só um quarto de milha da estrada, então nunca é aborrecido, pois de um teixo que fica atrás da casa se podem ver todas as carruagens que passam. Ah, é um belo lugar! Um açougueiro perto no burgo e a casa paroquial a um lance de pedra. Para mim, mil vezes mais bonito do que Barton Park, onde são obrigados a ir buscar carne a três milhas de distância e não têm nenhum vizinho mais próximo do que a sua mãe. Vou animar o coronel assim que puder. Uma coisa puxa outra. Se *pudermos* tirar Willoughby da cabeça dela!

— Ah, se pudermos fazer *isso*, minha senhora — disse Elinor —, poderemos muito bem dispensar o coronel Brandon. E, levantando-se, saiu para se juntar a Marianne, que encontrou, como esperava, no quarto, triste e silenciosa, debruçada sobre as brasas da lareira, a qual, até a entrada de Elinor, fora a sua única luz.

— É melhor você me deixar — foi tudo o que disse à irmã.

— Eu vou deixá-la — disse Elinor — se for para a cama. — No entanto, isso, com a momentânea maldade do sofrimento impaciente, ela de início se recusou a fazer. Porém, a persuasão séria mas delicada da irmã logo a convenceu e, antes de deixá-la, Elinor a viu recostar a cabeça dolorida sobre o travesseiro e, como esperava, começar a desfrutar de um repouso tranquilo.

Na sala de visitas, para onde então se dirigiu, logo se encontrou com a sra. Jennings, que trazia na mão um copo cheio de vinho.

— Querida — disse ela, ao entrar —, acabei de me lembrar que tenho um pouco do melhor vinho velho de Constantia que jamais fora provado, então eu trouxe um copo para a sua irmã. Meu pobre marido! Como ele gostava deste vinho! Toda vez que tinha um ataque de gota, dizia que ele lhe fazia mais bem do que qualquer outra coisa no mundo. Leve-o para a sua irmã.

— Cara senhora — tornou Elinor, sorrindo à diversidade de problemas que o vinho devia resolver —, como a senhora é boa! Contudo, acabei de deixar Marianne na cama e, ao que espero, quase adormecida. Acho que nada lhe pode ser mais útil agora do que o repouso e, se a senhora me der permissão, beberei o vinho eu mesma.

A sra. Jennings, embora lamentando não ter chegado cinco minutos mais cedo, ficou satisfeita com a combinação. Elinor, enquanto bebia o motivo do acordo, refletia que, se bem que os seus efeitos contra a gota tivessem agora pouca importância para ela, seus poderes curativos sobre um coração magoado poderiam ser razoavelmente testados tanto em si mesma como na irmã.

O coronel Brandon chegou enquanto o grupo estava tomando chá e, por seu jeito de olhar ao redor em busca de Marianne, Elinor logo compreendeu que ele nem esperava nem queria vê-la ali, e, em suma, que já estava ciente do que provocara a sua ausência. Não ocorreu à sra. Jennings o mesmo pensamento, pois, logo que ele entrou, caminhou até a mesa onde estava Elinor e sussurrou: "O coronel parece mais sério do que nunca. Ainda não sabe de nada. Conte a ele, querida".

Logo depois, ele arrastou uma cadeira para perto dela, e, com uma expressão que deu a ela a certeza de já estar bem informado, perguntou pela irmã.

— Marianne não está bem — disse ela. — Esteve indisposta o dia todo e a convencemos a ir para a cama.

— Talvez, então — replicou ele, hesitante —, o que ouvi esta manhã pode ser... pode haver mais verdade naquilo do que acreditei ser possível inicialmente.

— O que ouviu?

— Que um cavalheiro, o qual eu tinha razões para pensar... em suma, que um homem que eu *sabia* estar noivo... mas como direi? Se já souber, como deve ser o caso, sem dúvida, posso ser poupado.

— Refere-se — respondeu Elinor, com calma forçada — ao casamento do sr. Willoughby com a srta. Grey. Sim, nós *sabemos* tudo a respeito. Este parece ter sido um dia de esclarecimento geral, pois hoje mesmo de manhã ele nos foi comunicado pela primeira vez. O sr. Willoughby é inescrutável! Onde ouviu a notícia?

— Numa papelaria em Pall Mall, onde estava a negócios. Duas senhoras estavam aguardando a carruagem e uma delas explicava à outra o futuro casamento, numa voz que tentava tão pouco ser discreta, que me foi impossível deixar de ouvir. O nome de Willoughby, John Willoughby, várias vezes repetido, foi o primeiro a me chamar a atenção. E o que se seguiu foi a afirmação positiva de que tudo finalmente estava acertado a respeito do seu casamento com a srta. Grey... não devia mais ser um segredo... deveria ocorrer dentro de poucas semanas, com muitos pormenores sobre os preparativos e outras coisas. Lembro-me em especial de uma coisa, porque serviu para identificar ainda melhor o homem: assim que terminasse a cerimônia, eles deviam ir a Combe Magna, sua residência em Somersetshire. Qual não foi o meu espanto!... Contudo, seria impossível descrever o que senti. Ao perguntar, já que fiquei na papelaria até elas irem embora, fui informado de que a comunicativa dama era a sra. Ellison, a tutora da srta. Grey.

— De fato, é. Mas também ouviu que a srta. Grey tem cinquenta mil libras? Se é que podemos encontrar uma explicação em algum lugar, creio que é aí.

— Pode ser. Porém, Willoughby é capaz... pelo menos é o que eu acho... — ele parou por um instante e em seguida acrescentou, numa voz que parecia desconfiar de si mesma: — E a sua irmã... como...

— Seu sofrimento foi enorme. Só espero que seja proporcionalmente breve. Foi e ainda é uma aflição cruel. Acho que até ontem ela nunca duvidara do amor dele por ela; e até mesmo agora, talvez... mas estou quase convencida de que ele nunca a amou de verdade. Ele a enganou demais e, em alguns pontos, parece ser um homem sem coração.

— Ah — disse o coronel Brandon —, isso é verdade, sem dúvida! Mas a sua irmã não... acho que a senhorita disse isso... não é da mesma opinião?

— Sabe como é ela e pode imaginar com quanta energia ainda o justificaria, se pudesse.

Ele não respondeu e logo a seguir, quando tiraram os aparelhos de chá e arrumaram as partidas de carteado, o assunto foi necessariamente deixado de lado. A sra. Jennings, que os observara com prazer enquanto falavam e que esperava ver o efeito da comunicação da srta. Dashwood numa imediata explosão de alegria da parte do coronel Brandon, como aconteceria com um homem na flor da juventude, da esperança e da felicidade, espantou-se ao vê-lo permanecer a noite inteira mais sério e pensativo do que nunca.

Capítulo 31

Depois de uma noite em que dormiu mais do que esperava, Marianne acordou na manhã seguinte com a mesma consciência de sua infelicidade de quando fechara os olhos.

Elinor encorajou-a o máximo que pôde a falar como se sentia e, antes de o café estar pronto, trataram do assunto repetidas vezes e com a mesma firme convicção e os afetuosos conselhos da parte de Elinor e os mesmos sentimentos impetuosos e opiniões inconstantes da parte de Marianne. Às vezes acreditava que Willoughby era tão infeliz e tão inocente quanto ela, e em outras perdia todo consolo na impossibilidade de absolvê-lo. Num momento, era absolutamente indiferente à observação do mundo inteiro, noutro momento se retiraria dele para sempre e num terceiro poderia resistir a ele com determinação. Numa só coisa, porém, ela era constante ao tratar desse ponto: em evitar, quando possível, a presença da sra. Jennings, e no obstinado silêncio ao ser obrigada a tolerá-la. Seu coração se recusava a crer que a sra. Jennings tivesse qualquer compaixão pela sua dor. "Não, não, não, não pode ser", exclamou ela, "ela não pode sentir. Sua gentileza não é comiseração; sua bonomia não é ternura. Tudo o que ela quer é matéria para fofoca, só gosta de mim agora porque posso fornecer-lhe o que quer".

Elinor não precisava disso para ter certeza da injustiça que a irmã era muitas vezes levada a cometer em suas opiniões sobre os outros, pelo irritável refinamento de sua mente e pela demasiada importância atribuída por ela às delicadezas de uma forte sensibilidade e à graça das maneiras polidas. Como metade do resto do mundo, se mais da metade fosse inteligente e boa, Marianne, apesar de excelentes capacidades e excelente disposição, não era nem razoável nem imparcial. Esperava que os outros tivessem as mesmas opiniões e sentimentos que ela e julgava os motivos pelo efeito imediato das ações sobre ela. Assim, ocorreu uma cena, enquanto as duas irmãs estavam juntas no quarto depois do café, que fez os sentimentos da sra. Jennings caírem ainda mais em seu conceito, pois, pela sua própria fraqueza, ela permitiu que lhe ocasionassem novos sofrimentos, embora as suas intenções no caso fossem as melhores possíveis.

Com uma carta na mão estendida e o semblante alegremente sorridente, na certeza de trazer consolo ela entrou no quarto, dizendo:

— Minha querida, trago-lhe algo que tenho certeza que lhe fará bem.

Marianne ouviu o suficiente. Num segundo, sua imaginação colocou à sua frente uma carta de Willoughby, cheia de ternura e arrependimento, explicando tudo que acontecera, satisfatória, convincente e imediatamente seguida do próprio Willoughby, entrando às pressas no quarto para reforçar, a seus pés, pela eloquência do olhar, as promessas da carta. O trabalho de um momento foi destruído pelo seguinte. A letra da mãe, que nunca deixara de ser bem-vinda, estava à sua frente e, na vertigem da decepção que se seguiu ao êxtase de algo mais do que esperança, ela se sentiu como se, até aquele instante, nunca houvesse sofrido.

Nenhuma palavra a seu alcance nos momentos de maior eloquência podia exprimir a crueldade da sra. Jennings, e agora só podia repreendê-la pelas lágrimas que jorravam dos seus olhos com apaixonada violência... uma repreensão que, porém, de modo algum atingiu seu objetivo, pois, após muitas expressões de compaixão, ela se retirou, sem deixar de recomendar-lhe a carta de consolo. Mas a carta, quando Marianne ficou calma o bastante para lê-la, trouxe-lhe pouca consolação. Willoughby preenchia todas as páginas. Sua mãe, ainda confiante no noivado e, mais do que nunca, na fidelidade dele, só por insistência de Elinor decidira-se a exigir de Marianne maior franqueza com ambas, e isso com tal ternura por ela, tal afeto por Willoughby e tal certeza da futura felicidade dos dois, que ela chorou em desespero do começo ao fim da carta.

Voltou toda a sua impaciência de retornar à casa; sua mãe lhe era mais querida do que nunca: mais querida pelo próprio excesso de sua errada confiança em Willoughby, e desejava desesperadamente já ter partido. Elinor, incapaz de decidir se era melhor para Marianne estar em Londres ou em Barton, não lhe deu nenhum conselho, exceto o de ter paciência até saber o que sua mãe queria que fizessem; e por fim obteve da irmã o consentimento de aguardar a decisão.

A sra. Jennings despediu-se delas mais cedo do que de costume, pois não podia sossegar enquanto os Middleton e os Palmer pudessem afligir-se tanto quanto ela, e recusando terminantemente a companhia de Elinor, saiu sozinha por todo o resto da manhã. Elinor, com o coração cheio de pesar, consciente da dor que iria causar e percebendo pela carta de Marianne como fracassara em preparar a mãe para aquilo, sentou-se para escrever à mãe um relato do que se passara e pedir orientações sobre o futuro, enquanto Marianne, que entrara na sala de estar quando a sra. Jennings saíra, continuava estática à mesa onde Elinor escrevia, observando o avanço da pena, afligindo-se com a dureza da sua tarefa e, ainda mais profundamente, com o efeito que aquilo produziria em sua mãe.

As coisas continuaram no mesmo pé durante cerca de um quarto de hora, quando Marianne, cujos nervos não podiam suportar nenhum ruído súbito, levou um susto com uma batida na porta.

— Quem pode ser? — exclamou Elinor. — É cedo demais! Achei que *estávamos* a salvo.

Marianne foi até a janela.

— É o coronel Brandon! — disse, irritada. — Nunca estamos a salvo *dele*.

— Ele não vai entrar, já que a sra. Jennings não está.

— Não confio *nisso* — disse ela, voltando para o seu quarto. — Um homem que não tem nada para fazer com o seu tempo não tem consciência de se intrometer no dos outros.

O que se seguiu provou que a sua conjetura estava certa, apesar de se basear numa injustiça e num erro, já que o coronel Brandon *entrou*. E Elinor, que estava convicta de que a preocupação com Marianne o trouxera ali e que viu *aquela* preocupação em sua expressão abatida e melancólica e em suas nervosas porém breves perguntas sobre a irmã, não pôde desculpá-la por julgar o coronel tão levianamente.

— Encontrei a sra. Jennings na Bond Street — disse ele, depois das primeiras saudações — e ela me encorajou a vir. Foi fácil encorajar-me, pois achei provável que pudesse encontrá-la sozinha, algo que eu desejava muito. Meu objetivo... meu desejo... meu único desejo ao querê-lo... eu espero, eu creio que é... é poder trazer algum consolo... não, não devo dizer consolo... não um consolo presente... mas uma certeza, uma duradoura certeza para a sua irmã. Minha consideração por ela, pela senhorita, por sua mãe... hão de deixar-me prová-la, relatando algumas circunstâncias que nada a não ser uma consideração *muito* sincera... nada a não ser um profundo desejo de ser útil... acho que o justificam.... embora quando tantas horas foram gastas convencendo-me de que estou certo, não haverá razões para temer que eu possa estar errado? — ele parou.

— Eu entendo o senhor — disse Elinor. Tem algo a me dizer sobre o sr. Willoughby, que me ajudará a entender mais o caráter dele. Ao contar-me o que sabe, fará o maior ato de amizade por Marianne que possa demonstrar. Terá de imediato toda a *minha* gratidão por qualquer informação que tenda a esse fim, e a *dela* será obtida no seu devido tempo. Por favor, por favor, conte-me tudo.

— Vou contar: para ser breve, quando deixei Barton em outubro... porém, isso não fará que possa entender... tenho de recuar mais no tempo. Vai me achar um narrador muito desajeitado, srta.Dashwood. Eu nem sei por onde começar. Creio que será necessário falar um pouco sobre mim, e *deve* ser pouco. Num tal assunto — suspirando profundamente —, será pequena a tentação de ser prolixo.

Ele parou um momento para se recompor e em seguida, com outro suspiro, prosseguiu.

— Provavelmente se esqueceu por completo de uma conversa... (não creio que ela possa ter-lhe causado uma grande impressão)... uma conversa entre nós, certa noite, em Barton Park... durante um baile... em que mencionei uma dama que conheci há tempo, dizendo que ela se parecia, de certa forma, com a sua irmã Marianne.

— Realmente — respondeu Elinor —, eu *não* esqueci. — Ele pareceu satisfeito com o fato de ela ter-se lembrado e acrescentou:

— Se a incerteza e a parcialidade de doces lembranças não me enganam, há uma semelhança muito forte entre elas, tanto psicológica quanto fisicamente. A mesma intensidade de sentimentos, a mesma força de imaginação e de gênio. Essa dama era uma das minhas conhecidas mais íntimas, uma órfã desde a infância e sob a tutela do meu pai. Tínhamos mais ou menos a mesma idade, e desde os meus primeiros anos éramos amigos e companheiros de brincadeiras. Não consigo lembrar quando começou meu amor por Eliza; e meu afeto por ela, enquanto crescíamos, era tal, que, talvez, considerando por minha atual gravidade lastimável e triste, julgue-me incapaz de alguma vez ter sentido. O dela por mim era, creio, tão intenso quanto o amor da sua irmã pelo sr. Willoughby, e foi, ainda que por uma causa diferente, não menos infeliz. Aos dezessete anos, eu a perdi para sempre. Ela se casou, contra a vontade, com o meu irmão. Era muito rica, e minha família estava muito endividada. Receio que isso seja tudo o que se possa dizer para explicar a conduta de alguém que era ao mesmo tempo tio e tutor dela. Meu irmão não a merecia nem sequer a amava. Tive esperança de que seu amor por mim a ampararia sob qualquer adversidade, e por algum tempo foi o que aconteceu. Mas por fim a miséria da sua situação, pois ela teve de passar por duras provações, venceu todas as suas resoluções e, embora me houvesse prometido que nada... mas como estou contando tudo às cegas! Nunca lhe contei como isso ocorreu. Estávamos a poucas horas de fugir juntos para a Escócia. A deslealdade ou a insensatez da criada da minha prima nos traiu. Fui mandado para a casa de um parente muito distante, e a ela não foi permitida nenhuma liberdade, nenhuma companhia e nenhuma diversão, até que cedesse ao desejo do meu pai. Eu confiara demais em sua força de resistência, e o golpe foi duro... Entretanto, se o seu casamento tivesse sido feliz, jovem como eu era na época, em poucos meses me resignaria com aquilo ou pelo menos não teria de lamentá-lo agora. Não foi, porém, o que aconteceu. Meu irmão não tinha nenhuma consideração por ela; seus prazeres não eram o que devia ser, e desde o começo a tratou com grosseria. A consequência daquilo sobre uma mente tão jovem, tão vivaz, tão inexperiente como a da sra. Brandon foi muito natural. Ela primeiro se resignou a toda a miséria da sua condição, e isso teria sido bom se ela não tivesse dedicado a vida a superar o pesar que a minha lembrança lhe provocava. Contudo, será de admirar que, com um tal marido arrastando-a à infidelidade e sem um amigo que a aconselhasse ou refreasse (pois meu pai faleceu poucos meses depois do casamento e eu estava com o meu regimento nas Índias Orientais), ela caísse? Se eu tivesse permanecido na Inglaterra, talvez... mas eu quis promover a felicidade de ambos, afastando-me dela durante anos. Por isso pedira transferência. O choque que o seu casamento provocara em mim — prosseguiu ele, com muita agitação na voz —, era coisa pouca... não era nada em comparação com o que senti quando ouvi, cerca de dois anos depois, que ela se divorciara. Foi *isso* que provocou este desalento... até hoje a lembrança do que sofri...

Não conseguiu dizer mais nada e, erguendo-se de um salto, caminhou durante alguns minutos pela sala. Elinor, perturbada com a sua narrativa e ainda mais com sua angústia, não conseguia falar. Ele viu a sua preocupação e, aproximando-se dela, pegou sua mão, apertou-a e a beijou com agradecido respeito. Alguns minutos mais de esforço silencioso permitiram-lhe prosseguir com certa compostura.

— Passaram-se quase três anos dessa triste época até que eu voltasse à Inglaterra. Minha primeira preocupação, ao *chegar*, foi procurar por ela, é claro, mas a busca foi tão estéril quanto melancólica. Não consegui rastreá-la por meio de seu primeiro sedutor e tinha todas as razões para temer que se afastara dele só para cair ainda mais baixo numa vida de pecado. Sua pensão legal não era proporcional à sua riqueza nem suficiente para manter-se confortavelmente, e eu soube por meu irmão que o direito de recebê-la passara alguns meses antes para outra pessoa. Ele imaginava, e o fazia com tranquilidade, que a extravagância dela, com o decorrente infortúnio, a obrigara a desfazer-se dela em troca de algum alívio imediato. Por fim, porém, e depois de seis meses que chegara à Inglaterra, eu a *encontrei*. A preocupação com um ex-criado meu, que caíra na miséria, levou-me a visitá-lo numa casa de detenção onde estava preso por dívida. Ali, no mesmo prédio, sob um confinamento semelhante, estava a minha infeliz cunhada. Tão alterada... tão acabada... carcomida por sofrimentos atrozes de todo tipo! Mal pude acreditar que a figura melancólica e doentia à minha frente eram os restos da menina adorável, florescente e cheia de saúde que eu idolatrara. O que senti ao vê-la... mas não tenho o direito de ferir seus sentimentos tentando descrevê-la... Já lhe causei muito sofrimento. Que ela estivesse no estágio final, ao que tudo indicava, da doença era... sim, naquela situação, foi o meu maior consolo. A vida não podia fazer nada por ela, além de lhe dar tempo para preparar-se melhor para a morte, e isso ela obteve. Vi-a instalar-se comodamente numa casa confortável e sob bons cuidados. Visitei-a todos os dias durante o resto de sua breve vida: eu estava ao seu lado nos seus últimos momentos.

Mais uma vez ele parou para se recompor, e Elinor falou de seus sentimentos numa exclamação de carinhosa preocupação pelo destino de sua infeliz amiga.

— Sua irmã, espero, não pode ofender-se — disse ele — com a semelhança que imaginei entre ela e a minha pobre e desgraçada amiga. Seus destinos, suas fortunas não podem ser os mesmos, e se a natureza meiga de uma tivesse sido protegida por uma mente mais firme ou um casamento mais feliz, ela poderia ter sido tudo o que a outra será, a senhorita vai ver. No entanto, para que tudo isso? Parece que eu a perturbei por nada. Ah, srta. Dashwood... é muito difícil lidar com um assunto como este, deixado em silêncio por catorze anos! *Tenho* de me concentrar... ser mais conciso. Ela deixou ao meu cuidado sua única filha, uma menininha, fruto da sua primeira relação culpada, que na época tinha cerca de três anos de idade. Ela amava a criança e sempre a manteve ao seu lado. Foi um precioso tesouro para mim, e eu com prazer me haveria encarregado dela no sentido mais estrito, cuidando eu mesmo da sua educação, se a natureza das nossas situações o permitisse. Contudo, eu não tinha nem família nem lar, e a minha pequena Eliza foi, portanto, matriculada numa escola. Sempre que podia ia vê-la, e após a morte do meu irmão (que aconteceu cerca de cinco anos atrás, e me deixou a posse da propriedade da família), ela me visitou em Delaford. Eu dizia que ela era uma parenta distante, mas sei muito bem que suspeitavam que meu parentesco fosse muito mais próximo. Faz agora três anos (ela acabara de completar seus catorze anos) que eu a retirei da escola, para colocá-la sob os cuidados de uma mulher muito respeitável, que reside em Dorsetshire e cuidava de outras quatro ou cinco meninas mais ou menos da mesma idade. Por dois anos, tive todos os motivos para estar satisfeito com a sua situação. Entretanto, em fevereiro passado, quase um ano atrás, ela desapareceu de repente. Eu lhe dera autorização (imprudentemente, como ficou claro depois), já que era seu ardente desejo, para ir a Bath com uma de suas jovens amigas, que estava acompanhando o pai que para lá fora tratar da saúde. Eu sabia que ele era um homem muito bom, e tive uma boa opinião de sua filha — melhor do que ela merecia, pois, com o mais teimoso e insensato sigilo, ela se negou a dizer alguma coisa, não deu nenhuma pista, embora certamente estivesse a par de tudo. Ele, o pai, homem de boa índole mas pouco inteligente, não podia realmente dar nenhuma informação, porque geralmente ficava em casa, enquanto as meninas passeavam pela cidade e travavam os conhecimentos que queriam. Ele tentou convencer-me, tão completamente como estava ele próprio convencido, de que a filha não tinha nada a ver com o caso. Em resumo, nada pude saber, a não ser que ela se fora. Todo o resto, por oito longos meses, foi deixado às conjeturas. Pode imaginar o que pensei, o que temi. E o que sofri também.

— Deus do céu! — exclamou Elinor — será possível... será que Willoughby!...

— As primeiras notícias que tive — prosseguiu ele — vieram numa carta dela mesma, outubro passado. Fora remetida de Delaford, e a recebi na mesma manhã de nossa programada excursão a Whitwell. Essa foi a razão de eu partir de Barton tão repentinamente, o que tenho certeza deve, na época, ter parecido estranho a todos e creio ter ofendido a alguns. Nada fazia o sr. Willoughby imaginar, creio, quando parecia repreender-me pela indelicadeza de estragar o passeio, que eu estava sendo chamado em socorro de alguém que ele próprio tornara miserável e infeliz. Mas, se ele tivesse sabido, de que serviria? Teria sido menos alegre ou menos feliz com os sorrisos da sua irmã? Não, ele já fizera aquilo que nenhum homem que possa ter alguma compaixão faria. Ele abandonara a menina, cuja juventude e inocência seduzira, na mais terrível situação, sem um lar honrado, sem ajuda, sem amigos, sem saber o seu endereço! Ele a abandonara prometendo voltar. Não voltou, nem escreveu nem lhe deu nenhuma satisfação.

— Isso é o cúmulo! — exclamou Elinor.

— Eis o caráter dele: perigoso, debochado e pior ainda. Sabendo disso, como eu soube por muitas semanas, adivinhe como me senti ao ver a sua irmã mais apaixonada do que nunca por ele e ao me garantirem que iria casar com ele. Adivinhe como me senti pelo bem de todas. Quando vim visitá-las a semana passada e a encontrei sozinha, vim decidido a saber a verdade, embora ainda não tivesse ideia do que fazer quando a *soubesse*. Deve ter achado esquisito o meu comportamento, então, mas agora pode compreender-me. Suportar vê-las todas tão enganadas; ver a sua irmã... no entanto, que podia eu fazer? Não tinha esperança de interferir com sucesso e às vezes pensava que a influência de sua irmã ainda poderia regenerá-lo. Mas agora, depois de um caso tão desonroso, quem pode dizer quais eram os planos dele para ela? Porém, fossem eles quais fossem, agora ela pode e sem dúvida *tem* de voltar com gratidão à sua própria condição, quando compará-la com a da minha pobre Eliza, quando considerar a terrível e desesperada situação da pobre menina e imaginá-la com um amor por ele tão forte, tão forte quanto o dela mesma e com uma alma atormentada pelo arrependimento, que deve acompanhá-la pelo resto da vida. Com certeza tal comparação será útil para ela. Perceberá que seus próprios sentimentos não são nada. Não foram provocados por nenhum mau comportamento e não podem provocar nenhuma desgraça. Ao contrário, com eles, todos os amigos se tornarão ainda mais amigos. A preocupação com a sua infelicidade e o respeito por sua resistência devem fortalecer todos os laços. Use de sua própria discrição, porém, ao lhe comunicar o que eu disse. Deve saber melhor qual será o efeito, porém, se eu não acreditasse seriamente e do fundo do coração que ela pode ser útil, pode diminuir o sofrimento de Marianne, eu não me haveria permitido perturbá-la com esta narrativa das agruras da minha família, com um relato que pode parecer destinado a me enaltecer à custa dos outros.

Calorosos agradecimentos de Elinor seguiram-se a essas palavras, acompanhados também de sua expectativa de uma sensível melhora em Marianne, com a comunicação do que se passara.

— Para mim, o mais doloroso — disse ela — foi ver as tentativas dela em perdoá-lo, pois isso a perturba mais do que o faria a mais cabal convicção de sua culpa. Agora, ainda que no começo ela vá sofrer muito, tenho certeza de que logo ela vai sentir-se melhor. Alguma vez viu — prosseguiu ela depois de um breve silêncio — o sr. Willoughby depois que partiu de Barton?

— Sim — respondeu ele, muito sério —, uma vez. Um encontro era inevitável.

Elinor, espantada com o jeito dele, olhou para ele nervosa, dizendo:

— Como? Encontrou-o para...

— Não havia outra maneira. Eliza me confessara, depois de muita relutância, o nome do seu amante, e quando ele voltou para a cidade, quinze dias depois de mim, marcamos um duelo, ele para defender e eu para punir a sua conduta. Ninguém se feriu, e o duelo, portanto, nunca se tornou público.

Elinor suspirou pensando na fantasiosa necessidade daquilo, mas, tratando-se de um homem e de um soldado, não pretendeu censurá-lo.

— Essa — disse o coronel Brandon depois de uma pausa — foi a infeliz semelhança entre os destinos da mãe e da filha! E como falhei no que me fora confiado!

— Ela ainda está na cidade?

— Não. Assim que se recuperou do parto, pois a encontrei prestes a dar à luz, levei-a com a criança para o campo, e lá ela permanece até hoje.

Lembrando-se, logo depois, que estava provavelmente separando Elinor de sua irmã, ele encerrou a visita, recebendo dela o mesmo reconhecimento agradecido e deixando-a cheia de compaixão e de estima por ele.

Capítulo 32

Quando os pormenores dessa conversa foram repetidos pela srta. Dashwood para a irmã, como logo aconteceu, o efeito sobre ela não foi exatamente o que a primeira esperara que fosse. Não que Marianne parecesse desconfiar da verdade de alguma parte da história, já que ouviu a toda ela com a mais firme e dócil atenção, não fez nenhuma objeção ou observação, não tentou defender Willoughby e pareceu demonstrar pelas lágrimas que sentia que isso seria impossível. Mas embora esse comportamento assegurasse a Elinor que a certeza da culpa de Willoughby se instalara, *sim*, na mente de Marianne, bem como visse com satisfação o efeito disso no fato de ela não mais evitar o coronel Brandon quando ele as visitava, de falar com ele, por iniciativa própria, com uma espécie de respeito compassivo, e embora a visse menos agitada do que antes, não a viu menos infeliz. Sua mente acalmou-se, mas numa apatia desolada. Sentiu ainda mais a perda do caráter de Willoughby do que sentira a do seu coração. A sedução e o abandono da srta. Williams, a desgraça daquela pobre menina e a dúvida sobre quais podiam ter sido as intenções dele com ela *antes*, tudo aquilo a atormentava tanto que não conseguia falar sobre o que sentia, nem mesmo com Elinor. Remoendo suas dores em silêncio, causava mais preocupação à irmã do que se as confessasse francamente com frequência.

Descrever os sentimentos ou as palavras da sra. Dashwood ao receber e responder a carta de Elinor seria apenas repetir o que suas filhas já haviam sentido e dito, um desapontamento pouco menos doloroso do que o de Marianne e uma indignação ainda maior que a de Elinor. Chegaram longas cartas dela, seguindo-se rapidamente umas às outras, para dizer tudo que sofrera e pensara, para exprimir sua angustiada preocupação com Marianne e pedir que ela suportasse com firmeza aquela desgraça. Devia ser muito ruim a natureza das agruras de Marianne, para que a sua mãe falasse em firmeza! Devia ser torturante e humilhante a origem daqueles sofrimentos, para que *ela* não quisesse ver a filha entregando-se a eles!

Contra o interesse de seu próprio conforto individual, a sra. Dashwood decidira que, naquele momento, seria melhor para Marianne estar em qualquer outro lugar, menos em Barton, onde tudo que visse lhe traria de volta o passado, da maneira mais violenta e aflitiva, colocando continuamente Willoughby à sua frente, tal qual ela sempre o vira ali. Assim, recomendou às filhas que de modo nenhum abreviassem a visita à sra. Jennings, cuja duração, embora nunca exatamente determinada, todos esperavam que fosse de no mínimo cinco ou seis semanas. Uma série de ocupações, de objetos e de companhias, que elas não poderiam encontrar em Barton, seria ali inevitável, e poderia, esperava ela, distrair Marianne, às vezes, com algum interesse além dela mesma e até com alguma diversão, por mais que ela agora rejeitasse ambas as ideias.

Do perigo de ver Willoughby de novo, sua mãe achou que ela estaria igualmente a salvo em Londres e no campo, uma vez que todos os que se considerassem amigos delas deviam romper relações com ele. Ninguém faria de propósito que os dois se cruzassem; por negligência, jamais ficariam expostos a uma surpresa, e o acaso tem menos a seu favor na multidão de Londres do que no isolamento de Barton, onde talvez ele fosse forçado a ir vê-la quando visitasse Allenham para o casamento, o qual a sra. Dashwood, depois de inicialmente considerar algo provável, passara a aguardar como certo.

Tinha ela uma outra razão para querer que suas filhas permanecessem onde estavam: uma carta de seu genro comunicou-lhe que ele e a esposa estariam em Londres antes de meados de fevereiro, e ela achou conveniente que elas pudessem ver o irmão algumas vezes.

Marianne prometera orientar-se pela opinião da mãe e, portanto, a acatou sem oposição, ainda que ela se revelasse totalmente diferente do que desejava e esperava, embora sentisse que era completamente errada, formada por razões equivocadas e, ao exigir uma permanência mais prolongada em Londres, lhe tirasse o único alívio possível para a sua dor, a compaixão pessoal da mãe, e a condenava a uma companhia e a situações que deveriam impedi-la de ter um momento de sossego.

Entretanto, era motivo de grande consolação para ela que o que fosse ruim para si seria bom para a irmã. Elinor, por seu lado, suspeitando que não estaria em seu poder evitar completamente Edward, consolou-se pensando que, embora aquela permanência mais longa militasse contra sua própria felicidade, seria melhor para Marianne do que um retorno imediato a Devonshire.

Seu cuidado em impedir que a irmã nem sequer ouvisse o nome de Willoughby não foi em vão. Marianne, ainda que sem saber, colheu todas as vantagens daquilo, pois nem a sra. Jennings, nem *Sir* John nem mesmo a própria sra. Palmer jamais falaram dele na sua presença. Elinor gostaria que a mesma clemência se estendesse a ela própria, mas era impossível, e se viu obrigada a ouvir dia após dia as manifestações de indignação de todos eles.

Sir John não conseguia acreditar que fosse possível. Um homem do qual sempre tivera tantos motivos para pensar bem! Um ótimo sujeito! Não acreditava que existisse ninguém que montasse melhor que ele na Inglaterra! Era um caso inexplicável. Mandou-o ao diabo, de coração. Jamais lhe dirigiria a palavra por nada neste mundo, se o encontrasse! Não, nem se se topassem no albergue de Barton e tivessem de ficar esperando juntos durante duas horas. Que sujeito canalha! Que cão desleal! A última vez que se encontraram, oferecera-lhe uma das crias de Folly! E acabou por ali!

A sra. Palmer, à sua maneira, estava igualmente louca da vida. Decidida a romper relações imediatamente, sentia-se muito feliz por jamais tê-lo conhecido de fato. Gostaria de coração que Combe Magna não ficasse tão perto de Cleveland, contudo isso não tinha importância, porque estava longe demais para visitas. Passou a odiá-lo tanto, que resolveu nunca mais mencionar o seu nome, e diria a todos com quem se encontrasse que canalha ele era.

O resto da simpatia da sra. Palmer era demonstrado obtendo todos os pormenores que podia sobre o casamento que se aproximava e comunicando-os a Elinor. Logo ela pôde dizer quem era o fabricante da nova carruagem, quem pintara o retrato do sr. Willoughby e em que loja as roupas da srta. Grey podiam ser encontradas.

A calma e polida despreocupação de *Lady* Middleton na ocasião foi um bom alívio para o espírito de Elinor, oprimido como frequentemente estava pela ruidosa gentileza dos outros. Para ela, foi um grande alívio saber que não despertava nenhum interesse pelo menos *numa* pessoa do seu círculo de relações: um grande consolo saber que havia *uma* pessoa que a encontraria sem sentir nenhuma curiosidade pelos detalhes nem preocupação alguma com a saúde da irmã.

As qualidades alcançam às vezes, pelas circunstâncias do momento, um valor maior que o real, e ela se aborrecia tanto com as condolências excessivas, que chegava a considerar a boa educação mais indispensável ao bem-estar do que o bom coração.

Lady Middleton exprimia sua opinião sobre o caso cerca de uma vez por dia, ou duas, quando o assunto era trazido à baila com muita frequência, dizendo: "É muito chocante, de fato!", e com esse contínuo mas delicado desabafo pudera não só ver as srtas. Dashwood desde o começo sem a menor emoção mas logo passar a vê-las sem se lembrar de uma palavra sobre o caso. Tendo assim defendido a dignidade do seu sexo e pronunciado a sua resoluta censura do que estava errado no outro, sentiu-se livre para cuidar dos interesses das suas festas e, portanto, decidiu (embora contra a opinião de *Sir* John), como a sra. Willoughby era ao mesmo tempo uma mulher elegante e rica, entregar-lhe o seu cartão de visitas assim que ela se casasse.

As perguntas delicadas e discretas do coronel Brandon eram sempre bem-vindas à srta. Dashwood. Ele ganhara com folga o privilégio de discutir intimamente a decepção de sua irmã, pelo simpático zelo com que tentara aliviá-la, e eles sempre conversavam com confiança. O principal prêmio que recebeu pelo empenho doloroso em revelar passadas amarguras e humilhações presentes foi dado no olhar de compaixão com que Marianne às vezes o observava, e a gentileza da voz dela toda vez (apesar de que isso não acontecesse com frequência) que era obrigada, ou se obrigava a si mesma, a falar com ele. *Essas coisas* garantiam-lhe que seus esforços haviam produzido um acréscimo de boa vontade com a sua pessoa, e deram a Elinor esperanças de que seriam mais numerosas dali para a frente. A sra. Jennings, porém, que não sabia nada de tudo isso, que sabia apenas que o coronel continuava tão sério como antes, e que não conseguia convencê-lo a fazer o pedido ele mesmo, nem a encarregá-la de o fazer em seu nome, começou, ao cabo de dois dias, a pensar que, em vez de em meados do verão, eles só se casariam no dia de São Miguel, no outono, e, ao fim de uma semana, que não haveria casamento nenhum. O bom entendimento entre o coronel e a srta. Dashwood parecia até indicar que as honras da amoreira, do canal e do teixo passariam para ela, e a sra. Jennings deixara, por algum tempo, de pensar na sra. Ferrars.

No começo de fevereiro, quinze dias depois da chegada da carta de Willoughby, Elinor recebeu a dolorosa missão de informar à irmã que ele se casara. Teve o cuidado de fazer que a notícia lhe chegasse assim que soubessem que a cerimônia terminara, porque não queria que Marianne recebesse a primeira notícia pelos jornais, que a via examinar avidamente todas as manhãs.

Ela recebeu a notícia com firme serenidade. Não fez nenhum comentário e inicialmente não derramou nenhuma lágrima, mas, depois de alguns momentos, elas jorraram abundantes, e pelo resto do dia permaneceu num estado pouco menos lamentável do que quando soube pela primeira vez que o casamento ocorreria.

Os Willoughby deixaram a cidade assim que se casaram, e Elinor esperava agora, pois não haveria perigo de ver nenhum dos dois, convencer a irmã, que não saíra mais de casa desde que sofrera o golpe, a ir saindo aos poucos, como fizera antes.

Mais ou menos nessa época, as duas srtas. Steele, chegadas recentemente à casa da prima em Bartlett's Buildings, Holburn, apresentaram-se de novo a seus parentes mais importantes na Conduit e na Berkeley Streets, e foram recebidas por eles com grande cordialidade.

Elinor só pôde lamentar vê-las. A presença delas sempre lhe era dolorosa, e mal soube como retribuir com delicadeza o enorme prazer de Lucy em encontrá-la *ainda* em Londres.

— Eu teria ficado muito desapontada se não a tivesse encontrado aqui *ainda* — disse ela várias vezes, dando grande ênfase à palavra. — Mas sempre achei que a *encontraria*. Tinha quase certeza de que não devia sair de Londres ainda por algum tempo, se bem que *tivesse dito*, lembra-se, em Barton, que não ficaria mais de um *mês*. Mas na época achei que muito provavelmente mudaria de ideia. Teria sido realmente uma pena ir embora antes da chegada de seu irmão e de sua cunhada. E agora, com certeza, não vai ter pressa de partir. Estou doidamente feliz por não ter mantido a *sua palavra*.

Elinor compreendeu-a perfeitamente, e foi obrigada a usar de todo o seu autocontrole para parecer que *não* a entendera.

— Bem, minha querida — disse a sra. Jennings —, e como foi a sua viagem?

— Não pela diligência, eu lhe garanto — respondeu a srta. Steele, com pronto entusiasmo —; viemos de carruagem o tempo todo, e um bonitão elegante nos acompanhou. O reverendo Davies estava vindo para Londres, e então achamos melhor vir com ele numa carruagem de posta. Comportou-se com muita delicadeza e pagou dez ou doze xelins a mais do que nós.

— Ah, ah — exclamou a sra. Jennings —, muito bonito, realmente! E posso garantir-lhe que o reverendo é solteiro.

— Vejam só — disse a srta. Steele, sorrindo de maneira afetada —, todos riem de mim quando falo do reverendo, e não consigo entender por quê. Meus primos dizem que têm certeza de que fiz uma conquista, mas posso garantir que nunca penso nele, nem por um minuto. "Meu Deus! Aí vem o seu bonitão, Nancy", disse minha prima outro dia, quando o viu atravessar a rua na direção da casa. Meu bonitão, realmente! disse eu... Não sei de quem está falando. O reverendo não é o meu bonitão.

— Ai, ai, bonitas palavras... contudo, não me convencem... o reverendo é o homem, já entendi.

— Não, mesmo! — replicou sua prima, com seriedade afetada — e peço-lhe que desminta se um dia ouvir alguém falar isso.

A sra. Jennings deu-lhe pessoalmente a gratificante garantia de que *não* o faria, e a srta. Steele ficou muito feliz.

— Suponho que vá ficar com seu irmão e sua cunhada, srta. Dashwood, quando eles chegarem à cidade — disse Lucy, voltando à carga, depois de uma trégua nas indiretas ferozes.

— Não, não creio que vamos.

— Ah, vai, tenho certeza de que vai.

Elinor não queria fazer-lhe a vontade, rebatendo novamente o que ela dizia.

— Que bom que a sra. Dashwood possa prescindir de ambas por tanto tempo!

— Muito tempo, de fato! — interrompeu a sra. Jennings. — Ora, a visita delas mal começou!

Lucy calou-se.

— Lamento não poder ver sua irmã, srta. Dashwood — disse a srta. Steele. — Lamento que ela não esteja bem... — pois Marianne deixara a sala à chegada delas.

— É muita bondade sua. Minha irmã também há de lamentar perder o prazer de vê-las, mas tem tido muitas dores de cabeça e se sentido muito nervosa, o que não lhe permite desfrutar da sua companhia e conversação.

— Ah, querida, é uma grande pena! Porém, velhas amigas como Lucy e eu!... Acho que poderia ver-*nos*, e garanto-lhe que não diríamos palavra.

Elinor, com grande delicadeza, recusou a proposta. A irmã provavelmente já estava deitada ou de camisola, e portanto não poderia vir até elas.

— Ah, se é só isso — exclamou a srta. Steele — podemos ir até lá para vê-*la*.

Elinor começou a achar que aquela impertinência estava passando dos limites, no entanto, foi poupada do incômodo de dar um fim a ela pela dura repreensão de Lucy, que agora, como em muitas ocasiões, ainda que não conferisse muita delicadeza às maneiras de uma das irmãs, servia para orientar as da outra.

Capítulo 33

Depois de alguma resistência, Marianne se rendeu aos pedidos da irmã e consentiu em sair com ela e a sra. Jennings uma manhã, por meia hora, sob a condição expressa, porém, de que não fariam nenhuma visita e nada mais faria do que acompanhá-las até a casa Gray, na Sackville Street, onde Elinor estava negociando a troca de umas velhas joias da mãe.

Quando pararam à porta, a sra. Jennings lembrou-se de que havia uma senhora no outro extremo da rua que ela devia visitar e, como nada tinha para fazer na joalheria, ficou resolvido que, enquanto as suas jovens amigas faziam a transação, ela faria a visita e depois se juntaria a elas.

Ao subirem as escadas, as srtas. Dashwood encontraram tanta gente à sua frente na sala, que não havia ninguém para atendê-las, e foram obrigadas a aguardar. Tudo que podiam fazer era sentarem-se na frente do balcão que parecesse prometer o atendimento mais rápido; ali só havia um cavalheiro, e é provável que Elinor tenha tido esperanças de provocar a sua polidez para resolver logo o problema. Mas a correção de seu olhar e a delicadeza do seu gosto foram maiores que a sua polidez. Estava encomendando um estojo de palitos de dentes, e até que decidisse o tamanho, a forma e os ornamentos, depois de examinar e discutir por quinze minutos cada estojo de palitos da loja, e finalmente combinasse tudo aquilo de acordo com sua própria imaginação criativa, não teve o tempo de conceder nenhuma atenção às duas senhoritas, além da que estava implícita em três ou quatro olhares bastante atrevidos; um tipo de interesse que imprimiu na mente de Elinor a lembrança de uma pessoa e de um rosto de forte, natural e autêntica insignificância, embora com ornamentos da última moda.

Marianne foi poupada dos perturbadores sentimentos de desprezo e ressentimento ante aquele impertinente exame de suas feições e ante a presunção das suas maneiras ao analisar cada um dos horrores dos diversos estojos de palitos de dente apresentados à sua inspeção, permanecendo inconsciente de tudo aquilo, pois era ela igualmente capaz de concentrar-se em seus pensamentos e permanecer ignorante do que se passava ao seu redor, tanto na joalheria do sr. Gray quanto em seu próprio quarto.

O negócio foi finalmente acertado. O marfim, o ouro e as pérolas, todos receberam seu lugar, e o cavalheiro, tendo determinado o último dia em que a sua existência poderia prosseguir sem a posse daquele estojo de palitos, calçou as luvas com ocioso esmero e, lançando outro olhar às srtas. Dashwood que parecia mais solicitar do que exprimir admiração, caminhou para fora da loja com um ar feliz de autêntica vaidade e indiferença afetada.

Elinor não perdeu mais tempo para levar adiante o seu negócio, e estava a ponto de concluí-lo quando outro cavalheiro se pôs ao seu lado. Ela voltou os olhos para o seu rosto e descobriu com certa surpresa que era o seu irmão.

O afeto e o prazer que demonstraram em se encontrar foram suficientes para parecerem críveis, na loja do sr. Gray. John Dashwood estava de fato longe de lamentar tornar a ver as irmãs, o que proporcionou satisfação a elas, e as suas perguntas sobre a mãe foram respeitosas e atenciosas.

Elinor descobriu que ele e Fanny já estavam em Londres havia dois dias.

— Gostaria muito de tê-las visitado ontem — disse ele — porém foi impossível, já que fomos obrigados a levar Harry para ver os animais selvagens em Exeter Exchange, e gastamos o resto do dia com a sra. Ferrars. Harry adorou tudo. Esta manhã tinha a intenção de visitá-las, se conseguisse ter meia hora livre, mas sempre se tem tanta coisa para fazer quando se chega a Londres! Estou aqui para encomendar um sinete para Fanny. Mas amanhã creio que poderei visitá-las na Berkeley Street e ser apresentado à sua amiga, a sra. Jennings. Ouvi dizer que é uma mulher de muitas posses. E os Middleton também, você tem de me apresentar a eles. Como parentes da minha madrasta, ficarei feliz em apresentar-lhes meus respeitos. São excelentes vizinhos de vocês em Barton, eu sei.

— Excelentes mesmo. Sua atenção com nosso bem-estar, sua simpatia em cada pormenor vão além do que eu possa exprimir.

— Estou extremamente contente em ouvir isso, palavra de honra. No entanto, tinha de ser assim; eles são pessoas de muitas posses, são seus parentes e é de esperar que façam todas as gentilezas e favores que possam servir para tornar agradável a sua situação. Então, já se encontram confortavelmente instaladas no seu chalezinho e nada lhes falta! Edward nos fez a mais encantadora descrição do lugar: o mais completo do gênero, disse ele, que já existiu, e todos pareciam apreciá-lo mais do que tudo. Foi para nós uma grande satisfação ouvir isso, garanto-lhe.

Elinor sentiu-se um pouco envergonhada do irmão e não lamentou ter sido poupada da necessidade de lhe responder, pela chegada do criado da sra. Jennings, que veio dizer a ela que a sua patroa estava à porta, esperando por elas.

O sr. Dashwood acompanhou-as ao descerem as escadas, foi apresentado à sra. Jennings à porta da carruagem e, reafirmando a sua esperança de poder visitá-las no dia seguinte, despediu-se.

A visita foi feita, como prometido. Ele chegou trazendo as desculpas da parte da cunhada delas por não ter vindo também, "mas está com tantos compromissos com a mãe que realmente não tem tido tempo para ir a lugar nenhum". A sra. Jennings, porém, garantiu-lhe pessoalmente que não iria fazer cerimônia, pois eram todos primos ou algo parecido, e certamente logo iria visitar a sra. John Dashwood e levaria consigo suas cunhadas. Suas maneiras com *elas*, apesar de calmas, eram perfeitamente gentis; com a sra. Jennings, delicadamente atenciosas, e à chegada do coronel Brandon, logo após a sua, encarou-o com uma curiosidade que parecia dizer que só esperava saber que ele fosse rico para ser igualmente educado com *ele*.

Depois de passar meia hora com elas, pediu a Elinor que o acompanhasse até a Conduit Street e o apresentasse a *Sir* John e *Lady* Middleton. O tempo estava admiravelmente bom e ela logo aceitou. Assim que saíram da casa, começaram as perguntas.

— Quem é o coronel Brandon? É um homem rico?

— Sim. Tem uma belíssima propriedade em Dorsetshire.

— Fico feliz em saber. Ele parece ser um cavalheiro e acho, Elinor, que posso felicitá-la pela perspectiva de um futuro muito respeitável.

— Eu, mano! Que quer dizer com isso?

— Ele gosta de você. Eu o observei atentamente, e estou convencido disso. Qual é o montante da sua fortuna?

— Creio que duas mil libras por ano.

— Duas mil libras por ano — e então, elevando-se ao máximo da generosidade entusiástica, acrescentou: — Elinor, gostaria de coração que fosse *duas* vezes isso, para o seu bem.

— Acredito em você — replicou Elinor —, mas tenho certeza de que o coronel Brandon não tem a menor vontade de casar *comigo*.

— Está enganada, Elinor, muito enganada. Um minúsculo esforço da sua parte pode conquistá-lo. Talvez agora ele esteja um pouco indeciso; a exiguidade das suas posses pode fazê-lo hesitar. Seus amigos podem tê-lo aconselhado a evitar o casamento. Mas algumas dessas pequenas atenções e encorajamentos que as mulheres sabem tão bem fazer vão decidi-lo, mesmo contra a vontade dele. E não há razão para não lhe dar uma oportunidade. Não é de supor que algum outro amor da sua parte... em suma, sabe que um laço desse tipo é totalmente fora de questão, os obstáculos são insuperáveis... você tem muito juízo para não enxergar tudo isso. O coronel Brandon deve ser o escolhido, e não faltará nenhuma gentileza da minha parte para que ele a aprove e à sua família. É um casamento que deve trazer satisfação a todos. Em resumo, esse é o tipo de coisa — baixando a voz até um sussurro audível — que será bem-vinda demais para *todas as partes* — recompondo-se, porém, acrescentou: — Ou seja, quero dizer... seus amigos estão todos muito ansiosos para vê-la bem estabelecida; Fanny em especial, pois se preocupa muitíssimo com você, posso garantir-lhe. E à mãe dela também, a sra. Ferrars, uma mulher de coração muito bom, tenho certeza de que o casamento agradaria muito; ela mesma disse isso outro dia.

Elinor não se dignou responder.

— Seria notável, agora — prosseguiu ele —, seria muito engraçado se Fanny tiver um irmão e uma irmã casando-se ao mesmo tempo. E olhe que não é muito improvável.

— O sr. Edward Ferrars — disse Elinor, com decisão — vai casar?

— Ainda não está acertado, contudo há algo assim no ar. Ele tem uma excelente mãe. A sra. Ferrars, com a maior generosidade, lhe oferecerá mil libras por ano, se o casamento ocorrer. A noiva é a ilustre srta. Morton, filha única do falecido Lorde Morton, com trinta mil libras. Um laço muito desejável de ambas as partes, e não tenho dúvida de que acontecerá em breve. Mil libras por ano é muito para uma mãe gastar, perder para sempre, no entanto a sra. Ferrars tem uma alma nobre. Para lhe dar outro exemplo da sua generosidade: outro dia, assim que chegamos a Londres, ciente de que não podíamos dispor de muito dinheiro no momento, ela entregou a Fanny duzentas libras em cédulas. E foram muito bem-vindos, já que teremos grandes despesas enquanto estivermos aqui.

Fez uma pausa esperando seu assentimento e simpatia, e ela se viu obrigada a dizer:

— Suas despesas, tanto na cidade quanto no campo, devem ser consideráveis, mas suas rendas também são gordas.

— Nem tão gordas, tenho certeza, quanto muita gente supõe. Não quero queixar-me, porém; é sem dúvida uma renda confortável, e espero que em breve seja ainda maior. Estamos pondo cercas em Norland Common, e essa tem sido a nossa maior despesa. E também fiz uma pequena compra nesses últimos seis meses: a fazenda East Kingham, deve lembrar-se do lugar, onde o velho Gibson costumava morar. As terras eram-me tão desejáveis, em todos os aspectos, tão imediatamente pegadas à minha propriedade, que senti que era meu dever comprá-las. Não poderia responder ante o tribunal da minha consciência se caíssem em outras mãos. Um homem deve pagar pelo que lhe convém, e aquilo me custou uma grande soma de dinheiro.

— Mais do que acredita que valham realmente.

— Opa, espero que não. Eu teria podido revendê-las no dia seguinte por mais do que dei, entretanto, com relação ao preço, poderia ter sido muito infeliz, na verdade, porque as ações estavam tão baixas na época, que se não tivesse por acaso a quantia necessária em banco, teria de vender tudo, com grandes perdas.

Elinor limitou-se a sorrir.

— Tivemos outras grandes e inevitáveis despesas ao chegarmos a Norland. Nosso amado pai, como sabe, deixou em herança todos os bens de Stanhill que permaneceram em Norland (e eram muito valiosos) para a sua mãe. Longe de mim queixar-me por ele ter feito isso. Tinha todo direito de dispor de sua propriedade como bem quisesse, mas, em consequência disso, fomos obrigados a fazer grandes gastos com roupa de cama e mesa, porcelana, etc., para substituirmos o que fora levado embora. Pode adivinhar, depois de todas essas despesas, como estamos longe de ser ricos, e como foi bem-vinda a generosidade da sra. Ferrars.

— Certamente — disse Elinor —, e graças à generosidade dela, espero que consigam viver sem grandes apertos.

— Mais um ou dois anos e estaremos perto de ver isso acontecer — respondeu ele, com gravidade —, porém ainda há muita coisa a ser feita. Ainda não se colocou nenhuma pedra para construir a estufa de Fanny, e o jardim de flores ainda está em fase de projeto.

— Onde vai ser a estufa?

— Sobre a colina, atrás da casa. As velhas nogueiras vão todas ser derrubadas para abrir espaço para ela. Terá uma linda vista de muitas partes do parque, e o jardim de flores será em declive bem à frente. Será lindo demais. Arrancamos todos os velhos espinheiros que cresciam em grupos no alto.

Elinor guardou para si a preocupação e a reprovação e ficou feliz por Marianne não estar presente para compartilhar a provocação.

Tendo já dito o suficiente para demonstrar a sua pobreza e evitar a necessidade de comprar um par de brincos para cada uma das irmãs em sua próxima visita à joalheria Gray, seus pensamentos ganharam um ar mais alegre, e ele começou a felicitar Elinor por ter uma amiga como a sra. Jennings.

— Ela parece ser uma mulher de grande valor... A sua casa, o seu estilo de vida, tudo revela uma excelente renda; e trata-se de uma relação que não só tem sido muito proveitosa a você até aqui, como pode enfim se mostrar materialmente vantajosa. O fato de tê-la convidado para vir a Londres é, com certeza, algo importante a favor de você. De fato, demonstra tão grande afeto, que muito provavelmente se ela morrer você não será esquecida. E veja que ela deve ter muita coisa para legar.

— Absolutamente nada, eu diria, pois dispõe apenas do quinhão de viúva, que seus filhos herdarão.

— Mas não se deve imaginar que ela gaste tudo o que receba. Pouca gente com um pouco de prudência faria *isso*. E ela poderá dispor de tudo que economiza.

— Não acha que é mais provável que ela deixe as economias para as filhas do que para nós?

— As duas filhas estão muito bem-casadas, e assim não consigo ver a necessidade de ajudá-las mais. Ao passo que, na minha opinião, ao tratar você com tanta consideração e do jeito que o faz, ela lhe deu uma espécie de direito sobre os seus futuros projetos, o que uma mulher sensata não desdenharia. Nada pode ser mais gentil do que o comportamento dela e é difícil que faça tudo isso sem estar consciente das expectativas que provoca.

— Mas não provocou nenhuma expectativa nas pessoas mais interessadas. Na verdade, mano, a sua preocupação com o nosso bem-estar e prosperidade o leva longe demais.

— Sim, com certeza — disse ele, parecendo recompor-se — as pessoas podem fazer pouco, muito pouco, por si mesmas. Mas, minha querida Elinor, qual é o problema com Marianne? Ela não parece muito bem, está pálida e emagreceu bastante. Será que está doente?

— Ela não está bem, teve um problema nervoso nas últimas semanas.

— Lamento. Na sua idade, qualquer doença destrói o brilho para sempre! O dela foi muito breve! Era a menina mais linda que já vi, setembro passado, e com grande probabilidade de conseguir arrumar marido. Havia algo em seu estilo de beleza que lhes agrada em especial. Lembro-me de que Fanny costumava dizer que ela iria casar mais cedo e melhor do que você. Não que ela não tenha um grande carinho por você, porém o fato é que aquilo a impressionou. Mas estava enganada. Duvido que Marianne consiga agora casar com um homem com mais de quinhentas ou seiscentas libras por ano, no máximo, e estarei muito enganado se você não se sair melhor. Dorsetshire! Sei muito pouco de Dorsetshire, no entanto, minha querida Elinor, ficarei muitíssimo contente se puder saber mais sobre o lugar, e acho que posso garantir-lhe que Fanny e eu estaremos entre os seus primeiros visitantes.

Elinor tentou muito seriamente convencê-lo de que não havia possibilidade de se casar com o coronel Brandon, mas aquela era uma perspectiva agradável demais para que ele renunciasse a ela, e estava realmente decidido a travar amizade com o cavalheiro e promover o casamento por todos os modos possíveis. Sentia remorsos suficientes por nada ter feito pelas irmãs, para estar muitíssimo ansioso de que alguma outra pessoa fizesse muito por elas. Uma proposta de casamento da parte do coronel Brandon ou uma herança da sra. Jennings era o modo mais simples de reparar sua própria negligência.

Tiveram a sorte de encontrar *Lady* Middleton em casa, e *Sir* John chegou antes que a visita terminasse. Houve abundância de gentilezas de todos os lados. *Sir* John estava pronto para gostar de qualquer pessoa, e, embora o sr. Dashwood não parecesse entender muito de cavalos, logo o considerou um ótimo sujeito, ao passo que *Lady* Middleton viu que seu traje estava na moda e, portanto, valia a pena conhecê-lo. O sr. Dashwood despediu-se entusiasmado com ambos.

— Vou ter coisas maravilhosas para contar a Fanny — disse ele, enquanto voltava com a irmã. — *Lady* Middleton é realmente uma mulher elegantíssima! Tenho certeza de que Fanny ficará contente em conhecer uma mulher assim. E a sra. Jennings também, uma senhora imensamente gentil, ainda que não tão elegante quanto a filha. Sua cunhada não precisa ter nenhum escrúpulo em fazer uma visita a ela, o que, para falar a verdade, era um pouco o caso, naturalmente, pois só sabíamos que a sra. Jennings era a viúva de um homem que acumulou todo o seu dinheiro de maneira baixa. Fanny e a sra.

Ferrars estavam ambas muito inclinadas a julgar que nem ela nem as filhas eram o tipo de gente com quem Fanny gostaria de se associar. Mas agora eu posso dar a ela a mais satisfatória descrição de ambas.

Capítulo 34

A sra. John Dashwood tinha tamanha confiança no julgamento do marido, que já no dia seguinte foi visitar a sra. Jennings e a filha. Sua confiança foi recompensada pela descoberta de que mesmo a primeira, mesmo a mulher em cuja casa suas cunhadas estavam hospedadas, não era de modo algum indigna de consideração. Quanto a *Lady* Middleton, achou-a a mais encantadora mulher do mundo!

Lady Middleton também gostou da sra. Dashwood. Havia uma espécie de frieza egoísta em ambas, que as atraiu mutuamente. Simpatizaram uma com a outra pela insípida correção do comportamento e pela carência geral de inteligência.

As mesmas maneiras, porém, que recomendavam a sra. John Dashwood ao apreço de *Lady* Middleton não agradaram à imaginação da sra. Jennings, e para *ela* não pareceu mais do que uma mulherzinha orgulhosa, de trato antipático, que se encontrou com as irmãs do marido sem nenhuma cordialidade e quase sem ter nada para lhes dizer, porque, dos quinze minutos passados na Berkeley Street, permaneceu pelo menos sete e meio em silêncio.

Elinor queria muito saber, se bem que não achasse conveniente perguntar, se Edward estava em Londres, mas nada teria levado Fanny a mencionar voluntariamente seu nome na presença dela, até que lhe pudesse dizer que o casamento dele com a senhorita estava acertado ou até que as expectativas do marido com o coronel Brandon fossem confirmadas, visto que acreditava que estivessem ainda tão apegados um ao outro, que nunca era demasiado o cuidado de sempre separá-los por palavras e atos. A informação, porém, que *ela* se negava a dar logo chegou vinda de outra fonte. Lucy logo veio pedir a Elinor sua compaixão por não poder ver Edward, embora tivesse chegado em Londres com o sr. e a sra. Dashwood. Não ousara vir a Bartlett's Buildings temendo ser visto, e, ainda que a mútua impaciência por encontrar-se fosse indizível, nada mais podiam fazer no momento senão escrever.

Pouco depois, o próprio Edward lhes confirmou que estava na cidade, fazendo duas visitas à Berkeley Street. Duas vezes o seu cartão foi encontrado sobre a mesa, quando voltaram de seus compromissos matutinos. Elinor ficou satisfeita com a visita, e ainda mais satisfeita por não estar presente.

Os Dashwood ficaram tão prodigiosamente entusiasmados com os Middleton, que, embora não tivessem o hábito de dar nada, decidiram dar-lhes... um jantar, e, logo depois de seu relacionamento começar, convidaram-nos para jantar na Harley Street, onde alugaram uma ótima casa por três meses. Suas irmãs e a sra. Jennings também foram convidadas, e John Dashwood teve o cuidado de garantir a presença do coronel Brandon, que, sempre contente de estar onde as srtas. Dashwood estivessem, recebeu seu animado convite com alguma surpresa, mas com prazer ainda maior. Iriam encontrar a sra. Ferrars, contudo Elinor não conseguiu saber se seus filhos estariam presentes. A expectativa de vê-la, porém, era suficiente para interessá-la pelo encontro, pois mesmo que agora pudesse conhecer a mãe de Edward sem aquela forte ansiedade que antes ameaçava acompanhar tal apresentação, mesmo que agora pudesse vê-la com total indiferença pela opinião que tivesse dela, seu desejo de estar na companhia da sra. Ferrars, sua curiosidade de saber como era ela estavam tão vivos como antes.

Assim, logo em seguida, o interesse com que esperava a festa aumentou, mais pela intensidade que pelo prazer, quando ouviu que as srtas. Steele também estariam presentes.

Tão boa impressão haviam deixado em *Lady* Middleton, tão agradáveis a ela se tornaram suas atenções, que, embora Lucy certamente não fosse muito elegante e sua irmã não fosse sequer bem-educada, estava tão disposta quanto *Sir* John a lhes pedir que passassem uma ou duas semanas na Conduit Street. Acabou sendo especialmente conveniente às srtas. Steele, assim que souberam do convite dos Dashwood, que sua visita começasse alguns dias antes da data da festa.

Seus direitos à consideração da sra. John Dashwood, como sobrinhas do cavalheiro que durante muitos anos cuidara de seu irmão, não tiveram muito peso, porém, na distribuição dos seus lugares à mesa, mas como hóspedes de *Lady* Middleton tinham de ser bem recebidas. Lucy, que havia muito desejava conhecer pessoalmente a família, para poder avaliar-lhes melhor a personalidade, seus problemas e para ter a oportunidade de lhes ser agradável, poucas vezes na vida ficou mais feliz do que ao receber o cartão da sra. John Dashwood.

Sobre Elinor, o efeito foi muito diferente. Ela começou de imediato a calcular que Edward, que vivia com a mãe, devia ser convidado, como a mãe, para uma festa dada por sua irmã. E mal sabia como suportar vê-lo pela primeira vez, depois de tudo que se passara, na companhia de Lucy!

Essa apreensão talvez não se fundasse inteiramente na razão e certamente de modo algum na verdade. Foi aliviada, porém, não porque ela própria se recompusesse, e sim pela boa vontade de Lucy, que acreditava estar causando uma grave decepção ao dizer a ela que Edward certamente não estaria na Harley Street na terça-feira, e até esperava estar provocando uma dor ainda maior convencendo-a de que o que o afastava era sua extrema paixão por ela, que ele não conseguia esconder quando estavam juntos.

Chegou, enfim, aquela importante terça-feira, que deveria apresentar as duas jovens à formidável sogra.

— Piedade, querida srta. Dashwood! — disse Lucy enquanto subiam as escadas juntas, porque os Middleton chegaram tão imediatamente depois da sra. Jennings, que todos eles seguiram o criado ao mesmo tempo. — Não há ninguém aqui, além da senhorita, que possa ter dó de mim... Eu lhe garanto que mal consigo ficar de pé. Meu Deus! Daqui a pouco vou ver a pessoa de quem depende toda a minha felicidade... que deve ser minha mãe!...

Elinor poderia tê-la reconfortado de imediato, sugerindo-lhe a possibilidade de que estavam para ver a mãe da srta. Morton, e não a dela, mas em vez disso ela lhe assegurou, e com a maior sinceridade, que tinha, sim, pena dela... para grande espanto de Lucy, que, embora realmente numa situação difícil, esperava pelo menos ser objeto de profunda inveja por parte de Elinor.

A sra. Ferrars era uma mulher baixinha e magra, de figura tão ereta a ponto de ser solene e de aspecto tão sério a ponto de ser ácido. A tez era pálida e os traços, miúdos, sem beleza e naturalmente inexpressivos; no entanto, uma feliz contração da sobrancelha salvara a sua expressão da desgraça da insipidez, dando-lhe fortes sinais de orgulho e mau caráter. Não era mulher de falar muito, pois, ao contrário das pessoas em geral, ela proporcionava suas palavras ao número de suas ideias, e, das poucas sílabas que deixou escapar, nenhuma se dirigiu à srta. Dashwood, que encarou com a enérgica determinação de nela nada encontrar de bom, em nenhum aspecto.

Elinor *agora* não podia sentir-se infeliz com o comportamento dela. Poucos meses antes, ele a teria magoado demais, entretanto já não estava ao alcance da sra. Ferrars feri-la com sua conduta, e a diferença do tratamento que deu às srtas. Steele, uma diferença que parecia feita de propósito para humilhá-la ainda mais, apenas a divertiu. Só podia sorrir ao ver a gentileza da mãe e da filha com a própria pessoa — já que com isso distinguiam especialmente Lucy — que de todas as presentes, se soubessem tanto quanto ela sabia, mais gostariam de mortificar; ao passo que ela mesma, que comparativamente não tinha poder de feri-las, recebia acintosamente os desaforos das duas. Mas, enquanto sorria diante de uma delicadeza tão deslocada, não podia refletir na insensatez mesquinha de que se originava, nem observar as fingidas atenções com que as srtas. Steele buscavam seu prolongamento, sem desprezar profundamente todas as quatro.

Lucy era toda alegria por se ver cercada de tantas atenções, e para a srta. Steele sentir-se perfeitamente feliz só faltava ser cortejada pelo reverendo Davies.

O jantar foi magnífico, a criadagem era numerosa e tudo revelava a queda da dona da casa para a ostentação e a capacidade que o dono tinha em respaldá-la. Apesar das reformas e das ampliações que estavam fazendo na propriedade de Norland e apesar de seu dono ter estado havia pouco a alguns milhares de libras de distância de ter de vender tudo com prejuízos, não parecia haver nenhum sintoma daquela indigência que ele tentara inferir do caso: não havia nenhuma pobreza, de nenhum tipo, com exceção das conversas — ali, porém, a miséria era considerável. John Dashwood não tinha muito a dizer que valesse a pena ouvir, e sua mulher, menos ainda. Mas não havia aí nenhuma desgraça especial, pois isso acontecia com a maioria dos visitantes, quase todos vítimas de um ou de outro destes defeitos que os impediam de ser agradáveis: falta de sensatez, quer por natureza, quer por educação, falta de elegância, falta de inteligência ou falta de caráter.

Quando as mulheres se dirigiram para a sala de visitas depois do jantar, essa pobreza ficou especialmente evidente, já que os cavalheiros *haviam* dado às conversas certa variedade, falando de política, de como cercar terrenos e amansar cavalos, o que agora estava acabado e só um assunto foi abordado por elas até chegar o café: a comparação da altura de Harry Dashwood e do segundo filho de *Lady* Middleton, William, que tinham aproximadamente a mesma idade.

Se as duas crianças estivessem lá, o problema teria sido resolvido facilmente, medindo-as, mas como apenas Harry estava presente, só havia afirmações conjeturais de ambas as partes, e todas tinham o direito de ser igualmente categóricas em sua opinião e repeti-la quantas vezes quisessem.

Tomaram-se os seguintes partidos:

As duas mães, embora cada uma estivesse convicta de que seu próprio filho era o mais alto, educadamente opinaram em favor do outro.

As duas avós, não menos parciais, porém mais sinceras, foram igualmente firmes na defesa dos netos.

Lucy, que não estava menos ansiosa de agradar a uma mãe do que a outra, disse que os meninos eram ambos muito altos para a idade e que não conseguia imaginar que houvesse no mundo a menor diferença entre os dois; já a srta. Steele, com delicadeza ainda maior, deu o mais rápido possível o seu voto para os dois.

Elinor, tendo dado a sua opinião a favor de William, com o que ofendera a sra. Ferrars e ainda mais a Fanny, não viu necessidade de reforçá-la com nenhuma afirmação adicional. Marianne, ao lhe pedirem a sua, ofendeu a todos, declarando que não tinha opinião para dar, já que nunca pensara no assunto.

Antes de se mudarem de Norland, Elinor pintara um par de telas muito bonitas para sua cunhada, as quais, recém--emolduradas e trazidas para a casa, ornamentavam a sua atual sala de visitas. E essas telas, tendo chamado a atenção de John Dashwood ao entrar com os outros cavalheiros na sala, foram intrometidamente entregues ao coronel Brandon, para que as admirasse.

— Foram feitas pela minha irmã mais velha — disse ele — e tenho certeza de que o senhor, como um homem de bom gosto, vai apreciá-las. Não sei se já viu algum desenho dela antes, mas em geral ela é tida como uma excelente desenhista.

O coronel, ainda que negando qualquer pretensão a *connoisseur*, admirou com entusiasmo as telas, como teria feito com qualquer coisa pintada pela srta. Dashwood, e, como a curiosidade dos outros fora obviamente despertada, elas foram passadas de mão em mão, para uma inspeção geral. A sra. Ferrars, sem saber que eram de autoria de Elinor, pediu com especial insistência que lhe fossem mostradas, e, depois que receberam o gratificante testemunho da aprovação de *Lady* Middleton, Fanny as apresentou à mãe, informando-a gentilmente, ao mesmo tempo, que haviam sido pintadas pela srta. Dashwood.

— Hmmm — disse a sra. Ferrars —, muito bonitas — e sem olhá-las, devolveu-as à filha.

Talvez tenha passado pela cabeça de Fanny que sua mãe fora muito grosseira, pois, enrubescendo um pouco, tornou imediatamente:

— São muito bonitas, minha senhora, não é mesmo? — mas, temendo talvez ter sido delicada e encorajadora demais, acrescentou:

— Não acha que elas têm algo do estilo de pintar da srta. Morton, minha senhora? Ela, *sim*, pinta maravilhosamente! Como é linda a última paisagem que ela pintou!

— Linda, mesmo! *Ela* faz todas as coisas bem.

Marianne não pôde suportar aquilo. Já estava muito aborrecida com a sra. Ferrars e aquele despropositado elogio de outra pessoa, à custa de Elinor, embora não tivesse a menor ideia da intenção com que fora feito, levou-a a dizer de imediato, com veemência:

— Eis uma admiração muito esquisita! Quem é essa srta. Morton para nós? Quem sabe quem é e quem se importa com ela? É de Elinor que *nós* estamos falando.

E ao dizer isso, tomou as telas das mãos da cunhada, para admirá-las como mereciam ser admiradas.

A sra. Ferrars pareceu zangar-se infinitamente e, empertigando-se mais do que nunca, declamou como réplica esta indignada filípica:

— A srta. Morton é a filha de Lorde Morton.

Fanny também pareceu zangar-se muito, e seu marido estava completamente apavorado com a audácia da irmã. Elinor ficou muito mais magoada pela veemência de Marianne do que pelo que a provocara, mas os olhos do coronel Brandon, cravados em Marianne, mostravam que ele só notara o que havia de amável no que ela fizera: o coração afetuoso que não suportava ver a irmã sendo destratada.

Os sentimentos de Marianne não pararam por ali. A fria insolência do comportamento geral da sra. Ferrars para com sua irmã parecia-lhe predizer problemas e angústias tais para Elinor, como o seu próprio coração magoado lhe ensinara a pensar com horror, e, levada por um forte impulso de sensibilidade afetiva, depois de um momento foi até a cadeira da irmã e, pondo um braço ao redor do seu pescoço e uma face próxima à dela, disse-lhe em voz baixa, porém enérgica:

— Querida, querida Elinor, não ligue para elas. Não as deixe fazerem *você* infeliz.

Não conseguiu dizer mais nada; sentia-se completamente esgotada e, escondendo o rosto no ombro de Elinor, começou a chorar. Aquilo chamou a atenção de todos, e quase todos demonstraram preocupação. O coronel Brandon ergueu-se e foi até elas sem saber o que fazia. A sra. Jennings, com um muito inteligente "Ah! coitadinha" prontamente lhe deu seus sais, e *Sir* John sentiu-se tão desesperadamente furioso contra a autora daquele ataque de nervos, que de imediato mudou de lugar para um mais perto de Lucy Steele, e deu a ela, num sussurro, uma breve explicação de todo aquele caso chocante.

Em poucos minutos, porém, Marianne já se recuperara o suficiente para pôr um ponto-final naquele alvoroço e sentar-se junto às demais pessoas, embora seu espírito guardasse durante toda a noite a impressão do que se passara.

— Pobre Marianne! — disse seu irmão ao coronel Brandon, em voz baixa, assim que conseguiu obter a sua atenção —, não tem tanta saúde quanto a irmã... é muito nervosa... não tem a compleição de Elinor, e deve-se admitir que há algo muito doloroso para uma mocinha que *foi* muito bela perder os seus atrativos pessoais. Talvez não saiba, contudo Marianne *era* lindíssima alguns meses atrás; tão linda quanto Elinor. Agora, como vê, tudo acabou.

Capítulo 35

Foi satisfeita a curiosidade de Elinor em ver a sra. Ferrars. Nela vira tudo o que podia tornar indesejável uma maior ligação entre as famílias. Já vira o bastante de seu orgulho, de sua mesquinhez e do resoluto preconceito contra ela para compreender todos os problemas que teriam atrapalhado o relacionamento e retardado o noivado de Edward com ela, se ele estivesse livre; e vira o bastante para estar agradecida, para seu *próprio* bem, por um obstáculo maior tê-la preservado de sofrer sob algum outro empecilho de criação da sra. Ferrars; de tê-la salvado de toda dependência dos caprichos dela ou de qualquer preocupação com a sua opinião. Ou pelo menos, se não a levou a se alegrar por Edward estar comprometido com Lucy, ela concluiu que, se Lucy fosse mais simpática, *deveria* ter-se alegrado com isso.

Tentou entender como Lucy podia entusiasmar-se tanto com as cortesias da sra. Ferrars, como seu interesse e sua vaidade podiam cegá-la a ponto de fazer que a atenção que lhe era dispensada só por *não ser Elinor* lhe parecesse um cumprimento, ou de permitir-lhe sentir-se encorajada por uma preferência que só lhe era concedida porque a sua situação real não era conhecida. Que era esse o caso ficou claro não só pelo olhar de Lucy naqueles momentos, e se manifestou ainda mais claramente na manhã seguinte, visto que, a seu pedido, *Lady* Middleton a deixou na Berkeley Street, com a esperança de ver Elinor sozinha e lhe contar como estava feliz.

A esperança mostrou-se fundada, pois uma mensagem da sra. Palmer logo depois que chegou fez que a sra. Jennings saísse.

— Minha querida amiga — exclamou Lucy, assim que se viram sozinhas —, vim contar-lhe da minha felicidade. Pode haver algo mais lisonjeiro que a maneira como a sra. Ferrars me tratou ontem? Ela foi tão gentil! Sabe como me apavorava a ideia de vê-la, porém no momento mesmo em que fui apresentada, havia tal amabilidade em seu comportamento, que parecia mostrar que ela realmente gostou de mim. Não foi assim mesmo? Viu tudo; e não ficou impressionada com aquilo?

— Ela certamente foi muito educada com a senhorita.

— Educada! Só viu boa educação naquilo? Eu vi bem mais do que isso. Uma delicadeza que só se dirigia a mim! Nenhum orgulho, nenhuma altivez, e o mesmo se pode dizer da sua cunhada: toda meiga e amável!

Elinor quis mudar de assunto, mas Lucy continuou pressionando-a para que admitisse que tinha razão de sentir-se feliz, e Elinor foi obrigada a prosseguir.

— Sem dúvida, se elas soubessem do seu noivado — disse ela —, nada poderia ser mais lisonjeiro do que o tratamento que lhe dispensaram... entretanto, como não foi esse o caso...

— Sabia que ia dizer isso — replicou rapidamente Lucy —, contudo, não há nenhuma razão no mundo para que a sra. Ferrars finja gostar de mim, se não gostar, e o fato de gostar de mim é o que importa. A senhorita não vai conseguir destruir a minha alegria. Tenho certeza de que tudo acabará bem e não haverá os problemas que eu pensava que haveria. A sra. Ferrars é uma mulher encantadora, e a sua cunhada também. As duas são mulheres maravilhosas! É para mim uma surpresa que nunca me houvesse dito que encanto a sra. Dashwood é!

A isso Elinor não tinha nenhuma resposta para dar nem tentou fazê-lo.

— Está doente, srta. Dashwood? Parece prostrada... mal fala... não está bem, com certeza.

— Minha saúde nunca esteve melhor.

— Fico muito contente com isso, de coração, todavia, não é o que parece. Lamentaria muito que ficasse doente; a senhorita, que tem sido meu maior consolo no mundo! Só Deus sabe o que teria sido de mim sem a sua amizade.

Elinor tentou dar-lhe uma resposta educada, embora duvidasse que fosse bem-sucedida. Mas Lucy pareceu satisfeita com ela e replicou de imediato:

— É verdade, estou totalmente convencida de seu afeto por mim e, depois do amor de Edward, este é o meu maior consolo. Pobre Edward! Mas agora as coisas vão melhorar, poderemos encontrar-nos, e nos encontrar com frequência, já que *Lady* Middleton gostou muito da sra. Dashwood, e então estaremos sempre na Harley Street, tenho certeza, e Edward passa a metade do tempo com a irmã... além disso, *Lady* Middleton e a sra. Ferrars agora vão visitar-se... e a sra. Ferrars e a sua cunhada foram ambas tão boas comigo, que disseram mais de uma vez que sempre ficariam felizes em me ver. São uns encantos de mulheres! Tenho certeza de que, se algum dia a senhorita disser à sua cunhada o que penso dela, jamais vai poder exagerar.

Mas Elinor não a encorajaria de modo algum a ter esperança de que ela *fosse* dizer algo à cunhada. Lucy prosseguiu:

— Tenho certeza de que eu teria percebido prontamente se a sra. Ferrars antipatizasse comigo. Se tivesse feito um cumprimento apenas formal, por exemplo, sem dizer palavra, e depois nem notasse a minha existência e nunca mais olhasse para mim de um modo simpático... sabe o que quero dizer... se tivesse sido tratada desse modo intimidativo, eu teria desistido de tudo, desesperada. Não teria suportado, visto que sei que as *antipatias* dela são muito violentas.

Elinor foi impedida de responder a esse educado triunfo pelo fato de a porta se abrir, o criado anunciar o sr. Ferrars e Edward entrar imediatamente. Foi um momento muito constrangedor, e a expressão de cada um mostrou que assim era, de fato. Todos tinham um ar muito estúpido, e Edward parecia ter tão pouca inclinação para sair novamente da sala quanto para avançar mais para dentro dela. Tinham caído na exata situação que, em sua forma mais desagradável, cada um deles mais gostaria de evitar. Estavam os três não só juntos, mas juntos sem o amparo de mais ninguém. As moças recuperaram-se primeiro. Não cabia a Lucy tomar a iniciativa, e a aparência de segredo devia ser mantida. Assim, ela só podia fazer *transparecer* a sua ternura e, depois de cumprimentá-lo discretamente, não disse mais nada.

Elinor, porém, tinha mais que fazer, e estava tão ansiosa para fazê-lo direito, pelo bem dele e dela própria, que se obrigou, depois de se recompor por um momento, a dar-lhe as boas-vindas, com uma aparência quase tranquila e sincera; e, depois de lutas e esforços consigo mesma, conseguiu melhorar ainda mais seu jeito. Não queria permitir que a presença de Lucy nem a consciência de alguma injustiça consigo mesma a dissuadissem de dizer a ele que estava contente em vê-lo e que lamentara muitíssimo não estar em casa durante sua visita anterior à Berkeley Street. Tampouco se deixaria intimidar pelos olhares observadores de Lucy, que logo percebeu estarem cravados nela, privando-o das atenções que, como amigo e quase parente, lhe eram devidas.

O comportamento de Elinor devolveu certa segurança a Edward, e ele teve coragem bastante para sentar-se. Seu constrangimento, porém, ainda era maior que o das duas moças, numa proporção que o caso tornava razoável, embora fosse raro pelo sexo; porque seu coração não tinha a indiferença do de Lucy, nem sua consciência podia ter a serenidade da de Elinor.

Lucy, com um ar sério e calmo, parecia decidida a não contribuir para o conforto dos outros, e não abria a boca. Quase tudo o que *era* dito vinha da parte de Elinor, que foi obrigada a oferecer todas as informações sobre a saúde da mãe, sobre a viagem a Londres, etc., coisas sobre as quais Edward deveria ter perguntado, mas não o fez.

Seus esforços não pararam por ali, pois logo em seguida se sentiu tão heroicamente disposta que decidiu, sob pretexto de trazer Marianne, deixar os outros sozinhos. E realmente fez isso da maneira mais elegante, pois passou vários minutos no corredor, com generosa firmeza, antes de ir buscar a irmã. Uma vez feito isso, porém, já era tempo de cessarem os arroubos de Edward, uma vez que a alegria de Marianne imediatamente a fez correr para a sala de visitas. Seu prazer em vê-lo era como todos os seus outros sentimentos, intensos em si mesmos e expressos intensamente. Foi ao encontro dele com a mão estendida e uma voz que exprimia o amor de uma irmã.

— Querido Edward — exclamou ela —, este é um momento de grande felicidade! Serve quase como compensação por todo o resto!

Edward tentou retribuir a gentileza como merecia, no entanto, diante de uma tal testemunha, não ousava dizer metade do que realmente sentia. Novamente todos se sentaram, e por alguns momentos todos permaneceram calados, enquanto Marianne olhava com a mais eloquente ternura, ora para Edward, ora para Elinor, lamentando apenas que o prazer que os dois sentiam um com o outro fosse entravado pela presença inoportuna de Lucy. Edward foi o primeiro a falar, para comentar a aparência abatida de Marianne e para exprimir seu receio de que não se tivesse adaptado a Londres.

— Ah, não se preocupe comigo! — replicou ela com veemência, ainda que seus olhos se enchessem de lágrimas enquanto falava. — Não se preocupe com a *minha* saúde. Elinor está bem, como pode ver. Isso deve ser suficiente para nós dois.

Essa observação não fora calculada para deixar Edward ou Elinor mais à vontade, nem para conquistar a simpatia de Lucy, que olhou para Marianne com uma expressão não muito benévola.

— Gosta de Londres? — perguntou Edward, querendo dizer algo que lhe permitisse mudar de assunto.

— De jeito nenhum. Esperei ter muito prazer aqui, mas não tive nenhum. Vê-lo, Edward, foi o meu único consolo e, graças a Deus, continua sendo o que sempre foi!

Ela fez uma pausa. Ninguém falou.

— Elinor — acrescentou ela então —, acho que devemos pedir a Edward que tome conta de nós ao voltarmos a Barton. Creio que devemos partir em uma ou duas semanas, e tenho certeza de que Edward não estará propenso a recusar o encargo.

O pobre Edward resmungou alguma coisa, mas o que foi ninguém sabia, nem ele mesmo. Marianne, porém, que viu o nervosismo dele e com facilidade podia atribuir-lhe a causa que melhor aprouvesse a ela, ficou perfeitamente satisfeita e logo passou a falar de outra coisa.

— Nós passamos um dia tão enfadonho ontem na Harley Street, Edward! Mas sobre isso tenho muitas coisas para lhe contar que não posso dizer agora.

E com essa admirável discrição ela adiou para quando pudessem falar mais em particular a confissão de que achava suas parentas mútuas mais desagradáveis do que nunca e de estar particularmente aborrecida com a mãe dele.

— Por que não estava lá, Edward? Por que não veio?

— Tinha compromissos em outro lugar.

— Compromissos! Mas que compromissos eram esses, que não o deixavam encontrar suas amigas?

— Talvez, srta. Marianne — exclamou Lucy, ansiosa por vingar-se dela —, ache que os homens jovens nunca honrem seus compromissos, grandes ou pequenos, quando não lhes interessa cumpri-los.

Elinor não gostou nada daquilo, contudo Marianne pareceu completamente insensível à ironia, pois replicou calmamente:

— Não, mesmo, para falar sério, tenho certeza absoluta de que só a consciência não deixou Edward ir à Harley Street. E realmente creio que ele *tenha* a mais delicada e a mais escrupulosa consciência do mundo em cumprir todos os seus compromissos, por menores que sejam e por mais contrários que possam ser ao seu interesse ou prazer. Ele é a pessoa mais temerosa de causar sofrimentos, de frustrar expectativas, e a mais incapaz de ser egoísta que eu já vi. Edward, assim é e quero dizê-lo. Como?! Nunca vai permitir que o elogiem? Então não pode ser meu amigo, porque os que aceitarem o meu amor e a minha estima terão de se submeter aos meus elogios.

No presente caso, porém, a natureza do elogio revelava-se particularmente inadequada aos sentimentos de dois terços dos seus ouvintes, e foi tão desagradável para Edward, que imediatamente ele se levantou para ir embora.

— Ir embora tão cedo! — disse Marianne. — Meu querido Edward, não pode ser.

E chamando-o um pouco de lado, sussurrou-lhe a convicção de que Lucy não devia permanecer muito mais tempo ali. No entanto, até esse encorajamento falhou, já que ele partiu, e Lucy, cuja visita de apenas duas horas durara mais do que a dele, também foi embora logo em seguida.

— O que será que a traz aqui com tanta frequência? — disse Marianne, quando ela partiu. — Será que não viu que ele queria que ela fosse embora?! Que irritante para Edward!

— Por quê? Somos todas suas amigas, e Lucy é a que ele conhece há mais tempo. É mais do que natural que ele goste de vê-la, tanto quanto a nós.

Marianne olhou-a fixamente e disse:

— Você sabe, Elinor, que esse é o tipo de conversa que não consigo suportar. Se quer só ser contestada, como acho que deve ser o caso, há de lembrar que sou a última pessoa no mundo a fazer isso. Não posso rebaixar-me a me fazerem dizer, com truques, coisas que na verdade não quero dizer.

Saiu, então, da sala, e Elinor não ousou segui-la para lhe dizer alguma coisa, pois, presa como estava à promessa de segredo feita a Lucy, não podia dar nenhuma informação que convencesse Marianne e, por mais dolorosas que fossem as consequências de persistir num erro, teve de se conformar com isso. Só lhe restava esperar que Edward não expusesse muitas vezes a si mesmo ou a ela ao desconforto de ouvir Marianne exprimir seu afeto equivocado, nem à repetição de qualquer outra parte do constrangimento provocado por aquele encontro recente — e isso tinha ela todos os motivos para esperar.

Capítulo 36

Poucos dias após esse encontro, os jornais anunciaram ao mundo que a esposa de Thomas Palmer, Esq., dera à luz em segurança um filho e um herdeiro; um artigo muito interessante e satisfatório, pelo menos para todos os conhecidos íntimos que já sabiam de tudo.

Esse acontecimento, importantíssimo para a felicidade da sra. Jennings, produziu uma alteração temporária na sua divisão do tempo e influenciou em igual medida os compromissos de suas jovens amigas, porque ela queria ficar o maior tempo possível com Charlotte, ia até lá a cada manhã assim que se vestia e só voltava quando a noite já ia avançada. As srtas. Dashwood, a um pedido especial dos Middleton, passaram o dia inteiro, todos os dias, na Conduit Street. Para seu próprio conforto, elas teriam preferido permanecer pelo menos as manhãs na casa da sra. Jennings, contudo isso não era algo que pudessem impor contra a vontade de todos. Passaram as horas, então, junto a *Lady* Middleton e às duas srtas. Steele, para quem a companhia delas era, na verdade, tão pouco estimada quanto aparentemente procurada.

Tinham bom-senso demais para serem companhia desejável para a primeira, e pelas segundas eram vistas com ciúmes, por serem intrusas em *seu* território e compartilharem as gentilezas que queriam monopolizar. Embora nada pudesse ser mais gentil do que o comportamento de *Lady* Middleton com Elinor e Marianne, realmente não gostava delas nem um pouco. Uma vez que nenhuma das duas adulava a ela ou aos filhos, não acreditava que pudessem ser boas pessoas e, uma vez que elas gostavam de ler, imaginou que fossem satíricas, talvez sem saber exatamente o sentido da palavra "satírica", mas *isso* não tinha importância. No uso comum significava uma crítica, que era aplicada sem maiores problemas.

A presença das irmãs era um incômodo tanto para ela como para Lucy. Ameaçava o ócio de uma e os negócios da outra. *Lady* Middleton sentia vergonha por não fazer nada diante delas, e Lucy temia que a desprezassem pela adulação que sentia orgulho em conceber e administrar em outras ocasiões. A srta. Steele era a menos incomodada das três com a presença de ambas, e só dependia de que a aceitassem sem reservas. Se alguma delas lhe narrasse completa e minuciosamente o caso inteiro de Marianne com o sr. Willoughby, ela se sentiria amplamente recompensada pelo sacrifício do melhor lugar junto à lareira depois do jantar que a chegada das duas lhe custara. Mas essa oferta não lhe era feita; pois, ainda que ela muitas vezes exprimisse a Elinor a sua pena da irmã e mais de uma vez esboçasse diante de Marianne uma reflexão sobre a inconstância dos bonitões, o único efeito que produzia era um olhar de indiferença da primeira ou de repulsa da segunda. Um esforço ainda menor teria conquistado sua amizade. Se elas tivessem pelo menos rido do que falou a respeito do reverendo! Porém, assim como todos os outros, elas estavam tão pouco propensas a satisfazê-la nesse ponto que, se *Sir* John jantasse fora de casa, ela podia passar um dia inteiro sem ouvir nenhuma outra brincadeira sobre o assunto além da que tinha a gentileza de fazer para si mesma.

A sra. Jennings suspeitava tão pouco desses ciúmes e zangas, porém, que pensou que as moças adorariam ficar juntas, e todas as noites felicitava suas jovens amigas por terem escapado por tanto tempo da companhia de uma velha estúpida quanto ela. Ora as encontrava na casa de *Sir* John, ora em sua própria casa, mas, fosse onde fosse, sempre vinha muito animada, cheia de alegria e de importância, atribuindo a boa disposição de Charlotte aos cuidados que lhe prestava, e pronta para fazer um relato tão exato e minucioso da sua situação, que só a srta. Steele tinha curiosidade suficiente para desejar. Uma coisa a perturbava e dela fazia sua queixa de todos os dias. O sr. Palmer defendia a opinião comum entre os de seu sexo, no entanto pouco paternal, de que todos os bebês são iguais, e, se bem que ela pudesse perceber claramente, em muitos momentos, a mais impressionante semelhança entre aquela criança e a de cada um de seus parentes de ambos os lados, não conseguia convencer o pai a acreditar que ele não era exatamente igual a todos os outros recém-nascidos, nem a reconhecer a mera afirmação de que seu filho era o mais lindo bebê do mundo.

Chego agora ao relato de uma desgraça que naquela época ocorreu à sra. John Dashwood. Aconteceu que, enquanto suas duas cunhadas mais a sra. Jennings estavam fazendo-lhe a primeira visita na Harley Street, outra de suas conhecidas apareceu — uma circunstância que em si mesma aparentemente não poderia causar nenhum mal a ela. Mas, enquanto a imaginação das outras pessoas as levar a fazer julgamentos errados sobre a nossa conduta e a avaliá-la de acordo com aparências superficiais, nossa felicidade estará sempre de algum modo à mercê do acaso. Na presente circunstância, essa mulher que chegou mais tarde deixou que a sua imaginação ultrapassasse de tal forma a verdade e a probabilidade, que bastou ouvir o nome das srtas. Dashwood e compreender que eram irmãs do sr. Dashwood para prontamente concluir que elas estivessem hospedadas na Harley Street. Um ou dois dias depois, esse equívoco fez que elas recebessem, juntamente com seu irmão e cunhada, cartas de convite para uma reunião musical na casa dessa senhora. Como consequência a sra. John Dashwood foi obrigada a resignar-se ao enorme inconveniente de enviar sua carruagem para pegar as srtas. Dashwood, e, o que era ainda pior, teve de sujeitar-se a todo o aborrecimento de parecer tratá-las com consideração: e quem poderia garantir que, depois disso, não fossem esperar sair com ela uma segunda vez? Ela continuava a ter o poder se desapontá-las, é verdade. Mas isso não era o bastante, pois, quando as pessoas se decidem por um modo de conduta que sabem ser errado, sentem-se magoadas quando se espera algo melhor para elas.

Marianne fora levada aos poucos a adquirir de tal forma o hábito de sair todos os dias, que se tornara para ela indiferente ir ou não ir, e se preparava calma e mecanicamente para os compromissos da noite, mesmo não esperando encontrar a menor diversão em nenhum deles e muitas vezes nem sequer soubesse, até o último momento, aonde a levariam.

Às roupas e à aparência ela se tornara tão completamente indiferente, que, durante todo o tempo gasto em se arrumar, dava a elas a metade da atenção que elas recebiam da srta. Steele nos primeiros cinco minutos em que ficavam juntas, depois de estar pronta. Nada escapava à minuciosa observação e à curiosidade geral *dela*. Via tudo e perguntava tudo, não sossegava até saber o preço de cada peça da roupa de Marianne, podia acertar o número total de seus vestidos melhor que a própria Marianne e não perdera a esperança de descobrir, antes que partissem, quanto gastavam por semana na lavagem das roupas e qual o montante anual de suas despesas pessoais. Além disso, a impertinência desse tipo de curiosidade geralmente terminava com um cumprimento que, embora bem-intencionado, era considerado por Marianne como a maior de todas as impertinências, porque, depois de passar por um interrogatório sobre o preço e a fabricação de seu vestido, a cor dos sapatos e o arranjo do penteado, tinha quase certeza de que ouviria que "palavra de honra, está muito elegante e tenho certeza de que fará muitas conquistas".

Com essas palavras encorajadoras ela então se despediu e se dirigiu à carruagem do irmão, na qual puderam entrar cinco minutos depois que estacionara à porta, pontualidade esta não muito agradável à sua cunhada, que as precedera na casa da conhecida, na esperança de que algum atraso da parte delas pudesse ser inconveniente para ela ou para o cocheiro.

Os acontecimentos daquela noite não foram muito notáveis. À festa, como a outras reuniões musicais, estavam presentes muitíssimas pessoas de bom gosto musical e muitíssimas mais com absolutamente nenhum gosto. Os próprios músicos eram, como sempre, a seus próprios olhos e aos de seus amigos mais íntimos, os melhores concertistas independentes da Inglaterra.

Como Elinor não era nem uma pessoa musical nem pretendia sê-lo, não teve escrúpulos de desviar os olhos do magnífico pianoforte sempre que lhe aprouvesse, e sem se constranger com a presença de uma harpa e de um violoncelo, de fitá-los à vontade em qualquer outro objeto da sala. Num desses olhares itinerantes, ela percebeu, em meio a um grupo de rapazes, aquele mesmo sujeito que lhes dera uma aula sobre estojos de palitos dentais na joalheria Gray. Logo em seguida ela percebeu que ele a encarava e falava familiarmente com seu irmão. Elinor acabara de decidir perguntar ao irmão o nome do rapaz, quando ambos caminharam na sua direção e o sr. Dashwood o apresentou a ela como o sr. Robert Ferrars.

Ele se dirigiu a ela com desenvolta cortesia e curvou a cabeça numa reverência que garantiu a ela mais claramente do que as palavras poderiam fazê-lo de que era exatamente o fanfarrão que Lucy lhe descrevera. Teria sido uma sorte para ela se o seu amor por Edward dependesse menos dos próprios méritos dele do que dos de seus parentes mais próximos! Pois então a reverência do irmão teria dado o toque final ao que o mau humor da mãe e da irmã haviam iniciado. Mas enquanto refletia sobre a diferença entre os dois rapazes, não lhe ocorreu que a vaidade vazia de um lhe tirasse toda benevolência pela modéstia e valor do outro. A razão dessa *diferença* foi-lhe explicada por Robert durante uma conversa de quinze minutos, porque, falando do irmão e lamentando a extrema *gaucherie*[1] que, na sua opinião, o impedia de se relacionar com a melhor sociedade, ele sincera e generosamente a atribuiu menos a alguma deficiência natural do que à desventura de uma educação particular, ao passo que ele próprio, ainda que provavelmente sem nenhuma superioridade particular e importante de natureza, simplesmente pela vantagem de ter frequentado uma escola pública, estava tão capacitado para relacionar-se em sociedade quanto qualquer outro homem.

— Palavra de honra — acrescentou ele —, acho que é só. Por isso sempre digo à minha mãe, quando ela se aflige com esse fato: "Minha querida senhora", sempre digo a ela, "a senhora precisa acalmar-se. O mal é agora irremediável e foi todo ele obra sua. Por que a senhora se deixou persuadir por meu tio, *Sir* Robert, contra a sua própria opinião, a colocar Edward aos cuidados de um tutor particular, durante a fase mais crítica da vida dele? Se o tivesse mandado para Westminster como eu, em vez de entregá-lo ao sr. Pratt, nada disso teria acontecido". É assim que sempre vejo o problema, e a minha mãe está plenamente convencida de que errou.

Elinor não quis contestar a opinião dele, pois, fosse qual fosse a sua opinião sobre as vantagens da escola pública, não conseguia pensar com satisfação na estada de Edward com a família do sr. Pratt.

— Acho que a senhorita mora em Devonshire — foi a sua observação seguinte —, num chalé perto de Dawlish.

Elinor corrigiu-o quanto à correta localização do chalé, e ele pareceu um tanto surpreso ao saber que alguém pudesse morar em Devonshire sem viver perto de Dawlish. Exprimiu-lhe, porém, sua calorosa aprovação daquele tipo de casa.

---

[1] Em francês no original: falta de jeito.

— Quanto a mim — disse ele —, gosto muitíssimo de chalés. São sempre tão confortáveis e elegantes! Garanto que, se pudesse economizar algum dinheiro, eu compraria umas terrinhas e construiria eu mesmo um chalé, a pouca distância de Londres, aonde eu pudesse ir a qualquer momento com alguns amigos para me divertir. A todos que querem construir, eu aconselho que construam chalés. Outro dia, meu amigo Lorde Courtland me procurou justamente para me pedir um conselho e colocou à minha frente três diferentes plantas de Bonomi. Eu devia decidir qual era a melhor. "Meu caro Courtland", disse eu, lançando de imediato todas elas ao fogo, "não use nenhuma delas, mas construa um chalé". E acho que é isso que ele vai fazer.Algumas pessoas imaginam que não pode haver acomodações, não pode haver espaço num chalé, contudo estão muito enganadas. Estive o mês passado na casa do meu amigo Elliott, perto de Dartford. *Lady* Elliott queria dar um baile. "Mas como fazer?", disse ela, "meu caro Ferrars, diga-me como organizar tudo. Não há nenhuma sala neste chalé em que caibam dez casais, e onde se possa servir a ceia?" Logo vi que não havia nenhum problema, e então disse: "Minha querida *Lady* Elliott, não se preocupe. A sala de jantar poderá receber dezoito casais, com folga. As mesas de carteado podem ser colocadas na sala de estar, a biblioteca pode ser aberta para o chá e outros refrescos, e a ceia pode ser servida no salão". *Lady* Elliott adorou a ideia. Medimos a sala de jantar e descobrimos que poderia receber exatamente dezoito casais, e o baile foi organizado exatamente segundo os meus planos. Assim, na verdade, como pode ver, se se souber como organizar as coisas, pode-se gozar num chalé de todas as comodidades da mais espaçosa mansão.

Elinor concordou com tudo, já que não achava que aquilo merecesse o cumprimento da oposição racional.

Como a música não dava a John Dashwood mais prazer do que à sua irmã mais velha, sua mente também estava em liberdade para fixar-se em qualquer outra coisa, e uma ideia o impressionou durante a noite, a qual ele comunicou à mulher, para que a aprovasse, quando voltaram para casa. A reflexão sobre o erro da sra. Dennison ao supor que suas irmãs fossem suas hóspedes sugerira a ideia de convidá-las a ser realmente hóspedes, enquanto os compromissos da sra. Jennings a mantivessem longe de casa. A despesa seria insignificante, os inconvenientes também. Era uma amabilidade que a delicadeza de sua consciência lhe indicava como um requisito do cumprimento completo da promessa feita ao pai. Fanny ficou pasmada com a proposta.

— Não vejo como seja possível — disse ela —, sem fazer uma afronta a *Lady* Middleton, visto que passam o dia inteiro com ela. Se não fosse por isso, eu ficaria felicíssima em recebê-las. Sabe que estou sempre disposta a lhes dar toda a atenção possível, como demonstra o fato de trazê-las à festa esta noite. Elas, porém, são visitantes de *Lady* Middleton. Como posso tirá-las dela?

Seu marido, embora com muita humildade, não viu a força da objeção. — Elas já passaram uma semana assim na Conduit Street, e *Lady* Middleton não pode ofender-se por elas passarem o mesmo número de dias na casa de parentes tão próximos.

Fanny fez uma breve pausa, e então, revigorada, disse:

— Meu amor, eu as convidaria de coração, se pudesse fazê-lo. No entanto, já me havia decidido a convidar as srtas. Steele para passarem alguns dias conosco. Elas são muito educadas, moças da melhor espécie, e acho que lhes devemos alguma consideração, pelo bem que o tio delas fez por Edward. Podemos convidar as suas irmãs algum outro ano, sabe, mas as srtas. Steele talvez não venham mais a Londres. Tenho certeza de que vai gostar delas; na verdade, *já* gosta muitíssimo delas e a minha mãe também. E são as favoritas do Harry!

O sr. Dashwood foi convencido. Viu prontamente a necessidade de convidar as srtas. Steele, e a sua consciência foi tranquilizada pela decisão de convidar as irmãs um outro ano, mas ao mesmo tempo suspeitando astutamente que em mais um ano o convite seria desnecessário, porque Elinor viria para Londres como esposa do coronel Brandon, e Marianne como hóspede *deles*.

Fanny, feliz por conseguir esquivar-se do convite e orgulhosa da rapidez de raciocínio que possibilitara a façanha, escreveu a Lucy no dia seguinte, para solicitar a sua companhia e a de sua irmã por alguns dias, na Harley Street, assim que *Lady* Middleton pudesse dispensá-las. Foi o suficiente para fazer Lucy realmente feliz, e com razão. A sra. Dashwood parecia estar mesmo trabalhando a seu favor, satisfazendo todas as suas esperanças e incentivando todos os seus planos! Tal oportunidade de estar com Edward e família era, acima de tudo, importantíssima para os seus interesses; e tal convite, mais do que gratificante para os seus sentimentos! Era uma vantagem que nunca poderia agradecer em demasia, nem aproveitar depressa demais, e de imediato se descobriu que a visita a *Lady* Middleton, que antes não tinha nenhum limite preciso, sempre estivera marcada para terminar em dois dias.

Quando o bilhete foi mostrado para Elinor, como o foi dez minutos depois de chegar, ele a fez de certa forma compartilhar, pela primeira vez, as expectativas de Lucy, pois um tal gesto de extraordinária gentileza para uma relação tão recente parecia demonstrar que a boa vontade com ela passara a ser algo mais do que mera malícia contra a própria Elinor, e poderia, com o tempo e com habilidade, permitir a Lucy tudo que quisesse. Sua adulação já conquistara o orgulho de *Lady* Middleton, e se introduzira no duro coração da sra. John Dashwood, e essas eram façanhas que deixavam entrever a possibilidade de outras ainda maiores.

As srtas. Steele mudaram-se para a Harley Street, e tudo que chegou até Elinor sobre a influência delas naquela casa fortaleceu a sua expectativa do acontecimento. *Sir* John, que as visitou mais de uma vez, contou tantas histórias sobre a predileção de que elas gozavam ali, que causou impressão em todos. A sra. Dashwood nunca ficara tão maravilhada com outras jovens; dera a cada uma delas uma almofada de alfinetes feita por emigrantes; chamava Lucy pelo primeiro nome e não sabia se algum dia conseguiria passar sem elas.

Capítulo 37

A sra. Palmer estava tão bem depois de quinze dias, que sua mãe achou não ser mais necessário dedicar-lhe todo o seu tempo e, contentando-se em visitá-la uma ou duas vezes por dia, voltou para casa e para seus hábitos, encontrando as srtas. Dashwood prontas para retomarem o papel que desempenhavam.

Na terceira ou quarta manhã depois que se reinstalaram na Berkeley Street, a sra. Jennings, de volta de uma de suas costumeiras visitas à sra. Palmer, entrou na sala de estar onde Elinor estava sozinha, com um ar de tão imponente importância que ela se preparou para ouvir algo maravilhoso; e, dando-lhe tempo apenas para formar essa ideia, começou imediatamente a justificá-la, dizendo:

— Meu Deus, querida srta. Dashwood! Soube das notícias?

— Não, senhora. Que aconteceu?

— Algo tão estranho! Mas vai ouvir tudo. Quando fui à casa do sr. Palmer, encontrei Charlotte em grande alvoroço pelo bebê. Estava certa de que ele se encontrava muito doente... ele gritava e choramingava, e estava cheio de manchinhas vermelhas na pele. Eu o examinei e, "Santo Deus, minha querida", digo eu, "isso só pode ser picada de inseto...", e a babá disse a mesma coisa. Mas Charlotte não ficou satisfeita e por isso foram chamar o sr. Donavan. Por sorte ele acabava de vir da Harley Street, entrou rapidamente e assim que viu a criança disse a mesmíssima coisa que eu dissera, que só podia ser picada de inseto, e então Charlotte se acalmou. E quando ele já estava prestes a sair passou pela minha cabeça, não sei por que pensei naquilo, passou-me pela cabeça perguntar se tinha alguma novidade para contar. Ao ouvir aquilo, ele sorriu afetadamente, deu uma risadinha, ficou sério, pareceu saber uma coisa ou outra, e finalmente disse num sussurro: "Receio que algum relato desagradável chegue aos ouvidos das srtas. que estão sob os seus cuidados quanto à indisposição da cunhada delas; assim, acho aconselhável dizer que creio não haver grandes motivos para alarme; espero que a sra. Dashwood se restabeleça completamente".

— Como?! Fanny está doente?

— Foi exatamente o que eu disse, minha querida, "a sra. Dashwood está doente?" Então fiquei sabendo de tudo e para resumir a história, pelo que pude saber, o que se passou foi o seguinte. O sr. Edward Ferrars, aquele mesmo rapaz sobre o qual eu costumava brincar com você (no entanto, agora, pelo que aconteceu, estou infinitamente feliz por nada daquilo ser verdade), o sr. Edward Ferrars, ao que parece, estava noivo há um ano da minha prima Lucy!... É isso mesmo, querida!... E ninguém sabia uma sílaba daquilo tudo, só a Nancy!... É possível acreditar numa coisa dessas?... Não é de admirar que gostassem um do outro, porém que as coisas tenham ido tão longe entre eles sem que ninguém suspeitasse!... Isso é que é esquisito!... Eu nunca os vi juntos, pois, se tivesse visto, tenho certeza de que logo teria descoberto tudo. Bem, então aquilo foi mantido em grande segredo, de medo da sra. Ferrars, e nem ela, nem o seu irmão nem a sua cunhada suspeitaram de nada... até esta manhã, quando a pobre Nancy, que, sabe, é uma pessoa bem-intencionada, mas não uma conspiradora, contou tudo. "Santo Deus!", pensou ela consigo mesma, "eles todos gostam tanto da Lucy, com certeza não vão importar-se com isso"; e lá foi ela falar com a sua cunhada, que estava sentada sozinha bordando um tapete, sem suspeitar nadinha do que estava por vir... pois acabara de dizer ao seu irmão, cinco minutos antes, que planejava fazer um casamento entre Edward e a filha de algum lorde, não me lembro qual. Então você pode imaginar que duro golpe aquilo tudo foi para a vaidade e o orgulho dela, que imediatamente teve um violento ataque histérico, com gritos que chegaram aos ouvidos do seu irmão, enquanto ele estava no seu próprio quarto de vestir, no andar de baixo, pensando em escrever uma carta para o seu administrador, no campo. Então, ele subiu as escadas voando e ocorreu uma cena terrível, porque Lucy viera até ela naquele momento, sem a menor suspeita do que estava acontecendo. Coitadinha! Tenho pena *dela*. E devo dizer que acho que ela foi muito maltratada, já que a sua cunhada a repreendeu furiosamente, o que logo fez que Lucy desmaiasse. Nancy caiu de joelhos, e chorou amargamente. Seu irmão ia de um lado para o outro do quarto, dizendo que não sabia o que fazer. A sra. Dashwood declarou que elas não ficariam nem mais um minuto em sua casa, e o seu irmão também foi forçado a cair de *joelhos* para persuadi-la a deixar que ficassem até acabarem de fazer as malas. *Então* ela teve outro ataque histérico, e ele ficou tão assustado que mandou chamar o sr. Donavan, que entrou na casa no meio de todo aquele tumulto. A carruagem estava à porta, pronta para levar embora as minhas pobres primas, e elas iam entrando nela quando ele saiu; a pobre Lucy estava em tal estado que mal podia andar, e Nancy, quase tão mal quanto ela. Posso dizer que não tenho paciência com a sua cunhada e espero, de coração, que o casamento aconteça apesar dela. Santo Deus! Como vai ficar o pobre sr. Edward quando souber! Tratarem com tanto desprezo o seu amor! Porque dizem que ele a ama muitíssimo, com todas as forças. Não me admiraria se ele estivesse profundamente apaixonado!... e o sr. Donavan concorda comigo. Ele e eu conversamos muito a respeito; e o melhor de tudo é que ele voltou à Harley Street, para estar por perto quando contassem tudo à sra. Ferrars, visto que ela foi chamada assim que as minhas primas deixaram a casa, pois a sua cunhada tinha certeza de que *ela* também teria um ataque histérico, e, por mim, podia muito bem tê-lo. Não tenho pena de nenhuma delas. Nunca vi gente fazer um tal rebuliço por dinheiro e por prestígio. Não há razão no mundo pela qual o sr. Edward e Lucy não devam casar-se, pois tenho certeza de que a sra. Ferrars pode muito bem ajudar o filho e, se bem que Lucy não tenha quase nada, sabe como ninguém tirar o máximo de cada coisa. Tenho certeza de que, se a sra. Ferrars lhe desse quinhentas libras por ano, ela faria melhor figura do que qualquer outra pessoa com oitocentas. Meu Deus! Como podem viver bem em outro chalé como o de vocês... ou um pouco maior... com duas criadas e dois criados. Acho que poderia ajudá-los a encontrar uma criada, já que a minha Betty tem uma irmã desempregada que seria perfeita para eles.

Aqui a sra. Jennings se calou, e, como Elinor tivera tempo suficiente para recompor suas ideias, foi capaz de dar as respostas e de fazer as observações que o assunto naturalmente deveria provocar. Feliz por não suspeitarem que tivesse algum interesse extraordinário no caso e porque a sra. Jennings (como muitas vezes esperara que finalmente acontecesse) deixara de imaginar que ela estivesse apaixonada por Edward, e feliz acima de tudo pela ausência de Marianne, ela se sentiu plenamente capaz de falar sobre o caso sem constrangimento e de fazer seu julgamento, como acreditava, com imparcialidade sobre a conduta de todos os envolvidos.

Ela mal podia identificar quais eram realmente as suas próprias expectativas sobre o caso, mesmo que tentasse sinceramente rejeitar a ideia de que fosse possível que ele acabasse de alguma outra forma do que com o casamento de Edward e Lucy. Estava ansiosa por saber o que a sra. Ferrars diria e faria, embora não houvesse nenhuma dúvida sobre a natureza de sua reação, e estava ainda mais ansiosa por saber como Edward se comportaria. Dele ela sentiu muita pena; de Lucy, muito pouca, e mesmo assim lhe custou certo esforço sentir esse pouco; do resto do grupo, não sentiu absolutamente nenhuma.

Como a sra. Jennings não conseguia falar de nenhum outro assunto, Elinor logo percebeu a necessidade de preparar Marianne para discuti-lo. Não tinha tempo a perder para desiludi-la, dar-lhe a conhecer a verdade sobre o caso e tentar fazer que ela ouvisse outros falarem sobre o assunto sem revelar que sentia preocupação pela irmã ou ressentimento contra Edward.

A tarefa de Elinor era dolorosa. Iria acabar com o que realmente acreditava ser o principal consolo da irmã. Temia que lhe revelar alguns pormenores sobre Edward destruísse para sempre a consideração que Marianne tinha por ele e fizesse que ela, pela semelhança de situações, que para a imaginação *dela* seria grande, sentisse novamente toda a sua decepção. Mas, por mais ingrata que fosse a tarefa, era preciso realizá-la, e portanto Elinor apressou-se em executá-la.

Ela estava muito longe de querer deleitar-se em seus próprios sentimentos ou representar-se a si mesma como uma grande sofredora, a menos que o autocontrole que praticara desde que soubera do noivado de Edward lhe sugerisse que seria útil fazê-lo com Marianne. Contou o caso de modo claro e simples e, embora não pudesse fazê-lo sem comoção, sua narrativa não foi acompanhada de nenhuma agitação violenta nem de um pesar impetuoso. *Isso* aconteceu com a ouvinte, já que Marianne ouviu tudo horrorizada e desmanchou-se em lágrimas. Elinor tinha de ser a consoladora dos outros em suas próprias desgraças, não menos do que na deles, e logo ofereceu todo o consolo que podia ao garantir estar calma e ao defender Edward de todas as acusações, salvo a de imprudência.

Durante algum tempo, porém, Marianne não deu crédito a nada disso. Edward parecia um segundo Willoughby, e, se Elinor reconhecia que o *havia* amado com toda a sinceridade, como podia sentir menos que ela! Quanto a Lucy Steele, considerava-a tão completamente desprezível, tão absolutamente incapaz de atrair um homem inteligente, que no começo não conseguiu acreditar — e, mais tarde, perdoar — que Edward alguma vez tivesse sentido certo amor por ela. Nem sequer admitiria que aquilo tivesse sido natural, e Elinor não conseguiu convencê-la de que assim fosse, pelo simples fato de que a única coisa que poderia convencê-la era um melhor conhecimento da humanidade.

A primeira comunicação não fora além da afirmação do fato do noivado e do período de tempo em que existira. Irromperam, então, os sentimentos de Marianne e puseram um ponto-final em qualquer regularidade de detalhes. Durante algum tempo, tudo que se pôde fazer foi acalmar a sua aflição, amainar o seu abalo e combater a sua indignação. A primeira pergunta que fez, e que levou a mais detalhes, foi:

— Há quanto tempo sabe disso, Elinor? Ele lhe escreveu?

— Sei disso há quatro meses. Quando Lucy chegou a Barton Park, em novembro, ela me falou confidencialmente sobre o noivado.

A essas palavras, os olhos de Marianne exprimiram o espanto que seus lábios não conseguiam pronunciar. Depois de uma pausa de surpresa, exclamou:

— Quatro meses! Já sabia disso há quatro meses?

Elinor confirmou.

— Como?! Enquanto cuidava de mim em toda a minha desgraça, você trazia isso no coração? E eu que a censurei por ser feliz!

— Não era bom que soubesse na época o quanto eu era o contrário daquilo!

— Quatro meses! — exclamou Marianne de novo. — Tão calma! Tão alegre! Como aguentou?

— Sentindo que estava fazendo o meu dever. Minha promessa a Lucy obrigava-me a guardar segredo. Eu devia a ela, portanto, evitar sugerir a verdade de qualquer jeito; e pela minha família e amigos eu tinha a obrigação de não criar motivos de preocupação por mim, algo que não estaria em meu poder satisfazer.

Marianne parecia muito impressionada.

— Muitas vezes quis contar a verdade a você e à mamãe — acrescentou Elinor —, e uma ou duas vezes tentei fazê-lo, mas, sem trair a palavra dada, eu jamais conseguiria convencê-las.

— Quatro meses! E mesmo assim você ainda o amava!

— Sim. Entretanto, não amava só a ele; o bem-estar dos outros é importante para mim, e por esse motivo queria poupá-los de saber como me sentia. Agora já consigo pensar e falar sobre isso com pouca emoção. Não queria que sofressem por minha culpa, pois lhe garanto que não estou mais sofrendo muito. Tenho muitas coisas que me dão apoio. Que eu saiba, não provoquei decepção em ninguém por nenhuma imprudência, suportei tudo o máximo que pude, sem contar nada a ninguém. Não acuso Edward de ter algum comportamento essencialmente mau. Quero que ele seja muito feliz e tenho certeza de que ele sempre cumprirá com o seu dever e, embora possa sentir algum pesar, ele finalmente será feliz. Não falta sensatez a Lucy, e essa é a base sobre a qual se podem construir todas as coisas boas. E afinal, Marianne, por mais fascinante que seja a ideia de um único e constante amor e apesar de tudo que se possa dizer sobre a felicidade de alguém depender completamente de uma pessoa determinada, as coisas não devem ser assim, nem é adequado ou possível que o sejam. Edward vai casar-se com Lucy, vai casar-se com uma mulher superior como pessoa e inteligência, a média das outras pessoas do seu sexo. O tempo e o hábito hão de ensiná-lo a se esquecer de que um dia julgou outra mulher superior a *ela*.

— Se é assim que pensa — disse Marianne —, se a perda do que é mais valioso é tão facilmente esquecida por alguma outra coisa, talvez a sua firmeza e o seu autocontrole sejam um pouco menos admiráveis. Assim consigo entendê-los melhor.

— Eu entendo você. Não acha que alguma vez eu tenha tido sentimentos. Durante quatro meses, Marianne, carreguei tudo aquilo dentro de mim, sem ter a liberdade de falar com ninguém, sabendo que assim que tudo fosse explicado a você e à mamãe ficariam muito tristes, e mesmo assim não podia prepará-las para a notícia, de maneira nenhuma. Ela me foi contada... de certa forma ela me foi imposta pela própria pessoa cujo noivado destruiu todas as minhas esperanças. E aquilo me foi contado triunfalmente, pelo que entendi... Tive de combater as suspeitas dessa pessoa, portanto, tentando parecer indiferente naquilo que era o meu mais profundo interesse... e não foi só uma vez... tinha de ouvir suas esperanças e alegrias sempre de novo... Vi-me separada de Edward para sempre, sem ouvir nada que me fizesse desejar menos o relacionamento. Nada provou que fosse indigno e nada demonstrava que fosse indiferente a mim. Tive de lutar contra a grosseria da irmã e a insolência da mãe dele, e sofri a punição por um amor, sem gozar de suas vantagens... Tudo isso num momento em que, como bem sabe, aquela não era a minha única tristeza... Se conseguir achar que sou capaz de ter sentimentos... com certeza verá *agora* que sofri. A tranquilidade com que consigo agora lidar com o caso, o consolo que tenho estado disposta a aceitar, foram o resultado de um esforço constante e doloroso. Não vieram do nada. No começo, eles não vieram aliviar a minha alma... Não, Marianne... *Então*, se não estivesse obrigada a ficar em silêncio, talvez nada me pudesse impedir, nem mesmo o que devia a meus mais queridos amigos, de demonstrar que eu estava *muito* infeliz.

Marianne estava completamente convencida.

— Ah, Elinor — exclamou ela —, fez que me odeie para sempre. Como fui bárbara com você! Você, que tem sido meu único consolo, que esteve ao meu lado durante todo o meu sofrimento, que parecia ser a única que sofria por mim! Foi essa a minha gratidão? Foi essa a única retribuição que lhe pude oferecer? O seu mérito incomodava-me, por isso tentei esquecê-lo.

As mais ternas carícias seguiram essa confissão. No estado de espírito em que agora se encontrava, Elinor não teve dificuldade em obter dela todas as promessas que queria, e, a seu pedido, Marianne se comprometeu a nunca falar do caso aparentando rancor, encontrar-se com Lucy sem demonstrar o menor aumento de sua antipatia por ela e até ver o próprio Edward, se o acaso os reunisse, sem diminuir de modo algum a cordialidade de sempre. Essas foram grandes concessões, mas quando Marianne sentia que havia prejudicado alguém, nenhuma reparação lhe parecia demasiada.

Ela cumpriu admiravelmente a promessa de ser discreta. Prestou atenção em tudo o que a sra. Jennings tinha a dizer sobre o assunto, sem alterar a expressão, não discordou dela em nada e ouviram-na dizer por três vezes "Sim, senhora". Ouviu o elogio que ela fez de Lucy, limitando-se a passar de uma cadeira para outra, e, quando a sra. Jennings falou do amor de Edward, isso lhe custou apenas um espasmo na garganta. Tais lances de heroísmo da parte da irmã fizeram Elinor sentir-se igualmente capaz de enfrentar qualquer situação.

A manhã seguinte colocou-a novamente à prova, numa visita do irmão, que veio com o ar mais grave falar do terrível caso e trazer-lhes notícias da esposa.

— Suponho que ouviram falar — disse ele com grande solenidade, assim que se sentou — da escandalosíssima descoberta que ocorreu sob o nosso teto ontem.

Todos responderam que sim com os olhos; o momento parecia terrível demais para as palavras.

— A sua cunhada — prosseguiu ele — sofreu medonhamente. A sra. Ferrars também... em suma, foi uma cena confusa e dolorosa... no entanto, espero que a tempestade possa ser superada sem que nenhum de nós saia destruído. Pobre Fanny! Esteve histérica ontem o dia inteiro. Todavia, não quero assustá-las demais. Donavan diz que não há nada de importante a temer; sua compleição é boa e a sua firmeza é capaz de enfrentar qualquer situação. Suportou tudo com a força de um anjo! Diz que nunca mais vai pensar bem de ninguém, e isso não é de admirar, depois de ter sido tão enganada!... topar com tanta ingratidão, depois de demonstrar tanta delicadeza e depositar tanta confiança nela! Foi por pura bondade do coração que ela convidara aquelas moças para a nossa casa, simplesmente porque achou que elas mereciam alguma consideração, eram meninas inofensivas e bem-educadas e seriam companheiras agradáveis, pois, se não fosse por esse motivo, nós dois queríamos muito ter convidado você e Marianne para ficarem conosco, enquanto a sua gentil amiga cuidava da filha. E isso para sermos assim recompensados! "Quisera, de todo o coração", disse a pobre Fanny com seu jeito carinhoso, "ter convidado as suas irmãs em vez delas".

Aqui ele fez uma pausa para receber os agradecimentos; depois de recebê-los, prosseguiu.

— Não é possível descrever o que a pobre sra. Ferrars sofreu quando Fanny lhe contou tudo. Enquanto, com o mais autêntico afeto, ela planejava o melhor casamento para ele, como imaginar que o tempo todo ele estivesse secretamente comprometido com outra pessoa! Tal suspeita nunca lhe poderia ter passado pela cabeça! Se ela suspeitou de *alguma* predisposição da parte dele por outra pessoa, não podia ser *naquela* direção. "*Lá*, com certeza", disse ela, "eu poderia ter-me sentido segura". Estava agitadíssima. Deliberamos juntos, porém, o que deveria ser feito, e por fim ela decidiu mandar chamar Edward. Ele veio. Mas lamento contar o que se seguiu. Tudo que a sra. Ferrars podia dizer para que ele pusesse um ponto-final no noivado, secundada, como podem imaginar, pelos meus argumentos e pelas súplicas de Fanny, foi em vão. Dever, afeto, tudo foi desconsiderado. Nunca pensei que Edward fosse tão teimoso, tão insensível. Sua mãe explicou-lhe seus planos generosos, se ele se casasse com a srta. Morton; disse que lhe daria a propriedade de Norfolk, a qual, isenta de impostos territoriais, rende boas mil libras por ano. Chegou até a lhe oferecer, quando as coisas começaram a parecer desesperadas, mil e duzentas libras e, em contraposição a isso, se ele ainda teimasse em realizar aquele mau casamento, descreveu-lhe a penúria que certamente atingiria o casal. Suas duas mil libras seriam tudo o que teria; ela jamais o tornaria a ver; e estaria tão longe de lhe dar a menor assistência, que, se ele viesse a exercer qualquer profissão para sustentar-se, ela faria todo o possível para impedi-lo de ser bem-sucedido.

Aqui, Marianne, num êxtase de indignação, bateu as mãos e exclamou:

— Santo Deus! Será possível?

— Tem razão de estranhar, Marianne — tornou o irmão —, a teimosia que pôde resistir a argumentos como aqueles. Sua exclamação é muito natural.

Marianne ia replicar, contudo lembrou-se da promessa e absteve-se.

— Toda essa insistência, porém — prosseguiu ele —, foi em vão. Edward falou muito pouco, mas o que disse foi dito com a maior determinação. Nada o convenceria a abrir mão do noivado. Seria fiel a ele, a qualquer preço.

— Então — exclamou a sra. Jennings com sua grosseira sinceridade, incapaz de permanecer calada —, ele agiu como um homem honesto! Perdão, sr. Dashwood, mas se ele tivesse agido de outra maneira, eu o consideraria um canalha. Tenho certo interesse no caso, tanto quanto o senhor, pois Lucy Steele é minha prima, e creio que não há no mundo menina melhor nem que mereça mais um bom marido do que ela.

John Dashwood ficou pasmado, todavia era de natureza calma, não aberto à provocação e jamais quis ofender ninguém, e em especial ninguém que possua uma grande fortuna. Assim, respondeu sem nenhum ressentimento:

— Não quis de modo algum faltar com o respeito a nenhuma parenta sua, minha senhora. Posso dizer que a srta. Lucy Steele é uma moça muito digna, no entanto, no presente caso, a senhora sabe, o casamento é impossível. E tornar-se secretamente noiva de um jovem que estava sob a tutela do tio dela, o filho de uma mulher de tão grande fortuna como a sra. Ferrars, é, talvez, algo totalmente extraordinário. Em suma, não pretendo julgar o comportamento de ninguém que mereça a minha consideração, sra. Jennings. Todos nós queremos que ela seja muito feliz, e durante todo o tempo o comportamento da sra. Ferrars foi o que toda boa mãe adotaria em circunstâncias como aquela. Foi digno e generoso. Edward jogou sua própria sorte, e receio que o resultado tenha sido ruim.

Marianne exprimiu num suspiro que receava a mesma coisa, e o coração de Elinor ficou apertado pelos sentimentos de Edward, ao enfrentar as ameaças da mãe, por uma mulher que não poderia recompensá-lo.

— Muito bem, senhor — disse a sra. Jennings —, e como acabou essa história?

— Lamento dizer, minha senhora, que acabou na mais infeliz ruptura: Edward rompeu para sempre com a mãe. Ele saiu de casa ontem, mas não sei para onde foi e se ainda está em Londres, já que *nós*, é claro, não podemos fazer perguntas sobre isso.

— Pobre rapaz! E o que vai ser dele?

— Isso mesmo, minha senhora, que será dele! É melancólico. Nascido com uma tal perspectiva de riqueza! Não consigo imaginar situação mais deplorável. Os juros de duas mil libras... como pode um homem viver disso? E quando penso que, se não fosse a sua insensatez, ele poderia em três meses ganhar uma renda de duas mil e quinhentas libras anuais (pois a srta. Morton tem trinta mil libras), não consigo conceber uma situação mais lamentável. Todos nós devemos sentir muita pena dele, ainda mais porque não temos nenhuma possibilidade de ajudá-lo.

— Pobre rapaz! — exclamou a sra. Jennings. — Garanto-lhe que de muito bom grado lhe daria casa e comida... É o que lhe diria se pudesse vê-lo. Não é certo que ele viva entregue à sua própria sorte agora, em albergues e tavernas.

O coração de Elinor agradeceu-lhe tal gentileza com Edward, embora não pudesse deixar de sorrir pela maneira como fora expressa.

— Se ele tivesse feito por si mesmo — disse John Dashwood — o que todos os seus amigos estavam dispostos a fazer, estaria agora na situação que lhe cabe, e nada lhe faltaria. Entretanto, como as coisas estão ninguém pode ajudá-lo. E está para acontecer mais uma coisa contra ele, que deve ser a pior de todas: sua mãe decidiu, por um estado de espírito muito compreensível, passar prontamente para Robert *aquela* propriedade que seria de Edward, em circunstâncias normais. Esta manhã, deixei-a com o advogado, tratando desses negócios.

— Muito bem — disse a sra. Jennings —, essa é a vingança *dela*! Cada um tem sua maneira de agir, mas não acho que a minha seria tornar independente um filho porque o outro me aborreceu.

Marianne ergueu-se e começou a andar pela sala.

— Pode alguma coisa ser mais exasperante para um homem — prosseguiu John —, do que ver seu irmão mais moço de posse de uma propriedade que poderia ser sua? Coitado do Edward! Tenho pena dele, sinceramente.

Passou mais alguns minutos no mesmo tipo de desabafo e encerrou sua visita. Garantindo repetidas vezes às irmãs que acreditava realmente que não havia grande risco na indisposição de Fanny e que não precisavam, portanto, preocupar-se com isso, partiu, deixando as três unânimes em seus sentimentos sobre a situação atual, pelo menos no que se referia à conduta da sra. Ferrars, dos Dashwood e de Edward.

A indignação de Marianne explodiu assim que ele deixou a sala; e como a sua veemência tornava a reserva impossível para Elinor e desnecessária para a sra. Jennings, todas elas se uniram numa violenta crítica de todo o grupo.

Capítulo 38

A sra. Jennings foi muito calorosa ao elogiar o comportamento de Edward, mas só Elinor e Marianne compreenderam o seu verdadeiro mérito. Só elas sabiam como foram poucos os motivos que o tentaram à desobediência e quão pequeno era o consolo, fora a consciência do bem agir, que lhe poderia restar para a perda de amigos e da riqueza. Elinor orgulhou-se de sua integridade, e Marianne perdoou todas as suas ofensas, de pena da sua punição. Mas se bem que a confiança entre eles tivesse sido recuperada, por aquela revelação pública, aquele não era um assunto em que nenhuma das duas gostava de deleitar-se quando estavam sozinhas. Elinor evitava-o por princípio, por tender a fortalecer ainda mais em seus pensamentos, pelas certezas muito entusiastas e enfáticas de Marianne, a crença no persistente amor de Edward por ela, algo de que gostaria de se livrar; e logo faltou coragem para Marianne tentar conversar sobre um assunto que a deixava cada vez mais insatisfeita consigo mesma, pela comparação que necessariamente produzia entre o comportamento de Elinor e o seu próprio.

Sentiu toda a força daquela comparação, porém, não para forçá-la a se empenhar, como esperara a irmã; sentiu-a com toda a dor do remorso contínuo, lamentou amargamente nunca se ter esforçado na vida, mas aquilo só lhe trouxe a tortura da penitência, sem a esperança de corrigir-se. Seu ânimo estava tão debilitado que ela ainda acreditava ser impossível qualquer esforço, e, assim, aquilo só a desanimava ainda mais.

Não tiveram nenhuma novidade nos dois dias seguintes sobre a situação na Harley Street ou Bartlett's Buildings. Ainda que já soubessem tanto sobre o caso, que a sra. Jennings podia passar adiante aquele conhecimento sem ter de buscar mais, ela resolvera desde o começo fazer uma visita de consolação e informação às primas assim que pudesse; e só o estorvo de ter mais visitas que o normal a impediu de procurá-las naquele momento.

O terceiro dia depois de terem conhecimento dos detalhes foi um domingo tão delicioso, tão lindo, que levou muita gente aos jardins de Kensington, embora fosse apenas a segunda semana de março. A sra. Jennings e Elinor estavam entre elas; mas Marianne, que sabia que os Willoughby estavam de volta a Londres e vivia com o pavor de encontrá-los, preferiu ficar em casa a aventurar-se num lugar tão público.

Uma conhecida íntima da sra. Jennings juntou-se a elas assim que entraram nos Jardins, e Elinor não se aborreceu com o fato de que, permanecendo essa amiga com elas e monopolizando as atenções da sra. Jennings, ela mesma pôde entregar-se tranquilamente à reflexão. Não viu ninguém dos Willoughby, ninguém de Edward e, por algum tempo, ninguém que por algum motivo, alegre ou triste, pudesse interessá-la. Por fim ela se viu, para sua surpresa, abordada pela srta. Steele, que, mesmo parecendo muito tímida, exprimiu sua grande satisfação em encontrá-las e, ao receber os delicados encorajamentos da sra. Jennings, deixou o seu grupo por algum tempo para juntar-se ao delas. A sra. Jennings de imediato sussurrou para Elinor:

— Tire tudo dela, minha querida. Ela lhe contará tudo que lhe pedir. Como vê, não posso deixar a sra. Clarke.

Para a curiosidade da sra. Jennings e também de Elinor, porém, era uma sorte que ela contava qualquer coisa *sem* que lhe perguntassem, porque, se não fosse assim, não aprenderiam nada de novo.

— Estou tão contente por encontrá-las — disse a srta. Steele, pegando-a pelo braço com familiaridade —, pois a coisa que mais queria no mundo era vê-las —; e então, baixando a voz — suponho que a sra. Jennings soube de tudo a respeito do caso. Ela está zangada?

— Com a senhorita, de modo nenhum, acho.

— Isso é ótimo. E *Lady* Middleton, *ela* está zangada?

— Não vejo por que estaria.

— Estou imensamente feliz com isso. Graças a Deus! O que eu passei com isso tudo! Nunca vi Lucy com tanta raiva na vida. Primeiro, prometeu que nunca mais me faria uma touca nova, nem faria mais nada por mim enquanto vivesse, mas agora já se acalmou e somos boas amigas como sempre fomos. Veja só, ela fez este laço para o meu chapéu e pôs a pluma a noite passada. E agora a *senhorita* vai rir de mim também. Mas por que eu não usaria fitas cor-de-rosa? Não me importa se é a cor predileta do reverendo. Eu, por meu lado, garanto que nunca saberia que ele *preferia* essa a todas as outras cores, se ele não tivesse contado. Minhas primas têm-me aborrecido tanto! Confesso que às vezes não sei como me comportar quando estou com elas.

Ela divagara até um assunto em que Elinor nada tinha a dizer e, portanto, logo julgou acertado voltar para o primeiro.

— Muito bem, srta. Dashwood — disse ela em tom triunfal —, por mais que as pessoas falem que o sr. Ferrars abandonou Lucy, posso garantir-lhe que isso não é verdade. É uma pena que tais notícias maldosas sejam espalhadas por aí. Fosse o que fosse que Lucy pudesse pensar sobre o assunto, sabe que ninguém podia dar aquilo como certo.

— Posso garantir que não ouvi nada desse tipo — disse Elinor.

— Ah, não ouviu? No entanto, sei muito bem que aquilo *foi* dito, e por mais de uma pessoa. Pois a srta. Godby disse à srta. Sparks que ninguém no uso das suas faculdades mentais poderia esperar que o sr. Ferrars abandonasse uma mulher como a srta. Morton, com uma fortuna de trinta mil libras, por Lucy Steele, que não tinha absolutamente nada. Ouvi isso da própria srta. Sparks. Além disso, até o meu primo Richard disse temer que, quando chegasse a hora, o sr. Ferrars desistiria de tudo. Quando Edward não nos procurou por três dias, nem eu sabia o que pensar, e acho lá no fundo do coração que Lucy deu tudo por perdido, pois fomos embora da casa do seu irmão na quarta-feira, e não vimos Edward nem na quinta-feira nem na sexta-feira nem no sábado, e não sabíamos que fim ele tinha levado. Lucy até pensou em escrever para ele, mas então seu ânimo se rebelou contra a ideia. Esta manhã, contudo, ele apareceu quando chegamos da igreja, e então tudo se esclareceu: ele disse como fora chamado na quarta-feira à Harley Street e conversara com a mãe e todos eles, e declarara diante de todos que só amava Lucy e só com Lucy se casaria. E como ficara tão arrasado com tudo aquilo, que assim que saiu da casa da mãe montou e cavalgou até algum lugar do campo, e como permaneceu num albergue na quinta-feira e na sexta-feira, para decidir o que fazer. E contou que, depois de pensar e repensar em tudo aquilo, achava que agora, que não tinha mais nenhuma fortuna nem mais nada, seria muito indelicado pedir a Lucy que mantivesse o compromisso, uma vez que não seria bom para ela, já que ele só tinha duas mil libras e nenhuma esperança de conseguir mais alguma coisa. Se se ordenasse, como às vezes pensava, só poderia obter uma paróquia, e como poderiam viver só com isso? Não podia suportar a ideia de nada poder fazer por ela, e então lhe implorou, se tivesse a mínima intenção de fazê-lo, que pusesse prontamente um ponto-final no noivado e o deixasse resolver seus problemas sozinho. Eu o ouvi dizer tudo aquilo; mais claramente, impossível. E era tudo para o bem *dela* e pensando *nela* que ele disse aquilo de ir embora, e não por ele mesmo. Juro solenemente que ele não disse nenhuma sílaba sobre estar cansado dela ou querer casar com a srta. Morton, ou qualquer coisa desse tipo. Mas é claro que Lucy não daria ouvidos a esse tipo de conversa, e então lhe disse imediatamente (com muitas palavras de amor e carinho, sabe, e tudo o mais... Ah, não dá para repetir essas coisas!), disse-lhe imediatamente que não tinha nenhuma intenção de deixá-lo, porque poderia viver com ele por uma ninharia, e por pouco que ele tivesse agora ela ficaria muito contente com isso, ou algo desse tipo. Então ele ficou loucamente feliz e falou durante algum tempo sobre o que iriam fazer, e concordaram que ele devia ordenar-se de imediato e que deveriam esperar para se casarem até que ele conseguisse um meio de vida. Depois disso não consegui ouvir mais nada, pois a minha prima me chamou do andar de baixo para me dizer que a sra. Richardson viera em seu coche para levar uma de nós aos jardins de Kensington. Fui, então, obrigada a entrar na sala e interrompê-los para perguntar a Lucy se ela queria ir. Ela, porém, não quis deixar Edward; então eu subi e pus um par de meias de seda e saí com os Richardson.

— Não entendo o que quer dizer com interrompê-los — disse Elinor. — Os três estavam na mesma sala, não é?

— Não, nós não. Ah, srta. Dashwood, acha que as pessoas namoram quando há mais alguém presente? Ah, que vergonha!... Com certeza, deve saber dessas coisas — (rindo com afetação). — Não, não, eles estavam fechados juntos na sala, e ouvi tudo atrás da porta.

— Como! — exclamou Elinor. — Repetiu para mim o que ouviu atrás da porta? Lamento não ter sabido disso antes, porque certamente não teria permitido que me desse detalhes de uma conversa que a senhorita mesma não devia ter ouvido. Como pôde comportar-se tão mal com sua irmã?

— Ah, *isso* não tem nada de mais. Só fiquei junto à porta e ouvi o que pude. E tenho certeza de que Lucy faria a mesma coisa comigo, já que um ou dois anos atrás, quando Martha Sharpe e eu tínhamos muitos segredos, ela não teve escrúpulos de se esconder num guarda-roupa ou atrás do biombo da chaminé para ouvir o que dizíamos.

Elinor tentou falar de outras coisas, no entanto só conseguiu manter por poucos minutos a srta. Steele afastada do assunto que ocupava sua mente.

— Edward fala de ir logo para Oxford — disse ela —, mas agora está morando em Pall Mall número... Que mulher má é a mãe dele, não é? E o seu irmão e a sua cunhada não foram muito gentis! Mas não vou dizer nada contra eles para a *senhorita* e posso garantir que eles nos mandaram de volta para casa na carruagem deles, o que era mais do que eu esperava. Eu, por meu lado, estava apavorada com a ideia de que sua cunhada pedisse de volta os estojinhos de costura que ela nos dera dois ou três dias antes, contudo, não disse nada a respeito, e tive o cuidado de deixar o meu longe da vista dela. Edward tem alguns negócios para resolver em Oxford, pelo que ele disse, então deve ficar lá por algum tempo, e depois *disso*, assim que topar com algum bispo, ele será ordenado. Imagino que bela paróquia ele vai ter! Deus do céu — (dando uma risadinha boba) —, daria a vida para saber o que meus primos vão dizer quando souberem! Vão me dizer que escreva ao reverendo para lhe pedir que dê a Edward a paróquia de que precisa para se sustentar. Tenho certeza de que vão dizer isso, mas garanto que eu não faria uma coisa dessas por nada neste mundo... "Ah!", vou logo dizer, "Como podem pensar uma coisa dessas? Eu, escrever para o reverendo? Tenham dó...".

— Muito bem — disse Elinor —, é sempre bom estar preparada para o pior. Já tem uma resposta pronta.

A srta. Steele ia responder sobre o mesmo assunto, porém a aproximação do seu próprio grupo tornou mais urgente outro tema.

— Ah, aí vêm os Richardson. Tenho muito mais coisas para lhe contar, no entanto, não posso ficar mais tempo longe deles. Garanto-lhe que eles são pessoas muito distintas. Ele ganha um dinheirão e eles têm seu próprio coche. Não tenho tempo de falar sobre isso com a sra. Jennings, mas por favor diga-lhe que estou muito contente em saber que não está zangada conosco, e *Lady* Middleton também. Se acontecer alguma coisa, e a senhorita e a sua irmã tiverem de ir embora e a sra. Jennings quiser companhia, garanto que ficaríamos muito felizes em ficar com ela o tempo que quiser. Suponho que *Lady* Middleton não vá convidar-nos mais esta temporada. Adeus! É uma pena que a srta. Marianne não esteja aqui. Dê lembranças a ela. Ah, a senhorita está usando o vestido de musselina de bolinhas!... Não tem medo de que ele se rasgue?

Essa foi a sua preocupação de despedida; depois disso só teve tempo para se despedir da sra. Jennings, antes que sua companhia fosse exigida pela sra. Richardson. Elinor tomou posse de conhecimentos que poderiam dar-lhe o que pensar durante algum tempo, ainda que tivesse aprendido poucas coisas que não houvesse previsto ou suposto em suas reflexões. O casamento de Edward com Lucy era algo decidido com firmeza, e a data continuava absolutamente incerta, como concluíra que aconteceria. Tudo dependia, exatamente como esperava, de obter aquela nomeação que, no momento, parecia ser completamente impossível.

Assim que voltaram à carruagem, a sra. Jennings mostrou-se impaciente por saber das novidades, mas como Elinor queria espalhar o mínimo possível das informações que haviam sido obtidas de um modo tão desleal, limitou-se a repetir por alto alguns detalhes simples que tinha certeza de que Lucy, em seu próprio interesse, gostaria que fossem conhecidos. O prosseguimento do noivado e o modo de que se valeriam para chegar a seu objetivo foi tudo que contou, o que provocou na sra. Jennings o seguinte comentário natural:

— Aguardar que ele tenha um meio de subsistência! Ai, todos nós sabemos como *isso* vai acabar: vão esperar um ano para descobrir que tudo não vai dar em nada, vão instalar-se numa paróquia de cinquenta libras por ano, com os juros de suas duas mil libras e mais o pouco que o sr. Steele e o sr. Pratt podem dar a ela. E então vão ter um filho por ano! E que Deus os proteja! Como vão ser pobres! Preciso ver o que posso dar-lhes para mobiliarem a casa. Duas criadas e dois criados, sem dúvida! Como eu disse outro dia. Não, não, eles têm de ter uma mulher bem forte, que seja "pau para toda obra". A irmã de Betty não vai servir para eles *agora*.

Na manhã seguinte, Elinor recebeu uma carta pelo correio, de dois *pence*, da própria Lucy. Dizia ela:

Bartlett's Building, março.

Espero que a minha querida srta. Dashwood me perdoe por tomar a liberdade de lhe escrever, contudo sei que a sua amizade por mim fará que se sinta satisfeita em ouvir boas notícias de mim e do meu querido Edward, depois de todos os problemas que enfrentamos recentemente, portanto não vou pedir mais desculpas e vou logo dizendo que, graças a Deus, apesar de termos sofrido terrivelmente, estamos ambos muito bem agora e tão felizes como sempre deveremos estar em nosso amor recíproco. Passamos por muitas provações e grandes perseguições, mas, ao mesmo tempo, somos muito gratos a muitos amigos e amigas — e a senhorita não é a menor delas — cuja grande delicadeza sempre lembrarei com gratidão, assim como Edward também, com quem falei a respeito. Tenho certeza de que gostará de saber, assim como a minha querida sra. Jennings, que passei duas horas muito felizes com ele ontem à tarde; ele não queria ouvir falar de nos separarmos, apesar de que sinceramente eu tenha, como era meu dever, insistido para que o fizesse, por prudência, e ter-me-ia me separado dele imediatamente, se aceitasse; no entanto, ele disse que isso não ia acontecer nunca, não lhe importava a raiva da mãe, se pudesse ter o meu amor. Nossas perspectivas não são lá muito brilhantes, é verdade, contudo temos de aguardar, na esperança do melhor; logo, logo ele vai ser ordenado e se alguma vez puder recomendá-lo a alguém que lhe possa dar um benefício eclesiástico, estou certa de que não vai nos esquecer, nem a minha querida sra. Jennings, que tenho certeza dirá boas coisas de nós ao *Sir* John, ao sr. Palmer ou a qualquer amigo que possa ajudar-nos. A pobre Anne agiu muito mal ao fazer o que fez, não obstante, teve a melhor das intenções, então eu não disse nada. Espero que não seja um incômodo muito grande para a sra. Jennings vir visitar-nos, se algum dia passar por estes lados; seria muito gentil da parte dela, e meus primos ficariam muito orgulhosos de poderem conhecê-la. O papel desta carta lembra-me que devo terminar, e, rogando-lhe que apresente a ela e a *Sir* John e *Lady* Middleton, e às queridas crianças, quando tiver oportunidade de vê-los, as minhas mais gratas e respeitosas lembranças, e meu afeto pela srta. Marianne,

Sou, etc.

Assim que Elinor acabou de ler a carta, fez o que concluiu ser o verdadeiro objetivo da autora, entregando-a à sra. Jennings, que a leu em voz alta, com muitos comentários de satisfação e elogio.

— Muito bom, realmente! Como escreve bem! Ai, deixá-lo ir embora se quisesse foi um gesto maravilhoso. Essa é a verdadeira Lucy. Coitadinha! Ah, se *pudesse* dar a ele um benefício eclesiástico, eu o faria de coração. Ela me chama de "minha querida sra. Jennings", veja só. Nunca vi nenhuma menina com um coração como o dela. Muito bom, mesmo. Essa sentença está muito bem redigida. Claro, claro, vou visitá-la, com certeza. Como é atenciosa, pensando em todos! Obrigada, minha querida, por mostrar-me esta carta. É a carta mais bonita que já vi, e mostra que Lucy tem muita cabeça e um grande coração.

Capítulo 39

As srtas. Dashwood já estavam em Londres havia mais de dois meses, e a impaciência de Marianne por ir embora aumentava a cada dia. Ansiava pelo ar, pela liberdade, pela tranquilidade do campo, e imaginava que, se algum lugar podia trazer-lhe calma, esse lugar era Barton. Elinor não estava menos ansiosa do que ela para partir, todavia, menos desejosa de que a partida se desse imediatamente, porque tinha consciência das dificuldades de uma viagem tão longa, o que Marianne não era capaz de reconhecer. Começou, porém, a pensar seriamente no assunto, e já mencionara seus desejos à sua gentil anfitriã, que resistiu a eles com toda a eloquência da boa vontade, quando lhe foi sugerido um plano que, embora ainda as mantivesse longe de casa por mais algumas semanas, pareceu a Elinor bem melhor do que todos os outros. Os Palmer deviam voltar a Cleveland no fim de março, para os feriados de Páscoa, e a sra. Jennings, com ambas as amigas, recebera um convite muito caloroso de Charlotte para que fossem com eles. Isso por si só não era o bastante para a sensibilidade da srta. Dashwood, contudo o próprio sr. Palmer insistira com tanta delicadeza no convite, que, juntamente com a sensível melhora de seu comportamento com elas desde que soubera que Marianne se sentia infeliz, ela o aceitou com prazer.

Quando, no entanto, contou a Marianne o que fizera, sua primeira resposta não foi muito auspiciosa.

— Cleveland! — exclamou ela, muito agitada. — Não, não posso ir a Cleveland.

— Você se esquece — disse Elinor educadamente — que Cleveland não fica... não está nas proximidades de...

— Mas é em Somersetshire. Não posso ir a Somersetshire. Lá, para onde esperava tanto ir... Não, Elinor, não pode esperar que eu vá para lá.

Elinor não quis discutir sobre a conveniência de superar esses sentimentos, só tratou de combatê-los recorrendo a outros. Assim, sugeriu a viagem como uma medida que fixaria a data para a volta à sua querida mãe, que ela tanto queria ver, de maneira mais conveniente e mais confortável que qualquer outro plano poderia proporcionar, e talvez sem nenhum atraso maior. De Cleveland, que ficava a poucas milhas de Bristol, a distância até Barton não ia além de um dia, ainda que fosse uma longa viagem. Os criados de sua mãe poderiam facilmente ir até lá para acompanhá-las e, como não ficariam em Cleveland mais do que uma semana, poderiam estar em casa em pouco mais de três semanas. Como o carinho de Marianne pela mãe era sincero, não teria dificuldade em superar os males que imaginara.

A sra. Jennings estava tão pouco cansada de suas hóspedes, que insistiu muito para que voltassem de novo com ela de Cleveland. Elinor era muito grata por sua delicadeza, mesmo assim isso não poderia alterar seus planos; e, uma vez obtida com facilidade aprovação da mãe, todas as coisas relacionadas com o retorno foram acertadas, na medida do possível, e Marianne sentiu certo alívio em iniciar a contagem das horas que ainda faltavam para chegar a Barton.

— Ah, coronel, não sei o que eu e o senhor faríamos sem as srtas. Dashwood — foi o que a sra. Jennings lhe disse quando ele a visitou pela primeira vez depois que ficara decidida a partida delas —, pois estão totalmente decididas a voltar para casa quando deixarem a casa dos Palmer. E como ficaremos desamparados quando eu voltar! Jesus! Ficaremos sentados bocejando um para o outro, estúpidos como dois gatos.

Talvez a sra. Jennings esperasse, com esse esboço vigoroso de seu futuro tédio, provocar o coronel a fazer a oferta que lhe permitiria evitar esse mesmo tédio; e se assim era, teve logo em seguida boas razões para achar que atingira o seu objetivo, porque, quando Elinor foi à janela para medir mais rapidamente as dimensões de uma gravura que ia copiar para seu amigo, ele a seguiu com um olhar de expressão singular e conversou com ela por alguns bons minutos. O efeito das palavras dele sobre a senhorita também não puderam escapar à sua observação, pois embora fosse decente demais para escutar, e até mudara de cadeira justamente para *não* ouvir, para outra perto do pianoforte que Marianne estava tocando, não pôde impedir-se de notar que Elinor enrubescera, acompanhava com agitação e estava atenta demais ao que ele dizia para prosseguir no que estava fazendo. Confirmando ainda mais as suas esperanças, enquanto Marianne passava de uma música para outra, não pôde evitar que algumas palavras do coronel chegassem aos seus ouvidos, nas quais ele parecia desculpar-se pela mediocridade de sua casa. Aquilo resolvia o problema, sem dúvida nenhuma. Na verdade tinha ela dúvidas sobre a necessidade daquelas desculpas, contudo supôs que a etiqueta as exigisse. Não conseguiu ouvir o que Elinor respondeu, no entanto julgou pelo movimento dos lábios que ela não achou que *aquilo* fosse alguma objeção importante, e a sra. Jennings a aplaudiu de coração por ser tão honesta. Os dois continuaram falando por alguns minutos, sem que ela conseguisse captar nenhuma sílaba, quando outra feliz pausa na execução musical de Marianne lhe trouxe estas palavras, proferidas na voz calma do coronel:

— Receio que não possa ocorrer tão cedo.

Admirada e abalada com essas palavras tão pouco apaixonadas, ela quase começou a gritar: “Meu Deus! Qual pode ser o obstáculo?", não obstante, refreando seu desejo, limitou-se àquela silenciosa exclamação. "Que coisa esquisita! Com certeza ele não precisa esperar ficar mais velho!"

Esse adiamento da parte do coronel, porém, não pareceu causar a mínima ofensa ou mortificação em sua bela companheira, porque quando, logo depois, eles encerraram a conversa e cada um foi para o seu lado, a sra. Jennings ouviu claramente Elinor dizer, com uma voz que mostrava sinceridade:

— Sempre me sentirei muito agradecida ao senhor.

A sra. Jennings alegrou-se com a sua gratidão, e só se admirou com o fato de que, após ouvir aquelas palavras, o coronel tenha podido deixá-las, como de imediato o fez, com a maior serenidade, e ir embora sem lhe dar nenhuma resposta! Jamais imaginara que seu velho amigo pudesse transformar-se num pretendente tão frio.

O que realmente se passara entre eles foi o seguinte:

— Soube — disse ele, com grande compaixão — da injustiça que a família do seu amigo, o sr. Ferrars, cometeu contra ele, pois, se entendi corretamente o caso, ele teria sido completamente proscrito por perseverar em seu noivado com uma jovem muito decente. Será que fui bem informado? Foi isso mesmo?

Elinor disse-lhe que sim.

— É terrível a crueldade, a grosseira crueldade — replicou ele, com grande emoção — de separar ou tentar separar dois jovens há muito apegados um ao outro. A sra. Ferrars não sabe o que pode estar fazendo.. a que pode estar levando o filho. Vi o sr. Ferrars duas ou três vezes na Harley Street, e gostei muito dele. Não é um rapaz que se possa conhecer intimamente em pouco tempo, entretanto, vi-o o bastante para querer-lhe bem por ele mesmo e, sendo um amigo seu, desejo-lhe um bem ainda maior. Sei que ele quer ordenar-se. Faria a gentileza de lhe dizer que o benefício eclesiástico de Delaford, que acabou de vagar, como acabo de saber pelo correio de hoje, é dele, se ele achar que valha a pena aceitá-lo? Mas *disso*, talvez, dadas as circunstâncias infelizes em que ele se encontra, seria insensato duvidar. Só gostaria que fosse mais valioso. É uma reitoria, mas pequena. O último titular, creio eu, não recebia mais do que 200 libras spor ano e, se bem que o benefício possa ser melhorado, temo que não o bastante para garantir a ele uma renda razoável. Tal como está, porém, será um grande prazer para mim indicá-lo para o cargo. Peço-lhe que lhe comunique isso.

O espanto de Elinor ante tal incumbência não teria sido maior se o coronel lhe tivesse proposto casamento. A nomeação que permitiria a Edward casar-se e que apenas dois dias atrás ela considerara impossível já fora obtida; e justamente *ela*, de todas as pessoas do mundo, fora escolhida para lhe comunicar o fato! Sua emoção foi tamanha que a sra. Jennings a atribuíra a uma causa muito diferente. Mas, embora certos sentimentos menos puros, menos agradáveis, possam ter entrado na composição dessa emoção, sua estima pela grande benevolência e sua gratidão pela especial amizade, que, juntas, levaram o coronel Brandon a fazer aquele gesto, foram muito sinceras, e ela as exprimiu calorosamente. Agradeceu-lhe sinceramente a oferta, falou dos princípios e da disposição de Edward com o entusiasmo que sabia merecerem, e prometeu executar a incumbência com prazer, se fosse realmente sua vontade conferir encargo tão agradável a alguma pessoa. Mas, ao mesmo tempo, não pôde deixar de pensar que ninguém poderia executá-lo melhor do que ele próprio. Em resumo, era um encargo do qual Elinor, pouco disposta a proporcionar a Edward o constrangimento de receber um favor *dela*, ficaria muito contente de ser dispensada, no entanto o coronel Brandon, por motivos de igual delicadeza, declinando-o também, ainda parecia tão desejoso de que fosse realizado por Elinor, que ela não gostaria de modo algum de continuar a se opor aos planos dele. Acreditava ela que Edward ainda estivesse em Londres, e por sorte soubera o seu endereço pela srta. Steele. Poderia, portanto, tratar de informá-lo da oferta naquele mesmo dia. Depois que isso ficou acertado, o coronel Brandon começou a falar de seu próprio proveito em garantir um vizinho tão respeitável e agradável, e *então* foi mencionado com pesar que a casa era pequena e modesta, um mal a que Elinor, como a sra. Jennings supusera, não dera muita importância, pelo menos no que se referia ao tamanho.

— Não consigo imaginar que o fato de a casa ser pequena — disse ela — possa ser um problema para eles, já que o tamanho será adequado à família e à renda.

Com isso, o coronel ficou surpreso em descobrir que ela considerava o casamento do sr. Ferrars uma consequência direta da nomeação, porque não julgara possível que o benefício eclesiástico de Delaford pudesse por si só proporcionar uma renda com a qual alguém com o estilo de vida de Edward se arriscasse a se estabelecer, e disse isso.

— O máximo que essa pequena reitoria *pode* fazer é permitir ao sr. Ferrars viver com certo conforto como solteiro; não pode permitir-lhe casar. Lamento dizer que meu patrocínio termina aqui, e o meu interesse não vai muito além. Se, ainda assim, por um acaso esteja em meu poder ajudá-lo em mais alguma coisa, terei de ter mudado muito a minha opinião sobre ele se não estiver pronto para lhe ser útil, como sinceramente gostaria de lhe ser hoje. O que estou fazendo agora parece não ser nada, pois pode fazer que avance muito pouco na direção do que deve ser seu principal, seu único objeto de felicidade. Seu casamento ainda deve ser um bem distante; pelo menos, receio que não possa ocorrer tão cedo...

Foi essa a sentença que, mal interpretada, ofendeu com razão os delicados sentimentos da sra. Jennings, mas depois desse relato do que realmente se passou entre o coronel Brandon e Elinor enquanto estavam à janela, a gratidão expressa pela segunda ao se despedirem talvez possa parecer, afinal, não menos razoavelmente provocada nem adequadamente formulada do que se se houvesse originado de uma oferta de casamento.

Capítulo 40

— Muito bem, srta. Dashwood — disse a sra. Jennings, sorrindo com um ar sagaz, assim que o cavalheiro se retirou —, não vou perguntar-lhe o que o coronel lhe disse, porque embora, palavra de honra, eu *tenha tentado* não ouvir, não pude deixar de captar o bastante para entender o que se passou. E lhe garanto que nunca fiquei mais contente na vida, e desejo à senhorita, de coração, toda a alegria do mundo.

— Muito obrigada, minha senhora — disse Elinor. — É motivo de grande alegria para mim, e sinto com grande emoção a bondade do coronel Brandon. Não há muitos homens que agiriam como ele. Pouca gente tem um coração tão misericordioso! Nunca em minha vida algo me causou maior admiração.

— Jesus! Minha querida, é muito modesta. Não estou nem um pouco admirada, já que ultimamente pensei nisso muitas vezes, não havia nada mais provável.

— A senhora julgou com base no conhecimento que tem da benevolência geral do coronel, no entanto, a senhora não poderia prever que a oportunidade apareceria tão rapidamente.

— Oportunidade! — repetiu a sra. Jennings. — Ah, quanto a isso, quando um homem toma uma decisão num caso como este, de um jeito ou de outro ele logo encontra uma oportunidade. Bem, minha querida, desejo-lhe toda a alegria do mundo, mais uma vez, e se alguma vez houve um casal feliz no mundo, acho que logo saberei onde o procurar.

— Suponho que a senhora pretenda ir a Delaford encontrá-los — disse Elinor, com um sorriso forçado.

— Ai, minha querida, isso eu vou, com certeza. E quanto à casa ser ruim, não sei a qual o coronel se referia, uma vez que é a melhor casa que já vi.

— Estava referindo-se ao fato de precisar de reforma.

— Ora, e de quem é a culpa? Por que não reformá-la? Quem faria isso, senão ele mesmo?

Foram interrompidas pela chegada da criada que anunciava que a carruagem estava à porta, e a sra. Jennings, preparando-se imediatamente para sair, disse:

— Bem, minha querida, tenho de ir embora antes de dizer metade do que queria. Entretanto, teremos toda a noite para conversar à vontade, pois vamos estar sozinhas. Não lhe peço que venha comigo, porque tenho certeza de que a sua cabeça deve estar cheia demais para querer companhia. Além disso, deve estar louca para contar tudo à sua irmã.

Marianne saíra da sala antes que a conversa começasse.

— Certamente, minha senhora, falarei com Marianne sobre o caso, contudo não vou mencioná-lo agora a mais ninguém.

— Ah, muito bem — disse a sra. Jennings, um tanto desapontada. — Então não vai querer que eu conte a Lucy, dado que planejo ir até Holborn hoje.

— Não, minha senhora, nem mesmo para Lucy, por favor. Um atraso de um dia não há de ser importante e, até que eu tenha escrito para o sr. Ferrars, creio que não deva ser mencionado para mais ninguém. Eu devo fazer *isso* pessoalmente. É importante que ele não perca tempo, porque terá, é claro, muito o que fazer com relação à ordenação.

No começo, essas palavras deixaram a sra. Jennings muitíssimo confusa. Por que se deveria escrever ao sr. Ferrars com tanta pressa era algo que ela não pôde entender de imediato. Uma breve reflexão, porém, sugeriu-lhe uma ótima ideia, e exclamou:

— Ah, entendi. O sr. Ferrars tem de ser o homem. Tanto melhor para ele. Com certeza tem de ser ordenado rapidamente, e estou muito contente de ver que entre ambos as coisas estão muito adiantadas. No entanto, minha querida, isso não está um pouco estranho? Não deveria ser o coronel a escrever? Certamente é ele a pessoa indicada.

Elinor não entendeu muito bem o começo da fala da sra. Jennings, nem achou que valesse a pena fazer perguntas sobre isso; portanto, respondeu apenas à conclusão:

— O coronel Brandon é um homem tão delicado, que prefere que qualquer outra pessoa anuncie as suas intenções ao sr. Ferrars.

— E então a *senhorita* é obrigada a fazê-lo. *Eis* um estranho tipo de delicadeza! Todavia, não quero aborrecê-la — (vendo que ela se preparava para escrever). — A senhorita conhece melhor os seus próprios interesses. Então até logo, minha querida. Foi a melhor coisa que ouvi desde que Charlotte deu à luz.

E saiu; mas voltou um instante depois:

— Estive pensando na irmã de Betty, minha querida. Eu ficaria muito contente que ela tivesse uma patroa tão boa. Mas não sei dizer se ela daria uma boa donzela de companhia para uma *lady*. É uma excelente criada e trabalha muito bem com a agulha. Porém, a senhorita tem todo o tempo para pensar no assunto.

— Com certeza, minha senhora — disse Elinor, não dando muita atenção ao que ela disse e mais impaciente em ficar sozinha do que em inteirar-se perfeitamente do caso.

Como começar, como se exprimir em seu bilhete a Edward, era agora toda a sua preocupação. As circunstâncias particulares entre eles tornavam difícil o que para qualquer outra pessoa seria a coisa mais fácil do mundo. Temia, não obstante, dizer coisas de mais ou de menos, e sentou-se pensativa diante do papel com uma pluma na mão, até ser interrompida pela entrada de Edward em pessoa.

Ele encontrara a sra. Jennings à porta quando ela estava a caminho da carruagem, pois vinha entregar seu cartão de despedida. E ela, depois de pedir desculpas por não voltar, obrigara-o a entrar, dizendo que a srta. Dashwood estava lá em cima e queria falar com ele sobre um assunto muito especial.

Elinor, em meio à sua perplexidade, acabava de se felicitar porque, por mais difícil que fosse exprimir-se adequadamente por carta, pelo menos era preferível a dar a informação pessoalmente, quando o visitante entrou, obrigando-a a fazer aquele que era para ela o maior de todos os esforços. Seu espanto e confusão foram muito grandes com aquele súbito aparecimento. Não o tinha visto desde que o noivado se tornara público e, portanto, desde que ele soubera que ela estava ciente do caso, o que, com a consciência do que estivera pensando e do que tinha a lhe dizer, a fez sentir-se especialmente constrangida por alguns minutos. Ele também estava muito angustiado, e se sentaram um ao lado do outro, no que prometia ser uma situação muito embaraçosa. Ele não se lembrava se se desculpara pela intrusão ao entrar na sala, no entanto, para estar seguro de agir corretamente, decidiu pedir-lhe desculpas formais assim que conseguiu dizer alguma coisa, depois de pegar uma cadeira.

— A sra. Jennings me contou — disse ele — que a senhorita queria falar comigo, pelo menos foi o que entendi, ou eu certamente não me haveria intrometido desta maneira, embora ao mesmo tempo lamentasse muito deixar Londres sem ver a senhorita e a sua irmã, sobretudo porque muito provavelmente vai levar algum tempo para ter o prazer de tornar a vê-las. Eu vou para Oxford amanhã.

— Não teria ido, porém — disse Elinor, recompondo-se, e decidida a acabar o mais rápido possível com aquilo que tanto temera —, sem receber nossas boas notícias, mesmo que não conseguíssemos transmiti-las pessoalmente. A sra. Jennings tinha toda a razão no que lhe disse. Tenho algo importante para lhe informar, que estava a ponto de lhe comunicar por escrito. Fui encarregada de uma missão muito agradável — (respirando bem mais rápido do que o normal enquanto falava) —, o coronel Brandon, que dez minutos atrás ainda estava aqui, pediu-me que lhe dissesse que, sabendo que pretende ordenar-se, tem o grande prazer de lhe oferecer o benefício eclesiástico de Delaford, que acaba de vagar, e só gostaria que ele fosse mais considerável. Gostaria de felicitá-lo por ter um amigo tão respeitável e judicioso, e de me unir aos seus votos de que o benefício — de cerca de duzentas libras anuais — fosse muito mais vultoso e lhe permitisse... algo mais do que um abrigo temporário para o senhor... em suma, permitisse-lhe empreender todos os seus projetos de felicidade.

O que Edward sentiu, não conseguindo ele mesmo exprimi-lo, não se pode esperar que alguma outra pessoa pudesse dizer por ele. *Demonstrou* em suas feições todo o espanto que aquela informação tão inesperada e tão insuspeitada não poderia deixar de provocar. Contudo, disse apenas duas palavras:

— Coronel Brandon!

— Sim — prosseguiu Elinor, ganhando mais firmeza, pois grande parte do pior já havia passado —, o coronel Brandon quer que isso sirva de prova de sua preocupação com o que aconteceu recentemente... pela cruel situação em que a injustificável conduta da sua família colocou o senhor... preocupação que, tenho certeza, Marianne, eu mesma e todos os nossos amigos compartilhamos; e também como prova da alta consideração em que ele tem o seu caráter e da sua especial aprovação do comportamento do senhor na atual situação.

— O coronel Brandon dar *a mim* um benefício eclesiástico! Será possível?

— A indelicadeza de seus parentes faz que se admire de encontrar amizade em algum lugar.

— Não — replicou ele, com súbita consciência —, mas de encontrá-la na *senhorita*. Pois não posso ignorar que devo tudo à senhorita, à sua bondade... Gostaria de poder exprimir o que sinto, no entanto, sabe, não sou um orador.

— O senhor está muito enganado. Eu lhe garanto que deve isso inteiramente, ou pelo menos quase inteiramente, ao seu próprio mérito e ao discernimento do coronel Brandon. Não tive participação no caso. Nem sequer tinha conhecimento, até saber dos planos dele, de que o benefício estava vacante, nem jamais me ocorrera que ele dispusesse desse benefício. Como meu amigo, como amigo da minha família, ele talvez... de fato, eu sei que ele *tem* grande prazer em concedê-lo ao senhor. Não obstante, dou-lhe a minha palavra, nada deve à minha mediação.

A verdade a obrigava a reconhecer ter tido uma pequena parte naquele gesto, ainda assim ao mesmo tempo ela estava tão pouco disposta a aparecer como a benfeitora de Edward, que hesitou em reconhecê-lo, o que é provável que o tenha ajudado a fortalecer a suspeita que havia pouco tempo tomara conta da sua mente. Por alguns momentos ele pareceu refletir muito, depois que Elinor deixou de falar. Por fim, e como se fosse um grande esforço, ele disse:

— O coronel Brandon parece ser um homem de grande valor e digno de todo o respeito. Sempre ouvi falarem dele nesses termos, e sei que o seu irmão o tem em alta estima. Ele é, sem dúvida, um homem sensato, e tem as maneiras de um perfeito cavalheiro.

— Realmente — tornou Elinor —, creio que quando o conhecer melhor vai descobrir que ele é tudo isso que ouviu dizerem dele, e como serão vizinhos muito próximos (pois sei que a residência paroquial é muito próxima da mansão), é muito importante que ele *seja* tudo isso.

Edward não respondeu; contudo, quando ela voltou a cabeça para outro lado, olhou-a de um jeito tão grave, tão sério, tão sisudo, que parecia dizer que gostaria que a distância entre a residência e a mansão fosse muito maior.

— Acho que o coronel Brandon reside na St. James Street — disse ele, logo em seguida, erguendo-se da cadeira.

Elinor deu-lhe o número da casa.

— Devo apressar-me, então, em dar a ele os agradecimentos que a senhorita não vai permitir que eu dê à *senhorita,* e em garantir-lhe que fez de mim um homem muito, muitíssimo feliz.

Elinor não quis retê-lo, e eles se separaram, depois de *ela* lhe dar os seus mais sinceros votos de felicidade em todas as mudanças de situação por que passasse, e, da parte *dele*, mais com uma tentativa de corresponder aos mesmos votos do que com a capacidade de exprimi-los.

"Quando tornar a vê-lo", disse Elinor consigo mesma, quando a porta se fechou, "vou vê-lo como o marido de Lucy".

E com essa agradável antevisão, sentou-se para relembrar o passado, as palavras, e tentar compreender todos os sentimentos de Edward; e, é claro, para refletir sobre si mesma, com insatisfação.

Quando a sra. Jennings voltou para casa, embora acabasse de ver gente que nunca havia visto antes e sobre a qual, portanto, devia ter muito a dizer, sua mente estava tão mais ocupada com a posse do importante segredo do que com qualquer outra coisa, que voltou ao assunto assim que Elinor apareceu.

— Bem, minha querida — exclamou ela —, eu lhe enviei o rapaz. Fiz o que devia fazer, não é? E suponho que não teve muita dificuldade em... não o achou pouco inclinado a aceitar a sua proposta?

— Não, minha senhora. Isso era muito pouco provável.

— E quando ele estará pronto? Pois parece que tudo depende disso.

— Realmente — disse Elinor —, sei tão pouco desse tipo de formalidade que não tenho ideia do tempo ou da preparação necessária, não obstante, suponho que dois ou três meses serão suficientes para completar a ordenação.

— Dois ou três meses! — exclamou a sra. Jennings. — Meu Deus, minha querida, com que calma fala isso! E será que o coronel pode esperar dois ou três meses? Santo Deus! Garanto que isso estaria muito além da *minha* paciência!... E se bem que seja bom fazer uma gentileza com o pobre sr. Ferrars, não acho que valha a pena esperar dois ou três meses por ele. Com certeza é possível encontrar alguma outra pessoa já ordenada que possa servir também.

— Minha querida senhora — disse Elinor — de que está falando? O único objetivo do coronel Brandon é poder ser útil ao sr. Ferrars.

— Santo Deus, minha querida! Espero que não esteja querendo convencer-me de que o coronel só vai casar com a senhorita para poder dar dez guinéus ao sr. Ferrars!

O mal-entendido não podia persistir depois disso, e de imediato foi dada uma explicação, com a qual ambas muito se divertiram no momento, sem nenhuma perda importante de felicidade por parte de nenhuma das duas, já que a sra. Jennings só trocou uma forma de alegria por outra, e ainda não desistiu da esperança da primeira.

— Ai, ai, não passa de uma reitoria pequena — disse ela, passada a primeira onda de surpresa e satisfação — e muito provavelmente *precisa* de reformas. No entanto, ouvir um homem desculpar-se, como pensei ter ouvido, por uma casa que, pelo que sei, tem cinco salas de estar no térreo e, segundo o que a governanta me disse, pode dar lugar a quinze camas! E dizer isso à senhorita, ainda por cima, que está acostumada a viver no chalé de Barton!... Parecia muito ridículo. Mas, minha querida, temos de sugerir ao coronel que faça alguma coisa pela residência paroquial, para torná-la mais confortável antes da chegada de Lucy.

— Mas o coronel Brandon não parece achar que o benefício seja suficiente para que eles se casem.

— O coronel é um bobo, minha querida. Só porque tem uma renda de duas mil libras por ano, acha que ninguém pode casar com menos que isso. Dou-lhe a minha palavra que, se ainda estiver viva, farei uma visita à reitoria de Delaford antes da festa de São Miguel, e lhe garanto que não vou se Lucy não estiver lá.

Elinor concordou plenamente com ela quanto à probabilidade de não esperarem mais nada.

Capítulo 41

Edward, tendo agradecido ao coronel Brandon, seguiu cheio de alegria até a casa de Lucy, e era tal a sua euforia quando chegou a Bartlett's Buildings, que ela garantiu à sra. Jennings, a qual tornou a visitá-la no dia seguinte para dar-lhe os parabéns, que nunca na vida o tinha visto tão feliz.

Não havia dúvida, pelo menos quanto à felicidade e à animação dela. Entusiasmada, fez suas as expectativas da sra. Jennings de que estariam todos confortavelmente juntos na Residência Eclesial de Delaford antes da festa de São Miguel. E ao mesmo tempo estava tão longe de qualquer hesitação em dar a Elinor o crédito que Edward *queria* dar-lhe, que falou da amizade de Elinor por eles dois nos termos mais gratos e calorosos. Estava pronta para reconhecer o quanto lhe devia e declarou abertamente que nenhum empenho pelo bem deles, da parte da srta. Dashwood, no presente ou no futuro, jamais a surpreenderia, visto que acreditava que ela fosse capaz de fazer qualquer coisa por aqueles que apreciasse. Quanto ao coronel Brandon, estava não só pronta para venerá-lo como a um santo, além disso estava desejosa de tratá-lo como tal em todos os problemas mundanos, ansiosa por que os dízimos que ele recebia crescessem ao máximo, e decidida a se valer o mínimo possível, em Delaford, das suas criadas, de sua carruagem, de suas vacas e de suas galinhas.

Já fazia mais de uma semana que John Dashwood estivera na Berkeley Street, e como desde então não receberam nenhuma notícia da indisposição de sua esposa, além de algumas perguntas verbais, Elinor começou a achar necessário fazer-lhes uma visita. Esta, contudo, era uma obrigação que não só contrariava sua própria inclinação, como tampouco recebia encorajamento de suas companheiras. Marianne, não contente em recusar-se absolutamente a ir, tentou de todas as formas impedir que a irmã fosse, e a sra. Jennings, embora sua carruagem estivesse sempre à disposição de Elinor, antipatizava tanto com a sra. John Dashwood, que nem a curiosidade de ver como estava depois da recente descoberta, nem o forte desejo de enfrentá-la, tomando o partido de Edward, puderam vencer sua relutância em estar em sua companhia novamente. A consequência foi que Elinor partiu sozinha para fazer uma visita à qual ninguém podia estar menos inclinado e correr o risco de ter um *tête-à-tête* com uma mulher com quem nenhuma das outras tinha tantas razões de antipatizar.

Disseram-lhe que a sra. Dashwood não estava, entretanto, antes que a carruagem pudesse voltar, o marido, por acaso, apareceu. Exprimiu seu grande prazer em encontrar Elinor, disse-lhe que justamente iria fazer agora uma visita à Berkeley Street e, garantindo a ela que Fanny ficaria muito contente em vê-la, convidou-a a entrar.

Subiram as escadas até a sala de estar. Estava vazia.

— Acho que Fanny está no quarto — disse ele —, vou imediatamente ter com ela, pois tenho certeza de que não fará a menor objeção a vê-la. Longe disso, na verdade. *Agora* especialmente não pode haver... mas, de qualquer forma, a senhorita e Marianne sempre foram as favoritas dela. Por que Marianne não quis vir?

Elinor deu as desculpas que pôde por ela.

— Não lamento vê-la sozinha — replicou ele —, já que tenho muito a lhe dizer. Esse benefício eclesiástico do coronel Brandon... será possível? Ele realmente o concedeu a Edward? Soube disso ontem, por acaso, e ia agora visitá-la para saber mais a esse respeito.

— É a pura verdade. O coronel Brandon concedeu o benefício eclesiástico de Delaford a Edward.

— É mesmo! Isso é espantoso! Nenhum parentesco, nenhuma ligação entre os dois! E hoje em dia esses benefícios alcançam um ótimo preço! Qual é o valor dele?

— Cerca de duzentas libras por ano.

— Muito bem... e para a nomeação seguinte de um benefício desse valor... supondo que o último titular fosse velho e doente e desse mostras de que provavelmente logo o deixaria vacante... tenho certeza de que ele poderia obter mil e quatrocentas libras. E como é que ele não resolveu a questão antes da morte da pessoa?... *Agora*, de fato, seria tarde demais para vendê-lo, mas um homem com a inteligência do coronel Brandon! Admira-me que ele tenha sido tão imprevidente num caso de interesse tão comum, tão natural! Bem, estou convencido de que há uma boa parte de incoerência em quase todos os seres humanos. Suponho, porém... pensando melhor... que provavelmente o caso deve ser *o seguinte*. Edward deve deter o benefício só até que a pessoa para quem o coronel realmente vendeu a nomeação tenha idade suficiente para tomar posse do cargo. Ai, ai, é esse o caso, pode acreditar.

Mas Elinor contradisse-o energicamente e, contando-lhe que ela própria recebera a incumbência de transmitir a oferta do coronel Brandon a Edward, e, portanto, tinha de compreender os termos em que o benefício era concedido, obrigou-o a submeter-se à sua autoridade.

— É realmente incrível! — exclamou ele, depois de ouvir o que ela disse. — Qual podia ser a motivação do coronel?

— Um motivo muito simples: ser útil ao sr. Ferrars.

— Ora, ora... seja o coronel Brandon o que for, Edward é um homem de muita sorte. Mas não conte nada a Fanny, pois, embora eu lhe tenha falado sobre isso e ela tenha suportado muito bem a notícia, não vai querer ouvir mais nada a respeito.

Elinor teve certa dificuldade em conter-se para não dizer que Fanny pudera suportar com calma o aumento da riqueza do irmão porque nem ela nem seus filhos perderiam dinheiro com isso.

— A sra. Ferrars — acrescentou ele, baixando a voz ao tratar de assunto tão importante — ainda não sabe de nada, e acho que será melhor esconder tudo dela pelo maior tempo possível. Quando acontecer o casamento, temo que ela venha a saber de tudo.

— Mas por que tomar tantas precauções? Se bem que não seja de esperar que a sra. Ferrars tenha a menor satisfação em saber que seu filho disponha de dinheiro suficiente para viver, pois *isso* deve estar fora de questão, por que então, pelo seu comportamento recente, ela se importaria? Ela rompeu com o filho, expulsou-o para sempre e fez que todos aqueles sobre os quais tinha alguma influência agissem da mesma forma contra ele. Certamente, depois de fazer isso, não se pode imaginar que tenha sentimentos de dor ou de alegria relacionados com ele... ela não pode ter nenhum interesse pelas coisas do filho. Não pode ser tão fraca a ponto de destruir o bem-estar do filho e ainda conservar as preocupações de uma mãe!

— Ah, Elinor — disse John —, seu raciocínio é muito bom, contudo se baseia na ignorância da natureza humana. Quando o infeliz casamento de Edward acontecer, tenha certeza de que a mãe dele vai importar-se tanto quanto se nunca o tivesse expulsado; assim, toda circunstância que venha a acelerar esse terrível evento deve ser escondida dela pelo máximo de tempo possível. A sra. Ferrars jamais esquecerá que Edward é seu filho.

— Isso me surpreende. Eu diria que *agora* ela já quase perdeu toda memória dele.

— Está muitíssimo enganada sobre ela. A sra. Ferrars é uma das mães mais afetuosas do mundo.

Elinor permaneceu calada.

— Estamos pensando *agora* — disse o sr. Dashwood, depois de uma breve pausa — em casar *Robert* com a srta. Morton.

Elinor, sorrindo diante do tom grave e firme do irmão, respondeu tranquilamente:

— Pelo que vejo, a mulher não tem voz no capítulo.

— Voz no capítulo! Que quer dizer com isso?

— Só quero dizer que me parece, pelo seu jeito de falar, que deve ser indiferente para a srta. Morton casar-se com Edward ou Robert.

— Certamente não pode fazer nenhuma diferença, já que Robert agora passa a ser considerado, para todos os efeitos, o primogênito. No que se refere a tudo o mais, são ambos rapazes muito agradáveis: não acho que um seja superior ao outro.

Elinor não disse mais nada, e John permaneceu calado por alguns instantes. Suas reflexões terminaram assim:

— Posso garantir-lhe *uma* coisa — disse ele num sussurro atroz, tomando-a delicadamente pela mão —, minha querida mana... e *quero* fazer isso porque sei que será gratificante para você. Tenho boas razões para pensar... na verdade, eu o ouvi da fonte mais autorizada, do contrário não o repetiria, porque seria muito errado dizer algo a esse respeito... não obstante, ouvi-o da melhor fonte... não que tenha exatamente ouvido a própria sra. Ferrars dizê-lo... mas sua filha *sim*, e eu o ouvi dela... em resumo, fossem quais fossem as objeções contra certa... certa ligação... você me entende... ela teria sido preferível para ela, e não lhe teria causado metade da irritação que *esta* provocou. Fiquei imensamente feliz em ouvir que a sra. Ferrars via as coisas sob essa luz... você sabe, uma circunstância muito gratificante para todos nós. "Teria sido sem comparação", disse ela, "dos dois males o menor, e ela teria ficado contente *agora* em transigir para que nada pior acontecesse". No entanto, tudo isso está fora de questão... não se deve pensar ou mencionar... no que se refere a qualquer união, você sabe... jamais poderia ser... tudo isso já acabou. Mas achei melhor contar-lhe, porque sabia que gostaria de ouvir isso. Não que você tenha alguma razão para lamentar, minha querida Elinor. Não há dúvida de que você vai muitíssimo bem, quase tão bem ou talvez até melhor, afinal de contas. O coronel Brandon tem estado com você ultimamente?

Elinor já ouvira o bastante, senão para satisfazer à vaidade e aumentar a autoestima, pelo menos para agitar os nervos e ocupar a mente. Ficou, portanto, feliz por ter sido poupada da necessidade de dizer muito em resposta àquilo e do perigo de ouvir alguma coisa mais do irmão, com a chegada do sr. Robert Ferrars. Depois de uma breve conversa, John Dashwood, lembrando-se de que Fanny ainda não fora informada da presença da cunhada, saiu da sala para procurá-la, e deixou que Elinor conhecesse melhor Robert, o qual, pelo jeito alegre e despreocupado, pela feliz autocomplacência de suas maneiras ao desfrutar da tão injusta divisão do amor e da generosidade da mãe, em prejuízo do irmão banido, o que conseguira graças apenas ao seu modo de viver dissoluto e à integridade do irmão, confirmava nela a opinião muito desfavorável que tinha de sua cabeça e de seu coração.

Mal haviam passado dois minutos sozinhos, quando ele começou a falar de Edward, visto que também soubera do benefício, e fez muitas perguntas a respeito. Elinor repetiu-lhe os detalhes, como o fizera com John. O efeito que aquilo teve sobre Robert, embora muito diferente, não foi menos impressionante do que o que tivera sobre ele. Robert riu às gargalhadas. A ideia de que Edward se tornasse um clérigo e vivesse numa pequena residência paroquial divertiu-o imensamente, a isso se acrescentou a imaginacão de Edward a ler orações com uma sobrepeliz branca e publicando os proclamas do casamento de John Smith com Mary Brown, não pôde conceber nada mais ridículo.

Elinor, enquanto aguardava em silêncio e com imperturbável gravidade a conclusão daquela insensatez, não pôde evitar fitar os olhos nele com um olhar que exprimia todo o desprezo que ele lhe provocava. Era, porém, um olhar muito bem dirigido, porque a aliviava de seus próprios sentimentos, sem nada lhe dar a entender. Depois de rir muito, recuperou a compostura não por alguma repreensão da parte dela, e sim por seu próprio julgamento.

— Podemos tratar o caso como anedota — disse finalmente ele, recuperando-se das gargalhadas que prolongaram consideravelmente a genuína alegria do momento —, mas, palavra de honra, trata-se de um assunto muito sério. Coitado do Edward! Está arruinado para sempre. Lamento muitíssimo, pois sei que é uma criatura bem-intencionada e de bom coração, como poucas outras no mundo, talvez. Não deve julgá-lo, srta. Dashwood, com base nos poucos conhecimentos que a senhorita tem sobre ele. Pobre Edward! Suas maneiras certamente não são das mais felizes, contudo, não nascemos todos com as mesmas capacidades, sabe... a mesma habilidade. Coitado! Vê-lo num círculo de estranhos! É com certeza de lastimar! Mas, palavra de honra, acho que ele tem o maior coração deste reino e afirmo e reafirmo à senhorita que nunca fiquei tão chocado em minha vida como quando o escândalo estourou. Não conseguia acreditar... Minha mãe foi a primeira pessoa a me falar do caso, e eu, sentindo que precisava agir com decisão, disse imediatamente a ela: "Minha querida senhora, não sei o que pretende fazer nessa situação, no entanto, devo dizer, de minha parte, que, se Edward casar com essa moça, nunca mais vou querer vê-lo". Foi o que eu disse, de imediato. Eu estava profundamente abalado! Pobre Edward! Ele se destruiu completamente, excluiu-se de toda sociedade decente! Mas como eu disse pessoalmente a minha mãe, não estou nem um pouco surpreso. Com o estilo de educação que ele teve, era de esperar. Minha pobre mãe ficou quase desvairada.

— Viu a moça alguma vez?

— Sim, uma vez em que ela esteve nesta casa, calhou de eu entrar por dez minutos e tive oportunidade de vê-la bem. A mais vulgar e desengonçada caipira, sem estilo ou elegância e quase sem nenhuma beleza. Lembro-me perfeitamente dela. Exatamente o tipo de moça que eu julgava capaz de seduzir o coitado do Edward. Eu logo me ofereci, assim que a minha mãe me contou o caso, para falar com ele e dissuadi-lo do casamento, entretanto, descobri que já era tarde demais para se fazer qualquer coisa, porque infelizmente no começo eu não estava a par de nada, até que a ruptura estivesse consumada, quando já não cabia a mim interferir, sabe. Porém, se eu tivesse sido informado do caso algumas horas antes, acho muito provável que poderia ter feito alguma coisa. Certamente teria pintado as coisas para Edward sob a sua verdadeira luz. "Meu caro", teria dito, "veja bem o que está fazendo. Essa é uma união vergonhosa, que a família é unânime em reprovar". Em suma, nada me convence de que não teria achado um meio de resolver o problema. Mas agora é tarde demais. Ele deve estar passando fome, sabe. Isso é certo. Passando fome.

Ele acabara de esclarecer esse ponto com grande dignidade quando a chegada da sra. John Dashwood pôs um ponto-final no assunto. Mas, embora ela nunca falasse sobre o assunto fora da família, Elinor pôde ver a influência do ocorrido na mente da cunhada, pelo jeito um tanto confuso como entrou na sala e pelo esforço em ser gentil no seu comportamento ante ela. Chegou a ponto de se preocupar com o fato de que Elinor e a irmã logo iriam deixar a cidade, pois esperava vê-las mais vezes; um esforço em que seu marido, que a acompanhava ao entrar na sala e ouvia apaixonado o que ela dizia, parecia discernir tudo que há de mais carinhoso e gracioso no mundo.

Capítulo 42

Outra breve visita à Harley Street, em que Elinor recebeu os cumprimentos do irmão por viajar até Barton sem nenhuma despesa e pelo fato de o coronel Brandon acompanhá-las até Cleveland dentro de um ou dois dias, completou as relações entre irmão e irmã em Londres; e um falso convite de Fanny para que viessem a Norland sempre que estivessem passando por lá, o que era a coisa menos provável de acontecer, seguido de uma mais entusiasta, embora menos pública, promessa de John para Elinor, de logo ir visitá-la em Delaford, foi tudo que pôde anunciar algum encontro no campo.

Ela achou graça ao observar que todos os seus amigos pareciam decididos a mandá-la para Delaford, lugar que, entre todos, era o que agora ela menos queria visitar e o último onde desejaria morar; porque não só era considerado seu futuro lar pelo irmão e pela sra. Jennings, mas até Lucy, quando se despediram, lhe fez um insistente convite para que fosse visitá-la lá.

No comecinho de abril, e mais ou menos cedo de manhã, os dois grupos da Hanover Square e da Berkeley Street partiram de suas casas para se encontrarem no caminho, como haviam combinado. Para a comodidade de Charlotte e do bebê, a viagem levaria mais de dois dias, e o sr. Palmer, viajando a maior velocidade com o coronel Brandon, devia juntar-se a eles em Cleveland assim que chegassem.

Marianne, por poucas que tivessem sido as suas horas de alegria em Londres, e por mais impaciente que estivesse havia tempo para deixar a cidade, quando chegou a hora, não pôde sem grande dor dar adeus à casa em que gozara pela última vez da esperança e da confiança em Willoughby, agora mortas para sempre. Nem pôde deixar o lugar em que Willoughby permaneceu, ocupado com seus novos compromissos e seus novos planos, dos quais ela não podia participar, sem derramar muitas lágrimas.

A satisfação de Elinor, no momento da partida, foi mais positiva. Não tinha nada em que seus pensamentos se fixassem demoradamente, não deixava para trás nenhum amor que lhe desse um momento de pesar por se separar para sempre, estava feliz por se ver livre da perseguição da amizade de Lucy, sentia-se grata por levar de volta a irmã sem que Willoughby a visse desde o casamento e considerava com esperança o que alguns meses de tranquilidade em Barton poderiam fazer pela recuperação da paz de espírito de Marianne e pelo fortalecimento da sua própria.

A viagem transcorreu em segurança. O segundo dia as fez adentrar no querido ou proibido condado de Somerset, pois assim ele se apresentava alternadamente na imaginação de Marianne. Na manhã do terceiro dia, chegaram a Cleveland.

Cleveland era uma casa espaçosa e de construção moderna, situada sobre um gramado em declive. Não tinha parque, contudo os espaços abertos eram razoavelmente amplos e, como todos os outros lugares do mesmo grau de importância, tinha sua plantação de arbustos e sua trilha no bosque: um caminho de cascalho regular que serpenteava pela plantação levava à frente da casa, o gramado era salpicado de árvores, e a própria casa estava sob a guarda do abeto, da sorveira e da acácia, que, unidos numa espessa barreira e entremeados de altos choupos da Lombardia, impediam a vista das suas dependências.

Marianne entrou na casa com o coração batendo de emoção por saber que estava a apenas oitenta milhas de Barton e a menos de trinta de Combe Magna. Menos de cinco minutos depois de ter entrado, enquanto os outros estavam ocupados ajudando Charlotte a mostrar seu filho à governanta, ela já deixava a casa, saindo às escondidas pelos matagais sinuosos, que apenas começavam a florescer, para ganhar uma elevação distante, onde, de um templo grego, seus olhos, passeando por um largo espaço de campo na direção sudeste, podiam amorosamente repousar sobre os mais distantes montes do horizonte, e imaginar que de seus cumes se podia ver Combe Magna.

Nesses momentos de preciosa e inestimável tristeza, ela se alegrou entre lágrimas de agonia por estar em Cleveland, e, ao voltar para casa por outro caminho, sentindo todo o privilégio da liberdade do campo, de passear de um lugar para outro em livre e exuberante solidão, resolveu passar quase todas as horas de todos os dias, enquanto permanecesse com os Palmer, entregue à delícia desses passeios solitários.

Voltou justo a tempo de juntar-se aos outros quando estes saíam de casa, para uma excursão pelas proximidades. O resto da manhã foi passado prazerosamente em passeios pela horta, examinando as trepadeiras em flor sobre as paredes e ouvindo as queixas do jardineiro contra as pragas, flanando pela estufa, onde a perda de suas plantas favoritas, expostas por negligência e destruídas pelo gelo prolongado, provocou gargalhadas em Charlotte, e visitando o galinheiro, pelo fato de as galinhas abandonarem seus ninhos ou serem roubadas por uma raposa, ou na rápida redução de uma promissora ninhada, ela encontrou novos motivos de júbilo.

A manhã estava linda e seca, e Marianne, em seu plano de passar o tempo fora de casa, não calculara nenhuma mudança de clima durante a estada em Cleveland. Para sua grande surpresa, portanto, ela se viu impedida por uma chuva persistente de sair de novo depois do jantar. Planejara fazer uma caminhada crepuscular ao templo grego, e talvez por toda a região, e um fim de tarde simplesmente frio ou úmido não a teria dissuadido disso, mas nem mesmo ela podia fantasiar que uma chuva pesada e persistente fosse um tempo seco ou agradável para uma caminhada.

O grupo era pequeno, e as horas passaram tranquilamente. A sra. Palmer tinha seu filhinho e a sra. Jennings, seus trabalhos de tapeçaria. Falaram dos amigos que haviam deixado, organizaram os compromissos de *Lady* Middleton e discutiram se o sr. Palmer e o coronel Brandon conseguiriam ir além de Reading aquela noite. Elinor, apesar de pouco interessada, entrou na conversa, e Marianne, que tinha propensão a achar o caminho da biblioteca em todas as casas, por mais que ela fosse evitada pela família, logo estava de posse de um livro.

De tudo o que um bom humor constante e simpático pode oferecer, nada faltava da parte da sra. Palmer para que elas se sentissem bem-vindas. A simpatia e a cordialidade das suas maneiras mais do que compensavam aquela falta de compostura e elegância que muitas vezes a fazia pecar contra as regras da polidez. Sua gentileza, ressaltada por um rosto muito bonito, era cativante; sua insensatez, ainda que evidente, não era repulsiva, porque não era afetada, e Elinor podia perdoar-lhe tudo, menos a risada.

Os dois cavalheiros chegaram no dia seguinte a um jantar bastante atrasado, o que tornou o grupo agradavelmente mais numeroso e proporcionou uma muito bem-vinda variedade de conversações, variedade esta que uma longa manhã da mesma prolongada chuva reduzira consideravelmente.

Elinor havia visto tão pouco o sr. Palmer, e nesse pouco vira tanta variedade no trato da sua irmã e dela mesma, que não sabia o que esperar dele em meio à sua própria família. Pôde observar, no entanto, que ele se comportava como um perfeito cavalheiro com todas as visitas, e só ocasionalmente era grosseiro com a esposa e com a mãe dela. Achou-o bem capaz de ser uma companhia agradável, o que não era sempre o caso por sua propensão a achar-se muito superior às pessoas em geral, como devia sentir-se em relação à sra. Jennings e a

Charlotte. Quanto ao resto do seu caráter e de seus hábitos, não se assinalavam, pelo que Elinor podia perceber, por nenhum traço inabitual em seu sexo e idade. Era bom garfo, contudo pouco pontual; adorava o filho, embora fingisse fazer pouco caso dele; e passava ocioso as manhãs nos bilhares, gastando o tempo que devia dedicar aos negócios. Gostava dele, porém, de um modo geral, muito mais do que esperara, e no fundo do coração não lamentava não poder gostar ainda mais; não lamentava ser levada pela observação do seu epicurismo, de seu egocentrismo e de sua afetação a lembrar com saudades o temperamento generoso, os gostos simples e os sentimentos tímidos de Edward.

De Edward, ou pelo menos de algumas coisas que lhe diziam respeito, ela recebera agora algumas informações do coronel Brandon, que estivera havia pouco em Dorsetshire e, tratando-a ao mesmo tempo como a desinteressada amiga do sr. Ferrars e como a sua gentil confidente, falou muito com ela sobre a residência paroquial de Delaford, descreveu seus defeitos e lhe disse o que pretendia fazer para remediá-los. O comportamento ante ela nesse como em todos os outros particulares, o evidente prazer em encontrá-la depois de uma ausência de apenas dez dias, a disposição em falar com ela e a deferência pela opinião dela podiam muito bem justificar a certeza que a sra. Jennings tinha de seu amor, e isso talvez fosse o suficiente para fazer que a própria Elinor suspeitasse disso, se ela, como no começo, não acreditasse ainda que Marianne era a real favorita dele. Mas, do jeito que as coisas iam, tal ideia mal passara pela cabeça dela, a não ser por sugestão da sra. Jennings, e ela não podia deixar de crer que, das duas, ela própria era a melhor observadora. Ela observava os olhos dele, ao passo que a sra. Jennings só prestava atenção em seu comportamento, e enquanto os olhares lançados por ele, de ansiosa preocupação pelos sentimentos de Marianne, por sua cabeça e por sua garganta, com o começo de um forte resfriado, por não se exprimirem por meio de palavras, escapavam completamente à observação da senhora Jennings. *Ela* podia discernir neles os sentimentos arrebatados e os sustos desnecessários do homem apaixonado.

Dois deliciosos passeios ao crepúsculo na terceira e na quarta tardes da estada em Cleveland, não simplesmente sobre o cascalho seco das plantações de arbustos, mas por todos os espaços abertos e sobretudo pelas suas partes mais distantes, onde havia algo de mais selvagem do que no resto, onde as árvores eram mais velhas e a relva estava mais longa e mais úmida, haviam provocado — com o auxílio da imprudência ainda maior de permanecer o tempo todo com os sapatos e as meias molhados — em Marianne um resfriado tão violento que, apesar de negado ou desdenhado por um ou dois dias, acabaria impondo-se à preocupação de todos e à atenção dela mesma, pelos incômodos cada vez maiores. Choveram receitas de todos os lados e, como sempre, foram todas recusadas. Ainda que se sentindo pesada e febril, com dor nos membros, tosse e garganta irritada, uma boa noite de repouso devia curá-la completamente. Foi com dificuldade que Elinor a convenceu a tomar, ao ir para a cama, um ou dois dos remédios mais simples.

Capítulo 43

Marianne acordou na manhã seguinte na hora de sempre. A todas as perguntas respondeu que estava melhor, e tentou provar para si mesma que era verdade, dedicando-se às ocupações habituais. Entretanto, um dia passado sentada a tremer diante do fogo, com um livro nas mãos que não conseguia ler, ou deitada, exausta e lânguida, num sofá, não representava muito a favor da sua recuperação; e quando, finalmente, foi cedo para a cama, cada vez mais indisposta, o coronel Brandon admirou-se com a calma da irmã, que, embora acompanhando-a e tratando-a o dia inteiro, contra a vontade de Marianne, obrigando-a a tomar os remédios à noite, confiou, como Marianne, na correção e na eficiência do sono e não se sentiu alarmada.

Uma noite muito agitada e febril, não obstante, decepcionou a expectativa de ambas, e quando Marianne, depois de insistir em se levantar, se confessou incapaz de ficar de pé e voltou voluntariamente para a cama, Elinor ficou muito disposta a seguir o conselho da sra. Jennings de mandar chamar o farmacêutico dos Palmer.

Ele veio, examinou a paciente, e se bem que animasse a srta. Dashwood a esperar que em pouquíssimos dias sua irmã recuperasse a saúde, ao afirmar que a doença tinha uma tendência pútrida, e ao permitir que a palavra "infecção" passasse por seus lábios, logo alarmou a sra. Palmer, por causa do bebê. A sra. Jennings, que desde o começo estava propensa a considerar a enfermidade de Marianne mais séria do que Elinor, ouviu muito séria o relatório do sr. Harris e, confirmando os temores e a cautela de Charlotte, defendeu enfaticamente a necessidade de afastá-la sem mais demora, levando consigo a criança; e o sr. Palmer, embora tratasse como ociosas as apreensões delas, julgou o nervosismo e a inconveniência da esposa grandes demais para poder tolerar. Foi, portanto, decidida a sua partida, e uma hora depois da chegada do sr. Harris ela foi embora com o bebê e a babá para a casa de um parente próximo do sr. Palmer, que vivia poucas milhas depois de Bath, onde seu marido prometeu, a seus insistentes pedidos, encontrá-la em um ou dois dias e para onde ela insistia igualmente que a mãe a acompanhasse. A sra. Jennings, porém, com uma gentileza de coração que fez que Elinor a adorasse, declarou a sua decisão de não sair de Cleveland enquanto Marianne estivesse doente, e de empenhar-se, com seus cuidados atentos, em ocupar o lugar da mãe, de quem a afastara. Elinor nela encontrou em todas as ocasiões uma auxiliar disposta e ativa, desejosa de compartilhar em tudo os seus esforços e não raro, por sua maior experiência no trato de doentes, de essencial valia.

A pobre Marianne, abatida e prostrada pela natureza da doença e sentindo-se muito mal, já não podia esperar que no dia seguinte estivesse recuperada, e a ideia do que o amanhã lhe traria se não fosse aquela infeliz doença agravou cada indisposição, já que naquele dia elas deviam começar a viagem de volta para casa e, acompanhadas durante todo o trajeto por uma criada da sra. Jennings, pretendiam fazer uma surpresa para a mãe na manhã seguinte. O pouco que disse foram lamúrias por esse adiamento inevitável, embora Elinor tentasse animá-la e fazê-la acreditar, como *naquele momento* ela própria realmente acreditava, que a protelação seria muito breve.

O dia seguinte trouxe pouca ou nenhuma alteração ao estado da enferma; ela certamente não estava melhor e, exceto pelo fato de não haver nenhuma melhora, não parecia pior.

O grupo estava agora muito reduzido, pois o sr. Palmer, apesar de muito pouco disposto a ir, tanto por sua real humanidade e boa índole, como por não querer parecer estar longe da esposa por medo, foi convencido finalmente pelo coronel Brandon a cumprir a promessa de ir juntar-se a ela. Enquanto ele se preparava para partir, o próprio coronel Brandon, fazendo um esforço muito maior, começou a falar em ir com ele. Foi então, porém, que a bondade da sra. Jennings interveio da melhor maneira, porque mandar o coronel embora enquanto seu amor passava por tais dificuldades por causa da irmã seria, segundo ela, privar as duas de todo consolo. Assim, dizendo-lhe ao mesmo tempo que sua permanência em Cleveland era necessária para ela própria, que queria que ele jogasse *piquet* uma noite, enquanto a srta. Dashwood estivesse em cima com a irmã, etc., insistiu tanto para que ficasse, que ele, que por condescendência estava satisfazendo o maior desejo de seu coração, não pôde nem fingir hesitar, sobretudo porque a insistência da sra. Jennings recebia o apoio caloroso do sr. Palmer, que parecia sentir-se aliviado em deixar ali uma pessoa tão capacitada a auxiliar ou aconselhar a srta. Dashwood em qualquer emergência.

Marianne era mantida, é claro, na ignorância de todas essas combinações. Não sabia que fora o motivo da partida dos proprietários de Cleveland, cerca de sete dias depois de ali chegar. Não sentiu nenhuma surpresa em não ver a sra. Palmer, e como aquilo tampouco a preocupasse, nunca mencionou o nome dela.

Passaram-se dois dias desde a partida do sr. Palmer, e a situação permaneceu, com poucas variações, a mesma. O sr. Harris, que a assistia todos os dias, ainda falava ousadamente de uma rápida recuperação, e a srta. Dashwood estava igualmente otimista, mas a expectativa dos outros não era de modo algum tão positiva. A sra. Jennings logo no início da doença concluíra que Marianne não mais se recuperaria, e o estado de espírito do coronel Brandon, cuja ocupação principal era ouvir os prognósticos da sra. Jennings, não lhe permitia resistir à influência deles. Tentou com o raciocínio combater os temores que o julgamento diferente do farmacêutico parecia tornar absurdos, no entanto as muitas horas do dia que passava sozinho eram muito favoráveis à aceitação de ideias melancólicas, e ele não conseguia tirar da cabeça a ideia de que nunca mais veria Marianne.

Na manhã do terceiro dia, porém, as sombrias previsões de ambos quase se dissiparam quando o sr. Harris chegou, porque afirmou que a paciente estava bem melhor. O pulso estava muito mais forte e todos os sintomas eram mais favoráveis que na visita anterior. Elinor, vendo confirmadas suas melhores esperanças, era toda alegria, contente pelo fato de em suas cartas à mãe ter seguido o seu próprio julgamento e não o dos amigos, não dando muita importância à indisposição que as retinha em Cleveland e já quase marcando a data em que Marianne poderia seguir viagem.

Contudo, o dia não se encerrou de maneira tão auspiciosa como começou. Ao anoitecer, Marianne tornou a piorar, com mais prostração, agitação e mal-estar do que antes. Sua irmã, porém, ainda otimista, queria atribuir a mudança apenas ao cansaço de ter de se levantar para que lhe arrumassem a cama, e, administrando cuidadosamente as bebidas revigorantes prescritas, viu-a com satisfação cair finalmente no sono, do qual esperava os mais benéficos efeitos. Seu sono, ainda que não tão calmo como Elinor queria que fosse, durou um tempo considerável e, ansiosa por observar o resultado daquilo, resolveu permanecer ao seu lado o tempo todo. A sra. Jennings, nada sabendo da mudança na paciente, foi dormir mais cedo que de costume; sua criada, que era uma das principais enfermeiras, foi espairecer um pouco no quarto da governanta, e Elinor permaneceu sozinha com Marianne.

O repouso de Marianne tornava-se cada vez mais agitado, e sua irmã, que observava com ininterrupta atenção a sua contínua mudança de posição e ouvia os frequentes mas inarticulados sons de queixa que passavam por seus lábios, estava quase decidida a acordá-la de um sono tão doloroso, quando Marianne, bruscamente despertada por algum ruído acidental na casa, ergueu-se sobressaltada e, com violência febril, exclamou:

— Mamãe está vindo?

— Ainda não — respondeu Elinor, escondendo seu terror e ajudando Marianne a tornar a deitar-se —, mas logo vai estar aqui, espero. É um longo caminho, sabe, daqui até Barton.

— Ela não deve dar a volta por Londres — exclamou Marianne, na mesma forma sobressaltada. — Nunca mais a verei, se ela vier por Londres.

Elinor percebeu com espanto que ela delirava e, tentando acalmá-la, apressou-se em tomar o seu pulso. Estava mais fraco e rápido do que nunca! E como Marianne continuasse falando da mãe aos gritos, sua preocupação cresceu tão rapidamente, que decidiu mandar chamar imediatamente o sr. Harris e enviar um mensageiro a Barton, chamando a mãe. Consultar o coronel Brandon sobre a melhor maneira de fazê-lo foi uma ideia que se seguiu de imediato à decisão de convocar a mãe e, assim que chamou a criada para permanecer em seu lugar ao lado da irmã, desceu correndo até a sala de estar, onde sabia que ele geralmente podia ser encontrado até horas muito mais avançadas.

Não havia tempo para hesitação. Ela prontamente lhe comunicou os seus temores e as suas dificuldades. Ele não teve coragem nem confiança para tentar dissipar os temores: ouviu-os em silencioso abatimento. Mas as dificuldades foram prontamente prevenidas, porque, com uma rapidez que parecia mostrar que a ocasião e a tarefa já estavam previamente organizadas em sua mente, ofereceu-se a ir ele mesmo como o mensageiro que traria a sra. Dashwood. Elinor não opôs nenhuma resistência que não fosse facilmente superada. Agradeceu-lhe com palavras breves, porém calorosas, e enquanto ele enviava às pressas o criado com uma mensagem para o sr. Harris e uma ordem para conseguir imediatamente cavalos de posta, ela escreveu algumas linhas para a mãe.

Com que gratidão ela sentiu o apoio de um amigo como o coronel Brandon naquele momento — ou uma companhia como a dele para a mãe! Uma companhia cujo discernimento podia orientar, cuja presença devia aliviar e cuja amizade iria tranquilizá-la! Na medida em que o choque de um tal chamado *pudesse* ser reduzido ao mínimo, a presença, as maneiras, a assistência do coronel Brandon o fariam.

Enquanto isso, *ele*, fossem quais fossem os seus sentimentos, agia com toda a firmeza de uma mente senhora de si, tomava todas as providências necessárias com a maior presteza e calculava com exatidão, para ela, o tempo que levaria até a sua volta. Não se perdeu sequer um momento com atrasos de nenhuma espécie. Os cavalos chegaram antes até do esperado, e o coronel Brandon se limitou a apertar-lhe a mão com um ar solene e a pronunciar algumas palavras em tom baixo demais para que ela pudesse entendê-las, e correu para a carruagem. Era quase meia-noite, e ela voltou ao quarto da irmã para esperar a chegada do farmacêutico e mantê-la sob observação o resto da noite. Foi uma noite de sofrimento quase igual para as duas. Da parte de Marianne, horas após horas se passaram numa dor e num delírio que não lhe permitiam dormir, e na mais cruel ansiedade da parte de Elinor, antes que o sr. Harris aparecesse. As apreensões de Elinor, uma vez despertas, compensaram por seu excesso toda a sua segurança anterior, e a criada que permanecia com ela, já que elas não permitiu que chamassem a sra. Jennings, só a torturava ainda mais, insinuando-lhe aquilo que a sua patroa pensara desde o começo.

Os pensamentos de Marianne, a intervalos, ainda se fixavam incoerentemente na mãe, e, toda vez que mencionava o nome dela, provocava uma dor no coração da pobre Elinor, que, censurando-se por não ter levado a sério a doença durante tantos dias e ansiando por um alívio imediato, imaginava que logo todo alívio seria em vão, pois tudo fora adiado por tempo demais, e representava para si mesma a imagem da mãe desesperada que chegava tarde demais para ver sua querida filhinha com vida ou ainda lúcida.

Ela estava a ponto de mandar chamar o sr. Harris de novo ou, se *ele* não pudesse vir, solicitar novos conselhos, quando ele chegou, mas não antes das cinco horas. A sua opinião, porém, não compensou muito o atraso, pois se bem que reconhecesse uma alteração muito inesperada e desagradável na paciente, garantiu que não deixaria que o perigo se tornasse grande, e falou da melhora que um novo método terapêutico podia proporcionar com uma confiança que, em menor grau, foi transmitida a Elinor. Prometeu voltar em três ou quatro horas, e deixou tanto a paciente quanto a sua nervosa acompanhante mais calmas do que quando chegou.

Com muita preocupação e muito aborrecida por não ter sido chamada, a sra. Jennings soube pela manhã o que acontecera. Seus primeiros receios, agora com maior razão fortalecidos, não lhe permitiam ter dúvidas sobre o caso, e mesmo tentando reconfortar Elinor, sua certeza do perigo que a irmã corria não lhe permitia oferecer-lhe o consolo da esperança. Seu coração estava realmente aflito. O rápido declínio, a morte prematura de uma moça tão jovem, tão adorável como Marianne teria abalado até mesmo uma pessoa menos envolvida. À compaixão da sra. Jennings tinha ela ainda outros direitos. Durante três meses fora sua companheira, ainda estava sob seus cuidados e todos sabiam que se magoara profundamente e sofria havia tempo. Via também a aflição da irmã, por quem tinha uma predileção especial. Quando a sra. Jennings considerava que Marianne provavelmente podia ser para a sua *própria mãe* o que Charlotte fora para ela, a compaixão pelos sofrimentos dela era muito sincera.

O sr. Harris chegou pontualmente à sua segunda visita, mas foi frustrado em suas esperanças sobre os resultados da anterior. Os remédios falharam, a febre não baixou, e Marianne, apenas mais serena — fora de si — permanecia num pesado estupor. Elinor, capturando todos os seus temores, e mais do que todos, num só momento, propôs que se consultassem outros especialistas. Ele, todavia, considerou desnecessário: ainda tinha algo a tentar, um remédio mais novo, em cujo sucesso estava tão confiante quanto da última vez, e a sua visita terminou com encorajadoras promessas que chegaram aos ouvidos, contudo não entraram no coração da srta. Dashwood. Ela estava calma, exceto quando pensava na mãe, mas quase não tinha mais nenhuma esperança. Permaneceu nesse estado até o meio-dia, mal saindo de perto da cama da irmã, com os pensamentos vagando de uma imagem triste para outra, de um amigo que sofria para outro, e com a alma perturbada ao máximo depois da conversa com a sra. Jennings, que não hesitou em atribuir a severidade e o perigo daquela crise às muitas semanas de indisposição provocada pela decepção. Elinor percebeu toda a sensatez da ideia, o que aumentou ainda mais a tristeza das suas reflexões.

Por volta do meio-dia, no entanto, com cautela, com um medo de decepcionar-se que durante algum tempo a fez ficar em silêncio, mesmo diante da amiga, ela começou a imaginar, a esperar ter percebido uma leve melhora no pulso da irmã. Aguardou, observou e examinou-o muitas vezes e, por fim, com uma agitação mais difícil de esconder sob uma calma exterior do que todas as suas aflições anteriores, arriscou-se a comunicar suas esperanças. A sra. Jennings, embora obrigada pelo exame a reconhecer uma recuperação temporária, tentou evitar que sua jovem amiga acreditasse na persistência da melhora, e Elinor, examinando atentamente cada argumento em favor da desconfiança, disse consigo mesma que não devia ter esperanças. Mas era tarde demais. A esperança já fizera sua entrada e, sentindo toda a sua ansiosa palpitação, inclinou-se sobre a irmã para esperar... mal sabia o quê. Passou-se meia hora, e o sintoma favorável ainda a abençoava. Surgiram outros ainda para confirmá-lo. A respiração, a pele, os lábios, tudo encantava Elinor com sinais de melhora, e Marianne fitou seus olhos nela com um olhar racional, apesar de lânguido. O nervosismo e a esperança agora a oprimiam em igual medida e não lhe deram nenhum momento de tranquilidade até a chegada do sr. Harris, às quatro horas, quando sua convicção, suas felicitações pela recuperação da irmã, que até superara as suas expectativas, deram a ela confiança, consolo e lágrimas de alegria.

Marianne estava muito melhor em todos os aspectos, e ele a declarou inteiramente fora de perigo. A sra. Jennings, satisfeita talvez com a justificação parcial de seus prognósticos dada pelo último alarme, permitiu-se confiar no julgamento do farmacêutico e admitiu, com autêntico prazer e, logo em seguida, com inequívoca alegria, a probabilidade de uma recuperação completa.

Elinor não conseguiu ficar alegre. Sua satisfação era de outro tipo e a levou a algo que não era alegria. Marianne recuperada para a vida, para a saúde, para os amigos e para sua queridíssima mãe, era uma ideia que enchia seu coração de sensações de delicado alívio e o expandia em fervorosa gratidão; todavia, não levou a nenhuma demonstração exterior de alegria, a nenhuma palavra, a nenhum sorriso. Tudo dentro do peito de Elinor era uma silenciosa e forte satisfação.

Ela permaneceu ao lado da irmã a tarde toda, com poucas interrupções, acalmando todos os medos, respondendo a todas as perguntas de seu ânimo enfraquecido, prestando todas as ajudas e observando praticamente cada olhar e cada respiração. A possibilidade de uma recaída, é claro, lhe ocorreria algumas vezes, para que lembrasse o que é a ansiedade. Quando, porém, viu que, sob seu exame frequente e minucioso, persistiam todos os sintomas de recuperação, e viu Marianne, às seis horas, cair num sono calmo, tranquilo e, segundo todas as aparências, reparador, calaram-se todas as suas dúvidas.

Estava chegando a hora em que se poderia esperar o retorno do coronel Brandon. Acreditava ela que às dez horas, ou pelo menos não muito mais tarde que isso, sua mãe estaria aliviada da terrível incerteza com que devia agora estar viajando para Cleveland. O coronel talvez também fosse só um pouco menos merecedor de piedade! Ah, como passava devagar o tempo que ainda os mantinha na ignorância!

Às sete horas, deixando Marianne ainda tranquilamente adormecida, reuniu-se com a sra. Jennings na sala de estar para o chá. Seus temores não lhe haviam permitido tomar o desjejum e a súbita mudança na condição da irmã a impedira de comer bem no jantar. Assim, aquele lanche, com os sentimentos alegres que o acompanhavam, era particularmente bem-vindo. A sra. Jennings quis convencê-la, ao fim do chá, a descansar um pouco antes da chegada da mãe e a permitir que *ela* tomasse o seu lugar ao lado de Marianne, contudo no momento Elinor não sentia nem cansaço nem vontade de dormir, e não queria afastar-se da irmã por um instante sequer, sem necessidade. A sra. Jennings, portanto, acompanhando-a escada acima até o quarto da doente, para verificar se tudo continuava bem, deixou-a mais uma vez ali entregue a seus afazeres e pensamentos e se retirou para o seu quarto, para escrever cartas e dormir.

A noite estava fria e tormentosa. O vento uivava ao redor da casa, e a chuva batia contra as janelas, mas Elinor, com toda a felicidade que sentia, não prestava atenção a ela. Marianne dormia apesar de toda a tormenta, e os viajantes, um grande prêmio os aguardava, em compensação de todos os inconvenientes do momento.

O relógio deu as oito horas. Se fossem dez horas, Elinor ter-se-ia convencido de que naquele momento ouvira uma carruagem que se dirigia para a casa. E tão forte foi a certeza de que realmente a *ouvira*, apesar da *quase* impossibilidade de eles já estarem chegando, que ela foi até o vestiário adjacente e abriu uma janela, para certificar-se da verdade. Imediatamente viu que seus ouvidos não a haviam iludido. Os faróis de uma carruagem estavam bem à vista. Por sua luz incerta, julgou discernir que era puxada por quatro cavalos, e aquilo que demonstrava o excessivo alarme de sua pobre mãe, de certa forma explicava também aquela inesperada rapidez.

Nunca na vida Elinor achara tão difícil manter a calma como naquele momento. Saber o que sua mãe devia estar sentindo enquanto a carruagem parava em frente à porta — a dúvida, o pavor, talvez o desespero, e o que tinha ela para contar! — sabendo disso tudo, era impossível manter-se calma. Tudo que ela precisava fazer agora era ser rápida, e assim, permanecendo só o tempo suficiente para que a criada da sra. Jennings chegasse para ficar junto à irmã, ela voou escada abaixo.

O burburinho no vestíbulo, ao passar pelo corredor interno, indicou-lhe que já estavam dentro da casa. Ela correu para a sala de estar, entrou e viu apenas Willoughby.

Capítulo 44

Elinor, dando um salto para trás com um ar de horror ao vê-lo, obedeceu ao primeiro impulso do coração ao voltar-se imediatamente para sair da sala, e sua mão já estava na maçaneta quando sua ação foi interrompida pelo rápido avanço de Willoughby, enquanto ele dizia, com uma voz mais de comando que de súplica:

— Srta. Dashwood, por meia hora... por dez minutos, eu lhe suplico que fique.

— Não, meu senhor — replicou ela com firmeza —, eu não vou ficar. O que tem a tratar certamente não é comigo. Suponho que as criadas se esqueceram de lhe dizer que o sr. Palmer não está em casa.

— Se elas me dissessem — exclamou ele com veemência — que o sr. Palmer e todos os seus parentes foram para o diabo, isso não me afastaria da porta. O que tenho a tratar é com a senhorita, e só com a senhorita.

— Comigo! — exclamou ela, espantadíssima. — Muito bem, meu senhor, seja rápido e, se possível, menos violento.

— Sente-se, e eu serei as duas coisas.

Ela hesitou; não sabia o que fazer. Ocorreu-lhe a possibilidade de o coronel Brandon chegar e encontrá-la ali. No entanto, prometera ouvi-lo, e a sua curiosidade estava em jogo não menos que a sua palavra. Assim, depois de se recompor por um momento, concluindo que a prudência exigia presteza e que a sua aquiescência seria o melhor modo de consegui-la, caminhou em silêncio até a mesa e se sentou. Ele tomou a cadeira em frente e por meio minuto nenhum dos dois disse palavra.

— Por favor, seja breve, senhor — disse Elinor, com impaciência —, não tenho tempo a perder.

Ele estava sentado numa atitude de profunda meditação, e parecia não ouvi-la.

— A sua irmã — disse ele, abruptamente, um instante depois — está fora de perigo. Soube-o pela criada. Graças a Deus! Mas é verdade? É mesmo verdade?

Elinor permaneceu calada. Ele repetiu a pergunta com impaciência ainda maior.

— Pelo amor de Deus, diga-me, ela está fora de perigo, sim ou não?

— Esperamos que sim.

Ele se ergueu e começou a andar pela sala.

— Se soubesse disso meia hora atrás... Mas já que *estou* aqui — disse ele com forçada vivacidade, enquanto voltava a se sentar —, que significa isso? Uma vez, srta. Dashwood... talvez seja a última vez... alegremo-nos juntos... Estou com ótimo humor... Diga-me sinceramente — e suas faces enrubesceram mais profundamente —, a senhorita acha que eu sou mais um canalha ou um idiota?

Elinor olhou-o mais espantada do que nunca. Começou a achar que talvez ele estivesse bêbado. Sem isso, a estranheza daquela visita e de suas maneiras não parecia inteligível; e com essa impressão ela de imediato se ergueu, dizendo:

— Sr. Willoughby, aconselho-o a voltar agora a Combe. Não tenho mais tempo para permanecer com o senhor. Seja qual for o assunto que queira tratar comigo, será melhor recompor-se e explicá-lo amanhã.

— Compreendo a senhorita — replicou ele, com um sorriso expressivo e uma voz perfeitamente calma —; sim, estou completamente bêbado. Um copo de cerveja preta com meu *cold beef* em Marlborough foi o bastante para me derrubar.

— Em Marlborough! — exclamou Elinor, entendendo cada vez menos aonde ele queria chegar.

— Sim, saí de Londres esta manhã às oito horas, e os únicos dez minutos que gastei fora da minha carruagem eu os passei fazendo um lanche em Marlborough.

A firmeza de suas maneiras e a inteligência dos seus olhos ao falar convenceram Elinor de que, fosse qual fosse a outra imperdoável insensatez que o trazia a Cleveland, não era por embriaguez. Depois de um momento de reflexão, disse ela:

— Sr. Willoughby, o senhor há de entender, e eu certamente assim o *entendo*, que, depois do que se passou, a sua chegada dessa maneira, impondo-se à minha presença, exige desculpas muito especiais. Quais são elas? Que quer aqui?

— Quero — disse ele, com séria determinação —, se possível, fazer que a senhorita me odeie um pouco menos do que me odeia *agora*. Quero oferecer uma espécie de explicação, uma espécie de pedido de desculpas, pelo que passou; quero abrir meu coração e convencê-la de que, embora eu sempre tenha sido um cabeça-dura, nem sempre fui um canalha, para obter algo como o perdão de Ma... de sua irmã.

— É essa a verdadeira razão de sua vinda?

— Dou-lhe a minha palavra de honra — foi a sua resposta, com um entusiasmo que lhe trouxe à memória todo o Willoughby de antes e, contra a vontade dela, a fez acreditar em sua sinceridade.

— Se isso é tudo, o senhor já pode dar-se por satisfeito, pois Marianne *já* o perdoou há *muito tempo*.

— É mesmo? — exclamou ele, no mesmo tom impaciente. — Então ela me perdoou antes de dever fazê-lo. Mas há de me perdoar de novo, por motivos mais razoáveis. *Agora* vai ouvir-me?

Elinor fez que sim.

— Não sei — disse ele, depois de uma pausa de expectativa da parte dela e de reflexão da parte dele — como a *senhorita* pode ter explicado o meu comportamento ante a sua irmã, ou que diabólico motivo atribuiu a mim... Talvez lhe seja difícil pensar melhor de mim... mas vale a pena tentar, e saberá de tudo. Quando comecei a frequentar intimamente a sua família, minha única intenção, minha única ideia naquele relacionamento era passar agradavelmente o meu tempo enquanto fosse obrigado a permanecer em Devonshire, mais agradavelmente do que passara até então. A adorável pessoa e as interessantes maneiras de sua irmã só podiam agradar-me, e seu comportamento comigo quase desde o começo era de um tipo... É espantoso, quando penso em como ele era, e no que *ela* era, que meu coração tenha permanecido tão insensível! Mas devo confessar que no começo só a minha vaidade foi tocada por ela. Despreocupado com a felicidade dela, pensando apenas em divertir-me, permitindo-me sentimentos que sempre tivera o hábito de cultivar, esforcei-me de todas as maneiras por tornar-me agradável a ela, sem nenhum plano de retribuir o seu afeto.

Naquele momento a srta. Dashwood, voltando os olhos para ele com o mais profundo desprezo, o interrompeu, dizendo:

— Não vale a pena, sr. Willoughby, que diga e eu escute mais nada. Tal começo não pode ser o início de nada... Não me estorve fazendo-me ouvir algo mais sobre o assunto.

— Insisto em que ouça tudo até o fim — replicou ele. — Minhas posses nunca foram grandes, e eu sempre fui esbanjador, sempre tive o hábito de andar com gente mais rica do que eu. A cada ano, desde que me tornei adulto, ou até antes, creio, minhas dívidas se tornavam maiores, e embora a morte da minha velha prima, a sra. Smith, devesse livrar-me delas, como esse acontecimento era incerto e possivelmente muito distante, foi durante um tempo minha intenção restabelecer a minha situação casando-me com uma mulher rica. Apegar-me à sua irmã, portanto, nem pensar, e com uma mesquinhez, um egoísmo, uma crueldade... que nenhum olhar de indignação e de desprezo, mesmo da senhorita, jamais poderá reprovar o bastante... Eu estava agindo desta maneira, tentando conquistar seu afeto, sem a menor intenção de corresponder a ele. No entanto, uma coisa pode ser dita em meu favor: mesmo naquele horrendo estado de vaidade egoísta, eu não sabia o tamanho da injúria que planejava, porque *naquela época* eu não sabia o que era amar. Mas será que alguma vez o soube? Pode-se muito bem duvidar disso, pois, se tivesse amado de verdade, poderia ter sacrificado os meus sentimentos pela vaidade, pela avareza? Ou, o que é pior, poderia ter sacrificado os sentimentos dela? Mas fiz isso. Para evitar uma relativa pobreza, que o amor e a companhia dela teriam livrado de todos os seus horrores, eu, ao tornar-me rico, perdi tudo que poderia transformar a riqueza numa bênção.

— Então o senhor — disse Elinor, um pouco menos áspera — acha que durante certo tempo a amou?

— Resistir a tais atrativos, opor-se a tal ternura! Existe algum homem no mundo que o conseguiria? Sim, aos poucos me apaixonei sinceramente por ela, e as horas mais felizes de minha vida foram as que passei com ela, quando senti que as minhas intenções eram estritamente honrosas e meus sentimentos, irrepreensíveis. Mesmo *então*, porém, quando totalmente decidido a declarar-lhe meu amor, permiti-me muito incorretamente adiar, dia após dia, o momento de fazê-lo, por não estar disposto a iniciar um noivado enquanto a minha situação financeira fosse tão ruim. Não vou justificar-me aqui... nem vou impedir a *senhorita* de se alongar no absurdo, e mais do que absurdo, de ter escrúpulos em dar a minha palavra quando a minha honra já estava comprometida. Os fatos demonstraram que fui um espertalhão idiota, trabalhando com afinco para me tornar desprezível e desgraçado para sempre. Finalmente, porém, tomei a minha decisão e resolvi, assim que pudesse falar com ela a sós, justificar as atenções que tão invariavelmente lhe dedicara, e declarar-lhe abertamente um amor que eu já tanto me esforçara por demonstrar. Mas nesse ínterim... nesse ínterim de pouquíssimas horas que deviam passar-se antes que pudesse ter oportunidade de falar com ela a sós... ocorreu um fato... um fato infeliz, que arruinou totalmente a minha decisão e toda a minha tranquilidade. Fiz uma descoberta — aqui ele hesitou e baixou os olhos. — A sra. Smith fora de algum modo informada, imagino que por algum parente distante, cujo interesse era privar-me do seu favor, de um caso, de uma relação... contudo, não preciso explicar-me mais — acrescentou ele, olhando para ela enrubescido e com um olhar inquiridor —, por meio de sua amizade tão íntima, a senhorita provavelmente já conhece toda a história há muito tempo.

— Sim — tornou Elinor, enrubescendo também e tratando de endurecer de novo o coração contra qualquer compaixão por ele —, eu soube de tudo. E, como o senhor pretende explicar a mínima parte de sua culpa nesse caso horrendo, confesso que é algo que ultrapassa a minha compreensão.

— Lembre-se — exclamou Willoughby — de quem foi que lhe contou a história. Será que poderia ser imparcial? Reconheço que a situação e o caráter dela deviam ter sido respeitados por mim. Não pretendo justificar-me, mas ao mesmo tempo não posso deixá-la supor que nada tenho a alegar em minha defesa... que porque ela foi ferida era irrepreensível, e porque eu era um libertino ela devia ser uma santa. Se a violência das paixões e a fraqueza da inteligência dela... não quero, porém, defender-me. Seu afeto por mim merecia melhor tratamento, e muitas vezes eu, com muitos remorsos, me lembro da ternura que, por muito pouco tempo, teve o poder de criar certa reciprocidade. Quisera... quisera sinceramente que isso nunca tivesse acontecido. Entretanto, não foi apenas a ela que eu feri; feri alguém cujo amor por mim... (posso dizê-lo?) era pouco menor do que o dela, e cuja mente... ah, quão superior!

— Sua indiferença, contudo, por essa infeliz menina... preciso dizê-lo, por mais desagradável que seja para mim a discussão desse assunto... a sua indiferença não é desculpa para a cruel negligência com que a tratou. Não pense que, lhe sirva de desculpa alguma fraqueza, algum defeito natural da inteligência da parte dela, para a devassa crueldade tão evidente de sua parte. O senhor deve saber que, enquanto se divertia em Devonshire com novos planos, sempre alegre, sempre feliz, ela se via reduzida à extrema indigência.

— Mas dou-lhe a minha palavra, eu *não* sabia disso — replicou ele com veemência —, não me lembro de não lhe ter dado o meu endereço, e o senso comum poderia indicar-lhe como descobri-lo.

— Muito bem, senhor, e o que disse a sra. Smith?

— Ela de imediato me censurou pela ofensa que eu cometera, e a senhorita pode adivinhar a minha confusão. A pureza da sua vida, o formalismo das suas ideias, sua ignorância do mundo, tudo estava contra mim. Eu não podia negar os fatos, e foram vãs todas as tentativas de amenizá-los. Creio que ela estava predisposta a duvidar da moralidade da minha conduta em geral, e além disso estava descontente com a pouquíssima atenção, a minúscula parte da minha vida que lhe dediquei na minha presente visita. Em suma, tudo terminou numa ruptura total. Se houvesse tomado uma decisão, eu poderia ter-me salvado. Do alto da sua moralidade — boa mulher! — ela me propôs perdoar o passado se eu casasse com Eliza. Isso não podia ser... perdi formalmente o seu favor e fui expulso de casa. Passei a noite que se seguiu a esse caso — eu deveria partir na manhã seguinte — refletindo sobre qual deveria ser a minha conduta futura. O combate foi duro... mas terminou cedo demais. Meu amor por Marianne, minha plena convicção de seu amor por mim... tudo isso foi insuficiente para superar aquele pavor da pobreza ou para vencer aquelas falsas ideias sobre a necessidade da riqueza que eu estava naturalmente inclinado a ter e que a companhia de amigos ricos fortalecera. Tinha razões para me acreditar seguro da aceitação da minha atual esposa, se optasse por ela, e me convenci de que, segundo a prudência, nada mais me restava a fazer. Uma dura cena, contudo, esperava por mim, antes que pudesse deixar Devonshire: tinha um jantar marcado com sua mãe a as senhoritas naquele mesmo dia. Era, portanto, necessária alguma desculpa para faltar ao compromisso. Se devia escrever essas desculpas ou apresentá-las pessoalmente era um ponto que foi objeto de longo debate. Percebi que ver Marianne seria terrível, e até tive dúvidas sobre se conseguiria vê-la novamente e manter a minha decisão. Nisso, porém, eu subestimei a minha própria magnanimidade, como os fatos demonstraram, pois eu fui, eu a vi infeliz e a deixei infeliz... e fui embora com a esperança de nunca mais tornar a vê-la.

— Por que foi, sr. Willoughby? — disse Elinor, em tom de censura. — Um bilhete teria sido suficiente. Por que ir pessoalmente?

— Era necessário ao meu orgulho. Não podia tolerar ir embora de Devonshire de um modo que pudesse levá-las ou o resto da vizinhança a terem a menor suspeita sobre o que realmente se passara entre a sra. Smith e eu... e assim resolvi passar no chalé a caminho de Honiton. Foi, no entanto, realmente terrível ver a sua querida irmã; e, para piorar as coisas, encontrei-a sozinha. Todas tinham ido não sei aonde. Eu a tinha deixado na noite anterior, tão completamente, tão firmemente decidido dentro de mim a agir com correção! Em poucas horas teria ficado noivo dela para sempre, e me lembro como estava entusiasmado, enquanto caminhava do chalé para Allenham, satisfeito comigo mesmo, contente com todo o mundo! Mas nesse nosso último encontro de amizade, eu a abordei com um sentimento de culpa que quase me tirou a capacidade de dissimular. A dor, a decepção, o pesar dela quando lhe disse que era obrigado a deixar de imediato Devonshire... jamais vou esquecê-los... unidos também com tal confiança em mim!... Ah, meu Deus!... Que canalha desnaturado eu fui!

Permaneceram em silêncio por alguns momentos. Elinor falou primeiro.

— O senhor lhe disse que voltaria logo?

— Não sei o que disse a ela — respondeu ele, com impaciência —; menos do que devia por nosso passado, sem dúvida, e provavelmente muito mais do que o futuro justificava. Não consigo pensar nisso... não quero pensar nisso. Depois veio a sua querida mãe para torturar-me ainda mais, com toda a sua gentileza e confiança. Graças a Deus! Aquilo me torturava *mesmo*. Eu era infeliz. Srta. Dashwood, não tem ideia do consolo que sinto ao me lembrar de minha própria infelicidade. Tenho tal rancor a mim mesmo pelo meu estúpido e boçalmente insensato coração, que todos os passados sofrimentos que devo a ele são agora para mim triunfo e júbilo. Eu fui até lá, abandonei tudo que amava e fui ter com aqueles para os quais, na melhor das hipóteses, era apenas indiferente. Minha viagem a Londres... feita só com meus próprios cavalos e, portanto, tão aborrecida... com ninguém com quem falar... meus pensamentos tão alegres... quando olhava para o futuro, tudo tão promissor! Quando me lembrava de Barton, o quadro era tão confortante! Ah, foi uma viagem abençoada!

Ele parou.

— Muito bem, senhor — disse Elinor, que, embora com pena dele, estava cada vez mais impaciente para que partisse —, e isso é tudo?

— Ah, não!... A senhorita se esqueceu do que aconteceu em Londres? Aquela carta infame... Ela lhe mostrou?

— Sim, eu vi todos os bilhetes trocados.

— Quando recebi o primeiro deles (como imediatamente aconteceu, pois eu estava em Londres o tempo todo), o que senti é... na frase comum, não posso exprimir; numa frase mais simples... talvez simples demais para provocar alguma emoção... meus sentimentos eram de muita, muita dor. Cada linha, cada palavra era... na metáfora gasta que o autor que lhes é caro, se estivesse aqui, rejeitaria... uma punhalada no coração. Saber que Marianne estava na cidade era... na mesma linguagem... um raio na tempestade. Raios na tempestade e punhaladas! Que censura ela me faria! Seu gosto... suas opiniões... acho que as conhecia melhor do que às minhas próprias... e tenho certeza de que me são mais caras.

O coração de Elinor, que passara por diversas mudanças ao longo desta extraordinária conversa, tornou a se abrandar mais uma vez. Mesmo assim, achou que era seu dever refrear em Willoughby ideias como aquela última.

— Isso não está certo, sr. Willoughby. Lembre-se de que é um homem casado. Conte-me apenas o que em sua consciência considere que é necessário que ouça.

— O bilhete de Marianne, ao me garantir que ainda me amava como nos primeiros dias, que apesar das muitas, muitas semanas em que estivemos separados, era ainda tão constante em seus sentimentos e tão confiante na constância dos meus como sempre, despertou todos os meus remorsos. Eu disse "despertou" porque o tempo e Londres, os negócios e a devassidão os tinham de certo modo apaziguado, e eu estava me transformando num grande canalha, imaginando-me indiferente a ela e querendo imaginar que ela também devia ter-se tornado indiferente a mim; considerando dentro de mim o nosso passado amor como um caso ocioso e trivial, dando de ombros como prova de que assim era e silenciando toda censura, vencendo todos os escrúpulos, dizendo secretamente de quando em quando: "Ficarei imensamente contente ao saber que ela fez um bom casamento". Mas aquele bilhete me fez conhecer-me melhor. Senti que eu a amava infinitamente mais do que qualquer outra mulher no mundo e que a estava usando de maneira infame. Não obstante, tudo já estava acertado entre mim e a srta. Grey. Voltar atrás era impossível. Tudo que eu tinha a fazer era evitá-las. Não respondi a Marianne, pretendendo com isso impedir que ela tivesse mais notícias minhas, e por algum tempo estive até decidido a não visitar a Berkeley Street... Mas por fim, julgando mais prudente afetar o ar frio de um conhecido comum do que qualquer outra coisa, certa manhã as vi saindo de casa e deixei meu cartão.

— Viu-nos saindo de casa!

— Até isso. A senhorita ficaria surpresa se soubesse quantas vezes as vi, quantas vezes estive prestes a topar com as senhoritas. Tive de entrar em muitas lojas para evitar que me vissem, enquanto passava a carruagem. Morando como eu morava na Bond Street, raramente passava um dia sem que visse uma ou outra das senhoritas; e só mesmo a mais constante vigilância da minha parte, um desejo invariavelmente imperioso de não ser visto pelas senhoritas, pôde separar-nos por tanto tempo. Evitei os Middleton o máximo possível, bem como a todos que pudessem revelar-se conhecidos comuns. Sem saber que estava em Londres, porém, topei com *Sir* John, creio, no mesmo dia em que chegou, e no dia seguinte à minha visita à casa da sra. Jennings. Ele me convidou para uma festa, um baile em sua casa à noite. Se ele *não* me houvesse dito, para me incentivar, que a senhorita e sua irmã deviam estar lá, eu teria achado que a coisa era certa demais para ousar ir. Na manhã seguinte chegou outro bilhete de Marianne, ainda carinhosa, sincera, franca, confiante, tudo que podia tornar a *minha* conduta mais odiosa. Não pude responder. Tentei, mas não pude acabar uma sentença. Mas pensava nela, acho, a cada momento do dia. Se *puder* ter pena de mim, srta. Dashwood, tenha pena da minha situação *naquela época*. Com a sua irmã a preencher a minha cabeça e o meu coração, fui forçado a desempenhar o papel de amante feliz com outra mulher! Aquelas três ou quatro semanas foram as piores de todas. Bem, finalmente, como nem preciso contar-lhe, as senhoritas forçaram um encontro comigo. E que doce figura repudiei! Que noite de agonia foi aquela! De um lado, Marianne, linda como um anjo, chamando-me de Willoughby com aquele tom! Ah, meu Deus! Estendendo a mão para mim, pedindo-me uma explicação, com aqueles olhos feiticeiros cravados em meu rosto com tão expressiva solicitude! E, do outro lado, Sophia, ciumenta como o diabo, parecendo tudo que... Não importa. Já acabou... Que noite!... Fugi das senhoritas assim que pude, mas não antes de ter visto o doce rosto de Marianne pálido como a morte. *Aquele* foi o último, último olhar que recebi dela; o último jeito como apareceu para mim. Foi uma visão medonha! Mesmo assim, hoje, quando pensei que ela estivesse de fato morrendo, foi para mim uma espécie de consolo imaginar que eu sabia exatamente qual seria a expressão dela para as últimas pessoas que a vissem neste mundo. Ela estava à minha frente, sempre à minha frente, enquanto eu viajava, com a mesma expressão e a mesma cor.

Seguiu-se uma breve pausa para mútua reflexão. Erguendo-se primeiro, Willoughby quebrou o silêncio assim:

— Bem, permita-me que me apresse em ir embora. Sua irmã está certamente melhor, certamente fora de perigo?

— Sim, temos certeza disso.

— Sua pobre mãe, também! Louca por Marianne!

— Mas a carta, sr. Willoughby, sua própria carta... Tem alguma coisa a dizer sobre aquilo?

— Sim, sim, principalmente sobre *aquilo*. Sua irmã escreveu-me de novo, como sabe, já na manhã seguinte. Viu o que ela disse... Eu estava tomando o café da manhã na casa dos Ellison, e levaram da minha casa para lá aquela carta, junto com algumas outras. Ela chamou a atenção de Sophia antes da minha... e o tamanho, a elegância do papel e da letra provocaram de imediato a sua desconfiança. Já chegara a seus ouvidos alguma vaga história sobre o meu amor por uma moça em Devonshire, e o que se passara à sua vista na noite anterior fez que soubesse quem era a moça, e a tornou mais ciumenta do que nunca. Assim, afetando um ar travesso, delicioso na mulher que amamos, abriu ela mesma a carta e a leu. Foi bem recompensada pelo descaramento. Leu o que a faria infeliz.

Eu poderia suportar a infelicidade dela, porém a paixão... a malícia... tinha de ser apaziguada de qualquer maneira. Em resumo, o que acha do estilo das cartas da minha mulher? Delicado, carinhoso, realmente feminino, não é mesmo?

— Sua mulher! A carta foi escrita com a sua letra!

— Sim, no entanto, só tive o crédito de copiar servilmente sentenças às quais tive vergonha de associar o meu nome. O original era inteiramente dela, os seus belos pensamentos e a sua feliz dicção. Mas que podia fazer? Éramos noivos, todos os preparativos estavam em andamento, o dia já estava quase marcado... Estou falando como um idiota. Preparativos!... Dia!... Falando honestamente, eu precisava do dinheiro dela e, numa situação como a minha, tinha de fazer tudo para evitar uma ruptura. E, afinal, que importava para a opinião de Marianne e de seus amigos sobre o meu caráter, em que língua estava redigida a minha resposta? Devia servir a um só propósito. Minha tarefa era declarar-me um canalha, e pouco importava se o fazia com uma reverência ou com uma fanfarronada... "A minha reputação perante elas foi arruinada para sempre", pensei comigo, "eu me excluí para sempre da companhia delas; já me consideram um sujeito sem princípios, esta carta só vai fazer que me considerem um boçal completo". Eram esses os meus raciocínios, enquanto, com uma espécie de despreocupação desesperada, copiava as palavras da minha esposa e renunciava às últimas lembranças de Marianne. Seus três bilhetes, infelizmente, estavam todos em minha carteira, ou teria negado a existência deles e os teria guardado para sempre... Tive de incluí-los e nem sequer pude beijá-los. E o cacho de cabelos... ele também eu sempre trazia comigo na mesma carteira, que agora era vasculhada por minha esposa com a mais meiga virulência... o querido cacho... todas, todas as recordações foram arrancadas de mim.

— O senhor está muito errado, sr. Willoughby, muito errado mesmo — disse Elinor, enquanto a sua voz, contra a vontade, traía a compaixão —, não deve falar assim, nem da sra. Willoughby nem da minha irmã. Fez a sua escolha. Ela não lhe foi impingida. Sua mulher tem direito à sua cortesia, ao seu respeito, pelo menos. Deve gostar do senhor ou não se teria casado. Tratá-la com descortesia, falar dela com desdém não é compensação para Marianne... nem posso supor que seja um alívio para a sua própria consciência.

— Não me fale da minha mulher — disse ele com um suspiro profundo. — Ela não merece nenhuma compaixão... Sabia que não a amava quando nos casamos... Bem, estávamos casados, e fomos a Combe Magna para sermos felizes e em seguida voltamos a Londres para nos divertirmos... E agora tem pena de mim, srta. Dashwood? Ou falei tudo isso por falar? Será que sou — mesmo que seja só um pouquinho —, será que, na sua opinião, sou menos culpado do que era antes? Minhas intenções nem sempre eram ruins. Será que consegui justificar alguma parte da minha culpa?

— Sim, certamente conseguiu reduzir um pouco a sua culpa... Provou ser, afinal, menos culpado do que eu acreditava. Provou que tem um coração menos mau, muito menos mau. Entretanto, não sei... a infelicidade que provocou... não sei como poderia ter sido pior.

— Quando sua irmã se recuperar, vai repetir para ela o que lhe contei? Faça que ela também, como a senhorita, tenha uma opinião menos má a meu respeito. Disse-me que ela já me perdoou. Deixe-me poder imaginar que um melhor conhecimento do meu coração e dos meus atuais sentimentos possa levá-la a conceder-me um perdão mais espontâneo, mais natural, mais gentil, menos majestático. Fale-lhe da minha infelicidade e da minha penitência... diga-lhe que o meu coração nunca foi infiel a ela e, se quiser, que agora ela me é mais querida do que nunca.

— Vou contar a ela tudo que é necessário para o que se pode chamar, comparativamente, sua justificação. Mas o senhor não me explicou a razão específica de sua visita agora, nem como soube da sua enfermidade.

— A noite passada, no saguão da Drury Lane, topei com *Sir* John Middleton, e quando ele viu quem eu era... pela primeira vez em dois meses... falou comigo. Que ele tivesse cortado relações comigo depois do meu casamento foi algo que vi sem surpresa ou ressentimento. Agora, porém, sua alma boa, honesta e estúpida, cheia de indignação contra mim e de preocupação por sua irmã, não pôde resistir à tentação de me contar o que ele sabia poder... se bem que provavelmente não achasse que *iria*... abalar-me horrivelmente. Assim, da forma mais grosseira possível, ele me disse que Marianne Dashwood estava morrendo de febre pútrida em Cleveland... uma carta que recebera aquela manhã da sra. Jennings declarava que o perigo era iminentíssimo... os Palmer partiram todos apavorados, etc... Eu fiquei abalado demais para poder fingir-me indiferente até diante do pouco perspicaz *Sir* John. Seu coração abrandou-se ao ver que o meu sofria; e tanto a sua má vontade se dissipou, que, quando nos despedimos, ele quase me apertou as mãos enquanto me lembrava de uma velha promessa sobre um filhote de *pointer*. O que senti quando soube que a sua irmã estava à morte... e estava à morte acreditando que eu seja o pior canalha da terra, desprezando-me, odiando-me em seus últimos momentos... pois como poderia dizer que medonhos projetos não me seriam imputados? *Só uma* pessoa eu tinha certeza de que me imaginaria capaz de qualquer coisa... O que senti foi apavorante!... Logo tomei a decisão e às oito horas da manhã já estava em minha carruagem. Agora sabe de tudo.

Elinor não respondeu. Seus pensamentos fixaram-se silenciosamente no irreparável dano que uma independência muito precoce e os decorrentes hábitos de ociosidade, dissipação e luxo provocaram na mente, no caráter e na felicidade de um homem que, a todas as vantagens pessoais e de talento, unia uma disposição naturalmente sincera e honesta e um temperamento sensível e afetuoso. O mundo tornara-o extravagante e vaidoso; a extravagância e a vaidade tornaram-no insensível e egoísta. A vaidade, enquanto buscava seu culposo triunfo à custa de outra pessoa, envolvera-o num amor autêntico, que a extravagância, ou pelo menos a sua filha, a necessidade, exigiram fosse sacrificado. Cada uma dessas más inclinações, orientando-o para o mal, levara-o também à punição. O amor que contra toda honra, todo sentimento, todos os seus melhores interesses havia arrancado de si, agora, quando não mais permitido, governava todos os seus pensamentos. A união pela qual ele, com poucos escrúpulos, entregara a sua irmã à desgraça parecia ter-se tornado para ele uma fonte de infelicidade de natureza incurável. De um devaneio desse tipo ela foi despertada depois de alguns minutos por Willoughby, que, despertando ele próprio de um devaneio pelo menos igualmente doloroso, ergueu-se para ir embora e disse:

— Não há motivo para permanecer aqui; tenho de ir.

— Vai voltar para Londres?

— Não... para Combe Magna. Tenho negócios a resolver por lá; de lá voltarei a Londres em um ou dois dias. Adeus.

Estendeu-lhe a mão, ela não pôde recusar-se a lhe dar a sua. Ele a apertou com carinho.

— E tem *mesmo* uma melhor opinião de mim do que antes? — disse ele, deixando cair a mão e inclinando-se contra o consolo da lareira, como se tivesse esquecido que estava para ir embora.

Elinor garantiu-lhe que sim, que o perdoava, lastimava, queria-lhe bem, e até se interessava pela sua felicidade; e acrescentou alguns conselhos gentis quanto ao comportamento mais apto para alcançá-la. A resposta dele não foi das mais encorajadoras.

— Quanto a isso — disse ele —, vou ter de me virar o melhor que possa. A felicidade doméstica está fora de questão. Se, no entanto, me for permitido pensar que a senhorita e a sua família sintam algum interesse em meu destino e em meus atos, pode ser o meio... pode pôr-me em guarda... pelo menos, pode ser algo pelo qual possa viver. Com certeza, perdi

Marianne para sempre. Mesmo que, por um abençoado acaso, estivesse livre de novo...

Elinor interrompeu-o com uma repreensão.

— Bem — replicou ele —, mais uma vez, adeus. Vou-me embora agora e viverei no pavor de um único acontecimento.

— Que quer dizer?

— O casamento da sua irmã.

— Está muito enganado. Ela nunca estará mais longe do senhor do que agora.

— Mas terá sido conquistada por um outro. E se esse outro for aquele mesmo que, entre todos, me é mais insuportável... porém, não quero prosseguir, para não perder toda a sua compassiva boa vontade, mostrando que, onde mais feri, menos posso perdoar. Adeus! Deus a abençoe!

E com essas palavras, saiu quase correndo da sala.

Capítulo 45

Elinor, por algum tempo depois que ele a deixou, e mesmo por algum tempo depois que o ruído da sua carruagem se esvaiu, permaneceu perturbada demais por uma multidão de ideias, muito diferentes entre si, mas das quais a tristeza era o resultado final, até para pensar na irmã.

Willoughby, ele, que apenas meia hora atrás ela odiava como o mais desprezível dos homens, Willoughby, apesar de todos os seus erros, provocou certa comiseração pelos sofrimentos produzidos por esses erros, o que a fez pensar nele como separado para sempre da sua família, com uma ternura, uma saudade, mais proporcionais, como logo reconheceu dentro de si mesma, aos desejos do que aos méritos dele. Sentiu que a influência dele sobre o seu espírito era fortalecida por circunstâncias que, racionalmente, não deveriam ter nenhum peso; pela sua figura extraordinariamente atraente, por aquele jeito sincero, afetuoso e vivo que não era mérito possuir, e por aquele amor ainda ardente por Marianne, que não era sequer inocente favorecer. Mas sentiu que assim era, muito, muito tempo antes de sentir diminuir a influência dele.

Quando finalmente voltou para o lado de Marianne inconsciente, encontrou-a acordando, revigorada por um longo e doce sono, como havia esperado. O coração de Elinor estava pesado. O passado, o presente, o futuro, a visita de Willoughby, a segurança de Marianne e a aguardada chegada da mãe lançaram-na, juntos, numa agitação que impediu todo sinal de cansaço e a fez temer trair-se diante da irmã. Foi breve, porém, o tempo em que esse medo pôde atormentá-la, pois meia hora depois de Willoughby deixar a casa, ela foi novamente chamada a descer as escadas pelo ruído de outra carruagem. Ansiosa por poupar à mãe todos os desnecessários momentos daquela horrível incerteza, correu de imediato para o saguão e alcançou a porta de entrada bem a tempo de recebê-la e ampará-la em sua chegada.

A sra. Dashwood, cujo terror enquanto se aproximavam da casa produzira a quase certeza do falecimento de Marianne, não tinha voz para perguntar por ela nem sequer para falar com Elinor. Ela, contudo, sem esperar as saudações nem as perguntas, foi logo dando a boa notícia. A mãe, recebendo-a com o entusiasmo habitual, em um momento foi vencida pela alegria, como antes o fora pelo temor. Foi amparada na sala de visitas entre a filha e o amigo, e ali, derramando lágrimas de júbilo, embora ainda incapaz de falar, abraçou Elinor repetidas vezes, afastando-se dela de quando em quando para apertar a mão do coronel Brandon, com um olhar que exprimia ao mesmo tempo a gratidão e a certeza de que ele compartilhava com ela o entusiasmo do momento. Ele o compartilhou, porém, num silêncio ainda maior que o dela.

Assim que a sra. Dashwood se recuperou, seu primeiro desejo foi ver Marianne, e em dois minutos ela já estava com sua querida filhinha, mais querida do que nunca pela ausência, pela infelicidade e pelo perigo. A satisfação de Elinor ao ver o que cada uma delas sentiu ao se encontrarem só era refreada pela apreensão de estar roubando de Marianne mais tempo de sono. No entanto, a sra. Dashwood podia ser calma, podia até ser prudente, quando a vida de uma filha estava em jogo, e Marianne, contente por saber que a mãe estava a seu lado, e consciente de estar debilitada demais para poder conversar, submeteu-se prontamente ao silêncio e ao repouso prescrito por todas as enfermeiras ao seu redor. A sra. Dashwood *fez questão* de permanecer com ela a noite toda, e Elinor, acatando o pedido da mãe, foi para a cama. Mas o repouso que uma noite inteira passada em claro e muitas horas da mais desgastante ansiedade pareciam exigir não foi possível pela excitação que a agitava. Willoughby, o "pobre Willoughby", como agora se permitia chamá-lo, estava constantemente em seus pensamentos; não podia ter deixado de ouvir sua defesa perante o mundo, e ora se acusava, ora se absolvia por tê-lo antes julgado com tanta dureza. Não obstante, a promessa de contar tudo à irmã era invariavelmente dolorosa. Tinha pavor de fazê-lo, tinha pavor do possível efeito sobre Marianne; tinha dúvida se, depois daquela explicação, ela poderia algum dia ser feliz com outro homem, e por um momento desejou que Willoughby enviuvasse. Então, lembrando-se do coronel Brandon, censurou a si mesma, sentiu que os *seus* sofrimentos e a sua constância, muito mais que os do rival, eram merecedores dos favores da irmã, e a morte da sra. Willoughby passou a ser a última coisa que queria.

O choque causado na sra. Dashwood pela viagem do coronel Brandon a Barton fora muito reduzido pelo alarme que sentira antes, pois era tão grande a sua preocupação com Marianne, que já decidira ir a Cleveland naquele mesmo dia, sem aguardar mais nenhuma informação, e já havia organizado tão bem a viagem antes da chegada dele, que os Carey eram esperados a qualquer momento para levar Margaret, já que a sua mãe não estava disposta a levá-la aonde podia haver risco de infecção.

Marianne continuava recuperando-se a cada dia, e a radiante alegria no semblante e no jeito da sra. Dashwood demonstrava que ela era, tal qual ela mesma declarou repetidas vezes, uma das mulheres mais felizes do mundo. Elinor não podia ouvir essa declaração nem testemunhar suas provas sem às vezes imaginar se sua mãe alguma vez se lembrou de Edward. Contudo, a sra. Dashwood, confiante no relato moderado de sua própria decepção que Elinor lhe enviara, foi levada pela exuberância de sua alegria a só pensar no que poderia aumentá-la. Marianne lhe fora restituída de um perigo em que, como agora começava a perceber, seu próprio julgamento errôneo ao encorajar o infeliz apego a Willoughby ajudara a colocá-la; e na sua recuperação havia para ela ainda outra fonte de alegria, não suspeitada por Elinor. Assim a comunicou tão logo apareceu uma oportunidade de conversarem as duas a sós:

— Finalmente estamos sozinhas. Minha querida Elinor, ainda não conhece toda a minha felicidade. O coronel Brandon ama Marianne. Ele mesmo me contou.

Sua filha, sentindo-se alternadamente alegre e triste, surpresa e não surpresa, era toda uma silenciosa atenção.

— Você nunca é como eu, querida Elinor, ou então me estranharia a sua serenidade agora. Se eu tivesse parado para escolher o maior bem possível para a minha família, teria optado pelo casamento do coronel Brandon com uma de vocês como o objetivo mais desejável. E acho que Marianne seria a mais feliz das duas com ele.

Elinor estava meio inclinada a lhe perguntar por que razão pensava isso, já que estava certa de que não poderia alegar nenhuma razão baseada num exame imparcial de suas idades, personalidades ou sentimentos. Sua mãe, contudo, devia sempre deixar-se levar pela imaginação em todos os assuntos interessantes e, por isso, em vez de fazer uma pergunta, Elinor deixou aquela observação passar com um sorriso.

— Ele abriu totalmente seu coração para mim ontem, durante a viagem. Aconteceu de um modo bem espontâneo, não planejado. Eu, como pode imaginar, não conseguia falar de nada a não ser de minha menina; ele não conseguia esconder sua aflição; vi que ela era tão grande quanto a minha, e ele, talvez, julgando que a mera amizade, no mundo de hoje, não justificaria uma simpatia tão calorosa — ou antes, não pensando em absolutamente nada, suponho — mas dando vazão a sentimentos irresistíveis, fez-me saber do seu intenso, terno e constante afeto por Marianne. Ele a amou, minha querida Elinor, desde a primeira vez que a viu.

Nesse ponto, entretanto, Elinor percebeu, não a linguagem, não as confissões do coronel Brandon, mas os naturais floreios da ativa imaginação da mãe, que moldava à sua vontade tudo que lhe agradava.

— Seu afeto por ela, infinitamente superior a tudo o que Willoughby jamais sentiu ou fingiu sentir, e muito mais ardente, mais sincero ou constante, seja como for que o chamemos, sobreviveu até ao conhecimento da infeliz predileção de nossa querida Marianne por aquele rapaz boçal! E sem egoísmo, sem uma esperança que o encorajasse! Como pôde vê-la com outro... Que nobre alma! Que franqueza, que sinceridade! Ninguém pode enganar-se com *ele*.

— O caráter do coronel Brandon — disse Elinor — como um excelente homem é algo sobre o que não pairam dúvidas.

— Sei disso — replicou a mãe, com seriedade —, ou depois de tal aviso eu seria a última a encorajar tal amor ou mesmo a ficar contente com ele. Mas o fato de ter vindo a mim como veio, com aquela amizade ativa e disposta, é prova suficiente de que ele é um homem de grande valor.

— Seu caráter, porém — respondeu Elinor —, não se baseia num único gesto delicado, ao qual seu afeto por Marianne, se deixarmos de lado a benevolência, o teria conduzido. Ele é um velho e íntimo conhecido da sra. Jennings e dos Middleton; eles o amam e o respeitam igualmente, e até o conhecimento que eu tenho dele, embora adquirido recentemente, é bastante considerável. Eu o aprecio e o estimo tanto, que se Marianne puder ser feliz com ele, estarei tão disposta quanto a senhora a considerar essa união a nossa maior bênção neste mundo. Que resposta a senhora lhe deu? Deu-lhe alguma esperança?

— Ah, meu amor, eu não podia falar de esperança com ele ou comigo mesma. Marianne podia estar morrendo naquele momento. Apesar disso, ele não pediu esperança ou encorajamento. A sua foi uma confidência involuntária, um desabafo irreprimível a uma amiga carinhosa, não um pedido a uma mãe. Mesmo assim, depois de certo tempo eu *disse*, pois no começo fiquei completamente pasmada, que se ela sobrevivesse, como eu confiava, a minha maior felicidade seria promover o casamento dos dois. E desde a nossa chegada, desde que ganhamos essa deliciosa segurança, tenho repetido isso a ele com maior firmeza, dando-lhe todos os encorajamentos ao meu alcance. O tempo, um tempo muito breve, digo a ele, vai resolver tudo. O coração de Marianne não deve ser desperdiçado para sempre com um homem como Willoughby. Seus próprios méritos hão de lhe garantir o triunfo.

— A julgar pelo humor do coronel, porém, a senhora não conseguiu transmitir-lhe todo esse otimismo.

— Não. Ele acha que o amor de Marianne tem raízes profundas demais para sofrer alguma mudança por um longo tempo, e mesmo supondo seu coração novamente livre, ele é inseguro demais para acreditar que com tal diferença de idade e de jeito de ser possa conquistar o seu amor. Nisso, porém, ele está muito enganado. A diferença de idades é uma vantagem, pois fortalece o seu caráter e os seus princípios; e estou convencida de que o seu jeito de ser é exatamente o que pode fazer feliz a sua irmã. E a sua pessoa, seu jeito também, estão a favor dele. Minha parcialidade não me cega; ele certamente não é tão bonito quanto Willoughby, mas, ao mesmo tempo, há algo muito mais agradável em suas feições. Sempre houve alguma coisa no olhar de Willoughby, se você se lembrar, de que eu não gostava.

Elinor *não* lembrava daquilo, contudo sua mãe, sem esperar seu assentimento, prosseguiu:

— E o jeito dele, o jeito do coronel, não só sempre foi mais agradável para mim do que o de Willoughby, como também é de um tipo que eu sei ser capaz de atrair Marianne com muito mais força. Sua gentileza, sua autêntica atenção com os outros e sua simplicidade masculinamente espontânea afina-se muito mais com o verdadeiro jeito de ser dela, do que a vivacidade muitas vezes artificial e extemporânea do outro. Tenho absoluta certeza de que, se Willoughby se tivesse revelado tão amável como se mostrou o contrário disso, mesmo assim Marianne jamais teria sido tão feliz com ele como será com o coronel Brandon.

Fez uma pausa. Sua filha não concordava plenamente com ela, mas sua discordância não foi ouvida e, portanto, não a ofendeu.

— Em Delaford, ela estará a pouca distância de mim — acrescentou a sra. Dashwood — mesmo se eu permanecer em Barton. E muito provavelmente, já que soube que é um burgo grande, sem dúvida *deve* haver uma casinha ou um chalé por perto que nos possa ser tão adequado quanto a nossa atual acomodação.

Pobre Elinor! Eis um novo esquema para levá-la a Delaford! Seu espírito, entretanto, era teimoso.

— Sua riqueza também! Pois na minha idade, você sabe, todos se preocupam com *isso,* e embora não saiba nem queira saber quanto dinheiro ele possui, tenho certeza de que não deve ser pouco.

Nesse ponto, foram interrompidas pela entrada de uma terceira pessoa, e Elinor se retirou para refletir sozinha sobre tudo aquilo, para desejar sucesso ao amigo e, ainda que o desejando, para sentir uma dor aguda por Willoughby.

Capítulo 46

A doença de Marianne, apesar de debilitante por natureza, não durara o bastante para tornar lenta a recuperação, e, com a ajuda da juventude, da força natural e da presença da mãe, ela progrediu tão bem que foi possível, quatro dias depois da chegada desta, instalá-la no quarto de vestir da sra. Palmer. Ao chegar lá, a seu especial pedido, o coronel Brandon foi convidado a visitá-la, já que ela estava impaciente por lhe agradecer ter ido buscar a mãe.

Sua emoção ao entrar no quarto, ao ver as feições alteradas dela e ao receber a pálida mão que ela imediatamente lhe estendeu, foi tamanha que fez Elinor cogitar que devia ter origem em algo mais do que seu afeto por Marianne ou da consciência de os outros terem ciência do seu amor; e ela logo descobriu em sua expressão melancólica e alterada enquanto olhava para sua irmã, a provável lembrança de muitas cenas passadas de desgraça, trazidas de volta pela semelhança, já reconhecida, entre Marianne e Eliza, agora fortalecida pelos olhos fundos, pela tez doentia, pela postura de prostração e fraqueza e pelo caloroso agradecimento por uma dívida especial com ele.

A sra. Dashwood, não menos atenta ao que se passava do que a filha, mas com um espírito influenciado de modo muito diferente e, portanto, esperando efeitos também muito diferentes, nada viu no comportamento do coronel, a não ser o que vinha das mais simples e evidentes sensações, enquanto pelos atos e palavras de Marianne se convencia de que já nascera algo mais do que simples gratidão.

Ao fim de mais um ou dois dias, com Marianne revigorando-se visivelmente a cada doze horas, a sra. Dashwood, instigada igualmente pelo seu próprio desejo e pelo das filhas, começou a falar em voltar a Barton. Do que ela faria dependia o que seus dois amigos fariam. A sra. Jennings não podia deixar Cleveland enquanto as Dashwood lá estivessem, e o coronel Brandon logo foi levado, por exigência conjunta de todas elas, a considerar a sua própria estada lá como igualmente decidida, se não igualmente indispensável. Em compensação, a pedido dele e da sra. Jennings, a sra. Dashwood foi convencida a aceitar o uso da carruagem do coronel em sua viagem de volta, para maior conforto da filha doente; e o coronel, a convite tanto da sra. Dashwood quanto da sra. Jennings, cujo bom e ativo coração a tornava amigável e hospitaleira em nome de outras pessoas tanto quanto no seu próprio, comprometeu-se com prazer a ir buscar de volta a carruagem numa visita ao chalé, dentro de poucas semanas.

Chegou o dia da separação e da partida. Marianne, após uma despedida especial e longa da sra. Jennings, despedida tão profundamente grata, tão cheia de respeito e de bons votos que parecia dever-se, em seu coração, a um reconhecimento secreto da passada indelicadeza, e dando ao coronel Brandon um adeus com a cordialidade de uma amiga, foi cuidadosamente ajudada por ele a entrar na carruagem, de cujo espaço ele parecia fazer questão que ela ocupasse pelo menos metade. Seguiram-na a sra. Dashwood e Elinor, e os outros foram deixados falando das viajantes e sentindo seu próprio tédio, até que a sra. Jennings foi chamada ao seu coche para se reconfortar pela perda das duas jovens companheiras, com as fofocas da criada; imediatamente em seguida o coronel Brandon partiu solitário para Delaford.

As Dashwood passaram dois dias na estrada, e nos dois Marianne suportou a viagem sem cansaço excessivo. Tudo que o mais devotado afeto, a mais solícita atenção podia fazer para o conforto dela era objeto dos esforços de cada uma de suas vigilantes companheiras, e todas elas se sentiram premiadas com seu bem-estar físico e sua tranquilidade de espírito. Para Elinor, a observação desse último aspecto foi especialmente gratificante. Ela, que a vira, semana após semana, em sofrimento constante, oprimida por uma angústia do coração que não tinha nem a coragem para exprimir nem a força para esconder, agora via, com uma alegria que ninguém mais poderia compartilhar, uma evidente serenidade de espírito que, sendo o resultado, como acreditava, de uma séria reflexão, devia por fim trazer-lhe contentamento e alegria.

Ao se aproximarem de Barton, de fato, e passarem por cenários de que cada campo, cada árvore lhe trazia alguma lembrança singular e dolorosa, ela se tornou silenciosa e pensativa e, voltando o rosto para que não a vissem, pôs-se a olhar atentamente pela janela. Mas com isso Elinor não podia nem se admirar nem se zangar, e quando viu, enquanto ajudava Marianne a descer da carruagem, que ela estivera chorando, viu naquilo apenas uma emoção muito natural, que em si mesma não podia provocar nada menos terno do que a piedade e que, por sua discrição, merecia elogios. Em todo o seu comportamento subsequente, descobriu os indícios de uma mente disposta a um esforço razoável, pois, assim que entraram na sala de estar, Marianne passeou os olhos ao seu redor, com uma expressão de firmeza e decisão, como se estivesse resolvida a acostumar-se de imediato à visão de cada objeto a que pudesse relacionar uma lembrança de Willoughby. Falou pouco, mas cada frase visava à alegria, e, embora às vezes deixasse escapar um suspiro, nunca o fazia sem a compensação de um sorriso. Depois do jantar, quis tocar o pianoforte. Foi até ele, no entanto, a primeira partitura em que seus olhos se fixaram foi uma ópera que Willoughby lhe oferecera, contendo alguns dos seus duetos prediletos e trazendo na capa o nome dela escrito com a letra dele. Aquilo não era possível. Ela balançou a cabeça, pôs a partitura de lado e, depois de brincar com as teclas por um minuto, queixou-se de fraqueza nos dedos e tornou a fechar o instrumento, dizendo, porém, com firmeza que devia estudar mais no futuro.

A manhã seguinte não trouxe pioras para esses bons sintomas. Ao contrário, com a mente e o corpo igualmente revigorados pelo descanso, sua aparência e suas palavras mostravam uma animação mais autêntica, antecipando o prazer da volta de Margaret e falando do querido grupo familiar que se recomporia, de suas ocupações compartilhadas e da alegre companhia como a única felicidade digna de ser buscada.

— Quando o tempo melhorar e eu tiver recuperado o vigor — disse ela —, faremos longas caminhadas juntas todos os dias. Vamos caminhar até a fazenda na beira da colina e ver como vão as crianças; caminharemos até as novas plantações de *Sir* John em Barton Cross e Abbeyland; e iremos muitas vezes às velhas ruínas do Priorado e tentaremos explorar suas fundações tão profundamente quando nos disseram que elas iam. Sei que seremos felizes. Sei que o verão vai passar alegremente. Pretendo nunca me levantar depois das seis, e daí até o jantar dividirei todos os momentos entre a música e a leitura. Estabeleci um plano e estou decidida a seguir um programa sério de estudos. Nossa biblioteca eu já a conheço bem demais para servir para qualquer coisa além da simples diversão. Mas há muitos livros que bem merecem ser lidos em Barton Park, além de outros escritos mais recentemente que sei poder pedir emprestados ao coronel Brandon. Lendo apenas seis horas por dia, em doze meses obterei uma boa instrução, cuja falta sinto hoje.

Elinor elogiou-a por um plano de origem tão nobre como aquele, se bem que sorrindo ao ver a mesma imaginação ardente que a levara ao extremo da indolência lânguida e das lamúrias egoístas, agora a serviço de levar ao excesso um tal esquema de ocupação racional e de virtuoso autocontrole. O sorriso, porém, transformou-se num suspiro quando se lembrou que a promessa feita a Willoughby ainda não fora cumprida, e temia ter de comunicar algo que poderia tornar a perturbar a mente de Marianne e arruinar pelo menos por algum tempo aquela feliz perspectiva de operosa tranquilidade. Desejando, portanto, postergar o mau momento, resolveu aguardar até que a saúde da irmã estivesse mais firme para contar-lhe tudo. Todavia, a decisão foi tomada apenas para ser descumprida.

Marianne permaneceu dois ou três dias em casa, até que o tempo melhorou o suficiente para que uma enferma como ela pudesse arriscar-se a sair. Mas finalmente raiou uma manhã amena e propícia, capaz de tentar os desejos da filha e a confiança da mãe; e Marianne, apoiada no braço de Elinor, recebeu permissão para caminhar até onde pudesse ir sem se cansar, pela alameda em frente à casa.

As irmãs partiram num passo lento, exigido pela fraqueza de Marianne, num exercício até então não empreendido desde que adoece; e haviam avançado para além da casa apenas o suficiente para permitir uma visão completa da colina, a grande colina situada atrás, quando, parando com os olhos voltados para lá, Marianne disse calmamente:

— Ali, exatamente ali — apontando com a mão — sobre aquele montículo saliente, foi onde caí; e foi lá que vi pela primeira vez Willoughby.

Sua voz sumiu quando disse a palavra, mas, logo se recuperando, acrescentou:

— Sinto-me agradecida por saber que posso olhar com tão pouca dor para aquele lugar! Será que um dia conversaremos sobre esse assunto, Elinor? — disse, hesitante. — Ou seria errado? Espero poder falar daquilo agora, como devia.

Elinor convidou-a ternamente a se abrir.

— Já não sinto saudades — disse Marianne — no que diz respeito a *ele*. Não pretendo dizer-lhe quais foram os meus sentimentos por ele, e sim quais são eles *agora*. No momento, se pudesse ser tranquilizada sobre um ponto, se pudesse pensar que ele não esteve *sempre* desempenhando um papel, não esteve *sempre* me iludindo... Mas, acima de tudo, se pudessem garantir-me que ele nunca foi *tão* mau como meus temores às vezes o imaginaram, desde a história daquele infeliz moça...

Ela parou. Elinor guardou com alegria suas palavras na memória, enquanto respondia:

— Se lhe pudessem garantir isso, você acha que se sentiria tranquila?

— Sim. A minha paz de espírito está duplamente envolvida nisso, pois não só é horrível suspeitar de tais planos de uma pessoa que foi o que ele foi para *mim*... contudo, qual a imagem de mim mesma que resulta de tudo isso? Numa situação como a minha, poderia expor-me a que, senão ao amor mais vergonhosamente imprudente...

— Como, então — perguntou-lhe a irmã — explicaria o comportamento dele?

— Eu suponho que ele... Ah, como gostaria de supor que ele foi só volúvel, muito, muito volúvel!

Elinor não disse mais nada. Estava discutindo dentro de si mesma sobre a oportunidade de começar imediatamente a contar a história, ou adiá-la até que a saúde de Marianne estivesse mais forte; e elas prosseguiram lentamente na caminhada por alguns minutos, em silêncio.

— Não estou desejando-lhe um grande bem — disse finalmente Marianne, com um suspiro — quando desejo que suas reflexões secretas possam não ser mais desagradáveis do que as minhas próprias. Ele vai sofrer bastante com elas.

— Compara a sua conduta à dele?

— Não. Comparo-a com o que devia ter sido. Comparo-a com a sua.

— Nossas situações não têm grande semelhança.

— São mais semelhantes do que os nossos comportamentos. Minha querida Elinor, não deixe a sua bondade defender o que sei que o seu julgamento deve censurar. Minha doença me fez refletir. Deu-me tempo e tranquilidade para pensar seriamente. Muito antes de estar recuperada o bastante para falar, já podia perfeitamente refletir. Examinei o passado: vi em meu próprio comportamento, desde o começo do nosso relacionamento com ele no outono passado, nada mais que uma série de imprudências contra mim mesma e falta de bondade com os outros. Vi que meus próprios sentimentos prepararam os meus sofrimentos e que a minha falta de firmeza com eles quase me levou ao túmulo. Minha doença, eu bem sabia, foi inteiramente provocada pela minha negligência com a saúde, de um modo que já na época eu sentia ser errado. Se tivesse morrido, teria sido autodestruição. Não percebi o perigo até que ele fosse extirpado; mas, com os sentimentos que essas reflexões provocaram em mim, admira-me ter-me recuperado, admira-me que a própria força de meu desejo de viver, de ter tempo para fazer penitência ante meu Deus e vocês todos, não me haja matado imediatamente. Se tivesse morrido, em que profunda infelicidade teria deixado você, minha enfermeira, minha amiga, minha irmã! Você, que vira todo o egoísmo irritadiço dos meus últimos dias; que conhecera todos os segredos do meu coração! Como teria eu vivido na sua memória! Minha mãe também! Como você poderia tê-la consolado! Não consigo exprimir todo o ódio que sinto de mim mesma. Toda vez que olhava para o passado, via algum dever negligenciado ou algum defeito tolerado. Todos pareciam magoados por mim. A delicadeza, a incessante delicadeza da sra. Jennings, eu a pagara com um desprezo ingrato. Com os Middleton, com os Palmer, com as Steele, e até com todos os nossos conhecidos, eu tinha sido insolente e injusta; com um coração endurecido contra os méritos deles, e um humor irritado com a própria atenção deles. Com John, com Fanny, sim, até com eles, por menos que mereçam, dei-lhes menos do que devia. Porém, foi com você, principalmente com você, mais do que com a mamãe, que eu fui injusta. Eu, e somente eu, conhecia o seu coração e as suas mágoas; mesmo assim, que influência teve isso sobre mim? Não para me levar a uma compaixão que fizesse bem a você e a mim. O seu exemplo estava à minha frente, no entanto, de que servia? Tinha mais consideração com você e com o seu bem-estar? Será que imitei a sua paciência ou diminuí as suas obrigações, assumindo parte dessas mostras de deferência geral ou de gratidão particular que até então sempre recaíam só sobre você? Não; não menos quando sabia que você era infeliz do que quando acreditava que estava bem, eu deixei de cumprir tudo que o dever ou a amizade exigiam; só admitindo que existisse dor em mim, lamentando apenas *aquele* coração que me abandonara e me maltratara, e deixando-a, por quem tinha um afeto infinito, ser infeliz por minha causa.

Aqui cessou o impetuoso transbordamento de seu espírito de recriminação, e Elinor, impaciente por acalmar, embora honesta demais para lisonjear, deu-lhe instantaneamente os elogios e o apoio que sua franqueza e sua contrição tanto mereciam. Marianne apertou-lhe a mão e respondeu:

— É muito boa. O futuro há de ser a minha prova. Elaborei um plano e, se for capaz de segui-lo, meus sentimentos serão controlados e meu temperamento vai melhorar. Não devem mais aborrecer os outros nem me torturar. Agora vou viver só para a família. Você, minha mãe e Margaret serão daqui para a frente o mundo inteiro para mim; dividirão entre as três toda a minha afeição. De vocês, de meu lar, nunca mais vou ter de novo o menor desejo de me separar; e se frequentar outras companhias será apenas para mostrar que o meu espírito é humilde, meu coração, contrito, e que posso praticar as cortesias e cumprir os deveres da vida com gentileza e paciência. Quanto a Willoughby... seria inútil dizer que logo o esquecerei ou que um dia o farei. Sua lembrança não pode ser apagada por nenhuma mudança de circunstâncias ou de opiniões. Mas será controlada, será reprimida pela religião, pela razão e pelas constantes ocupações.

Fez uma pausa, e acrescentou em voz baixa: "Se eu pudesse conhecer o coração *dele*, tudo ficaria mais fácil".

Elinor, que estava já havia algum tempo refletindo sobre a oportunidade ou inoportunidade de começar imediatamente a contar a sua história, sem de modo algum se sentir mais próxima de uma decisão do que antes, ouviu aquilo; e percebendo que, como a reflexão não levava a nada, a resolução devia fazer tudo, logo se decidiu a agir.

Organizou a narração, como esperava, com habilidade; preparou sua ansiosa ouvinte com cautela; relatou simples e honestamente os principais pontos em que Willoughby baseou sua defesa; fez justiça ao seu arrependimento e amenizou somente as declarações de que ainda amava Marianne. Ela não disse palavra. Tremia, com os olhos fitos no chão e os lábios mais brancos do que a doença os deixara. Mil perguntas brotaram de seu coração, mas não ousou formular nenhuma. Colheu cada sílaba com avidez; sua mão, sem saber o que fazia, apertou forte a de sua irmã, e lágrimas cobriram o seu rosto.

Elinor, temendo que estivesse cansada, levou-a para casa, e até chegarem à porta do chalé, calculando facilmente como a irmã estaria curiosa, ainda que nenhuma pergunta fosse formulada, só falou de Willoughby e da conversa que tiveram. Foi minuciosa em cada pormenor de palavra e de expressão, quando as minúcias podiam ser expostas com segurança. Assim que entraram na casa, Marianne, com um beijo de gratidão e estas três palavras que mal conseguiu articular entre as lágrimas — "Conte à mamãe" —, despediu-se da irmã e subiu devagar as escadas. Elinor não queria perturbar uma solidão tão razoável como aquela agora buscada por ela, e com a mente calculando impacientemente os possíveis resultados e decidida a retomar o assunto se Marianne não o fizesse, voltou à sala de estar para executar o pedido que recebera na despedida.

Capítulo 47

A sra. Dashwood não ouviu impassível a defesa de seu ex-favorito. Ficou satisfeita por ele ter conseguido justificar-se de parte da culpa de que era acusado; lamentava-o; queria que fosse feliz. Contudo, os sentimentos do passado não podiam ser recuperados. Nada podia restituí-lo a Marianne com a palavra intacta e um caráter imaculado. Nada poderia apagar o conhecimento do que ela sofrera por causa dele nem remover a culpa de seu comportamento ante Eliza. Nada podia devolvê-lo, portanto, ao lugar que ocupava em sua antiga estima nem prejudicar os interesses do coronel Brandon.

Se a sra. Dashwood, como a filha, tivesse ouvido a história da boca do próprio Willoughby, se tivesse testemunhado sua aflição e estado sob a influência de sua expressão e de suas maneiras, é provável que a compaixão por ele tivesse sido maior. Mas não estava nem ao alcance de Elinor nem ela desejava provocar tais sentimentos na outra com sua minuciosa explicação, como inicialmente acontecera com ela própria. A reflexão trouxera calma ao seu julgamento e tornara mais sóbria sua opinião sobre os méritos de Willoughby; assim, desejava apenas dizer a verdade e revelar os fatos tais como realmente se podiam atribuir ao seu caráter, sem floreios de ternura que extraviassem a imaginação.

À noite, quando estavam as três juntas, Marianne começou por iniciativa própria a falar novamente dele, no entanto o ensimesmamento agitado e inquieto em que estava antes, assim como o enrubescimento ao falar e a voz pouco firme mostravam claramente que aquilo não se deu sem esforço.

— Quero garantir a ambas — disse ela — que vejo tudo... como podem desejar que eu o veja.

A sra. Dashwood a teria interrompido imediatamente com reconfortante ternura, se Elinor, que realmente queria ouvir a opinião imparcial da irmã, com um sinal de impaciência não lhe tivesse exigido silêncio. Marianne prosseguiu devagar:

— É um grande alívio para mim... o que Elinor me contou esta manhã. Agora já ouvi exatamente o que queria ouvir — por alguns instantes perdeu a voz, porém, recuperando-se, acrescentou, com uma calma ainda maior do que antes: — Estou agora perfeitamente satisfeita, não quero nenhuma mudança. Nunca poderia ter sido feliz com ele, depois de saber de tudo aquilo, como mais cedo ou mais tarde inevitavelmente acabaria sabendo... Teria perdido toda confiança, toda estima. Nada poderia evitar que sentisse isso.

— Sei disso, sei disso — exclamou sua mãe. — Feliz com um homem de práticas libertinas! Com alguém que tanto perturbou a paz do nosso mais querido amigo e o melhor dos homens! Não... minha Marianne não tem um coração que possa ser feliz com tal homem! Sua consciência, sua sensível consciência teria sofrido tudo que a consciência de seu marido deveria ter sofrido.

Marianne suspirou e repetiu:

— Não quero nenhuma mudança.

— Vê o problema — disse Elinor — exatamente como uma boa mente e uma inteligência saudável devem vê-lo. Tenho certeza de que percebe, como eu, não só nessa, mas em muitas outras circunstâncias, algumas razões suficientes para se convencer de que seu casamento teria certamente envolvido você em muitos problemas e decepções, em que conseguiria pouco apoio num afeto da parte dele, com certeza muito pouco. Se se tivesse casado, teria sido sempre pobre. Sua prodigalidade é reconhecida até por ele mesmo e todo o seu comportamento demonstra que abnegação é uma palavra que ele mal compreende. As exigências dele somadas à sua inexperiência, com uma renda pequena, muito pequena, teriam provocado apuros que não seriam *menos* penosos para você por terem sido completamente desconhecidos e insuspeitados antes. O *seu* senso de honra e de honestidade tê-la-ia levado, eu sei, quando ciente de sua situação, a tentar fazer toda economia que lhe parecesse possível: e, talvez, enquanto a sua frugalidade afetasse apenas o seu próprio conforto, ele teria suportado que você a praticasse, mas se fosse além disso... E o que poderia, até o maior dos seus esforços isolados, fazer para deter uma ruína que começara antes do casamento? Mas se você fosse além *disso*, se tivesse tentado, ainda que sensatamente, reduzir as diversões *dele*, não é de temer que em vez de vencer sentimentos egoístas demais para o consentirem, você perdesse a influência que teria sobre o seu coração e o fizesse arrepender-se da união que o teria levado a tantas dificuldades?

Os lábios de Marianne estremeceram, e ela repetiu a palavra "egoísta" num tom que sugeria: "acha mesmo que ele seja egoísta?".

— Todo o comportamento dele — replicou Elinor —, do começo ao fim do caso, baseou-se no egoísmo. Foi o egoísmo que, no começo, o fez brincar com os seus sentimentos; que depois, quando os sentimentos dele mesmo foram envolvidos, fez que adiasse a confissão deles; e que, finalmente, o fizeram afastar-se de Barton. Sua própria diversão ou sua própria tranquilidade foram, em cada pormenor, seu princípio dominante.

— Isso é verdade. A *minha* felicidade nunca foi o seu objetivo.

— Agora — prosseguiu Elinor — ele lamenta o que fez. E por que o lamenta? Porque acha que aquilo não foi bom para ele. Não o fez feliz. Sua situação financeira é hoje satisfatória, não tem problemas desse tipo. Só acha que se casou com uma mulher de temperamento menos agradável que o seu. Mas será que se segue daí que, se se casasse com você, ele teria sido feliz? Os inconvenientes teriam sido outros. Teria sofrido com a penúria financeira, à qual, porque hoje não existe mais, não dá a menor importância. Teria tido uma esposa de cujo temperamento não poderia queixar-se, contudo teria sido sempre necessitado, sempre pobre, e provavelmente logo aprenderia a dar aos inúmeros confortos de uma bela propriedade e de uma boa renda uma importância muito maior, até para a felicidade no lar, do que ao mero temperamento da esposa.

— Não tenho dúvida disso — falou Marianne — e nada tenho a lamentar... nada, a não ser minha própria insensatez.

— Seria melhor citar a imprudência de sua mãe, minha filha — disse a sra. Dashwood —, *ela* é a responsável.

Marianne não queria deixá-la prosseguir, e Elinor, satisfeita em ver que cada uma percebia seu próprio erro, quis evitar qualquer análise do passado que pudesse deprimir a irmã; assim, dando continuidade ao primeiro assunto, prosseguiu imediatamente:

— Creio que se pode razoavelmente tirar uma conclusão da história como um todo: que todos os problemas de Willoughby surgiram da primeira ofensa contra a virtude, em seu comportamento com Eliza Williams. Esse crime foi a origem de todos os outros menores e de toda a sua atual insatisfação.

Marianne concordou do fundo do coração com aquele comentário, e sua mãe foi levada por ela a uma enumeração dos sofrimentos e dos méritos do coronel Brandon, tão calorosa como a amizade e os seus planos podiam ditar conjuntamente. Sua filha, porém, não deu mostras de ter dado ouvidos a boa parte do que ela disse.

Elinor, em conformidade com suas expectativas, viu nos dois ou três dias seguintes que Marianne não continuou a se revigorar como antes, mas, enquanto sua determinação estivesse intacta e ainda tentasse parecer alegre e tranquila, sua irmã podia com segurança confiar na ação do tempo sobre a saúde dela.

Margaret voltou, e a família toda se reuniu de novo e se estabeleceu tranquilamente no chalé; e se não se dedicavam aos estudos habituais com o mesmo vigor dos primeiros dias em Barton, pelo menos planejavam uma profunda dedicação a eles no futuro.

Elinor estava impaciente por receber notícias de Edward. Não soubera nada sobre ele desde que saíra de Londres, nada sobre os seus planos, nada de certo nem mesmo sobre o seu atual paradeiro. Havia trocado algumas cartas com o irmão, em consequência da enfermidade de Marianne, e na primeira de John havia esta sentença: "Nada sabemos do nosso infeliz Edward, e não podemos fazer perguntas sobre um assunto tão proibido, mas concluímos que ele ainda deva estar em Oxford", e essa foi a única informação sobre Edward que aquela correspondência lhe proporcionou, pois seu nome não foi sequer mencionado em nenhuma das cartas seguintes. Seu destino não era, porém, permanecer por muito tempo na ignorância das decisões dele.

Certa manhã, enviaram a Exeter o criado, a negócios. De volta ao chalé, enquanto servia à mesa, ele respondia às perguntas da patroa sobre a viagem, quando disse espontaneamente:

— Suponho que a senhora saiba que o sr. Ferrars se casou.

Marianne deu um violento pulo, fitou os olhos em Elinor, viu que ela empalidecera e tornou a cair na cadeira, histérica. A sra. Dashwood, cujos olhos, enquanto respondia às perguntas do criado, se haviam intuitivamente fixado na mesma direção, ficou chocada ao perceber pelo semblante de Elinor o quanto ela sofria, e um momento depois, também aflita com o estado de Marianne, não sabia a qual das filhas dar mais atenção.

O criado, vendo que a srta. Marianne passava mal, teve o bom-senso de chamar as criadas, que, com a ajuda da sra. Dashwood, a carregaram até outro aposento. Àquela altura, Marianne já estava bem melhor, e sua mãe entregou-a aos cuidados de Margaret e da criada, e voltou para junto de Elinor, que, embora ainda muito abalada, já havia recuperado o uso da razão e da fala a ponto de começar a fazer perguntas a Thomas quanto à fonte daquela informação. A sra. Dashwood imediatamente assumiu para si aquela tarefa, e Elinor obteve a informação sem ter de se dar ao trabalho de procurar por ela.

— Quem lhe disse que o sr. Ferrars se casou, Thomas?

— Eu mesmo vi o sr. Ferrars, minha senhora, esta manhã em Exeter, e sua esposa também, a ex-senhorita Steele. Estavam descendo de um coche diante do albergue New London, quando lá entrei com uma mensagem de Sally, de Barton Park, para o irmão, que é um dos carteiros. Por acaso dei uma olhada no coche e vi que era a mais jovem das srtas. Steele. Tirei, então, o chapéu, e ela me reconheceu, me chamou, e perguntou pela senhora e pelas senhoritas, especialmente pela srta. Marianne, pedindo para transmitir os cumprimentos dela e do sr. Ferrars, suas melhores saudações; e como lamentavam não ter tempo para vir vê-la, pois estavam com muita pressa para seguir viagem, já que ainda tinham muito chão para percorrer, mas, de qualquer forma, quando voltassem tratariam com certeza de vir ver a senhora.

— Mas ela lhe disse que se casara, Thomas?

— Disse, sim, senhora. Ela sorriu e disse que mudara de nome desde que estava por aquelas bandas. Ela sempre foi uma moça muito simpática e sincera, muito comportada. Então eu lhe desejei felicidade.

— O sr. Ferrars estava na carruagem com ela?

— Sim, senhora, eu o vi sentando-se, no entanto não ergueu os olhos. Ele nunca foi um cavalheiro de falar muito.

O coração de Elinor podia facilmente explicar por que ele não se mostrara e a sra. Dashwood provavelmente tinha a mesma explicação.

— Não havia mais ninguém na carruagem?

— Não, senhora, só eles dois.

— Sabe de onde eles vinham?

— Vinham direto de Londres, pelo que a srta. Lucy... sra. Ferrars me disse.

— Estavam indo para oeste?

— Sim, senhora... mas não vão demorar muito. Logo estarão de volta e com certeza vão passar por aqui.

A sra. Dashwood olhou para a filha, contudo Elinor sabia muito bem que não devia esperá-los. Reconheceu Lucy inteira na mensagem, e estava muito confiante em que Edward jamais as procuraria. Observou em voz baixa para a mãe que provavelmente estavam indo para a casa do sr. Pratt, perto de Plymouth.

Essa pareceu ser toda a informação que Thomas podia dar. Elinor parecia querer saber mais.

— Viu-os partir, antes de ir embora?

— Não, senhora... estavam acabando de tirar os cavalos, porém eu não podia ficar mais tempo, tinha medo de me atrasar.

— A sra. Ferrars parecia estar bem?

— Sim, senhora, ela me disse que estava muito bem e para mim ela sempre foi uma moça linda... ela parecia muito contente.

A sra. Dashwood não conseguiu pensar em nenhuma outra pergunta, e Thomas e a toalha de mesa, agora igualmente inúteis, foram logo em seguida dispensados. Marianne já mandara avisar que não comeria mais nada. A sra. Dashwood e Elinor também tinham perdido o apetite, e Margaret podia dar-se por satisfeita, pois, com os muitos problemas enfrentados pelas irmãs ultimamente, com tantas razões para não se preocuparem com as refeições, nunca havia sido obrigada a ficar sem o jantar antes.

Quando levaram a sobremesa e o vinho e a sra. Dashwood e Elinor foram deixadas sozinhas, permaneceram muito tempo juntas, ambas pensativas e caladas. A sra. Dashwood temia aventar alguma observação e não se arriscou a oferecer consolo. Achava agora que errara ao confiar na representação que

Elinor fizera de si mesma e concluiu com razão que tudo havia sido deliberadamente amenizado na época, para poupá-la de uma infelicidade maior, por ter sofrido o que sofrera com Marianne. Descobriu que fora induzida pela cuidadosa e obsequiosa atenção da filha a pensar que o apego, que antes tão bem compreendera, fosse na realidade muito mais fraco do que ela se acostumara a acreditar ou do que agora provara ser. Temia que ao persuadir-se daquilo tivesse sido injusta, desatenta ou até indelicada com a sua querida Elinor, que a aflição de Marianne, porque mais reconhecida, mais imediatamente presente a ela, tivesse monopolizado demais a sua ternura e a tivesse induzido a esquecer que em Elinor poderia ter uma filha igualmente sofredora, embora certamente menos autocomplacente e com maior firmeza.

Capítulo 48

Elinor descobriu então a diferença entre a expectativa de um acontecimento desagradável, por mais certo que a razão lho mostrasse ser, e a própria certeza. Descobriu então que, mesmo contra a vontade, sempre tivera uma esperança, enquanto Edward permanecesse solteiro, de que algo aconteceria para impedi-lo de se casar com Lucy; que alguma decisão dele mesmo, alguma mediação dos amigos ou alguma oportunidade mais viável de estabelecer-se surgiria para Lucy, para felicidade de todos. No entanto, agora ele estava casado, e ela condenou seu coração por secretamente entreter esperanças infundadas, o que tanto aumentara a dor causada pela notícia.

No começo, surpreendeu-se de que ele se casasse tão cedo, antes (como imaginava) de poder ordenar-se e, por conseguinte, antes de poder tomar posse do benefício eclesiástico. Mas logo percebeu como era provável que Lucy, em defesa de seus próprios interesses e na pressa de garanti-lo para si, deixasse de lado tudo, menos o risco de adiamento. Casaram-se, casaram-se em Londres e agora corriam para a casa do tio dela. Que sentiu Edward ao estar a quatro milhas de Barton, ao ver o criado de sua mãe, ao ouvir a mensagem de Lucy!

Supôs que logo se estabeleceriam em Delaford... Delaford... o lugar em que tantas coisas conspiravam para interessá-la; que gostaria de conhecer e, no entanto, queria evitar. Viu-os num instante em sua casa paroquial; viu em Lucy a dona de casa ativa e esperta, que une ao mesmo tempo um desejo de boa aparência com a maior frugalidade, e envergonhada de suspeitarem de metade de suas práticas econômicas; em busca de seus próprios interesses em cada pensamento, cortejando os favores do coronel Brandon, da sra. Jennings e de todos os amigos ricos. Em Edward... não sabia o que via, nem o que queria ver... feliz ou infeliz... nada agradava a ela. Afastou do pensamento qualquer imagem dele.

Elinor tinha a ilusão de que algum de seus conhecidos de Londres lhes escreveria para anunciar o casamento e dar mais detalhes, não obstante passaram-se vários dias sem que chegasse nenhuma carta, nenhuma notícia. Ainda que não estivesse certa de que alguém tivesse culpa no caso, ficou magoada com todos os amigos ausentes. Eram todos desatenciosos ou preguiçosos.

— Quando a senhora vai escrever para o coronel Brandon, mamãe? — pergunta que nasceu da sua impaciência, querendo que algo fosse feito.

— Escrevi a ele a semana passada, minha querida, e espero vê-lo antes de ter notícias dele. Eu insisti veementemente que nos viesse visitar, e não me surpreenderia vê-lo chegar hoje ou amanhã, ou algum desses dias.

Isso era ter alguma coisa, alguma coisa em que depositar as esperanças. O coronel Brandon devia ter alguma informação para dar.

Mal tinha ela chegado a essa conclusão e a figura de um homem a cavalo atraiu seus olhos para a janela. Ele parou ao portão. Era um cavalheiro, era o próprio coronel Brandon. Agora ela poderia ter mais informações, e tremeu na expectativa daquilo. Mas... *não* era o coronel Brandon... nem o seu jeito... nem a sua altura. Se fosse possível, ela diria que devia ser Edward. Olhou novamente. Ele acabara de desmontar... não era possível enganar-se... *era* Edward. Ela se afastou da janela e se sentou. "Ele vem da casa do sr. Pratt especialmente para nos ver. Eu *vou* ficar calma, *vou* controlar-me."

Num momento ela percebeu que as outras também estavam cientes do engano. Viu que sua mãe e Marianne empalideciam; viu que olhavam para ela e sussurravam alguma coisa entre si. Ela teria dado o mundo para poder falar... e para fazê-las compreender que esperava que não demonstrassem nenhuma frieza, nenhuma desconsideração em seu comportamento com ele, mas não conseguiu falar e foi obrigada a entregar tudo ao discernimento das duas.

Nenhuma sílaba foi dita. Todas esperaram em silêncio a entrada do visitante. Ouviram-se seus passos pela trilha de cascalho; num instante ele estava no corredor, e no outro estava diante delas.

Sua expressão, ao entrar na sala, não era muito feliz, nem mesmo para Elinor. Estava pálido e agitado, e parecia temeroso da recepção que teria, e consciente de que não merecia que ela fosse boa. A sra. Dashwood, porém, conformando-se, como acreditava, aos desejos daquela filha por quem desejava no fundo do coração ser guiada em todas as coisas, foi até ele com um ar de complacência forçada, estendeu-lhe a mão e desejou-lhe felicidades.

Ele enrubesceu e gaguejou uma resposta ininteligível. Os lábios de Elinor haviam-se movido com os de sua mãe e, quando o momento de agir já passara, lamentou não lhe ter dado a mão também. Contudo, agora era tarde demais, e com uma expressão que pretendia parecer franca, ela se sentou e falou do tempo.

Marianne retirara-se o máximo possível para fora de seu campo visual, para esconder sua aflição, e Margaret, compreendendo uma parte, mas não a história inteira, julgou que era seu dever comportar-se dignamente, e assim foi sentar-se o mais longe possível dele e manteve o mais estrito silêncio.

Quando Elinor parou de se alegrar com a aridez da estação, fez-se o mais terrível silêncio. Ele foi quebrado pela sra. Dashwood, que se sentiu obrigada a apresentar-lhe os votos de que a sra. Ferrars estivesse bem. Ele se apressou em responder afirmativamente.

Outro silêncio.

Elinor, resolvendo empenhar-se, embora temendo o som de sua própria voz, disse então:

— A sra. Ferrars está em Longstaple?

— Em Longstaple! — respondeu ele, com um ar surpreso. — Não, minha mãe está em Londres.

— Eu tive a intenção — disse Elinor, pegando um trabalho que estava sobre a mesa — de pedir notícias da sra. *Edward* Ferrars.

Ela não ousou erguer os olhos, mas sua mãe e Marianne voltaram os olhos para ele. Ele corou, pareceu perplexo, olhou com um ar de dúvida e depois de alguma hesitação, disse:

— Talvez se tenha referido... ao meu irmão... tenha querido dizer a senhora... *Robert* Ferrars.

— A sra. Robert Ferrars! — repetiram Marianne e sua mãe, num tom de enorme espanto. E ainda que Elinor não conseguisse falar, até mesmo os olhos *dela* estavam cravados nele com a mesma impaciente estupefação. Ele se ergueu da poltrona e caminhou até a janela, aparentemente por não saber o que fazer; pegou um par de tesouras que ali estavam e, enquanto destruía tanto as tesouras como a bainha que as guardava, cortando esta última em pedaços, falou com voz apressada:

— Talvez não saibam... talvez não tenham sabido que meu irmão se casou recentemente com... a mais moça... com a srta. Lucy Steele.

Suas palavras foram ecoadas com indizível espanto por todas, exceto Elinor, que permaneceu sentada com a cabeça inclinada sobre o seu trabalho, num tal estado de agitação que já mal sabia onde estava.

— Sim — disse ele —, eles se casaram na semana passada, e estão agora em Dawlish.

Elinor não mais conseguiu permanecer ali sentada. Saiu quase correndo da sala, e assim que a porta se fechou, derreteu-se em lágrimas de alegria, que no começo pensou que jamais cessariam. Edward, que havia até então olhado para qualquer lugar, menos para ela, viu-a sair correndo e talvez tenha visto, ou até ouvido, a sua emoção, pois imediatamente depois caiu num devaneio que nenhum comentário, nenhuma pergunta, nenhuma palavra gentil da sra. Dashwood pôde interromper, e finalmente, sem dizer palavra, saiu da sala e foi caminhando até o burgo, deixando as outras em grande espanto e perplexidade pela mudança em sua situação, tão maravilhosa e tão súbita; uma perplexidade que não podiam amenizar senão por meio de hipóteses.

Capítulo 49

Inexplicáveis, porém, como as circunstâncias de sua liberação podiam parecer à família inteira, o certo é que Edward estava livre, e com que propósito essa liberdade seria empregada todas podiam facilmente prever, porque depois de experimentar as bênçãos de *um* noivado imprudente, acertado sem o consentimento da mãe, como fora o caso por mais de quatro anos, nada menos se poderia esperar dele, depois do fracasso *daquele*, do que a imediata contratação de outro.

A missão que fora cumprir em Barton era, na verdade, simples. Viera pedir Elinor em casamento, e, considerando-se que ele não era totalmente inexperiente no assunto, pode parecer estranho que se sentisse tão pouco à vontade no presente caso como de fato se sentiu, tendo precisado de encorajamento e de ar fresco.

Quão rápido, entretanto, ele tomou a decisão correta, quão cedo ocorreu a oportunidade de pô-la em prática, de que maneira se exprimiu e como foi recebido não é preciso contar em detalhe. Só é preciso dizer isto: que quando todos se sentaram à mesa, às quatro horas, cerca de três horas depois de sua chegada, ele conquistara a sua noiva, conseguira o consentimento da mãe e era não só nas extasiadas palavras do homem apaixonado, mas na realidade de razão e verdade, um dos homens mais felizes do mundo. Sua alegria, de fato, era extraordinária. Tinha mais que o triunfo corriqueiro do amor correspondido para envaidecer seu coração e elevar seu moral. Libertou-se, sem nenhuma censura contra si mesmo, de complicações que havia muito o vinham tornando infeliz, de uma mulher que havia muito já deixara de amar; e elevara-se imediatamente àquela segurança com outra mulher que deve ter considerado com desespero, assim que aprendeu a considerá-la com desejo. Foi levado, não da dúvida ou da incerteza, mas da desgraça à felicidade; e a mudança era narrada abertamente com uma alegria tão genuína, tão delicada e tão grata, que seus amigos nunca haviam visto nele antes.

Seu coração estava agora aberto para Elinor, todas as suas fraquezas, todos os seus erros tinham sido confessados e seu primeiro amor infantil por Lucy havia sido tratado com toda a dignidade filosófica dos vinte e quatro anos.

— Foi uma inclinação boba, fútil, de minha parte — disse ele —, consequência da ignorância do mundo... e da falta do que fazer. Se minha mãe me houvesse dado uma profissão ativa aos dezoito anos, quando fui afastado da tutela do sr. Pratt, acho... não, tenho certeza de que aquilo jamais teria acontecido, pois embora tenha deixado Longstaple com o que julgava ser, na época, a mais invencível paixão pela sua sobrinha, se eu tivesse então alguma meta, algum objetivo para ocupar o meu tempo e manter-me afastado dela por alguns meses, logo teria superado aquele amor imaginário, especialmente frequentando mais o mundo, como em tal caso devia ter feito. No entanto, em vez de ter algo para fazer, em vez de ter uma profissão escolhida para mim, ou de ter a permissão de escolhê-la eu mesmo, voltei para casa para permanecer completamente ocioso; e pelos doze meses seguintes não tive sequer o emprego nominal que a matrícula numa universidade me haveria proporcionado; porque só entrei em Oxford aos dezenove anos. Não tinha, portanto, nada para fazer no mundo, a não ser imaginar-me apaixonado; e como minha mãe não tornava de modo algum agradável o meu lar, como meu irmão não era para mim nem um amigo nem um companheiro, e como eu não gostava de fazer novas amizades, era natural que fosse com frequência a Longstaple, onde sempre me sentia em casa e sempre tinha certeza de ser bem recebido; e assim passei ali a maior parte de meu tempo, dos dezoito aos dezenove anos: Lucy parecia-me tudo o que havia de amável e de gentil. E também era linda... pelo menos é o que eu achava na época; e eu havia visto tão poucas outras mulheres, que não podia fazer comparações e não via os defeitos. Tudo bem considerado, portanto, creio que, por mais insensato que fosse o nosso noivado, por mais insensato que se tenha mostrado desde então, não foi, porém, na época um ato antinatural ou indesculpável de loucura.

Era tão grande a mudança que em poucas horas se produzira nas mentes e na felicidade das Dashwood, que proporcionou a todas elas a satisfação de uma noite em claro. A sra. Dashwood, feliz demais para sentir-se tranquila, não sabia como demonstrar seu amor a Edward ou elogiar Elinor o suficiente, como ser grata o bastante pela liberação dele sem ferir a sua delicadeza, nem como lhes dar o lazer para conversarem livremente um com o outro e ao mesmo tempo desfrutar, como queria, da visão e da companhia dos dois.

Marianne só podia exprimir a *sua* felicidade com as lágrimas. Surgiriam comparações, saudades seriam despertadas, e a sua alegria, apesar de sincera como seu amor pela irmã, era de um tipo que não lhe dava nem entusiasmo nem palavras.

Contudo, como descrever os sentimentos de *Elinor*? Do momento em que soube que Lucy se casara com outro e Edward estava livre, até o momento em que ele justificou as esperanças que imediatamente despertaram, ela esteve alternadamente de todo modo, menos tranquila. Mas quando passou o segundo momento, quando viu dissipar-se toda dúvida, desaparecer toda preocupação, ela comparou a sua situação com o que fora até pouquíssimo tempo atrás, viu-o honrosamente liberto de seu antigo compromisso, viu-o aproveitar-se imediatamente da liberdade conquistada para dirigir-se a ela e declarar-lhe um afeto tão terno, tão constante como sempre ela acreditara que fosse, ela se sentiu oprimida e vencida por sua própria felicidade, e, como felizmente a mente humana está sempre disposta a se familiarizar com facilidade a qualquer mudança para melhor, foram necessárias várias horas para acalmar os ânimos ou dar alguma tranquilidade ao seu coração.

Edward permaneceria agora no chalé por pelo menos uma semana, pois, fossem quais fossem os outros compromissos que tivesse, era impossível que lhe fosse concedida menos de uma semana para desfrutar da companhia de Elinor ou para dizer metade do que tinha a dizer sobre o passado, o presente e o futuro; se bem que pouquíssimas horas passadas no duro trabalho de falar sem parar possam esgotar mais assuntos do que os que podem realmente existir em comum entre duas criaturas racionais quaisquer, com os namorados a coisa é diferente. Entre eles, nenhum assunto se esgota, nada se dá por comunicado até que tenha sido repetido pelo menos vinte vezes.

O casamento de Lucy, a contínua e explicável surpresa de todos foram o tema, é claro, de uma das primeiras conversas entre os namorados; e o conhecimento particular que Elinor tinha de cada uma das partes fez que o caso lhe parecesse, de todos os pontos de vista, como uma das situações mais extraordinárias e inexplicáveis de que já ouvira falar. Como puderam eles se unir, e por que atração Robert pôde ser levado a se casar com uma moça de cuja beleza ela própria o ouvira falar sem nenhum entusiasmo, uma moça, ademais, que já estava comprometida com seu irmão e por cuja culpa esse irmão fora expulso da família, era algo que estava além da sua compreensão. Para o seu coração, foi um caso delicioso; para a sua imaginação, um caso ridículo; mas para a sua razão, seu juízo, foi um completo mistério.

A única explicação que ocorria a Edward era supor que, talvez, ao se encontrarem por acaso, a vaidade de um tenha sido tão estimulada pela adulação da outra, que levou gradualmente a todo o resto. Elinor lembrou-se do que Robert lhe dissera na Harley Street, de sua opinião do que a sua interferência poderia ter feito sobre o caso do irmão, se aplicado a tempo. Ela repetiu para Edward aquilo que ouvira.

— *Isso* é a cara do Robert — foi a sua imediata observação. — E *isso* — acrescentou ele depois — talvez estivesse na cabeça *dele* quando os dois se conheceram. Lucy talvez no começo só tenha pensado em obter seus bons serviços em meu favor. Mais tarde, outros planos podem ter sido traçados.

Por quanto tempo aquilo estava acontecendo entre eles, porém, ele, tanto quanto ela, não sabia dizer, já que em Oxford, onde decidira permanecer desde que deixara Londres, não tivera notícias dela, a não ser as que ela mesma lhe comunicava, e as suas cartas, até o fim, não eram nem menos frequentes nem menos afetuosas que de costume. Assim, não lhe ocorrera a menor suspeita que o preparasse para o que se seguiu; e quando, enfim, a verdade lhe foi bruscamente revelada numa carta da própria Lucy, ele ficou durante algum tempo meio estupefato, entre a surpresa, o horror e a alegria da liberdade recuperada. Entregou a carta a Elinor.

Caro senhor,

Tendo certeza absoluta que já perdi faz tempo o seu amor, tomei a liberdade de dedicar o meu próprio a outro e não tenho dúvidas de que vou ser tão feliz com ele como antigamente achava que ia ser com o senhor. Mas não me digno aceitar a mão de alguém quando o coração era de outra. Lhe desejo sinceramente felicidade em sua escolha, e não vai ser por culpa minha se a gente não continuar bons amigos, como o nosso próximo parentesco recomenda. Eu posso dizer com certeza que eu não guardo nenhum rancor do senhor e eu tenho certeza de que será generoso demais para nos prejudicar. Seu irmão conquistou todo o meu coração e como a gente não podia viver um sem o outro, acabamos de voltar do altar, e estamos agora a caminho de Dawlish por algumas semanas, lugar que o seu querido irmão tem grande curiosidade de ver, mas antes pensei em incomodá-lo com essas poucas linhas, e permanecerei para sempre

Sua sincera amiga e cunhada, que lhe quer bem,

Lucy Ferrars

E.T.: eu pus fogo em todas as suas cartas, e na primeira oportunidade lhe devolvo o seu retrato. Peço-lhe por favor para destruir meus bilhetes, já o anel com o meu cabelo pode conservar, sem problema.

Elinor leu e lhe devolveu sem nenhum comentário.

— Não vou pedir sua opinião a respeito da redação da carta — disse Edward. — Dias atrás, por nada neste mundo gostaria que lesse uma carta dela. Numa irmã, isso já é bastante ruim, mas numa esposa! Como corei diante das páginas escritas por ela! E creio poder dizer que desde os primeiros seis meses do nosso louco... negócio... esta é a primeira carta que dela recebo cujo conteúdo compensa, de certa forma, os defeitos de estilo.

— Seja como for que aconteceu — disse Elinor, após uma pausa — eles estão certamente casados. E a sua mãe recebeu uma punição mais que merecida. A independência financeira concedida a Robert, por ressentimento contra você, deu a ele o poder de escolher por si mesmo. Ela, na verdade, subornou um dos filhos com mil libras por ano para que fizesse a mesma coisa pela qual deserdara o outro filho que a pretendera fazer. Acho que dificilmente ficará menos magoada com o casamento de Robert com Lucy do que teria ficado com o seu casamento com ela.

— A mágoa será maior, porque Robert sempre foi o favorito. Ela ficará mais magoada, contudo, pela mesma razão o perdoará muito mais rapidamente.

Em que pé estava agora o caso entre eles Edward não sabia, pois ainda não tentara nenhuma comunicação com ninguém de sua família. Deixara Oxford vinte e quatro horas depois de receber a carta de Lucy e, tendo um só objetivo à sua frente, a estrada mais próxima para Barton, não teve tempo de conceber nenhum plano de ação com o qual aquela estrada não tivesse a mais estreita ligação. Nada podia fazer até ter certeza de seu destino com a srta. Dashwood, e, por sua presteza em buscar esse destino, é de supor, apesar dos ciúmes com que antes pensava no coronel Brandon, apesar da modéstia com que avaliava seus próprios méritos e da polidez com que falava de suas dúvidas, que não esperasse, afinal, uma recepção muito cruel. Era sua obrigação, porém, dizer que sim, e ele o disse com perfeição. O que ele poderia dizer sobre o assunto um ano mais tarde deve ser deixado à imaginação dos maridos e das esposas.

Que Lucy certamente tentou enganá-la e quis despedir-se com um toque de malícia contra Edward em sua mensagem enviada por intermédio de Thomas, era algo perfeitamente claro para Elinor; e o próprio Edward, agora plenamente esclarecido sobre o caráter dela, não teve escrúpulos em acreditar que ela fosse capaz das maiores baixezas de maldosa leviandade. Embora seus olhos já havia tempo estivessem abertos, mesmo antes de conhecer Elinor, para a ignorância de Lucy e para certa falta de generosidade em algumas de suas opiniões, tais defeitos foram igualmente atribuídos por ele à falta de educação, e até receber a sua última carta sempre acreditara que ela fosse uma moça bem-intencionada e de bom coração, totalmente apaixonada por ele. Só mesmo uma tal convicção pôde impedi-lo de pôr um ponto-final num noivado que, muito antes de ser descoberto e de tê-lo exposto à fúria da mãe, já era uma fonte contínua de inquietações e dissabores para ele.

— Achei que fosse o meu dever — disse ele —, independentemente dos meus sentimentos, dar-lhe a opção de continuar ou não o noivado, quando fui deserdado por mamãe e fiquei aparentemente sem nenhum amigo no mundo para me ajudar. Numa situação como aquela, em que parecia não haver nada para servir de tentação à avareza ou à vaidade de nenhuma criatura viva, como poderia supor, quando ela insistiu com tal veemência, com tal ardor em compartilhar o meu destino, fosse ele qual fosse, que algo além do afeto mais desinteressado fosse o seu estímulo? E mesmo agora não consigo entender qual o motivo do seu comportamento ou que vantagem imaginária podia proporcionar-lhe o fato de prender-se a um homem pelo qual não tinha o menor apego e que só dispunha no mundo de duas mil libras. Ela não podia ter previsto que o coronel Brandon me concederia um benefício eclesiástico.

— Não, mas poderia supor que algo iria acontecer a seu favor, que a sua família poderia em seu devido tempo ceder. De qualquer forma, ela não perdeu nada em dar prosseguimento ao noivado, pois provou que ele não restringia em nada suas inclinações nem suas ações. A união era certamente respeitável, e provavelmente lhe valeu prestígio entre as amigas, e, se nada mais vantajoso aparecesse, seria melhor para ela casar com *você* do que ficar solteira.

Edward convenceu-se imediatamente, é claro, de que nada podia ser mais natural que o comportamento de Lucy, nem mais evidente que o seu motivo.

Elinor repreendeu-o duramente, como as mulheres sempre repreendem a imprudência que lhes serve de cumprimento, por haver gasto tanto tempo com elas em Norland, quando devia ter estado consciente de sua própria inconstância.

— O seu comportamento foi certamente muito errado — disse ela —, porque... sem falar da minha própria convicção, todos os nossos parentes foram levados por ele a imaginar e esperar *aquilo que*, na sua situação *à época*, jamais poderia acontecer.

Ele só pôde alegar uma ignorância de seu próprio coração e uma confiança equivocada na força do seu noivado.

— Eu era ingênuo o bastante para pensar que porque tinha dado a minha *palavra* a outra, não podia haver perigo em estar com você, e que a consciência do meu noivado devia manter o meu coração tão seguro e sagrado como a minha honra. Percebi que a admirava, contudo disse a mim mesmo que era apenas amizade; e, até começar a fazer comparações entre você e Lucy, não sabia até onde podia ir. Depois disso, acho que estava errado em permanecer por tanto tempo em Sussex, e os argumentos com que me reconciliei com a conveniência da minha permanência não eram melhores do que estes: o risco é todo meu; não estou prejudicando ninguém, a não ser a mim mesmo.

Elinor sorriu e balançou a cabeça.

Edward soube com prazer que o coronel Brandon estava sendo esperado no chalé, pois realmente queria não só conhecê-lo melhor, como também ter a oportunidade de convencê-lo de que não estava mais ressentido com ele por ter-lhe oferecido o benefício de Delaford, "pois, hoje", disse ele, "depois de lhe agradecer com tão pouco entusiasmo, deve pensar que nunca o perdoei pela oferta".

Agora ele próprio se sentiu admirado por nunca ter ido a Delaford. Mas se interessara tão pouco pelo assunto, que devia todo o conhecimento que tinha da casa, do jardim e da gleba, do tamanho da paróquia, do estado da terra e do valor do dízimo, à própria Elinor, que ouvira tantas vezes do coronel Brandon e com tanta atenção, que dominava completamente o assunto.

Depois disso, só uma questão permanecia em aberto entre eles, só uma dificuldade devia ser superada. Eles se haviam unido pelo afeto mútuo, com a mais calorosa aprovação de seus verdadeiros amigos; o íntimo conhecimento que tinham um do outro parecia tornar certa a sua felicidade... só lhes faltava de que viver. Edward tinha duas mil libras e Elinor, mil, as quais, com o benefício de Delaford, era tudo que podiam chamar de seu, porque era impossível que a sra. Dashwood antecipasse algo; e nenhum dos dois estava apaixonado o bastante para achar que trezentas e cinquenta libras por ano lhes proporcionariam as comodidades da vida.

Edward não perdera completamente a esperança de alguma mudança favorável nas relações com a mãe; e confiava *nisso* para obter o restante de suas rendas. Mas Elinor não tinha a mesma confiança, pois, uma vez que Edward continuaria sem poder casar-se com a srta. Morton, e como, nas palavras lisonjeiras da sra. Ferrars, escolhê-la seria apenas um mal menor do que a escolha de Lucy Steele, temia que a ofensa de Robert só servisse para enriquecer Fanny.

Cerca de quatro dias depois da chegada de Edward, o coronel Brandon apareceu, para completar a satisfação da sra. Dashwood e para dar-lhe o orgulho de ter, pela primeira vez desde que se estabelecera em Barton, mais convidados do que sua casa podia abrigar. Edward recebeu a permissão de conservar o privilégio do primeiro a chegar, e o coronel Brandon, portanto, teve de caminhar a cada noite para os seus aposentos em Barton Park, de onde costumava voltar de manhã, cedo o bastante para interromper o primeiro *tête-à-tête* dos namorados, antes do café.

Depois de uma permanência de três semanas em Delaford, onde, pelo menos em suas horas noturnas, pouco tinha a fazer além de calcular a desproporção entre trinta e seis e dezessete, chegou a Barton num estado de espírito que precisou de toda a melhora no aspecto de Marianne, de toda a gentileza com que ela o recebeu e de todos os encorajamentos das palavras da sra. Dashwood para alegrá-lo. Em meio a tais amigos, porém, e a tantas lisonjas, ganhou vida nova. Nenhuma notícia do casamento de Lucy chegara ao seu conhecimento; não sabia de nada que havia acontecido; e, assim, as primeiras horas da sua visita foram gastas ouvindo e surpreendendo-se. Tudo lhe era explicado pela sra. Dashwood, e ele descobriu novas razões de satisfação pelo que fizera pelo sr. Ferrars, porque acabara favorecendo os interesses de Elinor.

É escusado dizer que os cavalheiros fortaleceram a boa opinião que tinham um do outro, enquanto aprofundavam o conhecimento entre eles, pois não podia ser de outra forma. A semelhança dos bons princípios e do bom-senso, do humor e da maneira de pensar provavelmente já seria suficiente para uni-los em amizade, sem nenhum outro atrativo, mas o fato de estarem apaixonados pelas duas irmãs, e duas irmãs tão apegadas uma à outra, tornou inevitável e instantânea essa simpatia recíproca, que em outras circunstâncias talvez tivesse de esperar o efeito do tempo e do discernimento.

As cartas de Londres, que poucos dias antes teriam feito tremer de entusiasmo cada nervo do corpo de Elinor, agora chegavam e eram lidas com menos emoção do que hilaridade. A sra. Jennings escreveu para contar a maravilhosa história, para desabafar sua sincera indignação contra a caprichosa moça e exprimir sua compaixão pelo pobre sr. Edward, que, tinha certeza, estava completamente apaixonado pela imprestável sem-vergonha, e agora, segundo constava, estava em Oxford, com o coração partido.

— Acho — prosseguiu ela — que jamais ninguém agiu com tamanha dissimulação, pois apenas dois dias antes Lucy me fez uma visita de algumas horas. Ninguém suspeitou de nada, nem sequer Nancy, que, coitada, me procurou chorando no dia seguinte, apavorada com a sra. Ferrars e sem saber como ir a Plymouth, pois ao que parece Lucy tomou emprestado todo o seu dinheiro antes de partir para o casamento, talvez para poder exibir-se, e a pobre Nancy ficou só com sete xelins no mundo; então eu fiquei contente em lhe dar cinco guinéus para poder ir a Exeter, onde pensa em passar três ou quatro semanas com a sra. Burgess, na esperança, como eu lhe disse, de topar novamente com o reverendo. E o pior de tudo é a rabugice de Lucy em não levá-las consigo no coche. Coitado do sr. Edward! Não consigo tirá-lo da cabeça, mas deve convidá-lo a ir a Barton, e a srta. Marianne, tentar consolá-lo.

O estilo do sr. Dashwood era mais solene. A sra. Ferrars era a mais infeliz das mulheres, a pobre Fanny passara por sentimentos de agonia e admirava-se de que as duas tivessem resistido a tamanho golpe. A ofensa de Robert era imperdoável, contudo a de Lucy era infinitamente pior. Nunca mais se deveria mencionar nenhum dos dois à sra. Ferrars; e mesmo se mais tarde ela fosse levada a perdoar o filho, sua esposa jamais seria reconhecida como filha nem autorizada a aparecer ante a sua presença. O segredo com que tudo foi feito entre eles foi com razão julgado um enorme agravante do crime, porque, se os outros tivessem tido a menor suspeita daquilo, teriam tomado medidas para impedir o casamento; e convidava Elinor a lamentar junto com ele que o noivado de Lucy com Edward não tivesse chegado a bom termo, para impedir que por ela mais desgraças atingissem a família. E prosseguia assim:

— A sra. Ferrars nunca mais mencionou o nome de Edward, o que não nos surpreende. No entanto, para nosso grande espanto, não recebemos nenhum bilhete dele até agora. Talvez, porém, ele se mantenha calado por medo de ofender, e vou, portanto, dar a ele uma sugestão, por um bilhete que enviarei a Oxford: sua irmã e eu achamos que uma carta que demonstre a submissão adequada, endereçada talvez a Fanny e por ela mostrada à sua mãe, pode não ser levada a mal, já que todos nós conhecemos a ternura do coração da sra. Ferrars e sabemos que o seu maior desejo é estar bem com os filhos.

Esse parágrafo tinha certa importância para os projetos e a conduta de Edward. Ele o decidiu a tentar uma reconciliação, embora não exatamente da maneira indicada pelo sr. Dashwood e pela irmã.

— Uma carta que demonstre a submissão adequada! — repetiu ele. — Será que querem que eu peça perdão à minha mãe pela ingratidão de Robert com *ela* e pela forma como ele ofendeu a *minha* honra? Não vou demonstrar submissão. O que se passou não me tornou mais humilde nem arrependido. Tornou-me muito feliz, mas isso pouco importaria. Não conheço nenhuma submissão que *seja* adequada a mim.

— Pode certamente pedir para ser perdoado — disse Elinor —, pois a ofendeu; e acho que agora pode arriscar-se a exprimir certo arrependimento pelo noivado que fez cair sobre você a ira de sua mãe.

Ele concordou que poderia fazer isso.

— E, quando ela o tiver perdoado, talvez seja conveniente mostrar um pouco de humildade ao admitir um segundo noivado, quase tão imprudente quanto o primeiro aos olhos *dela*.

Ele nada tinha a argumentar contra isso, mas ainda assim resistiu à ideia de uma carta de adequada submissão e, portanto, para facilitar as coisas para ele, visto que demonstrara uma propensão muito maior a fazer concessões da boca para fora do que por escrito, ficou resolvido que, em vez de escrever a Fanny, ele devia ir a Londres e pedir-lhe em pessoa sua mediação a seu favor. "E se eles *realmente* se empenharem", disse Marianne, em seu novo caráter imparcial "em conseguir uma reconciliação, vou achar que até John e Fanny têm lá seus méritos".

Depois de uma visita da parte do coronel Brandon, de apenas três ou quatro dias, os dois cavalheiros deixaram Barton juntos. Deviam ir imediatamente a Delaford, para que Edward pudesse conhecer pessoalmente o seu futuro lar e ajudar o patrão e amigo a decidir que reformas seriam necessárias. Dali, depois de passar lá algumas noites, seguiria viagem para Londres.

Capítulo 50

Depois da resistência adequada da parte da sra. Ferrars, com a medida certa de violência e de firmeza para preservá-la da censura de ser afável demais a que sempre temeu expor-se, Edward foi admitido na sua presença e declarado novamente seu filho.

Sua família flutuara extraordinariamente nos últimos tempos. Durante muitos anos de sua vida, ela tivera dois filhos; contudo o crime e a aniquilação de Edward algumas semanas atrás lhe subtraíram um deles; o aniquilamento semelhante de Robert deixara-a por duas semanas sem nenhum; e agora, com o ressuscitamento de Edward, tinha um, de novo.

Apesar de ter recebido permissão para tornar a viver, ele sentiu que a continuidade de sua existência não estaria assegurada até que revelasse seu noivado atual, porque, ao tornar pública essa situação, temia ele, sua constituição poderia sofrer uma brusca reviravolta e fazê-lo falecer tão prontamente quanto antes. Assim, com apreensiva cautela, o noivado foi revelado e ouvido com inesperada tranquilidade. No começo, a sra. Ferrars tentou muito razoavelmente dissuadi-lo de se casar com a srta. Dashwood, valendo-se de todos os argumentos à mão; disse-lhe que teria na srta. Morton uma mulher de alto nível e grande riqueza; e reforçou a afirmação observando que a srta. Morton era neta de um fidalgo com trinta mil libras, ao passo que a srta. Dashwood era apenas a filha de um cavalheiro particular com não mais que três mil libras; mas quando ela descobriu que, embora admitisse sem restrições a verdade da sua colocação, ele não estava de modo algum inclinado a deixar-se guiar por ela, julgou mais sábio, pela experiência do passado, submeter-se; e assim, depois de um atraso desagradável que deveu à sua própria dignidade e serviu para evitar toda suspeita de boa vontade, ela publicou o seu decreto de consentimento para o casamento de Edward e Elinor.

O que ela faria para aumentar a renda do casal era a próxima coisa a ser considerada; e aqui ficou claro que, se bem que Edward fosse agora o seu único filho, não era de modo algum o herdeiro: pois ao passo que Robert recebia inevitavelmente mil libras por ano, não se fez a menor objeção contra o fato de Edward ordenar-se por duzentas e cinquenta, no máximo; tampouco se prometeu nada para o presente ou para o futuro, além das dez mil libras que Fanny recebera como dote.

Aquilo era, porém, o que desejavam Edward e Elinor, e era mais do que esperavam; e a própria sra. Ferrars, por suas desculpas embaraçadas, parecia a única pessoa surpresa por não dar mais.

Garantida, assim, uma renda inteiramente suficiente às suas necessidades, nada mais tinham a esperar depois que Edward tomou posse do benefício, a não ser que ficasse pronta a casa, na qual o coronel Brandon, com um forte desejo de bem acomodar Elinor, estava fazendo consideráveis reformas; e depois de esperar que terminassem, depois de experimentar, como de hábito, mil decepções e atrasos devidos à inexplicável morosidade dos operários, Elinor, como sempre, voltou atrás em sua antes peremptória decisão de só se casar quando tudo estivesse a postos, e a cerimônia teve lugar na igreja de Barton, no começo do outono.

O primeiro mês depois do casamento foi passado com seu amigo na mansão-sede; de lá podiam supervisionar o progresso das reformas e dirigir tudo como queriam, *in loco*; podiam escolher os papéis de parede, projetar a colocação dos arbustos e inventar novos espaços abertos. As profecias da sra. Jennings, apesar de um tanto embaralhadas, foram cumpridas em sua maioria, já que ela pôde visitar Edward e a esposa na casa paroquial na festa de São Miguel, e descobriu em Elinor e no marido, como realmente acreditava, um dos casais mais felizes do mundo. De fato, eles nada tinham a desejar, a não ser o casamento do coronel Brandon com Marianne e pastos um pouco melhores para suas vacas.

Foram visitados em sua primeira morada por quase todos os parentes e amigos. A sra. Ferrars veio inspecionar a felicidade de que quase se envergonhava de ter autorizado; e até os Dashwood pagaram uma viagem de Sussex para fazer-lhes a honra.

— Não vou dizer que esteja decepcionado, minha querida irmã — disse John certa manhã, enquanto caminhavam juntos diante dos portões da casa de Delaford —, *isso* seria exagero, pois certamente você foi uma das moças de mais sorte no mundo, esta é que é a verdade. Mas confesso que me daria um grande prazer chamar o coronel Brandon de cunhado. Esta sua propriedade, sua posição, sua casa, tudo está em tão respeitável e excelente condição! E os bosques! Não vi em nenhum lugar de Dorsetshire madeiras como as que estão em Delaford Hanger! E embora Marianne talvez não seja exatamente o tipo de pessoa que o atraia... mesmo assim acho que seria aconselhável que as convidasse com frequência para virem ficar com você, pois, como o coronel Brandon parece ficar muito em casa, ninguém sabe o que pode acontecer... porque quando as pessoas ficam muito tempo juntas, sem ver mais ninguém... e você sempre poderá apresentá-la pelo melhor lado, etc., etc., em suma, pode dar-lhe uma oportunidade... sabe como é...

Mas embora a sra. Ferrars *tenha vindo* vê-los, e sempre os tratasse com o faz de conta de um afeto decente, eles nunca foram insultados por um favor e uma preferência reais da parte dela. Isso estava reservado à insensatez de Robert e à esperteza de sua esposa, que os obtiveram em poucos meses. A sagacidade egoísta de Lucy, que a princípio levara Robert àquela enrascada, foi o principal instrumento para tirá-lo de lá; pois a humildade respeitosa, as atenções assíduas e as infinitas adulações, tão logo lhe foi dada a menor brecha para exercê-las, reconciliaram a sra. Ferrars com a sua escolhida e devolveram a Robert a condição de seu predileto.

Todo o comportamento de Lucy no caso e a prosperidade que o coroou podem, portanto, ser apontados como um exemplo dos mais encorajadores do que uma atenção séria e ininterrupta aos próprios interesses, por mais obstruído que o seu progresso possa parecer, pode fazer para obter qualquer vantagem da fortuna, sem nenhum outro sacrifício além do de tempo e da consciência. Quando Robert a procurou pela primeira vez e foi visitá-la em Bartlett's Buildings, sua única intenção era a que seu irmão lhe atribuiu. Queria simplesmente persuadi-la a abrir mão do noivado, e como o único obstáculo a ser superado era o afeto entre ambos, ele naturalmente esperou que uma ou duas conversas resolvessem o problema. Neste ponto, porém, e só neste ponto, ele errou; porque, embora Lucy logo lhe tenha dado esperanças de que a sua eloquência a convenceria a *tempo*, faltava sempre outra visita, outra conversa, para produzir aquele convencimento. Sempre permaneciam algumas dúvidas em sua mente quando se separavam, que só podiam ser sanadas com mais meia hora de conversa com ele. Sua companhia foi assim garantida, e o resto veio naturalmente. Em vez de falarem de Edward, aos poucos passaram a falar só de Robert, um assunto sobre o qual ele tinha mais a dizer do que sobre qualquer outro, e no qual ela logo demonstrou um interesse igual ao dele próprio. Em resumo, logo se tornou evidente para ambos que ele suplantara completamente o irmão. Ele estava orgulhoso de sua conquista, orgulhoso de enganar Edward e orgulhosíssimo de casar-se por conta própria, sem o consentimento da mãe. O que aconteceu depois já se sabe. Passaram alguns meses muito felizes em Dawlish, pois Lucy tinha lá muitos parentes e velhas amizades que podiam hospedá-los — e ele desenhou diversas plantas para magníficos chalés; retornando dali para Londres, obteve o perdão da sra. Ferrars, pelo simples expediente de pedi-lo, o qual, por instigação de Lucy, foi adotado. Inicialmente, o perdão, é claro, como era razoável, beneficiava apenas Robert; e Lucy, que não tinha nenhum dever com a mãe dele e, portanto, não podia ter deixado de cumprir nenhum, mesmo assim permaneceu mais algumas semanas sem perdão. Mas a perseverança na humildade de conduta e as mensagens de autopenitência pela ofensa de Robert, repletas de gratidão pela indelicadeza com que era tratada, proporcionaram-lhe no devido tempo um reconhecimento arrogante de sua existência, que a conquistou por sua graça e logo em seguida a levou rapidamente ao mais alto estado de afeição e influência. Lucy tornou-se tão necessária à sra. Ferrars quanto Robert ou Fanny; e enquanto Edward nunca fora perdoado de coração por ter um dia pretendido casar-se com ela, e Elinor, embora superior a ela por riqueza e berço, fosse tida como uma intrusa, *ela* era em tudo considerada, e sempre abertamente reconhecida, como a filha predileta. Eles se estabeleceram em Londres, receberam uma ajuda muito generosa da sra. Ferrars, tinham o melhor relacionamento possível com os Dashwood e, deixando de lado os ciúmes e a má vontade que persistia entre Fanny e Lucy, de que seus maridos, é claro, participavam, assim como as frequentes brigas domésticas entre Robert e Lucy, nada podia superar a harmonia em que todos eles juntos viviam.

O que Edward fizera para perder o direito de primogenitura pode ter deixado perplexa muita gente, e o que Robert fizera para obtê-lo pode ter deixado essa gente ainda mais perplexa. Foi um acordo, porém, justificado em seus efeitos, senão em sua causa, porque nada no estilo de viver e de falar de Robert jamais provocou a suspeita de que lamentasse o montante de suas rendas, ou por deixar seu irmão com muito pouco, ou por receber demais; e se Edward pudesse ser julgado pelo pronto cumprimento de seus deveres em todos os detalhes, por um crescente apego à esposa e ao lar e pelo constante bom humor, podia-se considerar que estava não menos contente com seu quinhão, não menos livre de qualquer desejo de trocar de condição.

O casamento de Elinor só a separou da família aquele mínimo necessário para não deixar o chalé de Barton completamente inútil, já que sua mãe e suas irmãs passavam muito mais da metade do tempo com ela. A sra. Dashwood agia tanto por prudência como por prazer em suas frequentes visitas a Delaford, pois seu desejo de unir Marianne e o coronel Brandon não era menos forte, se bem que bastante mais generoso, do que o que John exprimira. Essa era agora a menina dos seus olhos. Preciosa como era para ela a companhia de sua filha, não havia nada que desejasse mais do que abrir mão dessa constante alegria em favor do seu querido amigo; e ver Marianne morando na mansão-sede era também o desejo de Edward e Elinor. Os dois percebiam os sofrimentos dele e suas próprias obrigações com ele, e pelo consenso Marianne devia ser o seu prêmio por tudo que fizera.

Com tal conspiração contra si, com um conhecimento tão íntimo da bondade do coronel, com a certeza do seu profundo amor por ela que finalmente brotou dentro de Marianne, apesar de muito depois de ser notado por todos os demais, que poderia ela fazer?

Marianne Dashwood nascera para um destino extraordinário. Nascera para descobrir a falsidade de suas próprias opiniões e para contrariar com sua conduta suas máximas mais queridas. Nascera para superar um amor formado aos dezessete anos de idade e, com um sentimento não superior à forte estima e à intensa amizade, dar voluntariamente a sua mão a outro homem! E que outro, um homem que não sofrera menos do que ela sob um primeiro amor, que, dois anos antes, ela considerara velho demais para se casar e que ainda por cima buscava proteger a saúde com uma camiseta de flanela!

Mas assim foi. Em vez de sacrificar-se a uma paixão irresistível, como, cheia de orgulho, esperara que acontecesse; em vez de permanecer para sempre com a mãe e obter seus únicos prazeres no retiro e no estudo, como mais tarde, com o juízo mais calmo e sóbrio, decidira; viu-se aos dezenove anos entregando-se a novos afetos, assumindo novos deveres, estabelecida num novo lar, como esposa, dona de casa e senhora de um burgo.

O coronel Brandon estava agora tão feliz como todos os que mais o amavam achavam que ele merecia estar; em Marianne ele encontrava consolo para todas as aflições passadas; seu afeto e sua companhia devolveram o entusiasmo ao seu espírito e a alegria à sua alma; e que Marianne encontrasse a sua própria felicidade em formar a dele era também a certeza e a delícia de cada amigo que a via. Marianne jamais podia amar pela metade, e todo o seu coração se tornou, com o tempo, tão devotado ao marido quanto antes o fora a Willoughby.

Willoughby não podia ouvir falar do casamento dela sem se angustiar; e seu castigo completou-se logo em seguida, pelo espontâneo perdão da sra. Smith, que, ao afirmar que o seu casamento com uma mulher de caráter fora a origem de sua clemência, deu-lhe motivos para acreditar que, se se tivesse comportado honrosamente com Marianne, poderia ter sido ao mesmo tempo feliz e rico. Não há razões para se duvidar da sinceridade desse arrependimento pelo seu mau comportamento, que assim produziu seu próprio castigo; nem de que durante muito tempo ele sentisse inveja do coronel Brandon e saudades de Marianne. Mas não devemos acreditar que ele tenha ficado para sempre inconsolável, que tenha fugido de toda sociedade ou adquirido um temperamento sombrio ou morrido pela decepção amorosa... pois nada disso aconteceu. Viveu ativamente, e não raro alegremente. Sua mulher nem sempre estava mal-humorada, nem seu lar era sempre inóspito; e na criação de cavalos e cães e em todo tipo de esporte encontrava um grau não desdenhável de felicidade doméstica.

Por Marianne, no entanto, apesar de sua indelicadeza em sobreviver à perda dela, ele sempre conservou aquele interesse firme que tinha por tudo que dissesse respeito a ela e que fez dela seu padrão secreto de perfeição feminina; e muitas novas beldades seriam desdenhadas por ele em poucos dias por não se compararem à sra. Brandon.

A sra. Dashwood foi prudente o bastante para permanecer no chalé, sem tentar mudar-se para Delaford; e, felizmente para *Sir* John e para a sra. Jennings, quando Marianne lhes foi tirada, Margaret alcançara uma idade muito adequada para a dança e não muito inadequada para ter um namorado.

Entre Barton e Delaford se estabeleceu aquela constante comunicação que o forte apego familiar naturalmente determinaria; e, entre os méritos e as alegrias de Elinor e Marianne, não se deve ter como o menos considerável o de, embora fossem irmãs e vivessem quase à vista uma da outra, poderem conviver sem incompatibilidade entre elas e sem provocar desentendimentos entre os respectivos maridos.

Título original em inglês: *Sense and Sensibility* (1811).

direção MARTIN CLARET

produção editorial CAROLINA MARANI LIMA
MAYARA ZUCHELI

direção de arte JOSÉ DUARTE T. DE CASTRO

ilustração de capa MSDE / MANU SANTOS DESIGN

diagramação GIOVANA QUADROTTI

revisão WALDIR MORAES

impressão e acabamento CROMOSETE GRÁFICA EDITORA

Este livro segue o novo Acordo Ortográfico da Língua Portuguesa.

Dados Internacionais de Catalogação na Publicação (CIP)
(Câmara Brasileira do Livro, SP, Brasil)

Austen, Jane, 1775-1817.
Razão e Sensibilidade / Jane Austen; tradução e notas:
Roberto Leal Ferreira. — São Paulo: Martin Claret, 2018.

Título original: Sense and Sensibility.

ISBN 978-85-7232-874-6

1. Ficção Inglesa I. Ferreira, Roberto Leal. II. Título

12-09536 CDD-823

Índices para catálogo sistemático:

1. Ficção: Literatura inglesa 823

EDITORA MARTIN CLARET LTDA.
Rua Alegrete, 62 – Bairro Sumaré – CEP: 01254-010 – São Paulo, SP
Tel.: (11) 3672-8144 – www.martinclaret.com.br
6ª reimpressão — 2022